Das Buch

EIN VERSPRECHEN

Im Alter von dreizehn Jahren sind die besten Freunde Eleanor und Fin unzertrennlich. Überzeugt davon, dass das immer so bleiben wird, schließen sie einen Pakt: Sie wollen zusammen zur Uni gehen, immer in der Nähe des anderen wohnen und heiraten, wenn sie mit 35 noch single sind.

ZWEI JAHRZEHNTE

Eleanor und Fin haben seit fünfzehn Jahren nicht mehr miteinander gesprochen. Das Leben ist ihnen dazwischengekommen, und sie sind beide weit von dem entfernt, wovon sie vor all den Jahren geträumt haben.

Die Autorin

Emily Houghton stammt aus Essex und ist ausgebildete Yoga- und Spinning-Trainerin. Sie liebt Hunde über alles und träumt davon, Autorin zu werden, seit sie einen Stift halten kann. Sie lebt in London.

Lieferbare Titel

978-3-453-42543-9 – Bevor ich dich sah

EMILY HOUGHTON

LAST TIME WE MET

Aus dem Englischen
von Andrea Brandl

WILHELM HEYNE VERLAG
MÜNCHEN

Die Originalausgabe LAST TIME WE MET
erschien erstmals 2022 bei Bantam Press, Transworld, a division of
Penguin Random House UK, London.

Penguin Random House Verlagsgruppe FSC® N001967

Deutsche Erstausgabe 11/2024
Copyright © 2022 by Emily Houghton
Copyright © 2024 der deutschsprachigen Ausgabe
by Wilhelm Heyne Verlag, München,
in der Penguin Random House Verlagsgruppe GmbH,
Neumarkter Str. 28, 81673 München
Redaktion: Lisa Scheiber
Umschlaggestaltung: www.buersued.de unter Verwendung von
© Cover design and art direction by Beci Kelly/TW.
Cover illustration by Debs Lim.
Satz: Satzwerk Huber, Germering
Druck und Bindung: GGP Media GmbH, Pößneck
Printed in Germany
ISBN: 978-3-453-42763-1

www.heyne.de

Für meine Grandma, die dieses Buch unbedingt lesen wollte, uns jedoch verlassen hat, bevor sie Gelegenheit dazu hatte. Du fehlst mir jeden Tag.

Und für alle, die sich selbst einmal in der Liebe verloren haben. Lasst uns nie vergessen, dass wir wertvolle Menschen sind und nur das Allerbeste verdienen. X

Damals: 13 Jahre alt

Eleanor

»Das ist doch lächerlich.« Seufzend drehte Eleanor sich auf den Rücken.

»Findest du, Elles? Wie soll ich sicher sein, ob du nicht in zweiundzwanzig Jahren einen Rückzieher machst und behauptest, dieses Gespräch hätte nie stattgefunden?« Fins sommersprossiges Gesicht schwebte über ihr, als er sich über die Bettkante beugte.

»Sicher kannst du nicht sein, aber das werde ich nicht tun«, erwiderte sie sachlich.

»Das behauptest du jetzt.« Er stupste sie in den Bauch. »Aber was ist, wenn wir uns aus den Augen verlieren? Wenn ich mich nach Indien absetze, Yogalehrer oder spiritueller Anführer werde und meine Sekte verlasse, um mich auf die Suche nach *dir* zu machen, und an deinem fünfunddreißigsten Geburtstag mit einem Ring in der Hand vor dir auf die Knie sinke und du dann behauptest, du hättest mich noch nie gesehen?«, rief er.

»Red keinen Quatsch.« Sie rollte sich wieder auf den Bauch. Gespräche mit Fin machten sie oft so hibbelig. »Mal ganz ehrlich, was geht bloß in deinem Kopf vor? Allein wenn ich daran denke, bin ich schon total groggy.«

»Unterzeichne den Vertrag, Eleanor«, drängte Fin.

»Nein. Und es ist echt schräg, wenn du mich Eleanor nennst.«

»Eleanor Ruth Levy. Du unterschreibst jetzt sofort diesen Vertrag, sonst riskierst du unsere Freundschaft.« Er sprang vom Bett und hielt ihr ein Blatt Papier vor die Nase.

Resigniert ließ Eleanor ihr Buch sinken. In den letzten zwanzig Minuten hatte sie verzweifelt versucht, sich auf etwas anderes als Fins Gefasel zu konzentrieren, doch es war zwecklos. Wenn Fin etwas wollte, gab er keine Ruhe, bis er es bekam.

»Erstens«, erklärte sie und stützte sich auf die Ellbogen, »kannst du nicht mal deine Zehen berühren oder länger als zehn Sekunden stillsitzen, deshalb ist es höchst unwahrscheinlich, dass du Yoga-Guru oder so was wirst.« Sie setzte sich auf und fuhr fort, ehe er zum nächsten Wortschwall ansetzen konnte. »Zweitens weißt du genau, dass ich dich niemals vergessen könnte, selbst wenn ich es jede Sekunde der nächsten zweiundzwanzig Jahre versuchen würde.« Sie tippte mit dem Finger auf den oberen Teil des Blattes. »Reicht es denn nicht, dass wir gemeinsam unseren Lebensplan gemacht haben?«

Fin blickte auf die Liste der Versprechen, die sie einander gegeben hatten. Was zunächst als alberne Regeln zum Erhalt ihrer Freundschaft begonnen hatte – keine Lügen, nicht wütend aufeinander zu Bett gehen, sich nicht gegenseitig beklauen –, war im Lauf der Zeit zu einer Art To-do-Liste für ihr Leben geworden: gemeinsam die Highschool abschließen, auf dieselbe Uni gehen (zwar an unterschiedlichen Fakultäten, aber idealerweise mit derselben Anzahl an Studiensemestern), nach dem Abschluss nach London ziehen und dort eine gemeinsame Wohnung nehmen. Und wenn – zwangsläufig – das Thema Heirat und Familiengründung aufkäme, nie weiter als zwanzig Minuten voneinander entfernt wohnen.

»Und drittens bete ich mit aller Inbrunst, dass wir diesen Pakt nicht brauchen werden, weil ich keine große Lust habe, mit fünfunddreißig allein zu sein. Aber da du mein bester Freund bist und ich jetzt gern weiterlesen will, unterschreibe ich eben.«

Fins Augen begannen zu leuchten, als er ihr den Stift reichte.

»Miss Levy, wenn Sie die Güte hätten, einmal oben und einmal unten zu unterschreiben, wär's das.«

Sie schnappte sich Papier und Stift und begann zu lesen.

Wir, Eleanor Ruth Levy und Finley James Taylor, erklären hiermit, in den heiligen Stand der Ehe zu treten, sofern beide Unterzeichnenden im gereiften Alter von fünfunddreißig Jahren single sind. Die Eheschließung erfolgt in Übereinstimmung mit der hier vorliegenden bindenden Vereinbarung in beiderseitigem Einverständnis.

Unterzeichnet:

_____   _____

»Entschuldige, aber wann bist du, bitte schön, zum Rechtsexperten geworden? Ich hätte gedacht, die Hälfte der Wörter kennst du noch nicht mal«, rief sie halb scherzhaft, halb bewundernd.

»Das zeigt dir, dass du mich nicht unterschätzen solltest, oder?« Er grinste stolz. »Außerdem zieht sich meine Mutter eine Gerichtssendung nach der anderen im Fernsehen rein, wenn mein Vater auf Geschäftsreise ist. Da habe ich einiges aufgeschnappt.«

»Wusste ich's doch, dass es nicht bloß an deiner angeborenen Intelligenz liegen kann«, erwiderte Eleanor, zückte den Stift und setzte ihren Namen unter das Dokument. »Fertig. Also, auf dass wir mit fünfunddreißig nicht beide single und einsam sind.« Sie ließ sich auf den weichen rosa Teppich zurücksinken und schnappte sich ihr Buch.

»Fünfunddreißig, das ist ja steinalt.«

»Aber so was von.«

»Ich bin nicht mal sicher, ob ich so lange leben will. Erwachsen zu sein, ist echt schwierig, glaube ich.«

»Fin!«

»Was denn?«, rief er mit Unschuldsmiene.

»Du weißt, dass ich es hasse, wenn du so was sagst.« Sie versetzte ihm einen leichten Tritt. Fin rutschte vom Bett und streckte sich neben ihr aus.

»Du darfst nicht weggehen. Ich brauche dich viel zu sehr«, sagte sie.

»Na gut. Für dich bleibe ich, Elles.« Er stieß sie grinsend an. »Aber nur, weil du mich brauchst.«

»Du bist so doof.« Sie verdrehte die Augen.

Sanft legte Fin den Kopf auf ihre Schulter. »Aber du liebst mich trotzdem.«

Wärme durchströmte Eleanor. »Der einzige Mensch auf der Welt, den ich liebe, ist Leonardo DiCaprio.«

»Würg! Das ist so typisch.«

»Kein Grund, eifersüchtig zu werden«, neckte sie.

»Ich? Eifersüchtig? Davon träumst du!« Er fuhr sich mit der Hand durch sein wirres rotes Haar. »Leo träumt davon, so gut auszusehen wie ich«, fügte er im Brustton der Überzeugung hinzu.

»Und du bist so was von auf dem falschen Dampfer«, prustete sie.

Seufzend rollte Fin sich wieder auf den Rücken. »Du bist meine Beste, Elles.«

»Du willst sagen, ich bin *die* Beste«, korrigierte sie.

»Nein. *Meine* Beste.« Seine Stimme war zu einem Flüstern geworden. Er sah sie an.

Eleanors Kehle wurde eng, während sie sich mit jeder Faser ihres Körpers wünschte, sie könnte die Pausetaste drücken und diesen Moment für immer festhalten.

»Du bist mein Bestester, Fin.« Sie lächelte.

»Klar! Deshalb hast du ja gerade versprochen, mich zu heiraten.« Er zwinkerte und sprang auf. »Ich hab Hunger. Wollen wir uns Pizza bestellen?«

Und einfach so hatte jemand wieder auf »Play« gedrückt.

Heute: 34 Jahre alt

Eleanor

Alles schien in einen wattigen Nebel gehüllt zu sein, als Eleanor langsam erwachte. Sie streckte sich und spürte das vertraute morgendliche Knacken ihrer Glieder. Sie versuchte, sich aufzusetzen, was eine Woge der Übelkeit allerdings sofort unterband.

O Gott.

Heftiger Würgereiz überkam sie, als sie den süßlichen Weingeschmack tief in ihrer Kehle wahrnahm. Nach und nach registrierte sie die bleierne Schwere ihres Körpers, das dumpfe Pochen hinter ihren Augenhöhlen, das Schmirgelpapiergefühl in ihrer Mundhöhle. Stöhnend zwang sie sich, wieder einzuschlafen, als ein penetrantes Geräusch in ihr Bewusstsein drang.

Nein!

Lasst mich in Ruhe!

Doch das laute Piepsen hörte nicht auf. Blindlings tastete Eleanor herum, bis sie ihr Handy zwischen dem Bettzeug fand und ans Ohr hob.

»Frohes neues Jahr, Schatz!«, zwitscherte ihr ihre Mutter ins Ohr. Eleanor unterdrückte einen Fluch. Wäre sie doch bloß nicht rangegangen. »Eleanor? Hörst du mich?«

»Hrgh.« Ihre Mundschleimhaut schien kein Tröpfchen Speichel zu produzieren, ihre Stimme klang rau und brüchig. »Ja, ich kann dich hören.« Sie rollte sich auf die Seite und legte das Handy neben sich aufs Kissen.

»Ah, gut. Ich gehe gerade spazieren, und es ist ein bisschen windig«, rief ihre Mutter. »Was treibst du so? Bestimmt wie ein nasser Waschlappen herumhängen, was? Du klingst grauenhaft. Hast du gestern zu viel getrunken? Wie viele Gläser Wein waren es?«

»Bitte, Mum, nicht so viele Fragen auf einmal«, stöhnte Eleanor.

»Du musst dringend etwas essen, denk daran. Das saugt den Restalkohol auf, den du noch im Magen hast.«

»Jaja.« Eleanors Eingeweide zogen sich zusammen.

»Willst du den ganzen Tag herumsumpfen, oder hast du wenigstens irgendetwas Produktives für den ersten Tag dieses wunderbaren neuen Jahres geplant? Du kennst ja meinen Standardspruch … Gelegenheiten warten immer und überall auf dich!« Die Stimme ihrer Mutter erklomm neue Höhen der Begeisterung.

»Nun ja, es zeigt sich, dass die Möglichkeiten als alte Jungfer nicht mehr ganz so breit gefächert sind.«

»Hör sofort auf damit!«, herrschte ihre Mutter sie an. »Ich weiß, dass das letzte Jahr schwer für dich war, aber single zu sein, ist keine lebensbedrohende Krankheit. Du wirst drüber hinwegkommen, Eleanor. Du musst einfach nach vorn sehen, dein Leben wieder in die Hand nehmen.«

Eleanor knibbelte an ihren Nagelhäutchen. Das einzig Gute an ihrem Kater war, dass sie zu dehydriert war, um weinen zu können, allerdings verhinderte er nicht, dass ihre Kehle eng wurde und ihr ein Stich durchs Herz fuhr.

Plötzlich durchfuhr es sie. »Okay, Mum, ich glaube, ich muss auflegen.«

»Aha. Schon besser. Hast du spontan beschlossen, doch das Beste aus dem Tag zu machen? Schön für dich, Schatz. Auf sie mit Gebrüll, das hat meine Mutter immer gesagt.«

»Klar, Mum.« Eleanor bekam kaum die Worte über die Lippen. Ihr Magen verkrampfte sich, und der Schweiß drang ihr aus sämtlichen Poren. »Ich muss wirklich ...«

»Na gut, dann mach nur. Frohes neues Jahr, Schatz«, rief ihre Mutter. Bevor sie noch etwas sagen konnte, legte Eleanor auf und schleuderte das Telefon quer durch den Raum. Keine Zeit für Nettigkeiten.

Nachdem sie erfolgreich die letzten Reste ihres Mageninhalts der Toilette anvertraut hatte, gelang es ihr, sich nach unten aufs Sofa zu schleppen. Es war schon merkwürdig: Jede Erinnerung, jeder Gedanke an Oliver war fast unerträglich, und doch fühlte es sich ganz normal an, weiterhin in der Wohnung zu leben, die sie fast zehn Jahre geteilt hatten. Ihr gesamtes Umfeld hatte sich gewundert, dass er ihr erlaubt hatte zu bleiben. Vielleicht war selbst ihm bewusst, dass es etwas zu grausam gewesen wäre, ihr das Herz zu brechen *und* sie aus ihrem Zuhause zu werfen. Seinen Anteil an der Hypothek zu übernehmen, mochte ein enormer finanzieller Kraftakt für Eleanor gewesen sein, aber er hatte sich gelohnt: Diese Wohnung war ihr Refugium, eine Oase der Stille und des Friedens im quirligen Gewusel East Londons. Alles hier, von den Sofakissen über die Tapeten bis zum Besteck, spiegelte ihre Persönlichkeit wider. Von Oliver hingegen fand sich kaum eine Spur.

Vielleicht ist es ihm deshalb so leichtgefallen, alles hinter sich zu lassen und sich aus dem Staub zu machen.

Der hässliche Gedanke schoss ihr durch den Kopf, und ihr ohnehin flauer Magen verkrampfte sich ein weiteres Mal. Sie streckte die Beine aus und schloss die Augen. Konnte sie sich für immer hier verkriechen? Reglos daliegen? In einem Zustand, der kaum als lebendig bezeichnet werden konnte? Es wäre jedenfalls leichter, als sich der Realität zu stellen.

Wieder riss sie das Läuten ihres Handys aus ihrer Erstarrung.

Eingehender Anruf: Freya, Sis.

Eleanor ging sofort ran. »Hey, Freya.«

»Du lebst also noch?« Ihre kleine Schwester mit ihrem gewohnt beißenden Sarkasmus.

»Entschuldige, dass ich mich nicht gemeldet habe, aber zuerst war ich im Büro und danach bei Sal. Dann kam der Wein und … na ja, du weißt ja, wie es so ist.«

»Und jetzt hängst du auf dem Sofa herum, suhlst dich im Selbstmitleid und kannst dich kaum bewegen, weil dir der Schädel dröhnt?«

Eleanor lachte. »So in etwa.«

»Schon gut. Ich habe mir nur Sorgen gemacht … Du liebe Güte, ich bin schon schlimmer als Mum, was?« Freya mimte Verzweiflung.

»Niemand ist so schlimm wie Mum. Zufällig habe ich gerade mit ihr telefoniert.«

»Ah.« Freya lachte leise. »Lass mich raten. Es gab einen weiteren Schwall inspirierender Motivationsansprachen über die Fülle an Möglichkeiten, die dir das Leben bietet, wenn du dich nur endlich dafür öffnest. Richtig?«

Eleanor schnaubte. Freyas Einschätzung traf den Nagel auf den Kopf. »Ich habe ihr das Wasser abgegraben, bevor sie sich so richtig in Fahrt reden konnte. Ich war noch nie im Leben so dankbar dafür, kotzen zu dürfen.«

»Das nenne ich mal perfektes Timing! Aber egal. Ich wollte dir nur ein frohes neues Jahr wünschen.« In Freyas Stimme lag wieder die gewohnt spritzige Lebendigkeit, bemerkte Eleanor erleichtert. Sie konnte es nicht ausstehen, wenn ihre Schwester bierernst wurde, weil es nur passierte, wenn sie sich über Eleanors schwankenden Gemütszustand Sorgen machte, und niemand sollte die Einzelteile der älteren Schwester vom Boden aufsammeln und wieder zusammensetzen müssen, dachte sie voller Gewissensbisse.

»Dir auch ein frohes neues Jahr, Freya. Und danke für alles … ehrlich, ich habe keine Ahnung, wie ich das ohne dich geschafft hätte. Aber dieses Jahr wird alles besser, versprochen. Höchste Zeit, dass ich mich wieder um dich kümmere und nicht umgekehrt!«

»Ich bitte dich«, höhnte Freya. »Das tust du nicht mehr, seit ich vierzehn bin, und auch davor warst du als Babysitterin eine Niete.«

»Hey, ich wollte nur die Vernünftige sein. Aber solange Fin noch da war, hatte ich praktisch zwei Kinder, auf die ich aufpassen musste.« Eine Woge der Wehmut überkam Eleanor bei dem Gedanken.

»Er war eine Katastrophe. Weißt du noch, wie er sein gesamtes Taschengeld auf den Kopf gehauen hat, um einmal die Lieferkarte von Domino's rauf und runter zu bestellen? Das ganze Haus hat wochenlang nach Käse und Fett gestunken. Mum ist ausgeflippt!«

Sofort machte sich trübe Stimmung breit. Ein Kater war ein ganz schlechter Zustand, um in Erinnerungen zu schwelgen.

»Ach ja. Wie war's denn gestern bei dir?«, wechselte sie eilig das Thema.

»Ganz nett. Sam hat mich zu einer ziemlich braven Hausparty mitgeschleppt, aber erstaunlicherweise fühle ich mich heute gar nicht so übel. Ich nehme mir sogar ein Beispiel an meiner großen Schwester und wollte gerade eine Runde laufen gehen.«

»Du bist ein echtes Vorbild. Lauf ein, zwei Meilen für mich mit, ja?«

»Ich versuch's, aber wenn ich in dem Tempo weitermache, wäre es schon ein Wunder, wenn ich es bis ans Ende der Straße schaffe.« Freya hielt inne. »Versprich mir, dass du nicht den ganzen Tag in den Seilen hängst, okay?« Da war er wieder, der mütterliche Tonfall. Offenbar konnte neuerdings niemand mehr normal mit ihr reden. »Wieso fängst du nicht mit diesem schönen Tagebuch an, das ich dir zu Weihnachten geschenkt habe? Alle bei der Arbeit schwärmen davon. Das klärt die Gedanken, heißt es.«

Eleanor seufzte. Seit der Trennung gab es statt der üblichen Pärchengeschenke alles, was der Liebeskummerbewältigungs- und Selbstliebemarkt hergab: dutzendweise

Schokoriegel. Stapelweise Tagebücher und Ratgeber fürs Seelenheil. Wellnessgutscheine (ausnahmslos für Solo-Behandlungen). Duftkerzen. Gesichtsmasken. Alles, was man brauchte, um sich selbst und seinen Schmerz in etwas zu verwandeln, das zumindest von außen prima aussah und lecker roch.

»Und mach es bloß nicht madig, bevor du es nicht ausprobiert hast«, höhnte Freya. »Ich kann deine Skepsis regelrecht hören.«

Vielleicht hatte Freya recht, und es war tatsächlich an der Zeit, dass Eleanor sich durch ihr »Traurige-Singles-Sortiment«, wie Sal es nannte, arbeitete. Außerdem: Was sollte sie auch sonst mit diesem Tag anfangen?

»Na gut, du hast ja recht. Neues Jahr, neues Ich und so.«

»Genau! Also, wenn ich jetzt nicht laufen gehe, dann wird das heute nichts mehr. Gehen wir nächste Woche mal essen?«

»Klar. Und morgen sehen wir uns bei Mum. Bitte sag, dass du kommst.«

Wieso war sie plötzlich so ein Jammerlappen?

»Wofür hältst du mich? Ich würde dich in so einer Situation doch nie hängen lassen!«, antwortete Freya.

Eleanor atmete auf. »Ich hole dich um zwölf ab, okay?«

»Perfekt. Und jetzt ran an dieses Tagebuch«, befahl Freya liebevoll. »Ich hab dich lieb.«

»Ich dich auch«, erwiderte Eleanor, doch Freya hatte bereits aufgelegt. »So viel zum Thema Respekt vor den Älteren«, brummte sie.

Genug Trübsal geblasen, Eleanor Levy. Krieg dein Leben wieder auf die Reihe.

Genüsslich rekelte sie sich ein letztes Mal, ehe sie sich vom Sofa hievte.

Zumindest teilweise.

Drei Tassen Entspannungs-und-Erholungs-Tee und eine halbe Schachtel extradunkler Lindt-Täfelchen später kam sie nicht weiter. Na ja, ehrlich gesagt saß sie immer noch über der ersten Seite ihres Tagebuchs mit dem wohlklingenden Titel »Mein Start in ein positives Leben!«

Frage 1: Wie fühlst du dich heute?

Grauenhaft traf es nicht mal ansatzweise. *Innerlich tot? Auf der ganzen Linie und bis ins Mark verzweifelt?*

Eleanor kaute auf ihrem Stift herum und las wieder und wieder die Frage, in der irrationalen Hoffnung, ihr Verstand möge sie endlich mit einer plausibel klingenden Lüge belohnen. Sie fühlte sich schon mies genug, musste sie es unbedingt auch noch schriftlich vor Augen haben?

»Okay, das bringt nichts. Was gibt's hier noch?« Sie blätterte durch die jungfräulichen Seiten. »Aha! Dein persönlicher Monatskalender«, las sie laut. »»Die Gelegenheit, all die Ereignisse zu planen, auf die du dich freust.‹ Klingt doch schon besser.« Ihre Freude, wenigstens eine halbwegs lösbare Aufgabe gefunden zu haben, war schon fast peinlich.

Jeden zweiten Sonntag Mittagessen bei Mum.

Widerstrebend füllte sie die Kästchen.

15. Januar: Kates Hochzeit!

Panik erfasste sie. Dies wäre der erste Anlass in diesem Jahr, bei dem sie solo auftauchen würde. Ihre Kehle wurde eng. Konnte sie absagen? Unbedingt! Vielleicht könnte sie am Abend zuvor eine Magen-Darm-Grippe vorschützen. Genau! Ausreden gäbe es jede Menge, außerdem würde Kate nicht mal merken, wenn sie fehlte. Es hieß schließlich nicht umsonst, dass Liebe blind machte.

Eleanor schob sich gleich drei Schokotäfelchen auf einmal in den Mund.

»Frustessen, ganz prima, Eleanor. Das hilft garantiert!« Sie seufzte.

O Gott, führst du jetzt auch noch Selbstgespräche?

Los, konzentrier dich!

Aber das ist doch erbärmlich!

Entschieden schüttelte sie den Kopf und hoffte, auf diese Weise wenigstens ein Teil ihrer Gedanken loszuwerden. Ihr dröhnte schon der Schädel von der ganzen Denkerei.

»Versuchen wir es anders.« Noch war sie nicht bereit, die Flinte ins Korn zu werfen. Außer einem Mittagsschläfchen hatte sie nichts vor, gleichzeitig könnte sie selbst bei allem guten Willen nicht mehr als ein paar Stunden damit totschlagen. Eine vage Erinnerung an den Vorabend kam ihr in den Sinn. »Ja!« Begeistert schlug sie mit der Faust auf den Tisch. »Neujahrsvorsätze!«

Sal hatte verlangt, dass jeder mindestens drei Entschlüsse für das bevorstehende Jahr ins Auge fasste. Eleanor war nichts eingefallen. Offen gestanden, war sie im letzten Monat damit beschäftigt gewesen, überhaupt nur am Leben zu bleiben, deshalb hatte sie keinerlei Kapazitäten gehabt, an so etwas wie die Zukunft zu denken … schon gar nicht an eine als Single mit gebrochenem Herzen. Typischerweise hatte Sal ein ganzes Dutzend Vorschläge aus dem Ärmel geschüttelt, was Eleanor zum Nachdenken brachte: Was wollte sie eigentlich mit diesem Jahr anfangen? Mal sehen, ob ihr was Passendes einfiel. Sie sollte es wenigstens mal versuchen.

Sie schlug eine leere Seite auf und notierte sorgfältig ihre erste Überschrift.

Neues Jahr – neues Ich: Meine Vorsätze

1. Auf die Malediven fliegen

»Sehr gut, erst mal mit etwas Kleinem anfangen.« Sie kicherte.

Bereits seit Kindertagen hatte Eleanor davon geträumt, auf eine Insel mit weißem Sandstrand und kristallklarem Wasser zu entfliehen, und mit ihrem ersten Gehalt die Malediven als ihr Traumziel auserkoren. Ein zweiwöchiger All-inclusive-Urlaub stand seit Jahren auf ihrer Löffelliste, doch irgendetwas war immer dazwischengekommen. Und da Oliver dienstlich so viel unterwegs gewesen war, hatten sie grundsätzlich nähere Urlaubsziele gewählt. Normalerweise Frankreich … nein, eigentlich immer. Mochte sie Frankreich überhaupt?

Sie packte ihren Stift fester und schrieb weiter.

2. Weniger trinken

Dieser Punkt erschien ihr besonders wichtig, zumal ihr Kopf immer noch wehtat.

3. Mum häufiger anrufen

Diese Vorsätze sind lächerlich, Eleanor. Du bist doch keine zwölf mehr. Sie hielt kurz inne, ehe sie weiterschrieb.

4. Wieder mit dem Malen anfangen

Sofort kam ihr das kleine Atelier in den Sinn, das sie sich im oberen Stockwerk eingerichtet hatte. Eigentlich hätte es zu gegebener Zeit zum Kinderzimmer umfunktioniert werden sollen, doch bis es so weit war, hatte Eleanor es als Interimsraum für ihre Kunst verteidigt.

Leider standen bisher nur ungeöffnete Farbbehälter und leere Leinwände herum. Oliver hatte für Malerei nie viel übriggehabt.

»Hör auf, an ihn zu denken«, sagte sie laut.

Alle hatten argumentiert, es brauche Zeit, die Trennung zu überwinden und ihr Leben wieder in die Hand zu nehmen, doch dass er ihre Gedanken auch jetzt so sehr beherrschte, machte ihr schwer zu schaffen.

Du musst damit aufhören.

Was würde Angela Levy an deiner Stelle tun?

»Den Schmerz in etwas Positives ummünzen!«, erklärte sie und bemühte sich, genauso wie ihre Mutter zu klingen.

Wenn sie etwas daraus gelernt hatte, dass Oliver einfach abgehauen war, dann war es, dass es keine Garantien im Leben gab. All die Jahre hatte sie auf Sicherheit gesetzt, und was hatte es ihr gebracht? Nichts. Jetzt war es an der Zeit, es krachen zu lassen, das Leben zu genießen! Sie strich die letzte Überschrift durch und schrieb stattdessen in Groß-buchstaben:

4. DINGE TUN, DIE MIR ANGST MACHEN!

Malen fiel eindeutig in diese Kategorie.

»Voilà!« Hochzufrieden legte Eleanor den Stift weg. »Auf diese Liste wäre selbst Sal stolz!«

Gerade als sie das Tagebuch zuklappen wollte, schnappte sie sich noch einmal den Stift und setzte eine winzige Be-merkung ans Ende der Seite.

5. Die Liebe finden?

Sofort schoben sich die düsteren Wolken des Katzenjam-mers über ihr zusammen, als sie das Tagebuch endgültig zuschlug und weglegte. Sie steckte sich die restlichen Scho-kotäfelchen in den Mund und ging ins Wohnzimmer. »Also gut. *Mrs. Doubtfire* und dann ein Schläfchen.«

Sie rollte sich auf dem Sofa zusammen und spürte, wie die Wogen der Traurigkeit sie zu umspülen begannen.

Gibt es irgendjemanden auf der Welt, der diesen Tag so sehr hasst wie ich?

Fin

Die letzte halbe Stunde war Fin ruhelos in seinem Wohnzimmer herumgetigert. Ihm war klar, dass das kein ange-
nehmes Gespräch werden würde, doch obwohl ihm mindestens eine Million anderer Arten einfiel, wie er seinen
Silvesterabend verbringen wollte, führte kein Weg daran
vorbei. Wann würde er es endlich lernen? Ließ man die
Dinge schleifen, konnten sie im Handumdrehen aus dem
Ruder laufen und hässlich werden. Wie hatte er überhaupt
in diesen Schlamassel geraten können? Den Kopf in den
Sand zu stecken, mochte eine Zeit lang funktionieren, nur
brauchte man sich nicht zu wundern, wenn einem das
ganze Chaos irgendwann um die Ohren flog.

Fin hörte den Schlüssel im Schloss.

»Cam?«, rief er nervös.

»Hey, Babe!«, antwortete Camilla überschwänglich in
ihrem typischen L.A.-Singsang.

Fin setzte sich auf die Sofakante.

»Tut mir leid, dass ich so spät dran bin, aber der Verkehr
war die absolute Katastrophe!«, hörte er sie gut gelaunt
fortfahren. Dann verstummten ihre Schritte abrupt. Fin
spürte, wie ihm das Herz ein Stück weiter in die Hose
rutschte.

»Wieso steht dein Koffer im Flur?« Das harte Klackern
ihrer Stiefelabsätze wurde lauter. »Fin, hörst du mich?«

Beim Anblick seiner Miene veränderte sich ihr Tonfall schlagartig. Fin spürte förmlich, wie die Temperatur im Raum fiel. Camilla verschränkte die Arme. »Was ist hier los? Wieso ist dein Koffer gepackt?«

»Ich …« Er holte tief Luft und zwang sich, es einfach auszuspucken. »Ich fliege morgen zurück nach London.«

Camilla sah ihn verwirrt an. »Nach London? Sag bloß, das ist wieder einer von Robs superdringenden Aufträgen in letzter Minute«, stieß sie verächtlich hervor.

»Nein, es ist nichts Geschäftliches.«

»Aha, was dann?«, fragte sie barsch. Fin spürte, wie sich ihr ohnehin dünner Geduldsfaden weiter straffte.

»Meiner Mutter geht es nicht gut, deshalb fliege ich zu ihr.«

»Deiner Mum?« Camillas Verwirrung wuchs mit jeder Sekunde. »Ich dachte, du redest nicht mit ihr.«

»Tue ich auch nicht.«

»Wieso willst du dann hinfliegen?«, herrschte sie ihn an.

»Weil es sich sehr schlimm anhört … also, nach End-stadium.«

Camillas Miene wurde eine Spur weicher. »Aha, das ist natürlich nicht optimal.« Verärgert warf sie ihr langes gold-blondes Haar über die Schulter. »Wie lange bist du weg?«

»Das ist ja der Punkt.« Fin erhob sich und schüttelte den Kopf. »Ich weiß es nicht.«

»Was heißt das, du *weißt* es nicht?«, brauste sie neuerlich auf. »Du hast doch wohl einen Rückflug gebucht, oder?«

»Nein«, murmelte er, den Blick auf die Tür gerichtet. »Noch nicht.«

»Wieso nicht?« Wieder wurde ihre Stimme laut.

»Weil es blöderweise keinen festgelegten Zeitablauf gibt, wenn jemand stirbt, Cam«, blaffte er.

»Kein Grund, mich so anzuschnauzen«, erwiderte sie schmollend. »Ich sage es ja nur … heute ist Silvester, verdammt.« Frustriert stampfte sie mit dem Fuß auf.

»Ich wünschte, ich hätte dir früher Bescheid geben können, aber ich habe es selbst erst vor zwei Tagen erfahren. Es ist nicht meine Schuld, dass meine Mum an Demenz leidet und bereits in einem Pflegeheim lebt und dann auch noch Krebs im Endstadium bei ihr diagnostiziert wurde.« Es war nicht seine Absicht gewesen, so die Beherrschung zu verlieren, doch ihm schwirrte dermaßen der Kopf, deshalb schien die Wut nicht länger kontrollierbar zu sein. »Für mich ist das alles auch nicht so einfach.«

Camilla wich ein paar Schritte zurück und starrte ihn aus ihren dunkelbraunen Augen bestürzt an. »Wieso hast du mir nicht schon früher davon erzählt?«

Fin zuckte die Achseln. »Keine Ahnung. Wahrscheinlich musste ich erst mal in Ruhe über alles nachdenken.« Natürlich war die Antwort lächerlich, doch Problemgespräche waren noch nie seine Stärke gewesen.

»Aha. Aber jetzt kannst du es mir erzählen, wo du alles stehen und liegen lässt, um auf die andere Seite des Erdballs zu fliegen und dich auf die Bettkante einer Frau zu setzen, die du seit fast fünfzehn Jahren nicht mehr gesehen hast.« Sie hielt inne. »Du erwartest doch wohl nicht, dass ich mitkomme, oder? Bei der Arbeit geht es gerade drunter und drüber.«

»Nein. Das erwarte ich nicht von dir.«

»Gut.« Ihre Züge entspannten sich sichtlich. »Dann also Fernbeziehung. Aber wenn es so schlecht um sie steht, wird es wohl nicht allzu lange dauern, bis du zurück bist.«

Fin biss angesichts ihrer Taktlosigkeit die Zähne zusammen, bemühte sich jedoch um einen möglichst ruhigen Tonfall. »Das will ich auch nicht.«

»Wie bitte?« Camilla wandte abrupt den Kopf.

»Ich ...« Er hielt inne und sammelte sich, um die Worte über die Lippen zu bringen, vor denen ihm graute. »Ich will keine Fernbeziehung.«

»Was soll das heißen?« Sie trat einen Schritt näher und starrte ihn aus ihren perfekt geschminkten Augen an. »Machst du etwa gerade Schluss mit mir?«

Fin zwang sich, den Blick nicht abzuwenden, obwohl sich die Last der Konfrontation wie ein Zentnergewicht auf ihn zu legen schien.

Sag es einfach.

Sei erwachsen und spuck's aus.

»Ja.« Das kurze Wort kam kaum hörbar über seine Lippen. »Ich denke schon.«

»Willst du mich verdammt noch mal verarschen?«, schrie Camilla, deren gesamter Körper vor Wut zu beben schien. »Ist das irgendein kranker Scherz?«

Fin versuchte zu schlucken, doch seine Kehle war wie ausgedörrt.

»Gib mir wenigstens eine Antwort, Fin!«, kreischte sie.

»Nein.« Er ließ den Kopf hängen. »Es ist kein Scherz.«

Ehe er sich's versah, bewarf Camilla ihn mit allem, was sie in die Finger bekam.

»Ich bitte dich, Cam«, begann er beschwichtigend. »Du weißt doch selbst, dass es in letzter Zeit nicht gut zwischen uns lief. Wir sehen uns kaum, und wenn, reden wir doch gar nicht miteinander, es sei denn, wir streiten.«

Ein unheilvoller Ausdruck spiegelte sich auf ihrer Miene.

»Dir auch ein gutes neues Jahr, du Riesenarschloch!«, brüllte sie, schnappte ihre Handtasche und stürmte ins Schlafzimmer.

Türenknallen hallte durch die Wohnung, während eine Woge widerstreitender Gefühle in seinem Innern aufwallte: Schuld und Wut, Bedauern und Erleichterung, alles wirbelte in ihm auf und schlug in einer Welle über ihm zusammen.

Es ist das Beste.

Du weißt selbst, dass es letztlich das Beste ist.

***

Innerhalb kürzester Zeit hatte Camilla ihre Sachen zusammengesucht und war gegangen. Ohne sie erschien ihm die Atmosphäre in der Wohnung mit einem Mal viel weniger drückend, als könnte er plötzlich wieder durchatmen. Schon seit Wochen hatte es zwischen ihnen gekriselt, und die ständigen Streitereien waren unerträglich geworden.

Verdammt, dann mal einen fröhlichen Silvesterabend.

Fin ließ sich aufs Sofa fallen und reckte das Gesicht den letzten Sonnenstrahlen entgegen, die durchs Fenster hereinfielen. Trotz seines roten Haars und seiner zahllosen Sommersprossen schien seiner Haut das heiße Klima zu bekommen. Wie um alles in der Welt sollte er mit dem trübselig grauen Wetter Londons leben?

Sein Handy vibrierte. Widerstrebend zog er es aus der Hosentasche – hoffentlich nicht Camilla. Noch mehr von ihrem Gezeter hielte er jetzt nicht aus – und lächelte, als er den Namen seines besten Freunds auf dem Display sah.

»Schönen letzten Abend des alten Jahres, Kumpel«, rief Rob gut gelaunt.

»Wie geht's dir?« Fin zwang sich, so etwas wie Begeisterung in seine Stimme zu legen.

»Gut, Mann, gut. Ich zische noch ein paar Bierchen, bevor wir heute Abend zu Nick gehen. Bist du sicher, dass du und Cam nicht mitkommen wollt?«

Fins Magen verkrampfte sich. »Nein, aber danke, dass du fragst. Wir haben schon etwas vor.« Die Lüge schmeckte bitter auf seiner Zunge.

»Das Angebot steht, falls ihr es euch noch anders überlegt.«

»Danke, Rob.«

»Ist alles okay bei dir?«, hakte Rob nach. »Du klingst irgendwie komisch.«

»Ja, ja, alles in Ordnung. Nur das mit meiner Mutter bringt hier gerade alles aus dem Tritt.« Wieder verspürte Fin einen Anflug von Gewissensbissen. Er wollte seinem Freund nichts vorenthalten, doch allein die Vorstellung, ihm die Trennung von Camilla im Detail darzulegen, war viel zu anstrengend. Es blieb ihm noch mehr als genug Zeit, um der Frage auf den Grund zu gehen, weshalb er nicht in der Lage zu sein schien, länger als zwei Jahre mit einer Frau zusammenzubleiben, und weshalb es idiotisch gewesen war, sich trotzdem mit einem weiteren anstrengenden und neurotischen L.A.-Society-Girl eingelassen zu haben.

»Klar. Muss echt hart sein. Kein Wunder, dass du ein bisschen von der Rolle bist. Solltest du reden wollen … ich bin hier.«

»Danke, Kumpel.« Fin war bewusst, dass Problemgespräche ebenso wenig zu Robs Stärken gehörten wie zu seinen, trotzdem war er seinem Freund dankbar für das Angebot. »Und bist du sicher, dass es okay ist, wenn ich in deinem Apartment wohne?«

»Aber klar! Mi casa, su casa und so. Außerdem steht die Wohnung seit Monaten leer, deshalb ist es gut, wenn jemand mal wieder nach dem Rechten sieht«, gestand Rob.

»Klar, so eine Zweitwohnung in London am Hals zu haben, ist ja auch lästig«, neckte Fin. So gern Rob den Eindruck vermitteln wollte, aus bescheidenen Verhältnissen zu stammen, erinnerte Fin ihn regelmäßig daran, dass das nicht stimmte.

»Hör schon auf damit.«

»War nur ein Witz. Ich bin dir wirklich dankbar, das weißt du, oder?«

»Ja.« Rob seufzte. »Mann, ich werde dich vermissen. Mit wem zum Teufel soll ich denn abhängen, solange du weg bist?«

»Du kommst schon klar.«

31

»Das will ich hoffen.« Rob lachte. »Aber jetzt muss ich Schluss machen, hab noch einiges zu erledigen. Guten Flug, und ruf mich an, wenn du in der Wohnung bist.«

»Alles klar. Mache ich.«

»Und … ach ja!«, rief Rob, gerade als Fin auflegen wollte.

»Ja?«

»Gutes neues Jahr, mein Freund.«

Fin lächelte. »Das wünsche ich dir auch.«

***

03:05 Uhr

Fin verfluchte sich innerlich. Realistisch gesehen konnte höchstens eine Stunde vergangen sein, seit er das letzte Mal auf die Uhr gesehen hatte, aber fünfzehn Minuten? Die Zeit spielte ihm Streiche.

Konnte er jetzt schon aufstehen? Die meisten Leute dürften noch unterwegs sein und feiern. Wäre es komplett verrückt, loszuziehen und bei irgendeiner Party aufzuschlagen? Sein jüngeres Ich hätte sich längst eine halbe Flasche Jack Daniel's reingezogen und säße im Taxi.

Ein Schlückchen Whiskey wäre jetzt nicht verkehrt.

Er kniff die Augen zusammen und kämpfte gegen das Bedürfnis an. Schon seltsam, wie die Versuchung nach all der Zeit noch so groß sein konnte.

»Los, schlaf endlich. Mach schon, los!« Frustriert knallte er den Kopf im Rhythmus seiner Worte ins Kissen und griff erneut nach seinem Handy.

03:30 Uhr

Bald würde er aufstehen und der Qual ein Ende machen. Wann ging eigentlich sein Flug?

Er scrollte durch seinen Posteingang auf der Suche nach der Bestätigung der Fluggesellschaft, was angesichts der nicht enden wollenden Flut eingehender Nachrichten unnötig schwierig war – allesamt Neujahrswünsche und trunkene Zuneigungsbekundungen. Rob allein hatte ihm bestimmt mehr als zwanzig davon geschickt.

»British Airways … British Airways, wo zum Teufel bist du?«, murmelte er und scrollte weiter. »Aha! Sehr geehrter Mr. Taylor, anbei erhalten Sie die Bestätigung für Ihren Flug …« Er las weiter. »Da haben wir's ja. Abflug 13:00 Uhr.«

Enttäuschung erfasste ihn. Er konnte unmöglich über fünf Stunden vor Abflug am Flughafen auftauchen – vor allem er, der grundsätzlich mindestens zehn Minuten zu spät dran war, eine Gewohnheit, die er nie hatte ablegen können, sehr zum Verdruss seines gesamten Umfelds.

»Apropos zu spät«, murmelte er, als sein Blick an Kates Namen hängen blieb. »Kann man so was bringen?«, fragte er laut.

Fin öffnete die Save-the-Date-Mail für die Hochzeit, die er vor Monaten bekommen und tags darauf mit einer Absage beantwortet hatte, wohl wissend, dass Kate weder überrascht noch verärgert darüber wäre. Er war schon so lange nicht mehr in England gewesen, dass es ihn wunderte, überhaupt auf der Einladungsliste gelandet zu sein. Andererseits war Kate eine seiner ältesten Freundinnen und meldete sich mindestens einmal im Jahr, auch wenn dazwischen ewig Funkstille herrschte. Nun hielte er sich tatsächlich an ihrem großen Tag in London auf … das war doch die perfekte Gelegenheit, oder?

»Wieso eigentlich nicht?«, sinnierte er. Schlimmstenfalls sagte sie Nein.

E-Mail an Kate Crossley:

Hey, Kate, wie geht's dir so? Frohes neues Jahr! Ich weiß, es ist superkurzfristig, schließlich findet deine Hochzeit schon in zwei Wochen statt, aber ich bin zufällig eine Weile in London. Solltet ihr also bei eurem Empfang noch ein freies Plätzchen haben, würde ich gern kommen und mit euch feiern! Natürlich verstehe ich vollkommen, wenn es nicht klappt, trotzdem wäre es toll, sich wieder mal zu sehen. X

Er musste über seine eigene Dreistigkeit lachen und stellte sich Kates Gesicht vor, wenn sie die Mail las – für die er garantiert ihre und Eleanors Verachtung kassieren würde.

Eleanor.

Sein Magen zog sich zusammen. Du meine Güte, er hatte eine Ewigkeit nicht mehr an sie gedacht, sondern sie, wie so ziemlich seine gesamte Vergangenheit, in den hintersten Winkel seines Gedächtnisses verbannt. Vielleicht war es unvermeidlich, dass sie ihm ausgerechnet jetzt in den Sinn kam, schließlich kehrte er an jenen Ort zurück, der untrennbar mit ihr verbunden war. Mit einem Mal spürte er Panik in sich aufsteigen. Kriegte er das wirklich hin?

»Dir bleibt nichts anderes übrig«, sagte er, stemmte sich aus dem Bett und schleppte sich unter die Dusche.

Eleanor

Zu Beginn ihrer Beziehung hatte Eleanor die Sonntage am allerliebsten gemocht, weil es die einzigen Tage waren, an denen sich ihre jeweiligen Terminkalender koordinieren ließen. Ausschlafen, herumtrödeln, lange Laufrunden, ausgiebige Abendessen und das innige Bedürfnis, jeden köstlichen Moment aufzusaugen, ehe der obligatorische Montagsblues wieder zuschlug. Vielleicht hätte sie die Anzeichen ernster nehmen sollen, da die Sonntage, an denen sie gemeinsam Zeit verbrachten, im Lauf der Jahre immer seltener geworden waren. Zwar hatte es immer noch lange Läufe nach dem Ausschlafen und ausgiebige Abendessen gegeben, doch immer häufiger war Eleanor dabei alleine gewesen. Inzwischen stand jeden zweiten Sonntag ein Mittagessen bei ihrer Mutter auf der Tagesordnung, was sie früher allenfalls einmal im Monat geschafft hatte.

»Ich habe doch gleich gesagt, wir sollten früher los«, schimpfte Freya.

Eleanor fluchte, als eine weitere Ampel auf Rot sprang, und krallte die Hände fester ums Steuer. »Echt jetzt, Freya?«

»Mum denkt bloß wieder, wir machen das mit Absicht.«

»Weiß ich doch. Deshalb bin ich ja noch gestresster als sonst. Ich hasse es ja schon, mit dem Auto in London herumzufahren, wenn sonst keiner auf der Straße ist.« Sie warf ihrer Schwester einen vernichtenden Blick zu, die jedoch wenig überraschend am Handy hing und ihr keine Beachtung schenkte.

»Wahrscheinlich bist du immer noch verkatert«, maulte Freya.

»Nein«, behauptete Eleanor, obwohl sie selbst jetzt noch die letzten Dunstfetzen des Weins spürte, der ihre Sinne umnebelte. »Na gut, vielleicht ein bisschen. Wieso müssen wir eigentlich ständig zum Mittagessen zu ihr fahren? Alle zwei Wochen ist doch ziemlich übertrieben, findest du nicht?« Eleanor registrierte den weinerlichen Unterton, der sich wieder in ihre Stimme geschlichen hatte. Konnte Liebeskummer einem die Seele rauben und einen gleichzeitig in einen patzigen Teenager zurückverwandeln?

»Weil Mum uns liebt. Und ...« Freya warf Eleanor einen unbehaglichen Blick zu.

»Und weil alle Angst hatten, dass ich irre werde, als Oliver mich verlassen hat?«

Freya schnaubte. »Genau.«

»Aber das ist Monate her. Sieh mich an, mir geht's gut. Was soll das Theater?« Eleanor trat das Gaspedal durch, woraufhin ihr kleiner Yaris vorwärtsschnellte.

»Herrgott noch mal, Eleanor, ich komme lieber zu spät als in einem Krankenwagen. Fahr gefälligst langsamer!«

»Tut mir leid, tut mir leid.« Eleanor sog tief den Atem ein und hielt ihn einen Moment lang an. Als sie ihn ausstieß, spürte sie, wie ein Teil ihres Frusts von ihr abfiel.

»Wir wollen doch nur, dass es dir gut geht.« Freya legte ihre Hand behutsam auf Eleanors.

»Weiß ich.« Sofort machte sich dieses unangenehm schuldbewusste Gefühl in ihrer Magengegend bemerkbar.

»Ich habe Mum eine Nachricht geschrieben, dass wir uns etwas verspäten. Sie meint, es sei gar kein Problem.«

»Danke.« Eleanor lächelte und zuckte mit keiner Wimper, als auch die nächste Ampel auf Rot sprang. »Freya?« Sie schluckte gegen den Kloß der Angst in ihrer Kehle an.

»Hm?« Freya hörte zwar zu, war jedoch längst wieder in die Tiefen ihres Instagram-Feeds abgetaucht.

»Als Oliver mich verlassen hat …« Eleanor schloss die Augen und ließ die Worte über ihre Lippen kommen. »Wie schlimm war ich da?«

Freya ließ ihr Handy sinken und lehnte den Kopf gegen die Nackenstütze. »Ziemlich schlimm.« So gern Eleanor ihre Hand gedrückt hätte, musste sie sich mehr denn je aufs Fahren konzentrieren. »Eine Weile bist du komplett abgetaucht. Als wärst du da, aber irgendwie auch nicht. An manchen Tagen hast du praktisch nur geschlafen und wolltest nichts essen. Ehrlich gesagt war es mir am liebsten, wenn du geweint hast, weil ich sicher sein konnte, dass du wenigstens bei Bewusstsein bist.«

Großer Gott!

Eleanors Herz begann zu rasen. Wie hatte sie es geschafft, diese Zeit komplett aus ihrer Erinnerung zu verbannen? Wann immer sie versuchte, sich einen der Momente aus dieser Phase ins Gedächtnis zu rufen, war da nichts als gähnende Leere.

»Es tut mir leid.« Mehr brachte sie erbärmlicherweise nicht zustande.

»Muss es nicht.« Freya beugte sich herüber und drückte ihr einen Kuss auf die Wange. »So, und jetzt geben wir uns eine Dröhnung Tina Turner. Damit fühle ich mich gleich viel besser auf alles vorbereitet, was auf uns zukommt.« Mit einem breiten Grinsen drehte sie die Lautstärke auf.

***

»Ihr Süßen! Da seid ihr ja endlich, meine beiden kleinen Mädchen.« Die leuchtend rosa gestrichene Eingangstür ging auf und gab den Blick auf die Respekt einflößende Gestalt von Angela Levy frei. »Sieh sich euch einer bloß an! Wie sollte man euch auch nur ansatzweise böse sein, wenn ihr so wunderbar ausseht!« Sie zog sie in eine feste Umarmung.

Der Geruch nach dem süßlichen Parfum ihrer Mutter stieg Eleanor in die Nase. Jasmin. Der Duft ihrer Kindheit. Gedämpft drang Freyas Stöhnen an ihre Ohren, als ihre Mutter auch sie an ihre Brust riss.

»Mum, wir kriegen ja keine Luft mehr!« Freya kämpfte sich aus den türkisen Chiffonschichten, die sich immer fester um sie und Eleanor zu schlingen drohten.

»Tut mir leid, Schatz, aber ich vermisse euch so sehr, dass ich am liebsten jedes Quäntchen aus euch herausdrücken will.« Sie hielt Eleanor ein Stück von sich weg und seufzte. »So, wie geht es meinem größeren Schatz?«

»Mir geht's gut, danke.« Eleanor zwang ihre Lippen zu einer verzerrten Version eines Lächelns. »Ehrlich.«

»Hmmm.« Die stark geschminkten Augen ihrer Mutter verengten sich zu Schlitzen. »Du siehst immer noch ziemlich mitgenommen aus. Deine Haut ist trockener als das Brathühnchen deiner Großmutter, Gott sei ihrer Seele gnädig. Und für meinen Geschmack bist du immer noch ein bisschen zu dünn. Etwas mehr auf den Rippen steht uns Levy-Mädels einfach besser zu Gesicht. Man kann nicht wie ein Spatz aussehen, wenn man die Gene zum Schwan hat.« Für all das hatte sie nicht einmal Atem holen müssen. »Also, lasst uns essen.«

Eleanor wurde in die Küche gezerrt, dicht gefolgt von einer kichernden Freya. Wie erwartet hatte ihre Mutter genug für zehn Personen gekocht. In diesem Haushalt wurde der Liebe bevorzugt mit einem Zwölf-Gänge-Menü Ausdruck verliehen.

»Setzt euch, setzt euch.« Ihre Mutter gestikulierte wild. »Haut rein. Es ist alles vegan und glutenfrei. Wer gut isst, der lebt auch gut, so heißt es doch immer, richtig?«, zwitscherte sie.

»Klar«, murmelte Eleanor, setzte sich brav und füllte ihren Teller mit kleinen Portionen von allem. Dieses Mittagessen würde sich als Marathon gestalten, und wer ein Rennen gewinnen will, muss taktisch vorgehen.

»Also, Freya, Schatz. Erzähl mir von Samuel. Wie geht es ihm? Wann lerne ich ihn endlich kennen? Ich habe schon meinen Mädels im Laden von ihm erzählt. Rita hatte regelrecht Schaum vor dem Mund, weil sie so neidisch ist. Nach ihren Mädchen dreht sich keiner um, ganz zu schweigen davon, dass eine sich einen ehemaligen Rugby-Star geangelt hätte.« Angelas Augen leuchteten vor Euphorie.

Freya verdrehte die Augen. »Bitte, Mum. Ich habe dir doch erzählt, dass er bloß auf der Uni gespielt hat. Er ist kein Profi oder so was.« Stöhnend schob sie ein Blatt Spinat auf ihrem Teller hin und her. »Und es geht ihm gut. Allmählich langweile ich mich ein wenig mit ihm, wenn ich ehrlich sein soll.«

»Oh.« Angelas Strahlen erlosch. »Sei so gut und schieß ihn nicht gleich ab. Ich muss noch ein bisschen angeben, bevor ich wieder in Ritas Liga zurückfalle.«

»Welche Liga soll das denn sein?« Leise Wut stieg in Eleanor auf. »Die Liga der Frauen mit zwei Töchtern, die peinlicherweise single sind?«

»Eleanor, bitte!«, erwiderte ihre Mutter barsch. »Sei nicht albern. Das habe ich nicht gemeint.« Sie strich ihren Seidenschal glatt und nahm einen großen Schluck aus ihrem Weinglas, wobei sie gekonnt jeden Blickkontakt mit Eleanor vermied. »Wut steht dir nicht. Das war schon immer so.«

Die Stille lag wie Blei über dem Raum.

»Wie läuft es im Laden, Mum?«, fragte Freya zögerlich und drückte verstohlen unter dem Tisch Eleanors Hand.

»Fantastisch, danke. Wie ihr wisst, soll ich zur Regionalleiterin befördert werden. Ich kann es immer noch kaum glauben, aber es ist tatsächlich wahr. Laut der aktuellen Zahlen boomt der Laden. Es läuft super!«

Eleanor konnte einen Anflug von Stolz auf ihre Mum nicht leugnen. Trotz all ihrer unangebrachten Ratschläge

40

und ihrer Exzentrik war sie eine beeindruckende Persönlichkeit.

»Ich frage ja nur ungern, aber habt ihr in letzter Zeit mal euren Vater besucht?« Trotz ihres durchdringenden Blicks bemühte Angela sich um einen lockeren, freundlichen Tonfall.

Eleanor warf Freya einen schuldbewussten Blick zu und hoffte inbrünstig, dass sie es ebenso versäumt hatte wie sie selbst.

»Ihr könntet euch wenigstens ein bisschen Mühe geben, oder? Ihr wisst doch, dass er sich freuen würde.«

»Aber …«, begann Freya.

»Aber gar nichts, Freya Isabelle. Ihr seid seine Töchter. Ein Besuch ist das Mindeste.«

Die steinerne Miene ihrer Mutter ließ keinen Zweifel daran, dass sie es lieber nicht auf eine Auseinandersetzung ankommen lassen sollten.

»Entschuldigung«, murmelten beide kleinlaut.

Aus heiterem Himmel breitete sich ein strahlendes Lächeln auf Angelas Zügen aus.

»Ich habe mir überlegt …« Sie zog ihre kräftig nachgezogenen Brauen hoch. »Wie wär's, wenn wir zu meinem Geburtstag ein Mädelswochenende veranstalten? Das wäre ein Riesenspaß.«

Eleanor musste sich eine Gabel voll veganer Lasagne in den Mund schieben, um nicht entsetzt aufzuschreien.

»Freya, du siehst in deinen Kalender und suchst ein Wochenende heraus, an dem Sam nicht vorhat, dich zum

Essen einzuladen.« Sie zwinkerte übertrieben. »Bei dir, Eleanor, weiß ich ja, dass du zusagst.«

»Und was ist mit meinem Terminkalender? Vielleicht habe ich ja etwas vor?«, protestierte Eleanor empört.

Ihre Mutter tätschelte ihr die Hand. »Schatz, du bist vierunddreißig und frisch getrennt. Machen wir uns mal nichts vor, okay? Außerdem verdienst du es, ein bisschen auf Vordermann gebracht zu werden, bevor du wieder aufs Pferd steigst. Dass du dabei bist, ist ein Muss.«

Am liebsten hätte Eleanor vor Frust laut geschrien, doch sie war zu schockiert, um einen Ton herauszubringen.

»Sind wir fertig?«, fragte Angela und zog ihnen die Teller förmlich unter der Nase weg. »Ich hole das Dessert. Ich muss doch dafür sorgen, dass du ein bisschen was auf die Rippen bekommst, mein Vögelchen.« Sie kniff Eleanor in die Wange und sprang auf, um die Teller in die Spüle zu stellen. »Männer wollen keine Knochengestelle im Bett, hat euer Vater immer gesagt.«

Freya beugte sich näher zu Eleanor. »Soll ich Mum fragen, ob wir diese Besuche vielleicht ein wenig seltener ansetzen können?«, raunte sie und drückte ihren Arm.

»Nicht fragen, sondern es ihr einfach *mitteilen*!«, erwiderte Eleanor.

»Apropos Kalender«, rief ihre Mutter. »Dich sehe ich ja erst mal eine ganze Weile nicht mehr, stimmt's, Eleanor-Schatz?« Sie erschien mit einem riesigen Apfelkuchen.

»Was meinst du damit?«, fragte Eleanor, deren Magen allein bei der Vorstellung protestierte, noch mehr zu tun zu bekommen.

»Am Wochenende unseres nächsten Sonntagsessens findet doch Kates Hochzeit statt, oder nicht?«

Eleanor erstarrte. Woher wusste ihre Mutter davon?

»Am 15. Januar, richtig?«, fuhr Angela fort und gab ein riesiges Stück des noch warmen Kuchens auf Eleanors Teller.

»Stimmt …« Eleanors Blick schweifte zu Freya, die sich bereits eine Gabel voll in den Mund schob.

»Richte ihr schöne Grüße aus, ja? Oh, was ziehst du denn an? Von deinen alten Sachen passt dir ja wohl nichts mehr.« Wenig überraschend schien Eleanors Teller am üppigsten beladen zu sein.

»Ich … eigentlich bin ich noch nicht mal sicher, ob ich überhaupt hingehe.«

Ihre Mutter riss ihr den Teller wieder aus der Hand und machte ein finsteres Gesicht. »Was um alles in der Welt willst du damit sagen?«

Eleanor spürte, wie sie rot wurde. Noch hatte sie niemandem von ihrem Vorhaben erzählt, die Hochzeit zu schwänzen, und sich innerlich nicht für die Inquisition ihrer Mutter gewappnet.

»Es könnte unangenehm sein, ganz allein hinzugehen. Ich bin nicht sicher, ob ich mich bereit dafür fühle.«

Ihre Mutter knallte den Kuchenheber auf den Tisch, sodass warme Apfelstücke durch die Gegend flogen. »Nicht bereit? Du bist nicht bereit, dabei zu sein, wenn deine Freundin, die du seit über zwanzig Jahren kennst, die Liebe ihres Lebens heiratet? Schäm dich, Eleanor Ruth.«

»Aber es wird peinlich werden. Allein aufzutauchen, wo alle anderen mit Partner dort sind. Es ist zu brutal.« Eleanor war bewusst, wie erbärmlich das klang, doch das war ihr egal. Sie hatte es satt, dass jeder davon ausging, ihr Liebeskummer hätte sich in Wohlgefallen aufgelöst, nur weil sie nicht mehr den ganzen Tag weinend auf dem Sofa lag.

»Glaubst du ernsthaft, mir fällt so etwas leicht? Glaubst du, es macht mir Spaß, bei Festen oder Dinnerpartys grundsätzlich die Einzige ohne Partner zu sein? Glaubst du, Freya fand es schön, allein zu jedem Familienessen aufzutauchen, bevor Sam in ihr Leben trat?« Die Stimme ihrer Mutter schwoll immer weiter an.

Bei jedem Wort aus Angelas Mund wuchsen ihr schlechtes Gewissen und ihre Scham, gleichzeitig konnte sie die unterschwellige Wut nicht leugnen, die in ihr schlummerte. »Du kannst mich aber nicht mit Freya vergleichen, schließlich hatte sie sich bewusst entschieden, single zu sein.«

»Und was ist mit mir? Habe ich auch entschieden, single sein zu wollen?« Abrupt stand Angela auf und warf sich den Seidenschal über die Schulter. »Ich bedaure sehr, dass Oliver dir wehgetan hat. Vor allem bedaure ich, dass er es geschafft hat, uns jahrelang glauben zu lassen, er sei ein netter, anständiger Kerl. Aber manchmal passieren nun mal beschissene Dinge im Leben, Eleanor. Ehrlich gesagt, sogar eine ganze Menge beschissener Dinge, aber wir müssen uns damit arrangieren, sonst laufen wir Gefahr, überhaupt kein Leben zu haben. Und jetzt iss deinen Nachtisch, bevor er kalt wird.«

Fin

»Verdammt, ist das kalt!« Fin zog seine Jacke enger um sich, als er um die Mittagszeit im belebten Nord-London aus dem Taxi stieg. Ein trüb-grauer Himmel spannte sich über der Stadt. Seine Haut schien die fehlende Sonne schon jetzt zu vermissen, und allein der Anblick der dicken Wolkendecke dämpfte seine Stimmung beträchtlich. Der Flug war lange und nicht gerade angenehm gewesen. Er sehnte sich nach einer heißen Dusche und einer anständigen Mütze voll Schlaf, gleichzeitig war ihm klar, dass er so lange wie möglich gegen den Jetlag ankämpfen musste.

»Willkommen zu Hause«, brummte er, schob den Schlüssel ins Schloss und öffnete die Haustür.

Robs Warnung, dass die Wohnung unbewohnt wirken würde, war durchaus berechtigt gewesen. In der Diele hingen Spinnweben wie graue Zuckerwatte in den Ecken, und sämtliche Oberflächen waren von einer dünnen Staubschicht bedeckt. Trotzdem war es besser, hierzubleiben, als seine Ersparnisse für eine Unterbringung in einem überteuerten Hotel oder einem seelenlosen Premier Inn zu verschwenden. Zwar hatte er dank seiner Arbeit als freier Fotograf ein hübsches Polster für Notfälle wie diesen auf der Seite, aber noch wusste er nicht, wie lange er bleiben würde, deshalb konnte er nicht leichtfertig damit umgehen.

»Heizung ... Heizung ... wo zum Teufel ist hier die Heizung?« Er stellte seinen Koffer im Flur ab und machte einen Rundgang durch die Wohnung. »Los, wo bist du, verdammt!«, rief er und rieb die Hände aneinander. Nach zwanzig Minuten ergebnisloser Suche vibrierte sein Handy in der Tasche.

»Hast du die Bude schon zerlegt, oder was?«, begrüßte ihn Robs gedehnte Stimme.

»Das nicht, aber wenn ich nicht bald den Schalter für die blöde Heizung finde, tue ich es vielleicht. Es ist eiskalt hier.«

»Im Schrank in der Diele, hinter der Waschmaschine.« Rob unterdrückte ein Gähnen. »Aber gut zu wissen, dass du heil angekommen bist. Wie war der Flug?«

»Ja, ja. Okay«, antwortete Fin abwesend, spähte in den winzigen Schrank und tastete nach dem Schalter. »Aha, hab ich dich!«, rief er triumphierend. »Moment mal! Ist es nicht zwei Uhr früh bei dir? Wieso bist du um die Zeit noch wach?«

»Ich arbeite«, brummte Rob. »Hauptsächlich arbeite ich nach, weil ich gestern Abend hackedicht war und den ganzen Tag so gut wie nichts auf die Reihe bekommen habe. Aber die Party war super. Du hast uns gefehlt.«

Mit einem Seufzer ließ Fin sich auf das Sofa sinken. Er wusste, worauf das Gespräch hinauslief, und war nicht sicher, ob er gerade die Energie hatte, es in eine andere Richtung zu lenken.

»Du hättest doch nicht mal gemerkt, dass ich da bin. Bestimmt warst du voll wie eine Haubitze und erinnerst dich an nichts, was vor Mitternacht passiert ist.«

»Das stimmt nicht!«, protestierte Rob. »Ich erinnere mich an alles. Zumindest bis kurz nach Mitternacht. Was danach kam, ist ein bisschen verschwommen. Allerdings erinnere ich mich glasklar daran, dass ich Camilla gesehen habe ... alleine.«

»Tatsächlich.« Das war keine Frage.

»Das weißt du ganz genau.« Rob hielt inne. »Willst du darüber reden?«

Fin lachte. »Wollte ich das jemals?«

»Stimmt. Und normalerweise wäre ich heilfroh, jegliches Problemgespräch vermeiden zu können, aber nach allem, was mit deiner Mum gerade passiert, dachte ich ...« Rob unterbrach sich. Einen Moment lang herrschte verlegene Stille in der Leitung. »Ist alles okay? Bist du okay?«

»Abgesehen davon, dass ich in deiner eiskalten Drecksbude festsitze, vor Müdigkeit kaum die Augen offen halten kann und mir massenhaft Geld verloren geht, weil ich nicht arbeiten kann, geht es mir gut.« Fin stand wieder auf und zwang sich, in der Wohnung herumzugehen. Je länger er herumlag, umso größer die Gefahr, dass er nicht mehr hochkäme.

»Sei nicht so undankbar!«, maulte Rob. »Ich habe dir doch gesagt, dass sie eine ganze Weile leer gestanden hat und du mein Angebot, so lange kostenlos dort zu wohnen, wie du willst, auch ablehnen und dafür in ein hübsches kleines Hotelzimmer gehen kannst, aber ... wie man sich bettet, so liegt man.«

Fin atmete auf. Damit waren sie aus der Gefahrenzone eines Gesprächs über Gefühlsangelegenheiten heraus.

»Apropos Bett. Wann hast du eigentlich das letzte Mal die Bettwäsche gewechselt?«

»Vor zehn Jahren. Wenn du Glück hast.«

»Du Mistkerl!« Fin schnaubte. »In dem Fall sollte ich wohl mal versuchen, die Bude hier auf Vordermann zu bringen, was? Los, geh ins Bett und schlaf ein bisschen.«

»Ich werd's versuchen. Sag Bescheid, wie es läuft, ja? Ich hoffe, deiner Mum geht's … na ja … du weißt schon. Ich hoffe, es läuft alles glatt.«

»Danke, Rob.«

Fin spürte, wie der Kloß in seinem Hals größer wurde, der seit dem schicksalhaften Anruf zu einem festen Bestandteil seines Körpers geworden zu sein schien, der abwechselnd anschwoll und wieder schrumpfte, seinen Würgegriff verstärkte oder lockerte, aber niemals gänzlich verschwand. Er versuchte, das Telefonat aus seinen Gedanken zu verbannen, doch es gelang ihm nicht. Er hatte an dem Morgen zu Hause gearbeitet, als das Telefon klingelte. Die Nummer selbst erkannte er nicht, wohl aber die Ländervorwahl.

»Hallo, spreche ich mit Mr. Finley Taylor?«

Beim Klang des englischen Akzents hatte sich sein Magen verkrampft.

»Am Apparat.«

»Ich bin Schwester Clara vom St. Catherines Pflegeheim hier in Watford. Ihre Mutter ist Eileen Taylor, ist das richtig?«

Fins Herz begann zu hämmern. Selbst zwanzig Jahre nach ihrer Scheidung weigerte seine Mutter sich, den Namen ihres Ex-Mannes abzulegen. Wut flammte in ihm auf.

»Ja, das ist richtig.«

Stille. Dann ein scharfer Atemzug. Die Vorbereitung auf schlechte Nachrichten.

»Ich fürchte, Ihre Mutter ist krank. Schwer krank sogar.« Die Stimme der Schwester war klar und sachlich, trotzdem schwang eine Wärme darin mit, die Fin sagte, dass er ihr vertrauen konnte. »Sie befindet sich schon seit geraumer Zeit in unserer Obhut, doch leider verschlechtert sich ihr Zustand zunehmend, deshalb wollte ich Ihnen rechtzeitig Bescheid geben.«

Fins Gedanken überschlugen sich. Tausende Fragen strömten gleichzeitig auf ihn ein, verschmolzen zu einem chaotischen Getöse in seinem Kopf.

»Rechtzeitig?«, wiederholte er tumb.

»Ja. Wie gesagt, ihr Zustand verschlechtert sich rapide, und ich wollte lieber früher als später anrufen.« Bedeutungsschwere Stille machte sich breit, als sie innehielt. »Tut mir leid, dass ich schlechte Nachrichten für Sie habe.«

Fins Finger krallten sich um sein Handy. Das konnte unmöglich real sein. Oder? Plötzlich kam ihm ein Gedanke. »Weiß sie, dass Sie mich anrufen?«, fragte er.

»Hier in St. Catherines sind wir ermächtigt, die Entscheidung selbst zu treffen, wann wir die Familienmitglieder informieren wollen«, antwortete sie fest. »Und Sie sind Mrs. Taylors nächster Angehöriger.«

»Aber wissen tut sie es nicht, richtig?« Eine Flut an Gefühlen durchströmte ihn. »Sie hat Ihnen nicht gesagt, dass Sie mich kontaktieren sollen.«

»Nein«, bestätigte die Schwester. »Nein, das hat sie nicht.«

»Sollten Sie es ihr nicht sagen?« Angespannt fuhr er sich mit der Hand durchs Haar. Wie war das hier möglich?

»Wie ich schon sagte, sind wir ermächtigt, die Entscheidung zu treffen, wenn ein Patient oder eine Patientin nicht mehr selbst dazu in der Lage ist.«

»Was genau meinen Sie damit?«

»Leider leidet Ihre Mutter unter Demenz.«

»Ah …« Nur unter Aufbietung all seiner Willenskraft gelang es Fin, sich auf die fremde Frau am Telefon zu konzentrieren. Der Raum begann, sich zu drehen. »Und daran stirbt sie auch?«

»Nein. Vor einigen Monaten wurde bei ihr eine Krebserkrankung im Endstadium diagnostiziert.«

»Scheiße«, stieß er erschüttert hervor.

»Kann man wohl sagen.« Wieder hielt die Schwester inne. »Es tut mir sehr leid, dass Sie es auf diese Art erfahren müssen, Mr. Taylor. Natürlich weiß ich nicht, was zwischen Ihnen beiden vorgefallen ist, und ehrlich gesagt geht mich das auch gar nichts an, aber fest steht, dass sie immerzu von Ihnen spricht, ganz egal, ob sie einen guten oder einen schlechten Tag hat.«

Fin stockte der Atem. »Wirklich?«

»Wirklich.«

Einen Moment lang sagte keiner etwas, während Fin verzweifelt versuchte, dem Chaos in seinem Kopf irgendwie Herr zu werden.

»Wie viel Zeit bleibt ihr noch?«, fragte er und krallte die Finger um das Handy.

»Schwer zu sagen. Aber in Situationen wie dieser raten wir den Angehörigen, möglichst schnell zu kommen.«

***

Er schaffte es, bis acht Uhr abends durchzuhalten, ehe die Erschöpfung siegte. Trotz Robs muffiger Laken, die er am Ende aus Faulheit doch nicht gewechselt hatte, schlief er erstaunlich gut und wäre vermutlich nicht vor dem Nachmittag wach geworden, hätte ihn nicht das erbarmungslose Summen seines Handys geweckt.

Schlaftrunken tastete er nach dem Telefon.

»Hallo?«, krächzte er.

»Fin?«, flüsterte eine Frauenstimme. »Bist du das?«

»Hmhm.« Mit einem unterdrückten Gähnen streckte er möglichst geräuschlos die Glieder aus.

»O mein Gott, Fin, ich bin's, Kate!«, trompetete seine Freundin in den Hörer.

Fin setzte sich auf und rieb sich die Augen. »Oh, hey, Kate. Geht's dir gut?« Er registrierte den amerikanischen Akzent, der sich mittlerweile in seinen Tonfall geschlichen hatte. Kein Wunder, dass sie ihn nicht auf Anhieb erkannt hatte.

»Mir geht's prima. Entschuldige, habe ich dich geweckt?«

»Nein, nein, mir steckt nur der Jetlag noch ein bisschen in den Knochen. Ich bin erst gestern angekommen.«

»Ich freue mich ja so, dass du hier bist. Ich konnte es kaum fassen, als ich deine Mail gelesen habe. Ist ja klar, dass du dich erst zwei Wochen vor der Hochzeit meldest!«

51

»Ja, das … also …«, stammelte er. Inzwischen kam er sich reichlich blöd vor, überhaupt auf die Idee gekommen zu sein. »Das war natürlich schwachsinnig von mir. Ignorier die Mail einfach.«

»Auf keinen Fall! Zufällig steht eine von Georges Cousinen unmittelbar vor der Geburt ihres Kindes, deshalb wollen sie und ihre Frau lieber die Fahrt nicht riskieren und bleiben zu Hause.« Ein Anflug von Bitterkeit schwang in ihrer Stimme mit. »Was heißt … ein Platz ist für dich frei geworden. Für den ganzen Tag, wenn du möchtest. Du musst zwar bei ihrer Menüauswahl bleiben, aber nach allem, was ich weiß, isst du ja so ziemlich alles, oder?«

Fin zögerte kurz, als ihn erste Zweifel beschlichen. Wollte er das allen Ernstes tun?

Du hast doch die E-Mail geschickt.

»Nur wenn du ganz sicher bist?«, erwiderte er vorsichtig.

»Natürlich bin ich sicher! Das ist toll! Wie lange haben wir uns nicht mehr gesehen? Es müssen bestimmt zwanzig Jahre oder so was völlig Verrücktes sein.«

»Nicht ganz, aber, ja, es ist definitiv lange her.« Er lächelte. Selbst heute war sie noch dieselbe 10 000-Volt-Kate, die er aus seiner Kindheit kannte. »Wie geht's dir, so kurz vor deinem großen Tag? Bist du nervös?«

»Ein paar Kleinigkeiten gibt es noch zu erledigen, aber ansonsten sind wir so gut wie fertig.«

»Ich fasse es nicht, dass die kleine Kate Crossley heiraten wird.« Gähnend rekelte er sich noch einmal ausgiebig. »Wann sind wir eigentlich so alt geworden, hm?« Er stemmte sich aus dem Bett hoch.

»Hör sofort auf! Neuerdings kriege ich jede Nacht zehn neue Falten.« Sie stöhnte. »Aber ich will dir nicht deine Zeit stehlen. Bestimmt hast du jede Menge zu tun und triffst dich mit vielen Leuten, die du lange nicht gesehen hast. Ich wollte bloß sichergehen, dass du gut untergebracht bist und weißt, wie du zur Hochzeit kommst.«

»Alles bestens, Kate. Mach dir wegen mir keine Gedanken.«

»Wunderbar. Dann sehen wir uns übernächsten Samstag?«

Er lachte über ihren Restzweifel, dass er auftauchen würde.

»Aber klar. Bis dann.«

Kates Worte im Ohr, sah Fin sich im Apartment um.

Bestimmt hast du jede Menge zu tun und triffst dich mit vielen Leuten, die du lange nicht gesehen hast.

Es gab einen Grund, weshalb Fin seiner Heimat den Rücken gekehrt hatte und nie wieder zurückgekehrt war. London war bedeutungslos für ihn geworden, es gab schlicht niemanden, mit dem er sich hätte treffen wollen. Keine Freunde, die er unbedingt mit einem spontanen Besuch überraschen müsste. Nein, da war nur eine Person, die er besuchen musste – die Einzige, wegen der er den langen Flug auf sich genommen hatte –, und obwohl ihm die Zeit davonlief, wusste er tief im Innern, dass er seiner Mutter heute nicht würde gegenübertreten können. Ehrlich gesagt war nie der passende Zeitpunkt für emotionale Belastungen, aber dann auch noch übermüdet und mit Jetlag? Auf keinen Fall. Nein, er brauchte noch etwas Zeit, um sich innerlich vorzubereiten, sich für die Begegnung mit ihr zu wappnen.

»Morgen«, murmelte er. »Morgen besuche ich sie.«

Eleanor

Ein Kleid für Kates Hochzeit kaufen. Freya anrufen. Wein besorgen. Catherine einen neuen Präsentationsvorschlag schicken. Ein Kleid für Kates Hochzeit kaufen. Freya anrufen. Wein besorgen. Catherine einen neuen Präsentationsvorschlag schicken.

Die Gedanken kreisten in ihrem Kopf, während sie ihre Laufstrecke absolvierte. Sollte Joggen nicht helfen, das Gedankenkarussell abzuschalten? Zehn Meilen später war es ihr immer noch nicht gelungen, Ruhe im Kopf zu schaffen, dafür fühlten sich wenigstens ihre Beine gut an – kräftig und erstaunlich willig nach einer weiteren schlaflosen Nacht. Hätte sie noch etwas mehr Zeit gehabt, wäre sie noch weitere fünf Meilen gelaufen, aber dieser Luxus blieb ihr heute verwehrt.

Dehnen. Duschen. Kaffee. Frühstück.

Allein beim Gedanken an eine Mahlzeit zog sich ihr Magen zusammen. Dabei gab sie sich alle Mühe, doch seit der Trennung hatte Essen jegliche Bedeutung für sie verloren. Was auch immer sie sich in den Mund schob, schien sich zu einem Pappklumpen zu verwandeln, sobald es ihre Lippen berührte. Widerlich. Klebrig. Ungenießbar. Und an den Tagen, an denen sie etwas hinunterbekam, lag es ihr wie ein Stein im Magen. Außerdem hatte sie schon genug an ihrem schweren Herzen zu tragen.

Anfangs war Eleanor der Gewichtsverlust gar nicht aufgefallen, andererseits hatte sie in den Tagen nach der Trennung so gut wie nichts mitbekommen, weil der tintige Dunst der Trauer ihr gesamtes Bewusstsein eingehüllt und alles außer ihrem Schmerz überlagert hatte. Doch als sie nun ihr verschwitztes Laufshirt auszog, kam sie nicht umhin zu bemerken, wie kantig ihr Körper geworden war. Überall standen Knochen heraus, über denen sich die Haut spannte, als drohte sie zu reißen. Eleanor schloss die Augen. Manchmal war es besser, gar nicht hinzusehen.

Männer mögen keine Knochengestelle, hörte sie ihre Mutter sagen.

Ist mir doch scheißegal, was Männer mögen.

Sie duschte kurz, zog sich an und kippte einen Espresso hinunter, ehe sie sich auf den Weg zur Arbeit machte. In der Bahn zog sie ihr Handy heraus. Obwohl die Pendelstrecke mit einer halben Stunde überschaubar war, musste sie jede Minute nutzen. Je beschäftigter sie war, umso weniger Zeit blieb ihr, in trübseligen Erinnerungen zu versinken. Fast unwillkürlich scrollte sie zu Kates Nummer.

Brachte sie es allen Ernstes über sich, allein bei der Hochzeit zu erscheinen?

Gerade als sie die Nachricht schreiben wollte, fielen ihr die Neujahrsvorsätze wieder ein. Wie hatte der letzte gelautet?

Finde die Liebe.

Nein. Der andere.

Dinge tun, die mir Angst machen.

»Na gut«, stöhnte sie, steckte das Handy wieder ein und verdrängte jeden Gedanken an Kates bevorstehende Hochzeit.

***

»Guten Morgen, Liebe meines Arbeitslebens! Wie geht es uns denn heute?« Sal ließ sich mit zwei großen Kaffeebechern neben Eleanor sinken.

»Lausig. Ich hasse schon jetzt jede Sekunde, die ich in diesem Büro verbringen muss«, antwortete Eleanor übellaunig. Jede Woche versuchte sie, sich aufs Neue einzureden, dass sie so tun könnte, als würde sie ihren Job lieben. Und wenn schon nicht lieben, dann zumindest nicht hassen, doch sobald sie montags einen Fuß ins Büro setzte, meldete sich auch das Gefühl der mangelnden Erfüllung und der schieren Verzweiflung zurück.

»Ah, die Freuden einer neuen Arbeitswoche«, erwiderte Sal sarkastisch. »Aber es könnte alles auch viel schlimmer sein, vergiss das nicht!«

Misstrauisch kniff Eleanor die Augen zusammen. »Wow, da ist aber jemand gut gelaunt heute.« Sal war kein Morgenmensch und schon gar kein Montagmorgenmensch.

»Ist es etwa verboten, das Leben meiner liebsten Freundin mit einer Prise Positivität zu würzen?« Sal grinste breit.

Eleanor hörte auf zu tippen, drehte sich auf ihrem Stuhl um und sah Sal an. »Du heckst doch irgendetwas aus. Los, raus mit der Sprache!«

In gespielter Kränkung presste Sal sich beide Hände auf die Brust. »Ich? Etwas aushecken? Wie kannst du mir so etwas unterstellen?«

»Weil du nur so gute Laune hast, wenn du entweder betrunken bist, Sex hattest oder irgendeine Bosheit planst.«

Sal lachte so laut, dass Doreen, die Sekretärin ihrer Chefin, fast vom Stuhl fiel. Sal hatte nichts Zartes, Dezentes an sich, sondern war laut und unverblümt und besaß eine Präsenz, für die Eleanor sie nur bewundern konnte. Ehrlich gesagt war ihre fast dreiste Unerschrockenheit einer der Hauptgründe, weshalb Eleanor sie so mochte.

»Ich wünschte, ich hätte Sex gehabt, und die Vorstellung, betrunken zu sein, hat durchaus ihren Reiz. Montage sind einfach lausig.« Sie runzelte die Stirn. »Aber du hast wie immer recht, obwohl ich es nicht als Aushecken bezeichnen würde. Ich wollte dir bloß etwas vorschlagen. Bitte überleg es dir und sag nicht gleich Nein.«

Eleanor wusste sofort, was Sache war, und bevor Sal noch etwas sagen konnte, drehte sie sich wieder zu ihrem Computer um und begann, hektisch zu tippen.

»Nein. Nein. Absolut nicht.«

»Also ehrlich, du weißt ja noch nicht mal, was ich sagen wollte.« Sal packte Eleanors Stuhl und drehte ihn wieder herum, um sie ansehen zu können.

»Lass mich raten. Du kennst einen Typen, der zufällig single ist und … oh, rate mal, wer noch gerade verfügbar ist! Ich! Und du willst uns zu einem Date zusammenbringen?«

»Wie um alles in der Welt kommst du auf so eine Idee?« Sal runzelte die Stirn.

»Weil du Sally Moreno bist, meine aufdringliche und hartnäckige Freundin, die unbedingt erreichen will, dass ich wieder glücklich bin?« Eleanor lächelte sie liebevoll an. »Außerdem bist du ein offenes Buch für mich.«

»Du vergisst den Teil, dass ich weiß, was das Beste für dich ist.« Sie beugte sich vor und blickte Eleanor aus großen, flehenden Augen an. »Ach, komm schon, Eleanor. Was hast du schon groß zu tun, außer einmal in der Woche mit mir im Pub deinen Kummer zu ertränken und grässliche Endlos-Joggingrunden zu absolvieren?«

Eleanor verspürte einen Hauch Verärgerung. Sie hatte durchaus zu tun … sogar eine ganze Menge.

»Darf ich dich daran erinnern, wie es beim letzten Mal abgelaufen ist?«

Sal entglitten die Gesichtszüge. »Moment mal, das ist nicht f–«

»Welcher Teil davon genau war nicht fair?«, unterbrach Eleanor. »Der, dass du mich mit deinem Freund Curtis verkuppeln wolltest, obwohl er, wie sich herausstellte, immer noch bis über beide Ohren in seine Ex-Freundin verliebt war? Oder der Teil, bei dem er mitten während unseres Dates geflüchtet ist? Oder vielleicht …« – Eleanors Stimme wurde immer lauter – »dass ich ihm eine Meile lang hinterherrennen musste, um ihn dann den Rest des Nachmittags zu beraten, wie er seine Ex zurückgewinnt?«

Unterdessen war Sal immer kleiner auf ihrem Stuhl geworden. »Na ja … ich gebe zu, das war wohl nicht das erfolgreichste Date aller Zeiten, aber man sollte nicht alles über einen Kamm scheren. Curtis hat mich regelrecht bekniet, euch beide zusammenzubringen. Woher sollte ich wissen, dass er immer noch seiner Ex nachtrauert?«

Eleanor lachte auf und griff nach Sals Hand.

»Ich weiß, dass du dir wünschst, ich würde jemanden kennenlernen. Gerade scheint die ganze Scheißwelt das zu wollen, aber ich schwöre … für den Moment komme ich wunderbar klar.«

Eleanor folgte Sals Blick, die sie musterte, und beide sahen, wie ihre Klamotten an ihr herunterhingen. »So weit würde ich vielleicht nicht gehen, aber okay. Sag Bescheid, wenn du es dir anders überlegst. Der Typ ist ein echter Schatz, ich schwöre. Und bei ihm besteht garantiert keine Fluchtgefahr.« Sie zwinkerte.

»Klar.« Eleanor lachte wieder. »Aber gerade habe ich andere Sorgen.«

»Und zwar?«

»Die Hochzeit meiner Freundin Kate findet übernächsten Samstag statt.«

»Wer um alles in der Welt ist Kate?«, fragte Sal geradeheraus. »Und wieso hast du andere Freundinnen als mich?«

»Wir waren zusammen in der Schule und haben uns häufiger zu ›Viererdates‹ getroffen, als ich noch mit Oliver zusammen war.« Die Bitterkeit brannte in Eleanors Kehle. »Jedenfalls wollte ich eigentlich nicht hingehen, aber meine Mutter hat mir ein schlechtes Gewissen gemacht, also habe ich es versprochen, allerdings habe ich nichts anzuziehen.« Sie zupfte an ihrem schlabbrigen Pulli. »Zumindest nichts, was passt.«

»Wie gut, dass du mich als Freundin hast.« Sal klatschte in die Hände. »Übernächsten Samstag, sagst du?«

Eleanor nickte.

»Prima. Ich bestelle ein paar Sachen zur Auswahl, die du dann probieren kannst. Erledigt.«

»Danke!« Eleanor strahlte. Sie mochte selbst gut organisiert sein, doch mit Sal konnte sie es nicht aufnehmen. »Aber nichts zu Ausgefallenes und nicht zu viel Haut, bitte.«

»Alles klar, Oma«, erwiderte Sal. »Lass das mal den Profi machen, ich weiß, was ich tue.« Ein hinterhältiges Lächeln schlich sich auf ihre Züge.

»Sal, ich meine es ernst«, warnte Eleanor.

»Vertrau mir. Ich besorge dir etwas, das zum Niederknien aussieht. Außerdem könnte es doch sein, dass du einen süßen Typen kennenlernst, bei dem du Eindruck schinden willst. Man weiß ja nie.«

»Du bist fast so schlimm wie meine Mum«, stöhnte Eleanor.

»Ich nehme das als Kompliment, herzlichen Dank.« Mit einem selbstgefälligen Grinsen kehrte Sal zu ihrem Schreibtisch zurück.

Fin

»Kate bringt mich um … eigenhändig«, stöhnte Fin, als er erneut auf die Karte auf seinem Handy starrte. »Zwei Minuten, verdammte Scheiße.« Er zwang seine Beine, sich möglichst zügig auf dem Kopfsteinpflaster vorwärtszubewegen. Hatten ihn die Jahre in L.A., wo jede noch so kleine Strecke mit dem Wagen zurückgelegt wurde, seiner Fähigkeit beraubt, zu Fuß zu gehen? Er wischte sich den Schweiß von der Stirn und hastete um die nächste Ecke.

Manche Menschen waren von Geburt an musikalisch, anderen flogen Fremdsprachen nur so zu. Fin hingegen besaß das Talent, immer zu spät zu kommen. Selbst wenn er sich noch so sehr bemühte, pünktlich zu sein, summierten sich die Minuten, und er verspätete sich noch mehr als sonst. Viele Leute in seinem Umfeld hatten sich abgemüht, ihm diese Angewohnheit auszutreiben, doch bislang war es niemandem gelungen. Dass er zu spät kam, war ebenso Teil seiner DNA wie sein leuchtend rotes Haar und die zahllosen Sommersprossen.

»Aha, da ist es ja!« Er strahlte. Am Ende der Straße erhob sich die kleine Kirche, wo seine alte Freundin Kate vermutlich in dieser Sekunde »Ja, ich will« sagte.

Angespannt blickte er auf seine Uhr: Er war offiziell eine halbe Stunde zu spät.

Trauungen fangen doch nie pünktlich an.

Es ist alles bestens.

Lauf einfach!

Er hastete weiter, bis er vor dem Portal stand und das Ohr gegen das kühle Holz presste. Drinnen hörte er die Hochzeitsgesellschaft ein bekanntes Kirchenlied singen. Am liebsten wäre er hier draußen geblieben, wo ihn niemand sah. Allein die Vorstellung, in diesen einzigartigen Moment hineinzuplatzen, war ihm ein Gräuel. Würde er die Magie der Trauung jäh zerstören, wenn er jetzt die Tür aufmachte?

»Nur gut, dass ich nicht der Einzige bin, der mit eingezogenem Schwanz hier einläuft«, raunte eine Stimme dicht hinter ihm.

»Großer Gott!« Fin blieb beinahe das Herz stehen. Er fuhr herum und blickte in das verlegene Gesicht eines hektisch wirkenden Mannes, der direkt neben ihm stand. »Um ein Haar hätten die hier gleich noch eine Beerdigung hinterherschieben können.«

»Tut mir leid, ich wollte dich nicht erschrecken.« Der Typ streckte Fin seine wettergegerbte Hand hin, die Fin kräftig schüttelte. »Ich bin Jack.«

»Hey, Jack. Fin.« Er drehte sich um und lauschte wieder an der Tür. »Die singen immer noch. Wollen wir es wagen?«

»Einen besseren Zeitpunkt kriegen wir nicht, Kumpel.« Jack zuckte die Achseln.

Fin holte tief Luft und drückte die schwere Tür auf. Durch den Spalt bot sich ein Blick auf das Kircheninnere: Dutzende Hinterköpfe, sorgfältig frisiert und gegelt, ein

Teil davon von festlichen Hüten verdeckt. Zum Glück gab es hinter den Bankreihen genug Platz für die beiden Zuspätkommenden. Fin ging das Herz auf, als er das bildschöne Brautpaar vor dem Altar stehen sah, erhellt vom regenbogenfarbenen Lichtkegel der durch das Buntglasfenster fallenden Sonnenstrahlen, der ihre Gesichter leuchten ließ.

»Gute Arbeit, mein Freund«, sagte Jack direkt neben ihm. »Ich glaube, wir haben's gerade noch hingekriegt.« Er verpasste Fin einen ziemlich heftigen Knuff auf den Oberarm. Fin nickte, ohne den Blick von der Szenerie zu lösen: Gelübde wurden gesprochen, Ringe getauscht.

»Braut oder Bräutigam?«, zischte Jack und zupfte an seinem Anzug. Fin gab keine Antwort, was Jack jedoch nicht zu stören schien. »Ich gehöre zum Bräutigam. Wahrscheinlich ist es sogar besser, wenn ich außer Sichtweite bleibe …«

»Shhh!« Eine streng aussehende Frau drehte sich um und warf ihnen einen finsteren Blick zu. Fin lächelte dünn, während Jack entschuldigend die Hände hob.

»Entschuldigung«, sagte er halblaut zu der Frau, die den Einwurf mit einem noch tödlicheren Blick quittierte.

Zum Glück gelang es Jack, sich während der restlichen Zeremonie zu zügeln, und er nutzte seine Stimme lediglich, um aus voller Kehle die Kirchenlieder mitzusingen. Es war eine wunderschöne Trauung. Kein Auge blieb trocken, als Kate und George als frisch verheiratetes Ehepaar aus der Kirche traten. Ergriffen sah Fin zu, wie sie, gefolgt von einer ganzen Reihe rotäugiger Verwandter, an ihm vorbeigingen.

Wenig später waren sie an der Reihe, aus ihrer Kirchenbank zu treten, und Jack schob ihn vor sich her ins Freie.

»Los, wenn wir uns nicht beeilen, hängen wir noch ewig hinter der Menge fest, außerdem will ich so schnell wie möglich einen der Gratisdrinks.« Er lachte und sah besorgt auf die Gäste, die aus den Seitenflügeln den Hauptgang entlangströmten.

Für einen Januartag war das Wetter erstaunlich gnädig, mit einer fahlen Wintersonne, die sich nach Kräften bemühte, die fröhliche Hochzeitsgesellschaft in ihr Licht zu tauchen. Fin stand abseits, während der Fotograf die Familie zu einem Gruppenfoto arrangierte. Jack fummelte ein zerknautschtes Zigarettenpäckchen aus seiner Sakkotasche.

»Willst du auch eine?«, fragte er. Fin schüttelte den Kopf und ließ den Blick weiter auf der Suche nach einem bekannten Gesicht über die Gesellschaft schweifen. »Wie kommst du eigentlich zum Empfang?«

Fin schnitt eine Grimasse. »Äh, keine Ahnung. Mit dem Taxi?« In dem Moment, als er es aussprach, dämmerte ihm, wie idiotisch die Idee war: Sie befanden sich in einem Dorf mitten in der englischen Einöde.

Jack schnaubte. »Ja, klar, hier steht ja ein Uber nach dem anderen. Du hast also keinen Platz im Bus reserviert?« Er hob schadenfroh eine Braue.

»Nein.«

»Kein Problem. Du kannst bei mir mitfahren. Mein Wagen steht gleich da drüben.« Er machte eine vage Geste. »Die Rebellen müssen doch zusammenhalten, was?« Er feixte.

Fin erwiderte das Lächeln. »Danke, Kumpel.«

Dass sie beide zu spät gekommen waren, schien sie für den Rest der Feierlichkeiten zu Verbündeten zu machen, was Fin jedoch nicht weiter störte. Neben dem Brautpaar war Jack der Einzige, den er hier kannte. Das war besser, als ganz allein zu bleiben.

»Alles klar.« In diesem Moment entglitten Jack die Gesichtszüge. Er ließ seine halb gerauchte Zigarette fallen und drückte sie hektisch aus. »Aber wir müssen los … jetzt sofort.« Er packte Fin am Arm.

»Moment, Moment, wieso denn die Eile?« Ehe Jack etwas erwidern konnte, bemerkte Fin eine kleine Frau, die sich durch die Gästeschar drängte und direkt auf sie zusteuerte. Sie sah wie ein in korallenrotes Geschenkpapier gehüllter Pitbull aus; selbst die sorgsam ondulierten Löckchen schienen vor Wut zu zittern.

»Jack Clements! Wo zum Teufel hast du gesteckt?«, bellte sie.

»Ohhh, da hat jemand aber richtig Ärger an der Backe«, bemerkte Fin belustigt.

»Den hättest du wohl auch, wenn du zu spät zur Hochzeit deines Stiefbruders aufgetaucht wärst.« Jack versuchte immer noch, vor der herannahenden Frau zu flüchten, deren Augen sich mit jedem Schritt weiteten.

Fin konnte sich das Lachen nicht länger verbeißen. »Ich dachte, du wärst ein Rebell! Ein Draufgänger wie du kann ja wohl keine Angst vor der eigenen Mami haben, oder?«

»Ich weiß ja nicht, was für eine Art Frau dich zur Welt gebracht hat, meine Mutter jedenfalls willst du nicht gegen dich aufbringen«, zischte er und stolperte über einen kleinen aufgeworfenen Hügel im Rasen. »Los jetzt!« Er zerrte Fin förmlich hinter sich her zum Parkplatz.

***

In der alten Scheune, wo die Feier stattfinden sollte, war Jack kurzerhand von irgendwelchen anderen Gästen mit Beschlag belegt worden, und seitdem hatte Fin ihn nicht mehr gesehen. Im Lauf der Jahre hatte er erlebt, wie nahezu all seine Freunde ihren Seelenverwandten gefunden und geheiratet hatten, und gelernt, dass der beste Platz bei Hochzeiten in der Nähe der Küche war: Dort war es laut und turbulent, was jeglichen Small Talk unmöglich machte, außerdem bekam man stets als Erster die Häppchen angeboten, wenn die Kellner mit den Tabletts herauskamen.

»Meine Damen und Herren, wir bitten Sie, Ihre Plätze einzunehmen. Das Essen wird in Bälde serviert!«, verkündete der Zeremonienmeister. Auf dem Weg zu seinem Tisch fing Fin einen verlegenen Blick von Jack auf, den seine nicht mehr ganz so finster dreinblickende, aber immer noch sichtlich verdrossene Mutter auf einen Stuhl an einem der vorderen Tische drückte. In diesem Moment rempelte ihn jemand an der Schulter an.

»O Gott, Entschuldigung.« Er drehte sich um und spürte, wie etwas Nasses über sein Jackett lief. »Ich habe nicht hingesehen, bitte vielmals um …« Er hielt abrupt inne, als er sah, wer vor ihm stand.

»Eleanor.« Den Namen nach all der Zeit laut auszusprechen, fühlte sich seltsam an.

»Fin?«, stieß sie hervor, während ihre Augen groß wie Untertassen wurden.

»Hi.« In einer lahmen Geste hob er die Hand, als tausend Erinnerungen gleichzeitig auf ihn einströmten, sodass er Mühe hatte, sich auf die Frau vor ihm zu konzentrieren. »Du hast hoffentlich nichts abbekommen? Es tut mir wahnsinnig leid, ich habe dich nicht gesehen. Soll ich dir einen neuen Drink besorgen?« Besorgt blickte er auf den kläglichen Rest in ihrem Glas.

»Nein, nein, kein Problem.« Ihr Gesicht war immer noch vor Schreck erstarrt. »Was machst du denn hier? Ich meine …« Sie schüttelte den Kopf. »Ich wusste gar nicht, dass du im Lande bist.«

»War ich auch bis vor zwei Wochen nicht.«

»Verstehe.«

Fin spürte, wie er rot wurde. Natürlich war ihm klar gewesen, dass sich ein Wiedersehen merkwürdig anfühlen könnte, doch dass sich praktisch das blanke Entsetzen auf ihrer Miene spiegeln würde, hatte er nicht erwartet. »Na ja, ich dachte eben, wo ich schon mal hier bin, komme ich auch zur Hochzeit.« Er bemühte sich, beiläufig zu klingen, und hoffte inbrünstig, dass Eleanor nicht weiter nachhaken würde – sie hatte schon immer die Gabe besessen, mühelos die Wahrheit aus ihm herauszulocken.

»Klar. Logisch.« Sie nickte knapp.

»An welchem Tisch sitzt du denn?«

»Siebzehn.«

»Ah, ich auch.«

Fin sah, wie sich Eleanors Miene für den Bruchteil einer Sekunde veränderte. War sie verärgert? Frustriert? Offenbar hatte er seine Fähigkeit, ihre Gefühlsregungen zu deuten, im Lauf der Jahre verloren.

»Nein, stimmt nicht. Ich habe auf den Sitzplan geschaut. Dein Name stand da nicht.«

Mit einem verlegenen Lächeln schob Fin die Hände in die Hosentaschen. »Ich bin ziemlich kurzfristig dazugekommen, deshalb konnten die Namen nicht offiziell ausgetauscht werden. Auf dem Papier bin ich Georges schwangere Cousine«, witzelte er, in der Hoffnung, damit ein Lächeln auf ihre Züge zu zaubern.

»Verstehe.« Sie nickte. »Tja, dann sollten wir wohl besser zu unserem Tisch gehen. Alle anderen sind schon da.«

»Natürlich. Nach dir«, sagte er mit einer Geste.

Schweigend gingen sie durch den Raum. Fin spürte, wie die Anspannung ihn regelrecht lähmte.

»Ich will ganz ehrlich sein«, hörte Fin Eleanor sagen, obwohl die Worte im allgemeinen Stimmengewirr beinahe untergingen. »Mit dir hätte ich hier nicht gerechnet. Ich wusste nicht, dass du noch häufiger in London bist.«

Er kämpfte gegen die Wahrheit an, die über seine Lippen kommen wollte, und lächelte. »Alle zehn Jahre oder so«, erwiderte er und lachte verlegen über den lahmen Scherz, den Eleanor mit einem ebenso halbherzigen Lächeln quittierte.

»Apropos Überraschungen …«, fuhr er fort, als Versuch, das Gespräch von seinem unangekündigten Besuch

abzulenken. »Wo ist Oliver? Oder habe ich ihn übersehen?«

Abrupt blieb Eleanor stehen, sodass der Champagner
neuerlich über den Rand ihres Glases schwappte, schüttelte leicht den Kopf und ging weiter.

»Er kommt nicht«, sagte sie tonlos.

»Oh, arbeitet er immer noch so viel?« Inzwischen standen sie vor Tisch siebzehn, und Fin entdeckte seinen Namen auf einem der Schilder, die Namen seiner Tischnach-
barn sagten ihm jedoch nichts. Wäre er nicht so beschäftigt
gewesen, nach Eleanors Sitzplatz Ausschau zu halten, hätte
er womöglich die Tränen bemerkt, die sich in ihren Augenwinkeln sammelten. Erst als er ihre gepresste Stimme
hörte, hielt er inne und sah sie an.

»Wir … wir sind nicht mehr zusammen.«

Ihm rutschte das Herz in die Hose.

Super gemacht, du Vollidiot.

Die Zeit schien sich qualvoll in die Länge zu ziehen.

Sag etwas.

Völlig egal, was.

Doch kein Wort kam über seine Lippen. Wie konnte
ihm innerhalb von fünf Minuten jeglicher Ansatz höfli-
cher Umgangsformen abhandenkommen?

»Es tut mir sehr leid.« In einer tröstlichen Geste streckte
er die Hand aus, doch Eleanor war bereits weitergegangen,
sodass sie schlaff in der Luft verharrte. »Du weißt ja, dass
ich in solchen Dingen zu nichts nütze bin.«

Sie drehte sich zu ihm um und wischte sich eine einzelne
Träne ab, die ihr übers Gesicht lief. »In welchen Dingen?

Mit Menschen zu reden?« Der Anflug eines Lächelns spiegelte sich auf ihrem Gesicht.

»Ja, so in etwa.« Er zuckte die Achseln.

»Schon gut. Wir haben uns letztes Jahr getrennt. Dass ich jetzt heule, schiebe ich einfach mal auf das hier.« Sie hob ihr halb leeres Champagnerglas.

»Ehrlich, Elles. Ich bin ein Idiot. Ich wollte dich nicht traurig machen.« Er fuhr sich mit der Hand durchs Haar.

»Schon gut«, sagte sie mit einem winzigen Lachen. »Außerdem wäre das hier nicht die erste Hochzeit, die du ruinierst, oder?«

Damals: 15 Jahre alt

Eleanor

»Sag's mir noch mal ... wieso müssen wir da unbedingt hingehen?«

»Du musst hin weil es die Hochzeit deines Vaters ist. Und ich, weil ich auf dich aufpassen werde.«

Mit einem Seufzer fuhr Fin sich durch sein wild abstehendes Haar. »Ich stelle die Frage noch mal ... wieso? Schließlich reden wir hier nicht von der Liebesgeschichte des Jahres, oder? Er heiratet die Frau, mit der er meine Mutter betrogen hat.«

Eleanor blieb stehen, zog ihren Freund in eine Umarmung und atmete tief den Geruch seines nagelneuen Anzugs, vermischt mit dem vertrauten Duft seiner warmen Haut, ein.

»Niemand streitet ab, dass das total schräg ist, und könnte ich irgendetwas tun, damit es weniger unangenehm und grauenvoll für dich ist, würde ich das auch, aber es ist wichtig für deinen Dad. Du weißt, dass du hingehen musst. Außerdem kriegen wir gratis ein dreigängiges Menü. Dazu kannst nicht mal du Nein sagen.«

Er drückte sie an sich und flüsterte ihr ins Ohr: »Elles, stets meine Stimme der Vernunft, was?«

73

Lächelnd löste sie sich von ihm und sah ihn an. »Außerdem hat eine von Anekas Freundinnen ja vielleicht ihre hübsche Tochter mitgebracht, wer weiß?«

»Bevor ich noch weiter in den Dunstkreis dieser Hexe gerate, würde ich eher mit dir etwas anfangen.«

»Das nenne ich mal eine Beleidigung!« Sie verpasste ihm einen Klaps auf den Arm und ging weiter. Augenblicke später hörte sie, dass er ihr folgte.

»Komm schon, Elles.« Er legte ihr den Arm um die Schulter. »Du weißt doch, wie ich es meine. Du bist wie eine Schwester für mich.« Er rempelte sie liebevoll an.

»Ja, weiß ich.« Sie schüttelte seinen Arm ab und strich sich das Haar glatt. »Aber nur weil du nicht mal ansatzweise Interesse an mir hast, muss das noch lange nicht heißen, dass mich auch sonst keiner will. Also, pass gefälligst auf, dass du mir die Frisur nicht ruinierst. Los, bringen wir's hinter uns.«

»Zu Befehl, Captain.« Er packte ihre Hand und drückte sie. Eleanor musterte ihn und entdeckte mühelos den kleinen Jungen, mit dem sie aufgewachsen war, unter der Fassade jugendlicher Selbstsicherheit.

»Also gut. Lass uns reingehen und zusehen, wie dein Vater noch mal unter die Haube kommt.« Sie nahm seine Hand und zog ihn hinter sich her in die Kirche.

***

»Herzlichen Glückwunsch, Brian, und vielen Dank für die Einladung.« Eleanor streckte die Hand aus, doch Fins Dad hatte sie bereits an seine Brust gezogen. Brian Taylor war ein Bär von einem Mann, laut und brummig, mit einer Stimme, die man problemlos über eine Meile hinweg hören konnte. Der einzige Hinweis darauf, dass er und Fin miteinander verwandt waren, war das flammend rote Haar, ansonsten wäre nie jemand darauf gekommen, dass sie Vater und Sohn sein könnten. Brian drückte Eleanor so fest an sich, dass sämtliche Luft aus ihrer Lunge gepresst wurde.

»Sei nicht albern, Eleanor. Du weißt doch, dass du praktisch zur Familie gehörst. Ohne dich wäre es nicht dasselbe.« Er senkte die Stimme. »Also, wo zum Teufel steckt mein Sohn?«

Eleanor hatte gebetet, dass Fins Abwesenheit unbemerkt bleiben würde, aber natürlich war das illusorisch.

»Ich gehe ihn suchen. Bestimmt flirtet er mit einer der Kellnerinnen.« Sie rang sich ein Lachen ab, wobei ihr jedoch ein ersticktes Krächzen über die Lippen kam.

»Weshalb um alles in der Welt sollte er das tun, wo er doch nur Augen für ein einziges Mädchen hat?«, konterte er neckend und entließ sie aus seiner Umarmung.

»Brian!« Die neue Mrs. Taylor winkte ihren frischgebackenen Ehemann ungeduldig herüber. »Komm bitte her und begrüße Francine.«

»Ich sollte mal lieber … Aber ich will meinen Jungen auf dieser Tanzfläche sehen, und zwar flott. Okay? Er hat versprochen, dass er sich benehmen wird. Es bedeutet mir viel!« Mit einem flehenden Lächeln wandte er sich um und gesellte sich wieder zu Aneka und ihren Freundinnen.

Wo zum Teufel steckst du, Fin?

Bereits seit dem Dessert hatte Eleanor möglichst unauffällig nach ihm gesucht. Während des Essens hatte er noch gegenüber von ihr gesessen, glücklicherweise war sie von Fins beiden Cousins flankiert gewesen, die sie seit Jahren kannte, weswegen es keine peinlichen Gesprächspausen gegeben hatte. Gleichzeitig hatte sie deshalb keine Gelegenheit gehabt, Fin im Auge zu behalten, der laut seiner Tante hinausgegangen war, um frische Luft zu schnappen, aber nicht zurückgekehrt war.

»Du weißt ja, wie das ist, Kind. Wahrscheinlich hat er irgendjemanden aufgegabelt und jedes Zeitgefühl verloren. Dieser Junge kommt mit jedem ins Gespräch!«, hatte seine Tante lachend erwidert, als Eleanor sie zum dritten Mal auf Fin angesprochen hatte.

Eleanor hatte sich ein Lächeln abgerungen, doch die Angst hatte sich wie eine kalte Faust um ihre Eingeweide gelegt.

»Wahrscheinlich hast du recht, aber ich sollte wohl trotzdem mal nach ihm sehen. Du weißt doch, wie scharf er auf Desserts ist. Er bringt mich um, wenn er es verpasst.«

Eine knappe Stunde später hatte Eleanor jeden Winkel nach ihm abgesucht – sie hatte sogar einen von Fins Onkeln peinlicherweise gebeten, in den Kabinen der Herrentoilette nachzusehen, ob er sich versehentlich eingesperrt hatte, und an der Hotelrezeption Bescheid gesagt, man möge Ausschau nach ihm halten. Bis dahin musste sie Ruhe bewahren und so tun, als sei alles in bester Ordnung. Das Problem war nur, dass die Leute sein Fehlen allmählich bemerkten. Eleanor wusste sich langsam nicht mehr zu helfen.

Sie beschloss, eine letzte Runde zu drehen, als sie ihn mit einer halb leeren Champagnerflasche über die Tanzfläche torkeln sah. Sein Jackett hing ihm halb über die Schulter, und er schien Mühe zu haben, auf den Beinen zu bleiben.

Das war nicht gut. Gar nicht gut. Sie lief in seine Richtung, um ihm den Weg abzuschneiden, doch als es ihr gelungen war, sich durch die Tanzenden zu schieben, hatte er sein Ziel bereits erreicht.

»Finley, da bist du ja, Junge! Wir wollten schon einen Suchtrupp losschicken!« Sein Dad klopfte ihm kräftig auf den Rücken.

Fin taumelte rückwärts. Er konnte kaum den Kopf oben halten, geschweige denn ruhig dastehen, stattdessen schwankte er heftig, und wann immer er versuchte, die Kontrolle über seinen Körper zurückzuerlangen, glitt die Champagnerflasche weiter aus seinen Fingern.

»Wieso setzen wir uns nicht einen Moment hin, Fin?« Eleanor schlug einen besänftigenden Tonfall an, während sie die Hand wie einen Schraubstock um seinen Arm legte, um diskret zu versuchen, ihn auf den Beinen zu halten.

»Nein«, nuschelte er.

»Bitte, Fin.« Sie senkte die Stimme, sodass nur er sie verstehen konnte. »Komm schon, gehen wir.«

»Nein!« Seine Stimme übertönte die Musik. Die Flasche entglitt ihm endgültig und landete polternd auf dem Fußboden, während er taumelnd gegen Eleanor stieß. »Ich will mit meinem Vater reden … an seinem glücklichen, glücklichen Tag.«

Eleanor ertrug die Mienen der Umstehenden nicht, ebenso wenig wie das schockierte Flüstern ringsum.

»Junge.« Sein Dad trat zu ihnen. »Ich denke, du solltest dich eine Weile hinlegen«, sagte er mit ruhiger, besonnener Stimme. »Nur eine Weile. Ich komme gleich hoch und sehe nach dir, okay?«

Fin machte einen Satz nach vorn. »Wie wär's mit … Nein!« Mit beiden Händen stieß er seinen Vater gegen die Brust, doch der Schwung warf ihn selbst nach hinten, sodass er über seine eigenen Füße stolperte und zu Boden fiel.

»Brian! Schaff. Ihn. Hier. Raus!«, stieß Aneka mit so hasserfüllter Stimme hervor, dass Eleanor zurückzuckte. »Auf der Stelle!«

»Oh, hallo, *Mum*!« Fin hatte sich auf den Rücken gedreht und zeigte auf Aneka, die angestürmt gekommen war. »*Mum*!« Er prustete los. »Ist es zu fassen, dass ich so eine verklemmte Ziege jetzt auch noch Mum nennen soll? Gerade mal … Moment … ein Jahr, nachdem meine richtige Mutter allein und mit gebrochenem Herzen zurückgelassen wurde?«

Der Ausdruck, mit dem Aneka den auf dem Boden liegenden Fin anstarrte, war grauenvoll. Es war, als schiene die Wut sie förmlich von innen heraus zu zerfressen. Eleanor wünschte inbrünstig, der Erdboden tue sich auf und verschlucke die beiden. Ihr brach das Herz, als sie dicke Tränen über sein Gesicht rollen sah. Sie sank auf die Knie und beugte sich schützend über ihn.

»Fin, bitte, komm mit. Du musst aufstehen und von hier weg.« Sie nahm seine Hand und drückte sie fest.

»Ich hasse sie. Ich hasse sie, verdammt noch mal.« Er hatte keine Anstalten gemacht, die Stimme zu senken, deshalb hingen die Worte klar und unüberhörbar im Raum.

»Das reicht jetzt. Geh zur Seite, Eleanor. Bitte.« Ehe Eleanor reagieren konnte, hatte Brian seinen Sohn gepackt und hochgezogen. »Du verschwindest jetzt auf der Stelle. Und ich will dich heute Abend hier nicht mehr sehen.«

Fin und sein Dad sahen einander so voller Wut an, dass Eleanor das Gefühl hatte, der Boden bebe förmlich unter ihren Füßen.

Dann löste Fin den Blickkontakt. Neuerliche Tränen liefen ihm übers Gesicht.

»Na gut, dann entscheide dich eben für sie. Mir doch egal.«

Eleanor nahm seine Hand und führte ihn behutsam weg. Sobald sie vor der Tür standen, brach er in ihren Armen zusammen, als der Schmerz ihn mit voller Wucht traf.

»Es tut mir leid, es tut mir so leid.«

»Ist schon gut«, besänftigte sie ihn und ließ sich zu Boden sinken, ohne ihn loszulassen. »Es ist alles gut. Ich rufe meinen Dad an, damit er uns abholt.«

»Bitte, verlass mich nicht, Elles.«

»Warte, warte hier, Fin. Und lass den Kopf schön oben, okay?«

»Versprichst du es mir?«, flüsterte er und ließ den Kopf auf ihre Schulter sinken.

»Was versprechen?«

»Dass du mich niemals verlassen wirst.«

Sie holte tief Luft und drückte ihm einen Kuss auf das wirre Haar.

»Ich verspreche es, Fin. Ich werde immer bei dir sein, ganz egal, was passiert.«

Jetzt

Eleanor

Drei Tage waren seit der Hochzeit vergangen, und Eleanor hatte den Schock über das unerwartete Zusammentreffen mit Finley Taylor immer noch nicht überwunden. Es wäre ihr lieber gewesen, sie hätte wenigstens ein Minimum an Sozialkompetenz an den Tag gelegt, statt ihn mit offenem Mund anzustarren und herumzustammeln, aber was hätte sie auch sagen sollen? Seit Jahren … nein, seit Jahrzehnten hatten sie kein Wort mehr miteinander gewechselt, und eine Überraschung wie diese war so ziemlich das Letzte gewesen, was sie bei ihrem ersten Solo-Event nach der Trennung noch gebraucht hatte. Zum Glück hatte Kate sie neben ihrem extrem gesprächigen Onkel platziert, weshalb sie kaum Zeit zum Luftholen gehabt hatte, ganz zu schweigen von einer Gelegenheit, mit einem der anderen Gäste am Tisch zu plaudern. Nach dem Essen hatte sie sich zuerst auf die Toilette verdrückt und anschließend den restlichen Abend mit einer von Kates Arbeitskolleginnen an der Bar Tequilas gekippt, in der Hoffnung, dass Fin sich tunlichst von diesem Bereich fernhalten würde. Zum Glück hatten sich ihre Wege an dem Abend kein zweites Mal gekreuzt.

»He, hörst du mir überhaupt zu?«, herrschte Sal sie an. »Du siehst aus, als wärst du auf einem anderen Planeten.«

»Entschuldige, was hast du gerade gesagt?«

»Ich habe gefragt, ob du dich mit diesem Freund von mir treffen wirst.« Mit einem Schnauben riss Sal die Pubtür auf und wich zurück, als ihnen der Lärm und ein Schwall biergeschwängerter Luft entgegenschlugen.

»Vergiss es! Definitiv nicht!«

»Aber es ist beinahe drei Monate her«, rief Sal, während sie sich durch die Gästemassen schoben.

»Und?«, schrie Eleanor über ihre Schulter hinweg. Wie üblich war der kleine Pub gegenüber von ihrem Büro proppenvoll. Man konnte von Glück sagen, wenn man einen Platz an der Bar ergatterte, von einem Tisch ganz abgesehen. Zum Glück kannte Sal den Geschäftsführer, deshalb fand sich für sie und Eleanor stets ein kleiner Tisch.

»Und?«, schrie Sal und bedachte das johlende Männergrüppchen mit einem vernichtenden Blick, als einer von ihnen beinahe den Inhalt seines Bierglases über sie schüttete. »Du solltest es zumindest versuchen. Sehen, wie weit du schon bist. Immerhin warst du allein auf einer Hochzeit, deshalb wird es nicht mehr lange dauern, bis du dein gewohntes Ich zurückgewonnen hast, das sich massenweise Kohlehydrate reinzieht und wie ein vernünftiger Mensch acht Stunden pro Nacht schläft. Da ist der nächste logische Schritt doch ein Date, oder nicht?«

Eleanor lachte, als sie die kleine Nische im hinteren Teil des Pubs erreichten. »So etwas wie eine Liebeskummer-Checkliste gibt es nicht, Sal. Nur weil ich nicht mehr alle fünf Minuten in Tränen ausbreche und mich zu neunzig Prozent flüssig ernähre, heißt das nicht, dass ich bereit für ein Date bin.«

Stirnrunzelnd setzte Sal sich. Eleanor wusste, dass sie irgendwann nachgeben musste – ihre Freundin würde sich nicht ewig vertrösten lassen –, doch für den Moment würde sie versuchen, sie sich noch eine Weile vom Hals zu halten.

»Du verdienst ein bisschen Glück, das ist alles.« Sal schnappte sich die Weinflasche und schenkte ihnen ein großzügiges Glas ein. »Ach Mist, ich habe vergessen, für Freya auch ein Glas mitzunehmen.«

Eleanor kniff die Augen zusammen. »Könntet ihr beide endlich aufhören, hinter meinem Rücken befreundet zu sein? Das ist gruselig.«

»Daran bist du selbst schuld. Wärst du nicht in der Versenkung verschwunden, als Oliver dich verlassen hat, hätte ich nicht deine Schwester anrufen müssen, um zu erfahren, ob du überhaupt noch lebst«, erwiderte Sal ungerührt. Eleanor spürte, wie ihr in einer Mischung aus Verlegenheit und Frust die Röte ins Gesicht stieg. »Wir stehen bloß in Kontakt, weil du uns am Herzen liegst.« Sal stieß mit ihrem Glas gegen Eleanors.

»Schon gut.« Eleanor spürte, wie ihr Widerstreben nachließ. »Aber wieso sind eigentlich alle so scharf darauf, dass ich jemanden kennenlerne?«, maulte sie. Bisher hatte sie sich stets als Glückspilz betrachtet, weil sie noch nie aktiv auf Männersuche hatte gehen müssen. Zu Schulzeiten hatten sich die Teenie-Liebesgeschichten entwickelt, indem man sich – emotional sehr reif – Zettel zusteckte oder bei der alljährlichen Schuldisco eng tanzte. Dann war die Uni gekommen, und gleich am ersten Abend der Einführungswoche für die Erstsemester hatte sie Oliver Fitzpatrick kennengelernt. Nach zehn Jägermeister-Cocktails und einer Ladung aus der Neonfarbpistole waren sie unzertrennlich gewesen. Inzwischen verteufelte sie ihren Mangel an Erfahrung. Wie konnte sie fast fünfunddreißig sein, ohne jemals ein anständiges Date gehabt zu haben? Wobei man die eine halbe Verabredung mit Curtis großzügig abziehen konnte.

»Je länger du wartest, umso schwieriger wird es. Wobei ich keineswegs behaupten will, dass es einfach werden wird. Glaub mir, ich habe einiges an Erfahrung, und so was kann unfassbar deprimierend sein.«

»Sag mir noch mal, wie du mit dieser Art der Verkaufsstrategie Leiterin der Sales- und Marketingabteilung sein kannst?«, bemerkte Eleanor.

»Aber«, fuhr Sal fort und drückte Eleanors Hand, »du verdienst es, jemanden zu finden. Und glaub mir, das passiert nicht, wenn du ständig zu Hause oder sonntags bei deiner Mutter am Mittagstisch hockst. Du musst endlich raus aus deiner Komfortzone!«

Eleanor horchte auf, als ihre Gedanken zu ihren Neujahrsvorsätzen zurückschweiften.

4.) Dinge tun, die mir Angst machen.

Eleanor atmete tief durch und rief sich ins Gedächtnis, was sie am Seitenende notiert hatte.

Die Liebe finden?

»Na gut. Wenn ich mich bereit erkläre, auf ein einziges Date zu gehen«, sagte sie und deutete streng mit dem Finger auf Sal, deren Züge sich freudig erhellt hatten, »versprichst du mir dann, mir nicht länger damit in den Ohren zu liegen?«

»Absolut. Großes Ehrenwort.«

»Und sollte er abhauen, bringe ich dich um, das schwöre ich.« Sie nahm noch einen großen Schluck aus ihrem Weinglas. »Hast du ein Foto von ihm?«

Sals Augen glitzerten schelmisch. »Klar.« Sie scrollte durch ihr Handy und schob es triumphierend über den Tisch. Eleanor hatte kaum Zeit, sich die Aufnahme genau anzusehen, als die Stimme ihrer Schwester ertönte.

»Entschuldigt, dass ich so spät dran bin, aber der Laden ist ja der reinste Albtraum. Ich habe zwanzig Minuten gebraucht, mich bis hier hinten durchzukämpfen!« Freya ließ sich auf einen Stuhl fallen und sah auf die beiden Weingläser auf dem Tisch. »Wollt ihr mich verarschen? Jetzt muss ich noch mal in dieses Gewühl?« Sie stöhnte.

Eleanor schob ihr ihr Glas zu. »Nimm solange einen Schluck aus meinem«, sagte sie und versuchte verstohlen, erneut das Gesicht des Mannes auf dem Foto zu betrachten.

»Und, was sagst du?«, schnurrte Sal.

»Wozu?«, schaltete sich Freya ein. »Was haben wir denn da?« Sie reckte den Hals.

»Gar nichts«, erwiderte Eleanor eine Spur zu abwehrend, woraufhin sich Freyas Züge verfinsterten.

»Hallo? Du kannst mich doch nicht auf etwas zu trinken einladen und mich dann aus dem Gespräch ausschließen? Hat Mum dir denn keine Manieren beigebracht?«

»Ich habe dich nicht eingeladen«, maulte Eleanor trotzig.

»Entschuldige mal!« Freya riss ihrer Schwester das Handy aus der Hand. »Aber hallo, der sieht aber mal gut aus! Ist das dein Neuer, Sal?«

Eleanor warf Sal einen flehenden »Bitte lüg für mich und sag Ja«-Blick zu.

»Nein, nicht meiner«, antwortete sie unschuldig und wich Eleanors Blick aus.

»Aha! Jetzt verstehe ich auch, weshalb du so patzig bist«, neckte Freya. »Er sieht super aus, Eleanor. Wann triffst du dich mit ihm?«

»Weiß ich nicht.« Eleanor wäre vor Scham am liebsten im Boden versunken. »Ich weiß ja noch nicht mal, wie er heißt.«

»Ben. Er heißt Ben und freut sich schon sehr darauf, dich am Samstag kennenzulernen.« Sal grinste.

»Moment mal!«, rief Eleanor. »Du hast schon zugesagt?«

Sal zuckte die Achseln. »Ich hatte so eine Ahnung, dass er dir gefallen würde, das ist alles. Außerdem wollen wir doch keine Zeit verlieren, oder?«

»So alt bin ich nun auch wieder nicht!«

»Das habe ich nicht gemeint, aber wenn du noch länger herumeierst, ist ein Mann wie Ben ganz schnell vom Markt. Vertrau mir. Er ist ein anständiger Typ, und die bleiben nie lange allein.«

»Na gut«, sagte Eleanor. »Aber es gelten dieselben Regeln wie zuvor. Kein Abendessen, keine Drinks, sondern bloß etwas am Nachmittag und keine org…«

»Keine organisierten Freizeitaktivitäten«, unterbrach Sal und verdrehte genervt die Augen. »Ja, das weiß ich alles. Ich habe ihm schon gesagt, dass er dich bloß auf einen Kaffee einladen soll.«

»Gut.« Eleanor nickte zufrieden. »Obwohl ich nicht weiß, wieso alle ständig glauben, ich hätte grundsätzlich Zeit. Könnte doch sein, dass ich am Samstag schon etwas vorhabe.«

Sal schnaubte bloß in ihr Weinglas.

»He!«, rief Eleanor empört.

»Hör auf zu meckern, sondern erzähl lieber, wie es auf der Hochzeit war«, unterbrach Freya.

»Ja, genau, wie war's denn?«, schaltete sich Sal ein, die es offenbar kaum erwarten konnte, das Thema zu wechseln, nun da Eleanors Date in trockenen Tüchern war.

»Eigentlich ganz nett. Anfangs bin ich mir noch ein bisschen komisch vorgekommen, allein zu sein, aber nachdem es erst mal angefangen hatte, lief es ziemlich gut. Kate sah hammermäßig aus, die Location war toll, das Essen fantastisch. Sie hat es wirklich gut gemacht.«

»Und wie betrunken warst du? Verstohlene Knutschereien mit einem missratenen Cousin in einer dunklen Ecke?« Sals Augen glitzerten.

»Man will es kaum glauben, aber … nein.« Eleanor lachte.

»Öde«, stöhnte Freya.

»Tut mir leid, wenn ich dich enttäusche.« Eleanor zuckte die Achseln.

»Du willst mir ernsthaft erzählen, dass es keinen einzigen Gast auf der Hochzeit gab, der auch nur halbwegs interessant gewesen wäre?« Verdrossen verschränkte Sal die Arme.

»Na ja …« Eleanor drehte ihr Weinglas hin und her.

Lass es.

Das bringt's nicht.

»Eleanor?«, drängte Freya, die ihr Zögern spürte.

»Es ist nicht, was du denkst.« Eleanor sah ihre Schwester an.

»Was? Wer war dort?«

»Fin.«

»Wie bitte? Der … Fin?« Freya starrte Eleanor fassungslos an.

»Genau, der Fin.«

»Und? Wie sah er aus? War es peinlich, ihm über den Weg zu laufen?«, platzte Freya heraus. »Wie lange ist er hier? Ich wusste gar nicht, dass er überhaupt noch nach London kommt.«

»Ich weiß es nicht«, antwortete Eleanor barsch.

»Aber hast du nicht mit ihm geredet?«

»Nur kurz.« Eleanor zuckte die Achseln. »Es scheint ihm gut zu gehen.«

»Moment! Noch mal von vorn«, schaltete sich Sal ein. »Wer um alles in der Welt ist Fin?«

Freya wollte etwas erwidern, doch Eleanor schnitt ihr das Wort ab. »Nur ein alter Freund«, erklärte sie beiläufig, in der Hoffnung, dass Sals Neugier damit befriedigt war.

»Verstehe.« Sal beäugte die Schwestern misstrauisch.

»Das ist leicht untertrieben«, widersprach Freya. »Die beiden waren ihre gesamte Kindheit über praktisch unzertrennlich. Er war wie ein Bruder für uns.«

Eleanor zuckte zusammen.

»Und was ist passiert?« Sal beugte sich interessiert vor. »Wie kommt es, dass ich noch nie von ihm gehört habe, wenn er so ein guter Freund war?«

»Weil ich seit Jahrzehnten nicht mehr mit ihm geredet habe.« Abrupt stand Eleanor auf, wobei sie sorgsam den Blickkontakt mit Sal mied. Sie wollte dieses Gespräch jetzt nicht führen.

»Und bevor du damit anfängst«, warnte sie, »es ist nichts vorgefallen. Wir haben uns nur aus den Augen verloren, das ist alles.«

»Verstehe«, gab Sal wenig überzeugend zurück.

»Du brauchst ein Glas«, sagte Eleanor zu Freya. »Und wenn ich schon stehe, besorge ich uns gleich eine neue Flasche.«

Ohne auf eine Erwiderung zu warten, machte Eleanor kehrt und verschwand in der Menge angetrunkener Gäste. Für sie gab es zum Thema Finley Taylor nichts mehr zu sagen.

Womöglich befand er sich bereits wieder auf dem Weg nach Los Angeles, und niemand bekäme ihn je wieder zu Gesicht.

Fin

Über zwei Wochen waren seit seiner Ankunft in London vergangen, und Fin hatte nichts auf die Reihe bekommen, außer sich durch die Take-away-Karten der Restaurants ringsum zu futtern, fast das komplette Netflix-Angebot zu bingen und zu schlafen. Er war nicht sicher, ob er Kates Hochzeit als Erfolg verbuchen sollte, denn er war nicht nur zu spät gekommen, auch das peinliche Zusammentreffen mit Eleanor ging ihm immer noch im Kopf herum; ihr erschrockenes Gesicht, als sie ihn gesehen hatte, ließ sich nicht so ohne Weiteres vergessen.

»Du Schwachkopf«, murmelte er und ließ den Moment noch einmal Revue passieren, diesmal in Ultrazeitlupe. Ehe er sich noch weiter selbst beschimpfen konnte, vibrierte sein Handy irgendwo in den Tiefen zwischen den Sofakissen. Er schob die Hand hinein, wobei er sich zwang, nicht darüber nachzudenken, was seine Finger berühren mochten, und zog es heraus.

»Hallo?«, fragte er, ohne vorher auf das Display zu sehen.

»Meine Güte, weißt du schon nicht mehr, wer ich bin?«, fragte Rob sarkastisch. »Du bist doch gerade mal zwei Wochen weg.«

»Tut mir leid, Kumpel. Was soll ich sagen? Leider bist du nicht so denkwürdig.« Fin grinste. Beim Klang von Robs Stimme war ihm sofort leichter ums Herz.

»Mistkerl«, blaffte Rob. »Erzähl, wie läuft es so bei dir? Wie sieht die Wohnung aus, alles in Ordnung? Nicht komplett verwüstet und ruiniert?«

Fin ließ den Blick über die Lieferkartons und die Haufen aus schmutziger Wäsche schweifen, die überall herumlagen. »Verwüstet würde ich es nicht nennen, nein.« Er lachte. »Aber keine Angst, es ist alles in Ordnung, ich schwöre.«

»Sehr gut. Wie geht's deiner Mutter?«

Gewissensbisse regten sich in ihm. Jeden Tag hatte er sich aufs Neue vorgenommen, sie zu besuchen, und jeden Tag eine andere Ausrede gefunden. Er wusste, dass er ein Feigling war, doch die Begegnung mit Eleanor war mehr als genug Reise in die Vergangenheit gewesen. Konnte er noch mehr davon ertragen?

»Es geht. Nicht wirklich gut, aber … na ja, sie hält sich wacker«, log Fin, in der Hoffnung, sein Freund durchschaue seine Unaufrichtigkeit nicht.

»Tut mir echt leid, Mann. Das muss hart sein.«

Ja, echt beinhart, den ganzen Tag herumzuhocken und nichts zu tun.

Fins Schuldgefühle wuchsen. »Danke, Kumpel. Aber wie geht's dir so?«

»Mir? Gut. Du fehlst mir. Ich arbeite wie ein Verrückter, aber ansonsten ist alles bestens.«

»Welchen armen Teufel hast du denn als Ersatz angeheuert, solange ich weg bin?«

Rob lachte los. »Ich wusste doch, dass du es nicht lange aushältst, ohne nach der Arbeit zu fragen.« Er stieß einen gespielt genervten Seufzer aus. »Einen Grünschnabel aus der Agentur. Der dir bei Weitem nicht das Wasser reichen kann, keine Angst. Der Junge ist echt nett, muss aber noch sehr viel lernen.«

»Müssen wir das nicht alle?«, erwiderte Fin ironisch.

»Da ist was dran, mein Freund. Aber apropos Arbeit … ich muss Schluss machen. Ich bin ohnehin schon spät für das Shooting dran und wollte nur kurz Hallo sagen. Richte deiner Mutter Grüße aus. Du hast ihr doch von mir erzählt, oder?« Er lachte jungenhaft.

Fin spürte, wie das schlechte Gewissen ihm die Luft abzuschnüren drohte. »Klar doch. Bis bald, Alter.«

Er legte auf und saß einen Moment lang da, während die Gedanken in seinem Kopf umherwirbelten. Ja, es wäre schwer, seine Mutter im Sterben liegend zu sehen. Ja, ein Besuch bei ihr würde bedeuten, dass er sich mit all dem auseinandersetzen musste, wovor er vor Jahren davongelaufen war. Aber war er den ganzen Weg gekommen, um in der eiskalten Bude seines Freundes inmitten leerer Lieferkartons vom Chinesen Trübsal zu blasen?

Nur ein Besuch. Mehr ist es ja nicht.

***

Das St. Catherine's Care Home war kein steriler Krankenhausklotz, wie er es sich ausgemalt hatte. Vielmehr hätte er es ohne das große weiße Schild in der Einfahrt glatt für ein normales großes Gebäude im viktorianischen Stil gehalten. Bei dem Anblick durchströmte ihn Erleichterung.

Trotz allem, was zwischen ihm und seiner Mutter vorgefallen war, hätte er nicht gewollt, dass sie in einer kalten, trostlosen Einrichtung dahinvegetierte.

»Hallo, kann ich Ihnen helfen?«, rief die Frau hinter dem Schreibtisch, als er den Empfangsbereich betrat. Sie war sehr klein, mit kurzem, dünnem Haar und einer großen runden Brille, die ihr etwas Eulenhaftes verlieh. Er lächelte verlegen und las den Namen auf dem Schild, das sie prominent auf der Brust trug.

»Hi. Schwester Clara? Ich bin Finley Taylor. Wir haben kürzlich telefoniert.«

Ein Lächeln breitete sich auf den Zügen der Schwester aus. »Mr. Taylor! Ich freue mich, dass Sie gekommen sind.«

»Bitte nennen Sie mich doch Fin.« Seine Nerven flatterten.

»Gern.« Schwester Clara raffte einige Unterlagen zusammen und schob sie zur Seite. »Soll ich Sie zu Ihrer Mutter bringen?«

»Klar.« Angespannt trat Fin von einem Fuß auf den anderen und kämpfte gegen den Drang an, die Flucht zu ergreifen.

»Zwei Besucher an einem Tag. Eileen wird ihr Glück nicht fassen können.« Schwester Clara strahlte, was ihre strengen Züge sofort weicher wirken ließ. »Hier entlang, bitte.« Sie öffnete eine Tür neben dem Schreibtisch, die zu einem Korridor führte, und marschierte auf ihren kurzen Beinchen los. »Die Freundin Ihrer Mutter sollte bald fertig sein. Sie bleibt immer bloß eine halbe Stunde oder so.

Zum Glück für Sie beide ist Ihre Mutter heute halbwegs klar. Wollen wir hoffen, dass es so bleibt.«

»Apropos«, sagte Fin und blieb kurz stehen. »Wie schlimm ist es denn? Also … womit muss man rechnen?«

Schwester Clara ging weiter den langen, mit rotem Teppichboden ausgelegten Flur hinunter. »An guten Tagen gibt es allenfalls kurze Momente, an denen sie ein bisschen wirr ist. Allenfalls leicht desorientiert und vergesslich, mehr nicht. An schlechten Tagen weiß sie im Grunde nicht, wer und wo und wie alt sie ist. Diese Episoden können mit großer Wut und Unmut einhergehen.« Sie blieb stehen und sah Fin freundlich an. »Was verständlich ist. Es ist eine grauenvolle Krankheit.«

»Wohl wahr.« Fin nickte, während er all die Informationen zu verarbeiten versuchte, die auf ihn einprasselten.

»Aber wie ich am Telefon bereits sagte, fällt Ihr Name in jeder Unterhaltung.« Die Schwester tätschelte ihm sanft den Arm und blieb vor einer Tür am Ende des Korridors stehen. »Da wären wir.« Sie klopfte laut an die Tür. »Eileen, heute ist Ihr Glückstag … es ist noch ein Besucher gekommen.« Sie lächelte Fin zwinkernd zu, dem flau vor Übelkeit wurde.

»Perfektes Timing, ich bin gerade am Gehen«, ertönte eine Stimme von drinnen. »Dann bis nächste Woche, Eileen, okay, Liebes? Bleib stark und iss schön. Mit einem niedrigen Blutzucker ist keinem geholfen.«

Fin spürte, wie sein gesamter Körper erstarrte.

Nein.

Das kann unmöglich sein.

In diesem Moment wurde die Tür aufgerissen, und keine Geringere als Angela Levy stand vor ihm.

»Großer Gott!«, rief sie mit so weit aufgerissenen Augen, dass sie die Hälfte ihres Gesichts auszumachen schienen. »Fin?« Sie trat vor, um ihn von oben bis unten zu mustern.

»Angela, hi.« Er hob die Hand zu einem beschämend albernen Winken.

»Sieh dich nur an!« Mit ausladenden Gesten beschrieb sie die Umrisse seines Körpers. »Ich kann nicht glauben, dass du hier bist! Deine Mutter wird sich ja so freuen, dich zu sehen.« Ehe er sich's versah, zog sie ihn in eine überschwängliche Umarmung. »Aber« – Angela ließ von ihm ab und schob ihn auf Armeslänge von sich – »du solltest dich dafür wappnen, dass sie nicht mehr so aussieht wie früher. Trotzdem …« Sie drückte ihn neuerlich an sich. »Trotzdem ist sie noch Eileen. Deine Mum. Vergiss das nicht, okay?«

Fin nickte pflichtschuldig und trat zur Seite, um sie vorbeizulassen.

»Wie lange bleibst du?«, fragte sie.

»Das weiß ich noch nicht. Das kommt wohl darauf an, wie …« Er senkte kurz den Blick. »Darauf, wie es meiner Mum weiter geht.«

»Natürlich.« Angela tätschelte ihm mitfühlend den Arm. »Aber jetzt, wo du hier bist, musst du unbedingt am Sonntag zum Mittagessen kommen! Ich wohne immer noch im selben Haus.«

Fin wollte gerade mit der nächstbesten Ausrede absagen, als Angela ihm einen dicken Kuss auf die Wange drückte und davoneilte. »Und dir ist klar, dass ich kein Nein hören will«, rief sie, während die lila Chiffonschichten bauschig hinter ihr herwehten. »Ich melde mich, mein Lieber.«

Schwester Clara und Fin standen einen Moment lang reglos da.

»Diese Frau ist eine wahre Naturgewalt, das muss man sagen.« Schwester Clara lachte leise. »Und das aus meinem Mund!« Sie rückte ihre Brille gerade und legte ihre winzige Hand auf Fins Rücken. »Also, sind Sie bereit, Fin?«

»Hmhm«, antwortete er kleinlaut und nickte, noch immer völlig überwältigt von Angelas Auftritt.

»Ich bin gleich den Korridor hinunter, falls Sie mich brauchen.« Behutsam schob Schwester Clara ihn ins Zimmer und schloss leise die Tür hinter ihm.

Fin brauchte einen Moment, bis sich seine Augen nach dem harschen Neonlicht im Flur an das Halbdunkel gewöhnt hatten.

»Hallo?«, murmelte eine schwache Stimme.

Fin kniff die Augen zusammen. Unter der Decke des breiten Krankenhausbetts lag eine Gestalt, die nur aus Haut und Knochen zu bestehen schien. Hätte er nicht gewusst, dass es sich um seine Mutter handelte, hätte er jedem geglaubt, der ihm erzählte, es seien bloß ein paar von Pergamentpapier überzogene Streichhölzer, die künstlerische Interpretation eines menschlichen Wesens, die symbolische Darstellung des Lebens.

Langsam wandte die Gestalt den Kopf, und Erkennen zeichnete sich in den großen, glasigen Augen ab.

»Du meine Güte«, hauchte sie.

Fin stand wie angewurzelt da. Blinzeln und Atmen schienen das Einzige zu sein, was sein Körper noch zustande bekam.

»Fin?« Die zerbrechliche Gestalt streckte vorsichtig die Hand aus, als versuche sie, eine Erinnerung von Fin zu fassen zu bekommen. »Bist du das wirklich?« Ihre Augen verengten sich.

Er trat einen Schritt vor, damit sie ihn etwas besser erkennen konnte, dann erhellten sich ihre blutleeren Züge. »Du meine Güte! Du siehst so … so erwachsen aus.«

Fin spürte, wie seine Gefühle ihn zu übermannen drohten – Wut, Scham, alles türmte und häufte sich aufeinander, rangelte darum, wer den Platz ganz oben einnahm, während er selbst reglos dastand.

»Setz dich doch.« Seine Mutter deutete auf einen leeren Stuhl neben dem Bett, auf den Fin nun vorsichtig zuging und sich setzte.

»Woher wusstest du denn, dass ich hier bin?« Verwirrung zeichnete sich auf ihren eingefallenen Zügen ab.

»Eine Schwester hat mich angerufen«, sagte er leise, noch immer fassungslos über den Zustand seiner Mutter.

»Verstehe.« Sie schürzte die Lippen, und ihre Miene verdüsterte sich. »Das wusste ich nicht. Sonst hätte ich ihnen gesagt, sie sollen sich die Mühe sparen, aber die machen hier um alles ein Tamtam.«

»Nun ja, Demenz und Krebs sind wohl etwas, weswegen man durchaus Tamtam machen darf.« Fin spürte, wie die Last auf seinen Schultern bei jedem Wort schwerer wog. »Aber vielleicht sehe ja nur ich das so.« Er zuckte die Achseln und bemerkte, wie trotzig sich sein Sarkasmus anhörte.

»Ich wollte dir bloß keine Umstände bereiten, das ist alles. Es tut mir leid, dass alles so gekommen ist.«

»Schon gut.« Er bemühte sich, aufrichtig zu klingen, was sich jedoch als schwieriger entpuppte als angenommen. »Wie fühlst du dich?«

Sie rang sich ein beruhigendes Lächeln ab. »Meistens ganz okay.«

Stille breitete sich aus. Es gab so vieles zu sagen, so viele Fragen zu stellen, doch keine schien unter den gegebenen Umständen angemessen zu sein. Fin sah sich im Zimmer um, in der Hoffnung, sich der steifen, unbehaglichen Atmosphäre zu entziehen. Vermutlich waren die Zimmer in dem Pflegeheim alle ähnlich geschnitten und mit dunklen Holzmöbeln, hellgrüner Tapete und Krankenhausgerätschaften ausgestattet, die jederzeit im Notfall herangezogen werden konnten.

Sein Blick blieb an einem Foto auf ihrem Nachttisch hängen: seine Mutter und sein Vater an ihrem Hochzeitstag. Wut brodelte in ihm hoch. Wie konnte sie nach allem, was vorgefallen war, immer noch seinen Anblick ertragen?

»Du siehst gut aus.« Die dünne Stimme seiner Mutter riss ihn aus seinen Überlegungen. »Amerika scheint dir zu bekommen.«

»Danke.«

Wieder ohrenbetäubende Stille. Er sah praktisch die Anstrengung seiner Mutter, ihr Gehirn nach einem Thema zu durchforsten, womit sie die Stimmung auflockern könnte.

»Hast du Angela beim Reinkommen gesehen?« Ein Anflug von Freude glomm in ihren fahlen Augen auf.

»Ja, wir sind uns auf dem Korridor begegnet.«

»Sie ist noch wie früher. Ein verrücktes Huhn, aber sie kommt mich bei Gott jede Woche besuchen, ohne Ausnahme. Nach allem, was ihr passiert ist, findet sie trotzdem immer die Zeit.«

Fin ballte die Fäuste. War das eine Anspielung auf ihn?

»Das ist sehr nett von ihr«, erwiderte er tonlos.

»Ist es zu fassen, dass wir seit dreißig Jahren befreundet sind?«, fuhr seine Mum fort. »Ich dachte immer, du und Eleanor führt das in derselben Art fort.« Traurig schüttelte sie den Kopf.

»Tja, manchmal läuft es nun mal nicht nach Plan, nicht?«

»Stimmt, Fin. Das tut es nicht.«

Eleanor

Obwohl sie sich alle Mühe gegeben hatte, pünktlich zu ihrem Date zu kommen, war sie zu früh dran. Als sie Sal im Pub versprochen hatte, sich mit diesem wildfremden Typen zu treffen, war ihr die Idee noch harmlos erschienen, doch nun, da es so weit war und sie so tun musste, als würde sie nicht die Minuten zählen, ehe sie gehen konnte, ohne respektlos zu wirken, war das Ganze nicht mehr so lustig.

Das wird schon.

Ein Kaffee, mehr ist es nicht.

Ihr Handy vibrierte. Dankbar für die Ablenkung, zog sie es heraus. Ihr Magen spielte völlig verrückt, deshalb bestand die Gefahr, dass der doppelte Espresso und der Müsliriegel vom Frühstück jederzeit wieder hochkamen.

Beim Anblick des Namens auf dem Display holte sie tief Luft und ging ran. »Hey, Mum. Alles in Ordnung?«

»Schatz, rate mal, wen ich gerade gesehen habe. Darauf kommst du nie!«

Angelas Stimme war noch lauter als sonst und drang mit einer Begeisterung durch die Leitung, die Eleanor beinahe in den Ohren schmerzte.

»Keine Ahnung. Brad Pitt?«

»Ich bitte dich! Hätte ich Brad Pitt gesehen, würdest du die nächsten Wochen keinen Ton von mir hören, weil wir viel zu sehr beschäftigt wären, uns in den Laken zu wälzen.«

Eleanor erschauderte. »Iiiih, hör auf, Mum. Das Bild im Kopf brauche ich nun wirklich nicht.«

»Sei doch nicht so prüde, Eleanor-Schatz.« Angela lachte boshaft.

»Ich bin nicht prüde«, schnaubte Eleanor. »Aber nun sag schon, wen du gesehen hast.«

Sie schloss die Augen und wappnete sich für eine öde Story über die Katzensitterin des Bruders einer alten Nachbarin.

»Finley Taylor!«

Eleanor zuckte heftig zusammen.

»Er ist immer noch hier?«

»Ja!«, rief ihre Mutter entzückt. »Moment mal! Was meinst du mit *immer noch*? Wusstest du etwa, dass er im Lande ist?«, herrschte Angela sie an.

Verdammt.

»Äh …« Eleanor durchforstete ihr Gehirn nach einer guten Ausrede.

»Eleanor?«

»Könnte sein, dass ich ihn auf Kates Hochzeit gesehen habe«, gestand sie schließlich.

»Und du hast mir nichts davon erzählt? Wie konntest du das tun?«

»Tut mir leid, ich hab's einfach vergessen.«

»Na klar«, konterte Angela sarkastisch.

»Doch, ehrlich.«

»Du warst doch nicht etwa gemein zu ihm, Eleanor-Schatz? Ich weiß, wie du sein kannst.« Angela schnalzte mit der Zunge.

»Großer Gott, Mum, hör schon auf. Ich bin nicht so ein Ungeheuer, wie du mich immer darstellst.«

»Ich sage nur, dass Liebeskummer selbst die anständigsten Menschen schlimme Dinge tun lässt.«

Eleanors Herz zog sich zusammen. »Und wo hast du ihn gesehen?«

»Als ich Eileen besucht habe. Es steht nicht gut um sie, deshalb hat das Heim ihn wohl informiert.«

»Oh. Verstehe.« Wie hatte sie so blöd sein können? Natürlich war er nicht bloß wegen Kates Hochzeit nach Hause gekommen. Sie hatte ihn noch nicht einmal nach seiner Mutter gefragt. Der Schock, ihn so unverhofft vor sich stehen zu sehen, hatte sie völlig umgehauen.

»Ja, es ist alles sehr traurig. Ich habe ihn für morgen zum Mittagessen eingeladen. Der arme Kerl kann schließlich nicht nur seine Mutter im Pflegeheim besuchen. Ist das okay für dich, Schatz?«

Eleanor unterdrückte das Bedürfnis, »Nein« zu schreien.

»Äh …« Schuldgefühle, Verblüffung und die nackte Angst vor ihrem bevorstehenden Date machten es ihr unmöglich, einen klaren Gedanken zu fassen und eine angemessene Antwort über die Lippen zu bekommen.

»Wunderbar! Ich wusste, dass du nichts dagegen hast. Es wird herrlich, euch alle mal wieder am Tisch sitzen zu haben. Ich verstehe bis heute nicht, wie du zulassen konntest, dass er ans andere Ende der Welt und komplett aus deinem Leben verschwindet. Er war immer so ein netter Junge.« Angela seufzte wehmütig.

Ich habe es nicht zugelassen, sondern er hat entschieden wegzuziehen.

»Das kann man so nicht …«, begann Eleanor.

»Egal, Schatz. Ich muss jetzt auflegen, der Laden bricht völlig zusammen ohne mich. Ich sehe dich morgen, Herzchen. Genieße deinen restlichen Samstag noch.«

»Danke, Mum, ich werde es versuchen«, erwiderte Eleanor, aber ihre Mutter hatte bereits aufgelegt. Eleanor schwirrte der Kopf, doch ihr blieb keine Zeit zu verdauen, was sie gerade erfahren hatte, weil etwas Wichtigeres anstand: ihr Date.

Ich kann das nicht. Es geht einfach nicht.

»Doch, du kannst das«, sagte sie laut zu sich selbst und blickte zur Tür, während ihre Nerven wie Schmetterlingsflügel in ihrem Bauch flatterten.

Sie hatten sich auf einen zentralen Treffpunkt auf halbem Weg zwischen ihren Wohnvierteln geeinigt, ein kleines Café, das er vorgeschlagen hatte, ihr Datepartner. Weshalb es ihr so schwerfiel, seinen Namen auszusprechen, wusste sie nicht, vielleicht half es ihr, ihn nicht als menschliches Wesen zu betrachten. Ihren »Datepartner« zu treffen, fühlte sich weniger real an als Ben Ryans, vierzig Jahre alt, aus New Cross.

Eleanor sah ihn, sobald sie das Café betrat. Er saß mit zwei dampfenden Kaffeebechern und Tellern mit Kuchen an einem Ecktisch. Sie atmete auf: Sal hatte nicht übertrieben, die Fotos logen nicht. Er sah gut aus. Sauber.

Weshalb sollte er nicht sauber sein?

Verlegen zupfte sie am Saum ihres Pullis und trat langsam an den Tisch.

»Hi, du musst Eleanor sein?« Er stand auf und machte Anstalten, sie zu umarmen.

Eleanor lächelte und ließ es zu, wobei sie die Arme robotergleich an den Seiten herabhängen ließ. Wieso wurde es bloß nicht leichter?

»Hi«, presste sie mühsam hervor.

Er duftete nach Orangen und nach Seife, und sein Körper fühlte sich herrlich warm an.

»Setz dich doch.« Er deutete auf den leeren Sessel gegenüber von ihm. »Ich habe schon mal etwas bestellt. Sal hat mir strikte Anweisungen erteilt, Milchkaffee und Karottenkuchen zu nehmen. Bitte sag, dass das kein mieser Trick war.« Beim Anblick seiner sorgenvollen Miene musste Eleanor lachen.

»Ich muss zugeben, ich bin froh zu hören, dass Sal andere in Liebesangelegenheiten genauso herumkommandiert wie mich.« Eleanor setzte sich und nippte an ihrem Kaffee. »Aber keine Sorge, du hast alles richtig gemacht.«

»Puh!« Lächelnd fuhr er sich mit der Hand durch sein kurz geschorenes Haar. Die Geste erinnerte sie so sehr an Fin, dass sich ihr Herz zusammenzog. »Ich muss zugeben, ich bin in solchen Dingen nicht besonders gut. Ich glaube, das ist mein erstes Date seit fast einem Jahr, deshalb bin ich ein bisschen eingerostet.«

Eleanor rutschte das Herz in die Hose. Sal hatte doch versprochen, dass es nicht so werden würde wie beim letzten Mal.

Da kann ich genauso gut aufstehen und wieder gehen.

»Oh, aber … nein! Warte.« Er wurde rot. »Nur damit keine Zweifel aufkommen. Ich bin komplett über meine Ex hinweg und absolut bereit für etwas Neues.«

Eleanor brach in Gelächter aus. »Sal hat dir wohl von dem unglaublich erfolgreichen ersten Date erzählt, das sie für mich eingefädelt hat, richtig?«

»Könnte sein.« Besorgt rieb er sich die goldblonden Bartstoppeln. »Eigentlich sollte ich diskret sein, was das betrifft, aber offenbar mache ich meine Sache nicht besonders gut, was?«

»Glaub mir, du machst das sehr viel besser als der Typ damals. Und wenn man bedenkt, dass das hier gerade mal mein zweites Date in fast fünfunddreißig Jahren ist, hast du keinerlei Anlass zur Sorge.« Sie zupfte eine Ecke des Kuchens ab.

»In fünfunddreißig Jahren! Nie im Leben!« Seine dunkelblauen Augen waren weit aufgerissen. »Wie soll das gehen?«

Sie zuckte die Achseln. »Meinen ersten richtigen Freund habe ich während der Erstsemesterwoche an der Uni kennengelernt und war seitdem mit ihm zusammen.« Sie rutschte unbehaglich in dem weichen Sessel herum. »Na ja, bis vor Kurzem.«

»Wow. Erstens freue ich mich sehr, dass Sal dich bearbeitet hat, dich noch mal ins Datinggetümmel zu stürzen.« Eleanor spürte, wie sie rot wurde. »Zweitens kann ich mich nur entschuldigen, dass es nichts Feudaleres als ein Café geworden ist, aber Sal hat die Auswahl stark eingeschränkt.«

Bens Gegenwart war der reinste Seelenbalsam; mit seinem breiten Lächeln und seinem freundlichen Gesicht konnte man gar nicht anders, als sich behaglich zu fühlen.

Eleanor lächelte schüchtern. »Ja, das könnte auf mein Konto gehen. Tut mir leid.«

Er lachte. »Für den Fall, dass ich mich als Psychopath entpuppe?«

»So in etwa.« Sie ließ sich in ihrem Sessel zurücksinken und genoss ihr lockeres Geplänkel.

»Eins kann ich dir versichern, ein Psychopath bin ich nicht.«

Eleanor grinste. »Andererseits würde ein Psychopath wohl kaum zugeben, dass er einer ist.«

»Wahnsinn. Wir sitzen gerade mal ein paar Minuten hier und reden schon über Psychopathen.« Ben schüttelte den Kopf. »Themenwechsel. Woher kennst du Sal?«

»Wir arbeiten zusammen. Ich habe sie auf Anhieb gemocht. Es ist schwer, in der Geschäftswelt Menschen mit echter Persönlichkeit zu finden, und dann stand sie plötzlich da und strotzte nur so davon.« Bei der Erinnerung wurde Eleanor warm ums Herz. »Und du?«

»Ich kenne sie auch von der Arbeit, deshalb weiß ich genau, was du meinst. Sie lässt sich nicht so schnell etwas vormachen, was? Es hat einige Zeit gedauert, bis sie mich als Freund und nicht bloß als Kollegen akzeptiert hat, aber irgendwann hatte ich sie weichgeklopft, und siehe da ...« Er nippte nervös an seinem Kaffee. »Dein Haar gefällt mir übrigens.«

Instinktiv berührte Eleanor ihre Frisur. »Wirklich?«

»Ja.« Er lachte. »Aber dir nicht?« Er runzelte neugierig die Stirn.

»Äh, ich komme gut damit klar.« Sofort spürte Eleanor, wie die vertraute Traurigkeit aus ihrer geheimen Ecke kam.

»Aber?«

»Aber mein Ex mochte es nicht so lockig.«

»Was!«, rief Ben. »Wieso das denn?«

Eleanor zuckte die Achseln. »Keine Ahnung, er fand, es sei übertrieben. Ich würde damit unelegant aussehen oder so was. Deshalb habe ich es immer geglättet.« Sie konnte Ben nicht in die Augen sehen, deshalb hielt sie den Blick auf ihren halb aufgegessenen Kuchen geheftet.

»Was für ein Idiot«, meinte Ben und biss in seinen Heidelbeer-Muffin. »Was hat er sonst noch von dir verlangt? Dass du deinen Kleiderstil änderst?«

Eleanors Miene verdüsterte sich beim Gedanken daran, wie ihre einst knallbunte Garderobe einheitlichem Grau, Weiß und Schwarz gewichen war. Einen Moment lang war ihr Herz schwer, doch dann zwang sie sich, ins Hier und Jetzt zurückzukehren.

»Alles in Ordnung, Eleanor?« Ben griff über den Tisch hinweg. »Es tut mir leid, das hätte ich nicht sagen dürfen. Es war nur ein blöder Witz, ohne jeden Hintergedanken.« Die Ruhe und Lockerheit schienen schlagartig verflogen zu sein.

»Es ist okay. Ehrlich.« Sie zwang sich zu einer weiteren Gabel voll Kuchen. »Vielleicht sollten wir das Thema Ex-Partner erst mal außen vor lassen, okay?«

»Einverstanden.« Ben hob seine Tasse.

Er ist ein netter Kerl, Eleanor.

Das war Oliver anfangs auch …

Hör auf!

»Sal hat erzählt, du seist UX-Designerin«, fuhr er nach einem Moment fort.

»Früher, ja.« Eleanor lehnte sich in ihrem Sessel zurück. »Inzwischen besteht meine Arbeit hauptsächlich aus Meetings und PowerPoint-Präsentationen.«

»Ah.« Er grinste. »Lass mich raten. Beförderung ins Management.«

»So sieht's aus.« Sie trank einen großen Schluck Kaffee. »Es ist schon verrückt, was? Man wird befördert, weil man seine Arbeit so gut macht, und plötzlich tut man alles außer dem, worin man eigentlich so gut war.«

»Ich schließe daraus, dass du mit deiner aktuellen Arbeit nicht wirklich glücklich bist?«

»Ist das so offensichtlich?«

»Ein bisschen«, erwiderte er sanft. »Aber ich verstehe dich. Letzten Endes ist alles bloß gequirlter Konzernmist, und wir sind die Idioten, die sich damit arrangieren müssen, stimmt's?« Er zwinkerte ihr zu, und Eleanor spürte, wie eine eigentümliche Wärme sie durchströmte.

»Genau.« Eilig trank sie ihren Kaffee aus, während ihr die Röte in die Wangen stieg.

»Darf ich dir noch einen holen?«, fragte er mit einem Nicken auf ihre leere Tasse.

»Das wäre wirklich nett, vielen Dank«, erwiderte Eleanor ohne eine Sekunde des Zögerns.

Fin

Hinter Fin lag eine ganze Reihe verstörender Begegnungen mit seiner Vergangenheit, doch dass er bereits am Sonntagmittag an Angela Levys Esstisch sitzen würde, hätte er bestimmt nicht gedacht. Gerade einmal eine Stunde, nachdem er aus dem Pflegeheim seiner Mutter in das Apartment zurückgekehrt war, hatte bereits sein Handy geklingelt. Leichtsinnigerweise war er rangegangen, nur um von Angela die klare Anweisung zu erhalten, am nächsten Tag zum Mittagessen zu erscheinen. Woher hatte sie seine Nummer? Welche arme Seele hatte sie dafür in die Mangel genommen? Vieles mochte sich in all den Jahren verändert haben, Angela Levys Entschlossenheit gehörte jedenfalls nicht dazu.

»Bist du sicher, dass ich dir nichts Stärkeres anbieten darf, mein Lieber?« Angela schwenkte zwei Weinflaschen.

Fin schloss die Hand fester um seine Teetasse und schüttelte den Kopf. »Nein danke, ich brauche sonst nichts.«

»Wenn du meinst.« Achselzuckend öffnete Angela die eine Flasche und goss sich ein großes Glas ein. »Aber es stört dich nicht, wenn ich mir ein Gläschen genehmige, oder?«, fragte sie, hob es jedoch bereits an ihre leuchtend rot geschminkten Lippen. Fin hatte Wein nie viel abgewinnen können, doch der Geruch nach Alkohol beschwor Verlangen in ihm herauf.

»Gar nicht. Bei dem Festessen, das du hier servierst, verdienst du eine ganze Flasche.« Er ließ den Blick über die breite Auswahl an Knabbereien und kalten Vorspeisen, die schon auf dem Tisch standen, schweifen.

Errötend winkte Angela ab. »Sei nicht albern, mein Lieber, das ist doch gar nichts. Ehrlich gesagt, freut es mich, endlich wieder jemanden so richtig bekochen zu dürfen. Das macht so viel mehr Spaß, als nur mir selbst eine Kleinigkeit zuzubereiten.«

»Stimmt. Für sich selbst zu kochen, ist nicht besonders inspirierend.«

»Definitiv nicht.« Angela nahm einen großzügigen Schluck aus ihrem Glas und setzte sich zu Fin an den Tisch. »Deshalb mache ich mir so große Sorgen um Eleanor. Sie behauptet zwar, sie koche für sich, aber seit Oliver sie verlassen hat, wird sie immer schmaler. Sie löst sich praktisch vor meinen Augen auf.«

Fin rutschte unbehaglich auf seinem Stuhl herum. »Ich hatte mich schon gewundert, weshalb er nicht auf der Hochzeit war. Sie meinte, sie hätten sich getrennt.«

Angela stieß ein scharfes Lachen aus. »Getrennt? Das klingt eindeutig zu freundschaftlich, mein Lieber. Er hat sie verlassen. Hat sich einfach aus dem Staub gemacht. Die Arme war am Boden zerstört, das kann man sich ja vorstellen. Es kam aus heiterem Himmel.«

Fin spürte Wut in sich aufsteigen.

»Wir alle dachten, er sei ein netter Kerl. Vielleicht ein bisschen langweilig, aber trotzdem okay«, fuhr Angela fort, die Fins Stimmungsumschwung offenbar nicht mitbekam.

»Hast du ihn mal kennengelernt? Es würde mich interessieren, deine Meinung über ihn zu hören. Du weißt schon, aus der männlichen Perspektive.«

»Äh.« Eilig stopfte er sich eine Handvoll Chips in den Mund. »Ich glaube nicht. Ehrlich gesagt erinnere ich mich nicht mehr an ihn.«

»Klar. Ist ja alles auch schon ewig lange her«, meinte Angela. »Obwohl ich manchmal denke, es wäre gar nicht erst zu dieser Tragödie gekommen, wenn Eleanor Freunde wie dich um sich gehabt hätte.«

Ehe Fin etwas erwidern konnte, klingelte es.

»Ah, da sind sie ja.« Angela sprang auf. »Schenk dir noch etwas Tee ein, solange ich die Tür aufmache«, befahl sie und verschwand in einer Wolke aus perlenbesetzter Seide, während Fin nichts anderes zu tun blieb, als in seine fast leere Tasse zu starren.

Du hättest etwas unternehmen können.

Du wusstest, dass er nicht der Richtige für sie war.

Abrupt stand Fin auf, in der irrationalen Hoffnung, damit die quälenden Gedanken abschütteln zu können. Er durfte jetzt nicht darüber nachdenken, sondern musste sich zusammenreißen, zumindest vor Eleanor. In diesem Moment wurde die Küchentür aufgerissen, Freya kam hereingestürmt, fiel ihm um den Hals und warf ihn beinahe von den Füßen.

»Fin!«, rief sie. »Wenn das nicht Fin Taylor ist!«

»Hey, Freya«, murmelte er in ihr Haar. »Das ist die begeistertste Begrüßung seit Jahren.«

Sie löste sich von ihm und musterte ihn. »Du siehst genauso aus wie früher.«

»Ich weiß nicht recht, ob das gut oder schlecht ist.« Plötzlich verlegen, fuhr er sich mit den Händen durchs Haar.

»Aha!«, rief sie und zeigte mit dem Finger auf ihn. »Auch das machst du immer noch. Das ist so krass. Wie ist es, wieder hier zu sein? Wie lange bleibst du in London?«

Fin musste lachen. Es war, als wäre die kleine Freya aus seiner Kindheit gerade aus dem Körper der erwachsenen Frau herausgebrochen – ihre endlose Fragerei und ihr unerschütterlicher Enthusiasmus. Auch sie hatte sich im Grunde kein bisschen verändert.

»Lass doch den armen Mann in Ruhe, Freya. Er kriegt ja kaum Luft!« Angela kam hereingefegt, wobei sie Eleanor quasi hinter sich herzog.

»Hey, Eleanor.« Wieder hob er die Hand zu diesem lahmen Winken, während er verlegen auf sie zutrat.

»Hey.« Diesmal schien sie deutlich weniger entsetzt zu sein als bei ihrer letzten Begegnung.

»Ich wollte gerade frischen Tee machen.« Er trat an den Herd, wobei ihm nicht entging, wie Freyas und Angelas Blicke zwischen ihm und Eleanor hin und her schweiften. Ebenso wenig entging ihm, dass seine Stimme mindestens um eine Oktave höher geworden war und sich eine unnatürliche Förmlichkeit in seinen Tonfall geschlichen hatte. »Möchte sonst noch jemand welchen?«

»Ich hätte lieber Kaffee, wenn das ginge«, erwiderte Eleanor, ebenso höflich und reserviert.

»Ich auch«, schaltete sich Freya lautstark ein.

»Ich bleibe bei meinem Gift, Fin-Schatz«, sagte Angela lachend. »Könntest du kurz mitkommen, Freya? Ich brauche oben deine Hilfe.«

»Kann das nicht warten? Ich habe einen Bärenhunger«, stöhnte Freya und beäugte gierig die Köstlichkeiten auf dem Tisch.

»Nein, es kann auf keinen Fall warten. Komm jetzt …«

Fin versuchte, sich seine Belustigung nicht anmerken zu lassen, als er zusah, wie Freya sich widerstrebend aus der Küche schleifen ließ und ihrer Mutter mit unüberhörbarem Protest den Flur entlang folgte.

»Manche Dinge ändern sich nie, was?« Lächelnd nahm Eleanor die Milchflasche aus dem Kühlschrank und reichte sie Fin.

»Danke.« Unwillkürlich fiel sein Blick auf ihre mageren Handgelenke. Angela hatte völlig recht: Sie war so viel zarter, als er sie in Erinnerung hatte.

»Das mit deiner Mum tut mir übrigens sehr leid«, fuhr sie fort, wobei ihr Tonfall auch jetzt noch steif und gestelzt war. »Ich wusste ja, dass es ihr nicht gut geht, aber dass es so schlimm um sie steht, war mir nicht klar.«

Fin richtete seine Aufmerksamkeit auf das kochende Wasser im Kessel. »Ja. Besonders schön ist das alles nicht.«

»Das kann ich mir vorstellen«, sagte sie leise. »Ich hätte eins und eins zusammenzählen sollen, aber ich habe glatt gedacht, du seist nur wegen Kates Hochzeit hergekommen.«

Ihr Lachen klang gezwungen. Fin spürte, wie sehr sie sich bemühte, die Atmosphäre aufzulockern.

»Es brauchte schon mehr als kostenlose Drinks und ein weißes Kleid, um mich hierher zurückzulocken.« Grinsend nahm er den Kessel vom Herd und goss das Wasser in die Tassen. »Hochzeiten sind nicht so mein Ding.«

»Ich erinnere mich«, erwiderte sie.

Eine unerwartet angenehme Stille breitete sich zwischen ihnen aus, während Fin die Teebeutel in den Müll warf.

»Hast du dich denn gut amüsiert? Nach dem Essen habe ich dich völlig aus den Augen verloren.«

»Ja, es war schön, aber ich bin ziemlich früh gegangen.«

»Verstehe.« Fin gab einen Löffel Zucker in seinen Tee.

»Ich kann nicht mehr so ausgelassen feiern wie früher.« Eleanor lehnte sich gegen den Küchenschrank.

»Das kann ich nur bestätigen.« Fin lachte leise. »Ich bin am nächsten Tag kaum aus dem Bett gekommen, dabei hatte ich noch nicht mal was getrunken.«

Eleanors Miene verdüsterte sich, und Fin spürte, wie die schmerzlichen Erinnerungen neuerlich in ihm hochkamen.

»Ist es denn zu fassen!«, stöhnte Freya, die mit einem riesigen Pappkarton in den Armen zur Tür hereinkam. »Mum hat mich gezwungen, auf den Dachboden zu steigen. Ihr wisst ja, wie sehr ich Spinnen und dunkle Ecken hasse, von meiner Höhenangst mal ganz abgesehen. Ich bin von oben bis unten voller Staub. Igitt, es ist so eklig!«

»Soll ich dir einen Schuss Whiskey in den Kaffee geben?«, schlug Fin vor.

»Ja, und bitte mehr Whiskey als Kaffee, wenn's geht. Ich sage dir, Eleanor, Mum ist heute komplett von der Rolle.«

»Entschuldigung«, zwitscherte Angela, die mit einem teuflischen Lächeln in die Küche gerauscht kam. »Hast du über mich gelästert, Schatz? Du hast übrigens Staub im Haar.«

»Igitt!« Hektisch tastete Freya ihr Haar ab. »Ich hoffe für dich, dass in diesem Karton irgendwelche Familienschätze liegen, die du uns schenken wolltest.«

»Schätze gibt es in vielen Gestalten, Kind. Ich dachte, wo wir schon das Vergnügen von Fins Gesellschaft genießen dürfen, könnten wir in den alten Schachteln kramen, die euer Vater und ich auf dem Dachboden aufbewahren. Irgendwann muss ohnehin ausgeräumt werden, und wer schwelgt nicht gern in Erinnerungen?«

Fin spürte, wie sein Körper stocksteif wurde.

»Muss das unbedingt jetzt sein?« Eleanor runzelte die Stirn. »Können wir nicht erst essen? Ich habe echt Hunger.«

»Essen gibt es erst in einer Stunde. Nach den letzten Malen war ich sicher, dass ihr ohnehin viel zu spät kommen würdet, und wollte unserem Ehrengast kein knochentrockenes Hühnchen servieren.« Angela trat hinter Fin und drückte ihm ermutigend die Schultern. »Also sei keine Spielverderberin, sondern lass uns loslegen.« Sie riss den Deckel der Schachtel herunter, sodass die Staubflocken aufwirbelten.

»Sieh sich das bloß einer an!«, rief sie und zog eine Fotografie heraus. »Euer Schulfoto. Ich fasse es nicht, dass ihr mal so klein wart. Sieh mal hier, Eleanor. Du meine Güte, wie kamen wir bloß auf die Idee, dir diesen grauenvollen Haarschnitt zu verpassen? Der reinste Topfschnitt!«

Eleanor zog ein finsteres Gesicht. »Weil du gesagt hast, du hättest keine Zeit, mir jeden Morgen Zöpfe oder sonst was zu machen.«

»Der Kurzhaarschnitt war wesentlich praktischer.« Angela lachte.

»Kann sein, aber auch potthässlich.« Prustend zog Freya ein weiteres Kinderfoto von Eleanor heraus und hielt es triumphierend hoch.

»Immer schön nett zueinander sein«, mahnte Angela. »Ah. Das hier ist ein schönes. Ihr drei zu Halloween.« Angela reichte das Foto Fin, der grinsen musste. Da standen sie, alle drei nebeneinander vor der Haustür.

»Freya scheint echt sauer über ihre Verkleidung zu sein. Was soll das sein … ein Wasserball?« Fin lachte.

Freya riss ihm das Foto aus der Hand und warf ihm einen vernichtenden Blick zu. »Nein! Wenn ich mich recht entsinne, sollte es einen Kürbis darstellen. Du und Eleanor wolltet als Leichenbrautpaar gehen, und du hast gesagt, ich darf nur mit euch von Haus zu Haus ziehen, wenn ich euer Kürbis dazu bin.« Die Erinnerung schien sie auch heute noch zu schmerzen. »Ich sehe echt fürchterlich aus.«

Eleanor warf Fin einen verstohlenen Blick zu und nahm ihrer Schwester lächelnd das Foto aus der Hand. »Das klingt überhaupt nicht nach uns. Außerdem waren wir Teenage Mutant Ninja Turtles und kein Leichenpaar.«

»Ich weiß!«, rief Freya. »Ihr habt in letzter Sekunde umdisponiert, ohne mir Bescheid zu sagen. Das war das grauenhafteste Halloween aller Zeiten.«

Fin verschluckte sich beinahe an seinem Tee. »Tut mir leid, Freya. Mir war nicht bewusst, dass wir so fies waren.«

»Ihr wart die Allerschlimmsten«, schoss sie zurück und stopfte sich eine Handvoll Chips in den Mund.

»Sie hat recht, ihr wart schon ein Gespann.« Mit einem liebevollen Seufzer riss Angela Eleanor das Foto aus der Hand und legte es beiseite. »Wir mussten damals Himmel und Hölle in Bewegung setzen, wenn wir euch trennen wollten.«

Fin spürte, wie er rot wurde, während Angela ungerührt fortfuhr. »Ohhh, was haben wir denn da?« Sie schlug ein zerknülltes Blatt Papier auseinander und legte es auf den Tisch. Fins Magen zog sich zusammen. Wie könnte er jemals sein kindliches Gekritzel vergessen? Er wagte es nicht, Eleanor anzusehen ... schlimm genug, dass es schlagartig totenstill im Raum geworden war.

»Eleanors und Fins Freundschaftsregeln«, las Freya laut. Fin wünschte inbrünstig, der Erdboden möge sich unter ihm auftun und ihn verschlingen.

»Erstens«, las Angela fröhlich. »›Beste Freunde belügen einander nicht. Niemals. Nicht einmal kleinste Notlügen sind erlaubt.‹ Oh, wie witzig, Eleanor. Du hast ›Das gilt hauptsächlich für dich, Finley Taylor‹ dazugeschrieben und dreimal unterstrichen.« Angela lachte. »Du hast andere schon als Kind gern herumkommandiert. Willensstark, so hat dein Vater es bezeichnet, ich hätte eher ›stur‹ gesagt.«

»O. k., wir haben's verstanden«, warf Eleanor ein, deren Gesicht sich dunkelrot verfärbte.

»›Zweitens‹«, fuhr Freya fort, ohne den tödlichen Blicken ihrer Schwester Beachtung zu schenken. Fin schwieg. »›Beste Freunde gehen niemals wütend aufeinander zu Bett. Streits müssen vorher beigelegt werden (siehe Ausnahmen umseitig).‹«

»Ich glaube, da war das Schlupfloch. Nach dem, was wir hier zu Papier gebracht haben, hätten wir eigentlich Anwälte werden müssen«, scherzte Fin in der Hoffnung, dass sich die Anspannung löste.

»War's das?« Eleanor schnitt eine Grimasse.

»Du liebe Zeit, nein, seht bloß mal, was hier unten noch steht!« Freya zeigte auf einen Absatz am Seitenende. »Das ist eine Art Vertrag.«

»Was steht denn da …« Stirnrunzelnd versuchte Angela, das Gekritzel zu entziffern. »›Wir, Eleanor Ruth Levy und Finley James Taylor, erklären hiermit, in den heiligen Stand der Ehe zu treten, sofern beide Unterzeichnenden im gereiften Alter von fünfunddreißig Jahren single sind. Die Eheschließung erfolgt in Übereinstimmung mit dieser bindenden Vereinbarung in beiderseitigem Einverständnis.‹« Lachend kniff Angela Fin kräftig in die Wange. »Du meine Güte, soll ich schon mal meinen Sonntagshut suchen gehen?«

»Pech für dich, dass ich immer noch vierunddreißig bin«, erwiderte Eleanor sarkastisch, riss das Blatt Papier an sich und warf es in die Schachtel zurück.

»Mag sein, mein Schatz, aber lange ist es nicht mehr hin. Und da ich nicht sehe, dass du dir große Mühe gibst, deinen Single-Status zu beenden, ist ein Plan B vielleicht ganz schlau.«

Fin spürte Eleanors Wut förmlich in heißen Wellen über den Tisch schwappen und griff in die Schachtel, in der Hoffnung auf irgendetwas, um das Themen zu wechseln.

»Nicht das schon wieder, bitte«, stöhnte Eleanor.

»Oh, da ist aber jemand ein bisschen reizbar«, neckte Freya. »Du würdest sie ohnehin nicht heiraten wollen, Fin, so übellaunig, wie sie in letzter Zeit ist.«

Wieder spürte Fin die Hitze durch seinen Körper strömen. Wieso versagte er in Situationen wie diesen unweigerlich auf der ganzen Linie?

»Nun ja, außerdem könnte es doch sein, dass Fin eine glückliche Beziehung mit seiner Traumfrau führt.« Angela zwinkerte.

»Klar!«, rief Eleanor, bevor Fin Gelegenheit hatte, etwas zu sagen. »Wahrscheinlich ist die arme alte Jungfer Eleanor die Einzige, die alleine und ohne Partner ist.« Hektisch begann sie, die Sachen in die Schachtel zu werfen. »Also, können wir jetzt bitte essen?«

»Ich bin auch alleine«, platzte Fin heraus.

Niemand sagte etwas. Mit jeder weiteren Sekunde der Stille spürte Fin, wie seine Wangen immer heißer wurden.

»Ich meinte, dass ich auch nicht liiert bin.« Er senkte den Kopf und fummelte am Saum der Tischdecke herum. »Du bist nicht der einzige Single hier.«

»Ich bin sicher, du findest im Handumdrehen jemand Neues. So wie du aussiehst! Die Ladys hier sollten mal schön die Augen offen halten!«, rief Angela.

»Mum, hör auf mit dem Quatsch, das ist ja peinlich«, flehte Eleanor. »Und können wir jetzt endlich essen?«

Angelas Euphorie verflog unübersehbar. »Ich weiß gar nicht, wieso du immer so ungeduldig sein musst, Liebling. Von mir oder deinem Vater hast du das definitiv nicht.« Sie schnalzte mit der Zunge und schwebte in ihrer Seidenwolke zum Herd. »Also, räumt die Sachen vom Tisch, und dann geht's los.«

Eleanor

Wenn Eleanor das Wochenende schon als schlimm empfunden hatte – der Montagmorgen würde noch viel schlimmer werden, das wusste sie. Sie hatte sämtliche von Sals Nachrichten und Anrufen mit der Forderung nach Infos zu ihrem Date mit Ben eisern ignoriert. Und auch auf die Nachricht von Ben selbst hatte sie nicht reagiert. In der er sie gestern Abend um ein zweites Date gebeten hatte …

»Aha, sie lebt also noch, ja?«, bellte Sal quer durch das Büro. Eleanor tauchte noch tiefer hinter ihrem Bildschirm ab.

»Ich weiß genau, dass du da bist, Eleanor«, trompetete Sal weiter und kam herüber. Stöhnend ließ Eleanor den Kopf auf ihren Schreibtisch sinken, wofür sie einen missbilligenden Blick von Doreen kassierte.

Ein lauter Knall ertönte direkt neben ihrem Ohr. Vorsichtig hob sie den Kopf und sah einen großen Becher Kaffee mit ihrem Namen neben sich stehen.

»Du bist sauer, spendierst mir aber trotzdem einen Kaffee?« Eleanor lächelte verlegen.

»Das ist meine Art, dir ein schlechtes Gewissen zu machen, weil du dich das ganze Wochenende tot gestellt hast.« Sal zog einen Stuhl heran und ließ sich darauf fallen.

»Es tut mir leid«, sagte Eleanor kleinlaut.

121

»Das reicht mir als Entschuldigung nicht.« Sal verschränkte die Arme und runzelte die Stirn.

»Ich lade dich zum Mittagessen ein?«, säuselte Eleanor.

»Ich bin auf Diät. Weiter …«

»Dann wird ein Schokobrownie wohl auch nichts nützen.« Eleanor nippte an ihrem Kaffee.

»Nicht«, stöhnte Sal und schien bereits zu vergessen, dass sie sich Eleanor hatte zur Brust nehmen wollen. »Ich habe solchen Hunger.«

»Dann iss etwas!« Dankbar ergriff Eleanor die Gelegenheit beim Schopf, das Thema zu wechseln. »Ich verstehe überhaupt nicht, wieso du so was ständig machst. Du bist das schönste Geschöpf, das ich je gesehen habe.«

Einen Moment lang wurden Sals Züge weich, ehe sie zu merken schien, was hier lief. »Moment mal! Nein! Also danke, aber … nein! Wir können weiter über mich reden, aber erst, wenn wir mit dir fertig sind.« Ihre großen bernsteinfarbenen Augen funkelten.

»Na gut.« Eleanor ließ sich auf ihrem Stuhl zurückfallen.

»Ich will, dass du für ein zweites Date mit Ben zusagst«, sagte Sal rundheraus.

Eleanor fuhr so abrupt hoch, dass sie ein Schleudertrauma befürchtete. »Woher weißt du, dass er sich noch mal mit mir treffen will?«

»Weil, meine liebe Eleanor, du meine Nachrichten und Anrufe das ganze Wochenende über ignoriert hast und ich unbedingt erfahren musste, wie euer Date lief«, schnurrte Sal, der die selbstgefällige Genüsslichkeit aus sämtlichen Poren drang. »Deshalb habe ich direkt an der Quelle nachgefragt. Ben hat mir erzählt, dass er dich um ein zweites Treffen bitten möchte, und da er eine ehrliche Haut ist, nehme ich an, dass er dir schon geschrieben hat. Richtig?« Sie zog ihre perfekt gezupften Brauen hoch.

»Du bist unglaublich«, zischte Eleanor. Sal saß seelenruhig da und wartete auf die Antwort. »Ja, na gut, er hat mir geschrieben, aber erst gestern Abend, deshalb kann man nicht sagen, ich hätte ihn tagelang ignoriert«, fügte sie trotzig hinzu.

»Und wie stehst du zu der Idee, dich noch einmal mit ihm zu treffen?«, fragte Sal sanft.

Eleanor schloss kurz die Augen und beschwor Bens Gesicht herauf. Sie konnte nicht abstreiten, dass sie sich gut verstanden hatten. Was könnte sie mehr verlangen? Er war nett. Er sah super aus. Er hatte sie zum Lachen gebracht. Und er war bis zum Ende geblieben. Die Einzige, bei der Fluchtgefahr bestand, war sie.

»Ich schreibe ihm heute Abend, wenn ich nach Hause komm.« Sie sah, wie Sal zum Protest anhob. »Versprochen.« Eleanor wusste, dass Sal ihr Wort genügte. Sal nippte an ihrem Kaffee und lächelte.

»Wunderbar. Also, erzähl, wie war dein restliches Wochenende? Eine Runde Angela, die dir wieder mal sieben Gänge in den Rachen schiebt, während sie meckert, du seist zu dünn?«

Eleanor schnaubte. »Nicht ganz. Zum Glück stand ausnahmsweise mal nicht ich im Mittelpunkt. Sie hatte Fin als Überraschung eingeladen.«

»Wer zum Teufel ist dieser Fin noch mal?«

»Dieser alte Freund, dem ich bei Kates Hochzeit wieder über den Weg gelaufen bin.«

»Er muss ein ziemlich enger Freund gewesen sein, wenn deine Mutter ihn zum Sonntagsessen einlädt. Nicht mal ich konnte mir bisher eine Einladung erschwindeln«, erklärte Sal und schmollte ein wenig.

»Wir waren auch ganz dicke. Bis vor etwa fünfzehn Jahren. Seine Mum und meine waren Freundinnen … na ja, sie sind es immer noch. Allerdings hat seine Mutter Krebs, deshalb ist er hier. Ich schätze, er bleibt, bis sie … du weißt schon.« Eleanor brachte es nicht über sich, die Worte laut auszusprechen.

»Mist. Das ist wirklich traurig.«

»Stimmt. Das ist übel.« Eleanor spürte, wie der Schmerz ihres eigenen Verlusts wieder hochkam. »Aber noch viel ätzender ist, dass meine Mutter sich auf die Fahne geschrieben hat, mich zu seiner Babysitterin während seines Aufenthalts zu machen.«

»Was meinst du damit?« Sal runzelte die Stirn.

»Sieh dir das an!« Eleanor deutete auf ihren Bildschirm. Allein heute Vormittag hatte sie fünf E-Mails von ihrer Mutter bekommen, alle mit demselben Betreff: TOLLE SA-CHEN, DIE MAN MIT FIN UNTERNEHMEN KANN.

»Ahh, verstehe.« Sal kicherte.

»Man könnte glauben, sie hat Anteile an den Londoner Sehenswürdigkeiten oder so. Ganz ehrlich, wenn diese Frau sich erst einmal etwas in den Kopf gesetzt hat, lässt sie nicht mehr davon ab.«

»Kannst du ihr nicht sagen, du wärst beschäftigt?«

Eleanor sah Sal strafend an. »Sie denkt, mein Termin-kalender sei blitzeblank, nur weil ich mit vierunddreißig single bin.«

»Was nicht gänzlich verkehrt ist«, warf Sal blasiert ein. »Würdest du dich dagegen noch mal mit Benny-Boy tref-fen, könnte sich dein Terminkalender ganz schnell füllen.«

»Du bist genauso schlimm wie sie.«

»Reg dich ab. Ich habe eine Idee.«

»Schieß los …«, schnaubte Eleanor.

»Demnächst schmeiße ich eine Dinnerparty. Du soll-test Fin einladen.«

Eleanor kniff die Augen zusammen. »Wieso? Es geht doch darum, wie ich ihm aus dem Weg gehen kann.«

»Stimmt, aber auf die Art schaffst du dir deine Mum vom Hals und brauchst noch nicht mal Zeit mit ihm zu verbringen. Wir platzieren ihn einfach am anderen Ende des Tisches. Voilà, schon hast du deine töchterliche Pflicht erfüllt, und Fin lernt neue Leute kennen, mit denen er seine restliche Zeit in London verbringen kann.« Sal klatschte in die Hände. »Manchmal bin ich einfach brillant.«

Eleanor lehnte sich auf ihrem Stuhl zurück. »Na ja, die schlechteste Idee ist es tatsächlich nicht.«

»Genau! Und man weiß ja nie … wenn er süß ist, könnte er ja eine Weile mehr als ein Freund für mich sein.«

»Du liebe Zeit, Sal, er ist hier, um sich von seiner ster-benden Mutter zu verabschieden und nicht wegen einer Urlaubsromanze.« Eleanor spürte, wie sie rot wurde.

»Ein Grund mehr für ihn, etwas zu tun, das nichts mit Krankenhäusern und Tod zu tun hat. Es sei denn …« Sal legte den Kopf schief, als ihr etwas zu dämmern schien. »War zwischen euch mal etwas? Ist die ganze Geschichte etwa deswegen so angespannt?«

Eleanor schnaubte. »Nein!«

»Wieso sieht dein Gesicht dann plötzlich aus wie Doreens grauenvolle Haarfarbe?« Sal lachte, woraufhin Eleanors Gesicht einen noch leuchtenderen Rotton annahm.

»Tut es doch gar nicht.« Sie zwang sich, ruhig und souverän zu wirken.

»Du behauptest also, zwischen dir und Fin sei nie etwas passiert? Nicht mal ein kleiner Kuss im Suff nach der Schuldisco?«

»Erstens weiß ich nicht, wann du angefangen hast, Alkohol zu trinken, bei uns gab es jedenfalls nur Limonade in sämtlichen Farben. Zweitens war Fin wie ein Bruder für mich. Zwischen uns gab es nie auch nur etwas ansatzweise Romantisches.« Sie senkte kurz den Blick. »Glaub mir.«

»Wenn du es sagst …«

»Tue ich.« Sie zwang sich zu einem Lächeln. »Außerdem glaube ich nicht, dass er dein Typ wäre.«

»Das entscheide ich dann schon selbst, okay?« Sal erhob sich und drückte Eleanor einen Kuss auf die Wange. »Ich schicke dir später die Einzelheiten. Schreib Angela, sie soll dich in Ruhe lassen, weil auf dich wichtige Kreativarbeit wartet.« Mit einem Grinsen wandte Sal sich ab und marschierte davon.

»Und wie …«, brummte Eleanor.

Damals: 11 Jahre alt

Eleanor

»Eleanor! Fin ist hier!«, rief ihre Mutter von unten.

»Bin in einer Minute da!«, rief sie.

»Eleanor, hast du mich gehört? Finley ist hier!« Die Stimme war noch lauter geworden.

Eleanor riss die Badezimmertür auf und streckte den Kopf heraus. »Hab's gehört. Ich habe gesagt, ich bin in einer Minute unten.«

»Schon gut, Schatz, du brauchst ja nicht gleich wie eine Verrückte zu schreien.« Ihre Mutter kam halb die Treppe herauf. »Na, da sieht aber jemand hübsch aus. Sehe ich richtig? Trägst du etwa Make-up?«

»Nein.« Eilig machte Eleanor Anstalten, die Tür zu schließen.

»Ich glaube schon.« Sie winkte sie mit dem Finger heran. »Komm, lass mich doch mal sehen.«

Vorsichtig trat Eleanor auf den Treppenabsatz, weil ihr klar war, dass ihre Mutter nicht lockerlassen würde, selbst wenn sie sich im Badezimmer einsperrte.

»Du siehst wunderschön aus, Schatz.« Ihre Mum trat vor sie und strich ihr das Haar glatt. »Eigentlich hatte ich die gewohnte Latzhose und Converse-Turnschuhe erwartet, aber so sieht es so viel hübscher aus. Gibt es etwa jemand Besonderen, bei dem du heute Abend Eindruck schinden willst?« Sie zwinkerte übertrieben.

»Nein«, blaffte Eleanor und wich zurück. »Kate und ich wollten bloß etwas tragen, das zueinanderpasst, und ich habe sie aussuchen lassen.«

Angelas Augen weiteten sich, und sie nickte langsam. »Verstehe. Jedenfalls siehst du hübsch aus.«

»Danke«, brummte Eleanor. »Kann ich mich jetzt endlich fertig machen?«

»Natürlich, Schatz. Aber beeil dich, du kennst ja deinen Vater. Wenn man ihn zu lange sich selbst überlässt, bittet er Fin noch, ihm im Schuppen zu helfen, und wir wissen alle, dass das keiner will.«

Eleanor zog sich ins Badezimmer zurück und betrachtete ihr Spiegelbild. Sie hatte Mühe, ihre Gesichtszüge unter den Schichten aus Concealer und Make-up zu erkennen. Ihre Lider fühlten sich zentnerschwer von all der Wimperntusche an, und auf ihren Lippen lag eine so dichte Schicht Gloss, dass ihr bei jedem Atemzug der widerliche Vanillegeruch in die Nase stieg.

Das ist doch lächerlich.

Nein, ist es nicht. In sämtlichen Zeitschriften steht, dass rosa Lidschatten gerade angesagt ist.

Na und?

Du siehst wie eine Barbie-Puppe aus.

Plötzlich hörte sie ein lautes Kreischen, als Fin und Freya wie eine Horde wilder Tiere die Treppe heraufgestürmt kamen.

Eleanor rannte zur Badezimmertür und schloss ab; sie durfte keinesfalls riskieren, dass jemand sie zu Gesicht bekam, bevor sie fertig war.

»Fin, hör auf, bitte hör auf!«, quiekte Freya atemlos.

»Hilf mir, Eleanor! Fin will mich festhalten und zu Tode kitzeln!«, rief sie.

»Los, Elles, wo auch immer du bist, komm raus!«, rief er. »Deine kleine Schwester will gerettet werden.«

»Eleanor! Hilfe!«

Eleanor hörte, wie sich die beiden vor dem Badezimmer auf den mit Teppich ausgelegten Flurboden fallen ließen. Ihr Wunsch, mit ihnen zu blödeln, war größer als das Bedürfnis, sich das Gesicht anzumalen. Langsam drehte sie den Schlüssel um – sie würde ihnen den Schreck ihres Lebens einjagen.

»Wo ist sie überhaupt?«, fragte Fin schnaufend.

»Keine Ahnung. Sie macht sich schon seit Stunden zurecht«, maulte ihre Schwester. »Sie hat den ganzen Nachmittag nicht mit mir gespielt.«

»Keine Ahnung, was ihr Mädels immer habt«, sagte Fin. »Ich wusste gar nicht, dass Elles auch auf so was steht.«

Eleanors Hand schwebte über dem Türknauf.

»Vielleicht liegt ihr ja etwas daran, wie *du* es findest«, neckte Freya.

Eleanors Herz machte einen Satz. Sie presste das Ohr gegen die Tür und schloss die Augen.

»Natürlich tut sie das. Ich bin ihr bester Freund«, erklärte er sachlich.

Freya kicherte. »Klar … aber vielleicht will sie ja, dass du mehr als das bist. Nicht ihr bester, sondern ihr *richtiger* Freund.«

Eleanor erstarrte. Das Herz schlug ihr bis zum Hals.

»Iiihh!«, rief Fin. »Das ist doch eklig. Sie ist wie meine Schwester.«

Freya machte laute Kussgeräusche.

»Hör sofort auf, sonst kotze ich über dich drüber!«

Das übertriebene Geschmatze ging weiter.

»Ich würde niemals meine Schwester küssen. Ihhhh! Ihhh!« Unvermittelt mischte sich Fins Würgen unter Freyas Kusslaute. »Ich kotze dir gleich auf die Füße, Freya. Ja, versuch nur abzuhauen, aber ich kriege dich!«

Eleanor hörte das Trampeln ihrer Schritte die Treppe hinunter, rannte zum Spiegel und schnappte nach Luft. Ihr sorgfältig geschminktes Gesicht war verschmiert, schwarze Tuscheschlieren zogen sich über ihre Wangen, und dicke Tränenspuren verliefen durch das orangefarbene Make-up.

»Du bist dumm. Dumm, dumm, dumm«, fluchte sie und wischte sich die Reste ab. »Das war eine Schwachsinnsidee.« Weinend ließ sie sich auf den Boden sinken.

Nach einer Weile hörte sie leises Klopfen an der Tür.

»Eleanor, Schatz, wir müssen los. Ist alles in Ordnung dadrinnen?«

»Ja, Dad. Ich bin in fünf Minuten unten.« Ihre Stimme klang belegt vom Weinen.

»Es klingt aber nicht, als ginge es dir gut, Schatz. Bist du sicher, dass ich nicht reinkommen soll?«

Eleanor holte tief Luft und rang um ihre Fassung.

»Es ist okay, wirklich. Ich glaube, ich habe bloß … zu viel Parfum eingeatmet.« Sie war eine grauenhafte Lügnerin, und das wussten sie beide.

Sie hörte, wie die Tür langsam geöffnet wurde, gefolgt von den leisen, vertrauten Schritten ihres Vaters auf den Fliesen.

»Was machst du denn da unten?«, murmelte er und ließ sich neben sie sinken.

Eleanor zuckte die Achseln.

»Komm schon, auf dich wartet doch die Disco, oder nicht?«

»Ich will nicht gehen«, flüsterte Eleanor.

»Ach, aber natürlich gehst du hin. Du hast einfach gerade einen dummen Fehler gemacht und die Kleider von jemand anderem angezogen, das ist alles. Niemand will zu einer Party als jemand gehen, der er nicht ist.« Er legte ihr den Finger unters Kinn und zwang sie, ihn anzusehen. »Wieso schlüpfst du nicht in deine wunderbare Latzhose, ziehst dir deine Turnschuhe an und zeigst allen, wie wunderschön Eleanor Levy aussieht, so wie sie ist?«

Eleanor lächelte, während ihr das Herz vor Liebe zu ihrem Vater überging. Sie blickte in seine freundlichen blauen Augen, in sein zerknautschtes Gesicht, und nickte.

»So ist es recht, mein Mädchen.« Er gab ihr einen Kuss auf ihre puderverkrustete Stirn.

Fin

Während der folgenden Wochen stellte sich eine angenehme und produktivere Routine ein. Montags, mittwochs und freitags besuchte Fin nachmittags seine Mutter, wobei er mit Schwester Claras Hilfe und Unterstützung vermied, Angela ein weiteres Mal in die Arme zu laufen. Er hatte zwar ein schlechtes Gewissen deswegen – sie hatte ihn seit ihrem Wiedersehensessen bereits mehrmals angerufen –, brachte jedoch weder die Energie noch die Überwindung auf, sich zurückzumelden.

Es ist ja nicht so, dass du etwas Besseres zu tun hättest.

Entschuldigung, aber sich in Selbstmitleid zu suhlen und dabei Kekse zu verdrücken, ist eine sehr zeitintensive Beschäftigung.

Fin nahm den letzten Keks aus der Schachtel. »Und wieder eine Schachtel vernichtet«, brummte er mit einem stolzen Seufzer. Wenn er so weitermachte, würde er ärmer, fetter und bleicher in die Staaten zurückkehren. Ein Anflug von Bedauern erfasste ihn. Seit dem Moment, als Camilla gegangen war, hatte er nichts mehr von ihr gehört, nicht einmal eine wutschnaubende, traurige oder sonst wie geartete WhatsApp. Witzig – all die Jahre hatte er das Gefühl gehabt, in L.A. ein Zuhause gefunden zu haben, doch der Einzige, mit dem er seit seiner Abreise gesprochen hatte, war Rob.

Das ist nicht witzig, sondern traurig, sonst gar nichts.

Er nahm sein Handy und schrieb seinem Freund eine Nachricht. Nicht einmal eine Sekunde später läutete es bereits.

»Hallo, mein Freund, wie läuft es so im verregneten England?«, ertönte Robs sonnige Stimme.

»Wieso um alles in der Welt bist du so früh wach? Und wieso klingst du so gut gelaunt?«

»Kann ein Mann sich nicht freuen, um fünf Uhr morgens mit seinem besten Freund zu telefonieren?« Robs breites Grinsen flog förmlich über den Atlantik.

»Feiern an einem Montagmorgen? Du bist mutiger als ich.«

»Ehrlich gesagt hatte ich ein Date«, korrigierte Rob. »Ich komme gerade zurück, nachdem ich sie – Gentleman, der ich bin – nach Hause begleitet habe, und dachte mir … wen außer meinem besten Freund auf der ganzen Welt kann ich anrufen, um dieses freudige Ereignis zu feiern?«

»Ich persönlich halte es ja nicht für sonderlich gentlemanlike, eine Frau um fünf Uhr früh nach Hause zu bringen, aber hey, was weiß ich schon?« Fin zuckte die Achseln. »Erzähl … ich will alles hören.«

»Sie heißt Rachel und ist eine Freundin von Doug. Er liegt mir schon seit Monaten in den Ohren, dass ich mich endlich mal mit ihr treffen soll.«

»Hmhm.« Fin durchforstete sein Gedächtnis nach dieser längst vergessenen Information.

»Sie ist es! Ich habe keine Ahnung, wieso ich so lange gebraucht habe, mich mit ihr zu verabreden. Sie ist unglaublich. Wir haben uns super verstanden. Sie ist Lehrerin an einer Highschool und lebt allein. Passionierte Läuferin. Sie ist Vegetarierin, aber in letzter Zeit esse ich ja ohnehin kaum noch Fleisch.«

Fin unterdrückte ein Lachen. »Rob, du hast letztes Jahr in deiner Heimatstadt einen Preis gewonnen, weil du die meisten Chicken Wings in einer Minute weggeputzt hast.«

»Mag ja sein, aber das braucht sie ja nicht zu erfahren, oder? Außerdem können Leute sich ändern.«

»Das ist wahr.« Fin hatte nicht beabsichtigt, seinem Freund die Stimmung zu vermiesen, doch Zeuge zu werden, wie ein Mensch innerhalb von sechzig Sekunden eine solche Fleischmenge vertilgt, lässt einen nun mal nicht so schnell wieder los. »Und was hat den Sinneswandel ausgelöst, dich nun doch auf das Date einzulassen?«

»Nach drei Jahren Singledasein dachte ich, wieso eigentlich nicht? Und nachdem du weg warst, habe ich festgestellt, dass ich eigentlich nicht viel zu tun hatte. Wir sollten wohl mal über unsere gemeinsame Zeit reden, wenn du wieder hier bist. Kein Wunder, dass mich all deine Freundinnen gehasst haben.« Rob lachte.

»Stimmt, Alter. Ich versuche ja schon seit Jahren, dich loszuwerden, aber du klammerst einfach so sehr.«

»Ich bitte dich! Ohne mich bist du da drüben doch verloren.«

Seufzend zerknüllte Fin die leere Keksschachtel. »Dass ich mich granatenmäßig amüsiere, kann ich nicht gerade behaupten.«

»Wie geht es deiner Mutter?«

»Nicht besonders.« Fin schloss die Augen und beschwor das Bild seiner immer schwächer werdenden Mutter herauf. »Es ist schwierig und traurig. Nicht gerade die angenehmste Art, seine Zeit zu verbringen.«

»Tut mir echt leid, Kumpel.«

»Ich weiß. Danke, Mann.« Fin hatte ein schlechtes Gewissen, seinem Freund endgültig die Stimmung verhagelt zu haben. »Aber was gibt's Neues im sonnigen Kalifornien?«

»Rein gar nichts. Es läuft alles wie immer, alle machen ihren gewohnten Schwachsinn, so wie jeden Tag. Weißt du schon, wann du zurückkommen willst?«

»Nein.«

»Hast du was von Cam gehört?«

»Nein. Du?«

Robs Zögern verriet, was gleich kommen würde. Seltsamerweise machte es Fin nichts aus.

»Ja. Ich bin ihr und ihrem neuen Typen zufällig am Strand begegnet. Der Kerl sieht wie der letzte Trottel aus, falls dir das ein Trost ist.«

»Schon gut, ich habe mir schon gedacht, dass es nicht lange dauert, bis sie wieder jemanden gefunden hat.«

»Das kriegt man, wenn man sich mit Mädchen wie Cam einlässt. Ich hab's dir ja gleich gesagt … diesen Kreislauf aus Zweijahresbeziehungen kannst du nur durchbrechen, wenn du eine Frau suchst, die sich für mehr als Instagramfilter und die neueste Saftdiät interessiert.«

»Verschon mich, Rob«, stöhnte Fin. »Meine Unfähigkeit, länger als zwei Jahre mit einer Frau zusammen zu sein, in den Griff zu bekommen, steht gerade nicht ganz oben auf meiner Prioritätenliste. Außerdem … hast du dir schon mal überlegt, dass ich vielleicht das Problem bin und nicht die Frauen?«

»Du?«, fragte Rob.

»Genau.«

»Nö. Für mich bist du absolut perfekt, mein Freund.«

Fin brach in Gelächter aus. »Wenn du wüsstest. Aber jetzt muss ich Schluss machen. Ich gehe heute meine Mutter besuchen und habe noch nicht mal geduscht. Hören wir uns bald wieder?«

»Darauf kannst du wetten.«

»Bis bald, Rob.«

Fin wollte sich gerade vom Sofa hieven, als eine Nachricht auf seinem Handy einging.

Von: Unbekannte Nummer.

Neugierig rief er die Nachricht auf und musste sich beinahe wieder setzen.

Hi, Fin, hier ist Eleanor. Ich hoffe, es stört dich
nicht, dass ich dir schreibe. Meine Mum hat mir deine
Nummer gegeben. Am Donnerstag schmeißt meine
Freundin eine Dinnerparty, und ich habe mir überlegt, ob du vielleicht Lust hättest mitzukommen? Kein
Druck. Bestimmt hast du ohnehin andere Pläne. Sag
einfach Bescheid.

Fin starrte auf die Zeilen und musste sie noch drei weitere Male lesen, ehe er die Worte begriff. Eleanor lud ihn ein, etwas mit ihr zu unternehmen?

Na ja, streng genommen, mit ihr und den restlichen Gästen, aber trotzdem ...

Er ging im Geiste seinen Kalender durch ... natürlich hatte er keine anderen Pläne, was sollte er auch sonst unternehmen? Er spürte Freude in sich aufsteigen, als er eilig die Antwort tippte und ein letztes Mal ihre Nachricht las.

Bestimmt hast du ohnehin andere Pläne. Er prustete los. »Wenn du wüsstest, Elles ...«

***

»Ah, ich hatte schon Angst, Sie kommen heute gar nicht, Fin. Normalerweise sind Sie immer viel früher dran.« Schwester Clara schien erleichtert zu sein, als er später an diesem Tag das Pflegeheim betrat.

Seit seiner Rückkehr nach London war die kleine, eulenhafte Schwester zu einer Art Freundin geworden. An manchen Tagen war seine Angst vor dem Anblick seiner dahinschwindenden Mutter so übermächtig, dass allein ihre Willkommens- und Abschiedsworte ihn motivierten, den Besuch nicht sausen zu lassen. Inzwischen war er so regelmäßig im Heim, dass Schwester Clara an ruhigen Tagen sogar darauf bestand, ihm eine Tasse Tee zu kochen. Normalerweise liefen diese Einladungen so ab, dass er dasaß und ihren Geschichten lauschte und sorgsam jeglichen

Fragen auswich, die sie ihm stellte, doch solange es genug Kekse gab, störte es ihn nicht.

»Entschuldigen Sie, ich hätte Sie vorwarnen müssen, aber ich bin notorisch unpünktlich.« Er schüttelte sich den Regen aus dem Haar und registrierte, wie seine klatschnassen Turnschuhe bei jedem Schritt quietschten.

»Wie mein Neil«, erwiderte Schwester Clara und schnalzte liebevoll mit der Zunge. »Dieser Junge scheint keinerlei Zeitgefühl zu haben. Kommen Sie, ich begleite Sie zu Ihrer Mutter. Ich muss ohnehin in diese Richtung.«

»Wie geht es ihr heute?«, fragte Fin und folgte Schwester Clara, die mit kleinen, entschlossenen Schritten den Korridor hinunterstrebte. Diese Frage stellte er jedes Mal, und normalerweise bekam er immer dieselbe Antwort darauf. Heute allerdings bemerkte er ein kurzes Zögern, was ihm das Herz im freien Fall in die Hose rutschen ließ.

»Heute ist kein guter Tag, fürchte ich. Sie ist sehr desorientiert.«

»Oh. Halten Sie es für eine gute Idee, wenn ich trotzdem zu ihr gehe?«

Seine Besuche bei seiner Mutter waren schon heikel genug, wenn sie bei klarem Verstand war. Er wollte sich lieber gar nicht erst ausmalen, wie schwierig diese Begegnung werden würde.

»Absolut. Es hilft ihr, bekannte Gesichter um sich zu haben. Das wird schon«, beruhigte ihn Schwester Clara. »Außerdem bin ich hier, falls Sie mich brauchen.« Sie nickte in Richtung einer Tür zu ihrer Linken. »Ich warte

138

an der üblichen Stelle auf Sie. Am Wochenende hatte einer unserer Bewohner Geburtstag, deshalb ist noch etwas Gebäck übrig. Ach ja, erinnern Sie mich bitte daran, dass ich Sie noch etwas fragen will!«

»Mich?« Sofort war Fins Interesse erwacht.

»Später.« Sie machte eine Geste. »Gehen Sie jetzt, sonst kommen Sie noch später«, meinte sie und verschwand durch die Tür.

Fin wappnete sich innerlich und ging den Korridor vollends hinunter, bis er vor der Tür zum Zimmer seiner Mutter stand. Kaum hatte er geklopft, ertönte ihre dünne Stimme.

»Hallo?«

Er holte tief Luft und zwang sich zu einem Lächeln. »Hi. Tut mir leid, dass ich so spät komme.«

»Hallo? Wer ist da?«, rief sie mit hörbar wachsender Besorgnis.

»Mum … ich bin's.« Er trat weiter in den Raum, doch ihr Blick glitt weiter in suchender Verwirrung über sein Gesicht. »Fin. Erinnerst du dich an mich?«

Ihre Augen weiteten sich, und ein Strahlen breitete sich auf ihren Zügen aus.

»Du liebe Güte, was für Haare.« Mit ihren klauenartigen Fingern winkte sie ihn heran. »Was für eine schöne Farbe. Mein Sohn hat auch solche Haare, wissen Sie?«

Fins Herzschlag stockte, doch er zwang sich zu einem Lächeln und setzte sich zu ihr. »Tatsächlich? Dann muss er ein echter Glückspilz sein.«

Großer Gott, ist das schräg.

»Er hat es immer gehasst«, fuhr sie lachend fort. »Er meinte, er falle damit auf wie ein bunter Hund.«

Das ist immer noch so.

Ein kurzer Schatten flog über ihr Gesicht. »Außerdem hat es mich an seinen Dad erinnert, und das konnte er gar nicht leiden.«

»Ah. Verstehe.« Fin knetete die Hände im Schoß und überlegte, ob er ein schlechter Mensch wäre, wenn er jetzt ginge.

»Stehen Sie Ihren Eltern nahe?«, fragte sie freundlich.

Themenwechsel. Sag irgendwas, um das Thema zu wechseln.

»Äh, nicht besonders.«

Seine Mutter schüttelte den Kopf. »Wir reden nicht mehr miteinander, mein Sohn und ich. Schon lange.«

»Das ist sehr schade.« Fin hatte keine Ahnung, was er als Nächstes sagen sollte. Eigentlich wäre er am liebsten aufgestanden und ohne ein weiteres Wort gegangen, andererseits war er neugierig, was seine Mutter in ihrer Verwirrung sonst noch preisgeben würde.

»Ja. Er war so ein braver Junge.« Sie seufzte.

»Das glaube ich gern. Aber wie geht es dir denn heute?«, fragte er, um das Gespräch in eine andere Richtung zu lenken.

»Er versteht es einfach nicht«, unterbrach sie ihn barsch. »Er hat nie verstanden, weshalb ich seinen Vater so geliebt habe.« Sie deutete auf das Hochzeitsfoto mitten auf dem Nachttisch.

Fin spürte, wie die kalte Angst sich um seine Kehle legte und ihm die Luft abschnürte, sodass er nur stumm nicken konnte. Bilder seines Vaters kamen ihm in den Sinn, eine Erinnerung toxischer und schmerzhafter als die nächste.

»Aber die Liebe folgt nun mal nicht der Vernunft, nicht? Ich dachte, es würde sich alles ändern, und dass wir mit vereinten Kräften jede Hürde überwinden könnten.«

Fins Fäuste waren so fest geballt, dass seine Fingerspitzen prickelten. Er musste hier raus, ertrug es keine Sekunde länger, doch seine Mutter fuhr fort, ohne seine Höllenqualen zu bemerken.

»Die Liebe sei die stärkste Droge auf der Welt, heißt es immer. Haben Sie schon einmal geliebt …?« Sie hielt inne.

»Äh …« Sollte er sich allen Ernstes auf dieses Gespräch einlassen? Ihm schwirrte so sehr der Kopf, dass er keinen klaren Gedanken fassen konnte.

»Tut mir leid«, sagte seine Mutter. »Da stelle ich Ihnen so eine private Frage, dabei weiß ich noch nicht einmal, wie Sie heißen. Sind Sie ein neuer Pfleger?«

»Ja, genau.« Dankbar sprang Fin auf die Ausrede an.

Ihre Züge verdüsterten sich. »Sie wollen schon gehen?«

»Ich muss«, erwiderte er. »Ich wollte nur kurz nach Ihnen sehen.«

»Sind Sie sicher, dass Sie nicht noch ein Weilchen bleiben können? Sie erinnern mich so sehr an meinen Sohn, und ich habe ihn schon eine Ewigkeit nicht mehr gesehen. Es ist schön, Sie ansehen und so tun zu dürfen, als wäre er hier«, bettelte sie.

»Nein.« Er wandte sich zum Gehen. »Es tut mir leid, aber ich muss los. Jemand sieht später noch mal nach Ihnen.«

»Oh. Na gut.« Ihr ausgezehrtes Gesicht fiel in sich zusammen. »Dann auf Wiedersehen.«

***

Fin nahm noch einen Keks und legte die Hände wieder fest um seinen Becher mit heißem Tee. Normalerweise trug Schwester Clara die Getränke in die Lobby, wo sie alles im Blick behalten konnte, doch heute hatte sie ihn in den kleinen privaten Pausenraum der Schwestern eingeladen.

»Sind Sie sicher, dass es Ihnen gut geht, Fin?«, erkundigte sie sich und musterte ihn aufmerksam über den Rand ihres Bechers hinweg. »Beim ersten Mal ist es immer besonders schlimm.«

»Mir geht's gut.«

»Hat sie Sie erkannt?«

»In gewisser Weise schon.« Er schloss die Augen. »Sie meinte, ich würde wie ihr Sohn aussehen.«

»Verstehe.« Schwester Clara lächelte. »Ganz egal, wie schlimm ihr Tag ist, sie erinnert sich immer daran, dass sie einen Sohn hat.«

»Und einen Mistkerl von Ex-Mann, jede Wette«, stieß Fin wütend hervor.

»Mmm«, erwiderte Schwester Clara sanft.

»Tut mir leid, heute bin ich nicht gerade die angenehmste Gesellschaft.«

»Schon gut. Familien sind eine komplexe Angelegenheit, und die Vergangenheit kann schmerzlicher sein, als wir glauben.« Sie nippte an ihrem Tee.

»Wohl wahr.« Er nickte. »Moment mal. Wollten Sie mich nicht etwas fragen?«

Schwester Clara stand auf und wischte sich die Krümel von der Tracht. »Ja, aber jetzt ist vielleicht kein guter Zeitpunkt.«

»Bitte«, sagte er. »Ich muss an etwas anderes denken.«

»Also gut. Ich wollte Sie um einen Gefallen bitten.« Sie begann, in dem kleinen Raum auf und ab zu gehen. »Wir haben hier eine Dame namens Rudi. Sie wohnt schon eine kleine Ewigkeit hier, allerdings fürchten wir, dass es allmählich dem Ende zugeht. Seit Wochen bittet sie mich darum, jemanden kommen zu lassen, der ein Foto von ihr macht. Ich will mich die ganze Zeit darum kümmern, aber bisher habe ich es nie geschafft, und jetzt ...« Ein winziger Haarriss zeigte sich in ihrer beherrschten Fassade. »Ihr Zustand verschlechtert sich zusehends, und vor ein paar Tagen, als Sie mir von Ihrer Arbeit in L.A. erzählten, fiel es mir wie Schuppen von den Augen. Sie sind meine Rettung. Unser eigener Profifotograf. Ich habe mich gefragt, ob Sie das vielleicht übernehmen würden.«

»Aber ich mache Fotos für Werbekampagnen. Mit professionellen Models. Und abstrakten Hintergründen ...«

»Und? Ein Mensch ist doch ein Mensch, ob Profi oder nicht«, erwiderte die Schwester barsch.

»Das stimmt allerdings«, räumte Fin ein. »Ich weiß nur nicht, ob ich hinkriege, was sie sich vorstellt, das ist alles.«

»Aber das finden Sie bloß heraus, indem Sie es versuchen, richtig?«

»Habe ich die Wahl, etwas anderes als Ja zu sagen?« Er seufzte.

»Nein.«

»Na gut, dann Ja.«

Entzückt klatschte sie in die Hände. »Danke, Fin!« Die Freude in ihrem Gesicht verflog, und sie wurde wieder ernst. »Also, wie ist der Plan? Was brauchen Sie, um loslegen zu können?«

»Äh.« Fin fuhr sich mit den Händen durchs Haar und zwang sein Gehirn, wieder in den Arbeitsmodus zu verfallen. »Zum Glück habe ich meine Kamera mitgebracht, aber möglicherweise muss ich weiteres Equipment anmieten. Je nachdem, was Rudi sich vorstellt. Ich müsste vorher mit ihr sprechen, wenn das ginge.«

»Aber natürlich. Ich gebe ihr heute noch Bescheid, und vielleicht könnten Sie morgen wiederkommen?«

»So schnell?«

»In diesem Fall drängt die Zeit.«

»Natürlich. Morgen ginge es.«

»Das dachte ich mir.« Sie grinste. »Ich will Ihnen nicht zu nahe treten, aber ein Mann, der freiwillig drei Nachmittage pro Woche mit einer alten Krankenschwester Tee trinkt, scheint nicht allzu viele andere Pläne zu haben.«

»Wow.« Er rutschte auf seinem Stuhl nach hinten und verschränkte die Arme. »Das hat wehgetan!«

»Das tut die Wahrheit häufig.« Sie feixte.

Eleanor

Eleanor stand am Bahnhof Brixton, zog ihren Mantel enger um sich und wippte auf den Fersen vor und zurück. Es wimmelte nur so von Pendlern, deshalb musste sie den Hals recken, wenn sie Fins leuchtend roten Schopf ausmachen wollte.

»Los, mach schon, es ist eiskalt«, stöhnte sie leise.

Wieso hatte sie sich bloß von Sal einreden lassen, das hier sei eine gute Idee? Und, was noch viel wichtiger war, wieso konnte sie ihrer Mutter nichts abschlagen? Allein auf Angelas Drängen hin hatte sie ihn zu dem Abendessen eingeladen. Nur weil ihre Mutter gern in der Vergangenheit schwelgte, musste das noch lange nicht heißen, dass es Eleanor genauso ging. Von einigen Dingen ließ man besser die Finger, und sie hatte den leisen Verdacht, dass Fin ebenfalls in diese Kategorie fiel. Sie hatte insgeheim gehofft, dass er bereits Pläne für den Abend hatte oder zumindest den Weitblick besaß, ihre Mitleidseinladung abzuschlagen. Aber leider hatte er ohne Zögern zugesagt.

So schlimm war das Mittagessen nun auch wieder nicht.

Mag sein, aber deshalb sind wir nicht automatisch wieder Freunde.

Eleanor wich zwei schreienden Kindern aus, die auf dem Gehsteig Fangen spielten. Ihre Gesichter leuchteten, und ihre Stimmen waren so laut, dass sie das Getöse der Brixton

High Street übertönten. Eleanor dachte an das Halloween-Foto, das ihre Mutter in der Schachtel gefunden hatte. Wie anders – einfacher – war alles gewesen, als sie noch Kinder gewesen waren. Ein Teil von ihr hatte sich lange Zeit gewünscht, es möge für immer so bleiben, aber natürlich funktionierte das Leben nicht so. Dinge änderten sich. Menschen änderten sich.

Wir sind nicht mehr die, die wir einmal waren.

Und wir werden es auch nie wieder sein.

»Entschuldige, es tut mir wahnsinnig leid.« Eine Gestalt mit rotem Haar schob sich durch die Menge und rannte sie fast um. Fins sommersprossiges Gesicht war gerötet, und seine grünen Augen funkelten im Schein der Straßenbeleuchtung. Da war er, der Junge, mit dem sie aufgewachsen war, verborgen unter all den Schichten der Jahrzehnte. »Glaubst du mir, wenn ich dir sage, dass ich bewusst zwanzig Minuten früher aufgebrochen bin?«

Eleanor legte den Kopf schief und lächelte. »Seltsamerweise schon.«

Offensichtlich war sie nicht einmal heute in der Lage, ihm lange böse zu sein.

»Ich hoffe, deine Freundin ist nicht sauer auf uns. Ich entschuldige mich auch in aller Form, sobald wir dort sind.« Er grinste zurückhaltend. »Das heißt, sofern die Einladung weiter besteht.«

»Fünf Minuten länger, dann vielleicht nicht mehr.« Sie lachte und spürte, wie ihre Frustration weiter verflog. »Komm, es ist gleich hier die Straße runter.«

Sie ging voran durch die Schlangen an den Bushaltestellen.

»Gott, in diesem London ist vielleicht was los«, staunte Fin, der Eleanor mit ein paar Schritten Abstand folgte.

»Ist das in L.A. so anders? Ich dachte immer, die Stadt sei riesig«, rief Eleanor ihm über die Schulter zu.

»Ist sie auch, aber … trotzdem ist es dort anders.«

Sie kämpften sich weiter durch das Gewühl, bis sie in eine ruhigere Straße bogen. Obwohl sie sich bereits das dritte Mal begegneten, fühlte sich die Unterhaltung auch jetzt noch steif und gezwungen an. Wie um alles in der Welt sollte sie ein ganzes Abendessen überstehen?

Musst du doch gar nicht. Er ist hier, um neue Leute kennenzulernen, schon vergessen?

»Wie geht es deiner Mum?«, fragte sie vorsichtig.

Fin zuckte die Achseln. »Ganz okay. Inzwischen habe ich sie das erste Mal an einem ihrer schlechten Tage erlebt … schön war es nicht. Sie wusste nicht mal, wer ich bin.«

»Das ist schlimm.«

»Ein bisschen.«

Eleanor lächelte versöhnlich.

»Kann man denn etwas für sie tun?«, fragte sie.

»Nein, eigentlich nicht.« Betrübt schüttelte er den Kopf.

Eleanor ging weiter. Es gab so vieles, was sie sagen könnte, ihr Bedauern ausdrücken, weitere Fragen stellen, doch aus irgendeinem Grund wollten die Worte nicht über ihre Lippen kommen.

»Aber genug von Krankheiten«, sagte Fin und durchbrach die Stille. »Wer ist denn diese Freundin, in deren Party ich hineinplatze? Ich weiß nicht mal, wie sie heißt.«

Dankbar für den Themenwechsel, bog Eleanor um eine weitere Ecke. »Eigentlich heißt sie Sally, aber alle nennen sie Sal.«

»Und woher kennst du sie?«

»Von der Arbeit. Sie ist brillant. Unglaublich Furcht einflößend, aber brillant.« Sie zögerte leicht. »Sie ist meine beste Freundin.« Eleanor sah, wie Fin bei der Bezeichnung zusammenzuckte.

»Ah, deshalb sollte ich mich wohl lieber benehmen, ja?« Er lachte nervös.

»Weißt du überhaupt, was das bedeutet?«

»Ich bin ein anderer Mann als früher, deshalb werde ich es wohl wissen.«

»Ein anderer Mann, der trotzdem noch zu spät kommt?«, neckte sie ihn.

»Manche Eigenschaften sind quasi angeboren. Zu spät zu kommen, liegt mir gewissermaßen im Blut. Früher schon und heute auch noch.«

Eleanor verdrehte die Augen.

»So wie es in deiner DNA liegt, strukturiert zu sein«, fügte er beiläufig hinzu.

»Also bitte.« Sie versteifte sich. »Ich hätte im Lauf der Jahre doch eine wilde, spontane Frau werden können, ein Freigeist.«

»Im Herzen warst du immer wild, Elles.« Er musterte sie voller Zuneigung.

»Elles«, murmelte sie. Ihn ihren alten Spitznamen sagen zu hören, hatte eine fast unbehagliche Vertrautheit und machte sie verlegen.

»Oh. Entschuldige. Alte Gewohnheit. Nennt dich denn noch jemand so?«, fragte er hastig.

»Nein. Aber …« Sie vergrub die Hände tiefer in den Taschen. »Außer dir hat mich nie jemand so genannt.«

Eine bedeutungsvolle Stille machte sich breit. Sie gingen weiter, wobei Eleanor nicht einmal den Versuch unternahm, sich zu überlegen, was sie ihn fragen könnte. Zum Glück war Sals Haus nicht weit vom Bahnhof entfernt.

»Hier ist es«, verkündete sie und wandte sich Fin zu. »Bist du bereit? Ich muss dich warnen, Sal ist ein ziemlicher Wirbelwind.«

»Absolut bereit.« Fin hob die Hand und klopfte.

Ehe Eleanor Gelegenheit für eine letzte Ermutigung hatte, wurde die Tür aufgerissen, und eine bemerkenswert gut gekleidete und sorgsam geschminkte Sal stand vor ihnen.

»Endlich! Ich wollte schon einen Suchtrupp losschicken. Dass du als Letzte auftauchst, gibt es sonst nie, Eleanor!«

»Entschuldigung, das ist meine Schuld«, gestand Fin schuldbewusst.

»Ah, du musst der berühmte Fin sein.« Sal zog ihn in eine überschwängliche Umarmung, ehe sie ihn ein Stück von sich schob und ihn von oben bis unten musterte. »Ich freue mich sehr, dich kennenzulernen. Kommt rein.«

Fin wurde kurzerhand in die Diele gezogen, wohingegen Eleanor in den Genuss einer etwas weniger ungestümen Umarmung kam. »Du hast recht, definitiv nicht mein Typ«, raunte sie ihr ins Ohr.

Eleanor drückte sie an sich. »Ich sag's nur ungern, aber ich hatte dich gewarnt.«

»Kommt doch rein. Ich nehme an, das eine oder andere Gesicht kennst du, Eleanor.«

Ehe Eleanor nachfragen konnte, was genau Sal damit meinte, sah sie ihn – am anderen Ende des Korridors stand kein Geringerer als Ben Ryans.

»Los, geh schon hin und sag Hallo.« Sal packte sie bei der Hand und zog sie vollends herein. Eleanor spürte, wie ihr der Schweiß aus sämtlichen Poren drang und sich ihr Kopf auf einmal leer anfühlte. »Ich wusste ja, dass du nicht auf seine Nachricht reagiert hattest, und habe die Sache deshalb selbst in die Hand genommen.«

Konnte sie flüchten?

Nein! Was würden die anderen von ihr denken?

»Ben, Schatz«, rief Sal voller Entzücken. »Du erinnerst dich doch an Eleanor, oder?«

»Ah. Ja, ich glaube, wir sind uns schon mal begegnet.« Lächelnd streckte Ben ihr die Hand hin.

Eleanor ergriff sie schweigend und schüttelte sie. Wieso waren ihre Handflächen so klamm?

»Hi«, murmelte sie.

Er zog sie an sich. Ihr Magen begann zu flattern, als ihr der vertraute Duft nach Orangen und Seife in die Nase stieg.

»Tut mir leid. Ich wusste nicht, dass du auch kommen würdest. Sal, dieses Teufelsweib, hat wieder mal zugeschlagen, was?« Seine tiefe Stimme vibrierte dicht an ihrem Ohr.

Eleanor lachte und spürte, wie sie sich entspannte. »Entschuldige, dass ich nicht auf deine Nachricht geantwortet habe, aber ich …«

»Schon gut. Mach dir deswegen keine Gedanken, ehrlich«, unterbrach Ben, ehe sie weiter nach einer Ausrede suchen konnte. Eleanor bemerkte, dass es aufrichtig klang. »Soll ich dir etwas zu trinken besorgen?«

»Äh, ja bitte, das wäre prima.« Sie versuchte, einen Blick auf ihr Gesicht im Spiegel hinter ihm zu erhaschen, in der Hoffnung, dass es nicht so rot und erhitzt war, wie es sich anfühlte.

»Weiß oder rot?« Ben schwenkte zwei Flaschen und versperrte ihr die Sicht.

»Weiß, bitte.«

Ich werde dich umbringen, Sally Moreno. Ich werde dich eigenhändig erwürgen.

Ben reichte ihr ein großes Glas Wein. »Hier.«

»Vielen Dank.« Eleanor lächelte und zwang sich, ihre Mordgedanken zu verdrängen.

»Sal hat mir erzählt, dass du mit einem alten Freund kommen würdest. Ich nehme an, es ist der Rotschopf, den ich vorhin gesehen habe?«, fragte Ben.

»Äh.« Sie nahm einen großen Schluck. »Ja, genau.«

»Cool. Wie lange kennt ihr euch schon?«

»Wir sind zusammen aufgewachsen.« Eleanor trank noch einen Schluck.

»Ah! Er ist also derjenige, mit dem ich mich gut stellen muss, wenn ich all deine Geheimnisse in Erfahrung bringen will, ja? Wo steckt er überhaupt? Ich sollte mich ihm doch vorstellen«, witzelte er und sah sich übertrieben im Zimmer um.

»Gute Frage. Ich habe keine Ahnung. Wahrscheinlich hat Sal ihn sich geschnappt und nimmt ihn in die Mangel.«

»Vielleicht solltest du ihn retten.«

»Nein, nein, er kriegt das schon hin.« Eleanor winkte ab.

»Los, geh!«, drängte Ben. »Ich habe nichts dagegen, dich heute Abend mit jemandem zu teilen.« Er grinste verschmitzt, was sich alles andere als kühlend auf Eleanors glühende Wangen auswirkte.

»Okay.« Sie nickte, wohl wissend, dass sie vor dem Mann, bei dem sie Eindruck schinden wollte, möglichst nicht wie ein hartherziges Miststück wirken sollte.

Du willst bei ihm Eindruck schinden?

Halt doch die Klappe ...

»Wir sehen uns später?«

»Ich bin den ganzen Abend hier.« Ben lächelte.

O Gott, er sieht so gut aus, wenn er lächelt.

Eleanor wandte sich um und suchte mit den Augen den Raum nach Fins Rotschopf ab. Etwa zwanzig Gäste hatten sich in Sals nicht gerade riesiger Wohnküche versammelt, weshalb es laut und eng zuging. Augenblicke später entdeckte sie ihn. Er plauderte mit einem Pärchen, das Eleanor bereits von früheren Partys bei Sal kannte. Sie durchquerte den Raum, wobei sie hier und da vertrauten Gesichtern zunickte.

»Eleanor!«

»Hi, Marcus, wie geht's?« Sie gab ihm einen Kuss auf die Wange und wandte sich seiner Frau zu. »Hi, Amy. Du siehst fantastisch aus. Glückwunsch!« Sie deutete auf den ausladenden Bauch, der sich unter ihrem Kleid wölbte.

»Danke, die ersten fünf Monate sind schon vorbei, wirklich verrückt!«, rief Amy. »Fin hat uns gerade erzählt, dass ihr euch aus der Schulzeit kennt.«

»Stimmt.« Eleanor nickte.

»Wow, wie toll, dass ihr all die Jahre in Kontakt geblieben seid! Ich hoffe, der kleine Kerl in meinem Bauch schafft es auch, einen Freund fürs Leben zu finden, so wie ihr.« Liebevoll streichelte sie ihren Bauch.

Eleanor lächelte unbehaglich.

»In Kontakt geblieben ist vielleicht etwas zu viel gesagt«, warf Fin mit einem nervösen Lachen ein. »Eleanor ist praktisch meine Babysitterin, solange ich aus den Staaten hier bin, um nach meiner Mutter zu sehen.«

»So würde ich es auch wieder nicht ausdrücken«, widersprach Eleanor beschämt.

»Ich schon.« Er hielt inne. »Und ich bin sehr dankbar dafür.«

Eleanor musterte ihn mit einem Anflug von Zuneigung.

»Hervorragende Babysitterin«, sagte Marcus laut. »Das muss man sich merken. Vielleicht greifen wir ja mal auf deine Dienste zurück, wenn unser Kleiner auf der Welt ist.«

Eleanor wollte gerade dankend ablehnen, als eine laute Stimme ertönte.

»Meine verehrten Damen und Herren, wenn Sie jetzt bitte alle die Plätze einnehmen … das Essen wird serviert«, verkündete Sal.

Eleanor brauchte keinen Sitzplan, um zu wissen, neben wem Sal sie platziert hatte.

»Fin, du sitzt hier neben mir.« Sal ergriff Fins Hand und zog ihn auf die andere Seite des Tisches. »Eleanor und Ben, ihr sitzt hier.« Sie deutete auf die Plätze direkt gegenüber.

»Große Überraschung«, raunte Ben halblaut.

»Subtilität ist nicht gerade ihre Stärke«, erwiderte Eleanor und mied jeden Blickkontakt.

»Nicht mal ansatzweise!« Er zog ihren Stuhl heraus. Eleanor setzte sich, wobei sie Fins Blick bemerkte, der das Ganze interessiert verfolgte.

Verlegen rutschte sie auf ihrem Stuhl herum. Hätte sie gewusst, dass Ben ebenfalls eingeladen war, hätte sie sich vielleicht etwas mehr Mühe gegeben. Sie zwirbelte eine lose Haarsträhne um ihren Finger.

»Freut mich, dass die Locken noch da sind«, bemerkte Ben leise und rückte mit seinem Stuhl näher.

»Das sind ziemlich hartnäckige Kerlchen«, erwiderte sie und ließ die Locke los, die prompt in ihre alte Position zurückschnellte. »Wie geht's dir so?«

»Gut. Nicht viel Neues zu berichten. Eigentlich habe ich die ganze Zeit bloß neben dem Telefon gesessen und gewartet, dass diese Frau zurückruft.« Er seufzte matt.

Eleanor verschluckte sich beinahe an ihrem Wein. »Tut mir leid, dass ich mich nicht gemeldet habe. Das war sehr unhöflich. Ich hätte dich nicht so ignorieren dürfen.«

»Schon gut, ich wollte dich bloß aufziehen.« Er lächelte freundlich. »Wie lange bleibt dein Freund?« Er nickte in Fins Richtung.

»Das weiß ich nicht genau. Er hat nichts gesagt. Vielleicht ein paar Wochen.« Eilig schenkte Eleanor sich noch ein Glas ein. »Seiner Mum geht es nicht gut, und er ist aus den Staaten hergekommen, um in ihrer Nähe zu sein.«

»Wie bedauerlich. Tut mir leid, das zu hören«, erwiderte Ben ernst. »Aber bitte sag nicht, dass wir uns deswegen kein zweites Mal treffen können. Wobei das hier …« – er deutete um sich – »nicht als Date zählt.«

Ein wohliger Schauder lief durch Eleanors Körper. »Nein, nein, das klappt.«

»Gut zu wissen. Allerdings wirst du schon auf meine Nachrichten reagieren müssen, wenn es etwas werden soll, ohne dass Sal uns in als Dinnerpartys getarnte Fallen lockt.« Seine dunkelblauen Augen funkelten belustigt.

»Ja, sie hat sich tatsächlich mächtig ins Zeug gelegt, um uns zusammenzubringen, was?« Eleanor lächelte ironisch. »Wobei ich hoffe, dass es trotz allem etwas zu essen gibt. Ich habe einen Riesenhunger.«

»Sal, wann gibt es endlich etwas zu futtern? Ich bin am Verhungern«, rief Ben über den Tisch hinweg.

»Reg dich ab, Benny-Boy, gerade warst du doch noch anderweitig beschäftigt.« Sal grinste boshaft. Eleanor spürte, wie ihr Körper sich unter Fins Blick anspannte.

»Ich kann eben essen und gleichzeitig flirten, verstehst du?«, erwiderte Ben, woraufhin alle lachten.

»Das nenne ich mal Talent«, warf Fin ein.

»Ich gebe dir gern Nachhilfe, falls Bedarf besteht«, konterte Ben.

»Herzlichen Dank, aber ich nehme mir gerade eine Auszeit von den Damen.«

»Verstehe. Frischgebackener Single, was?«

»Ja, ist das so offensichtlich? Ich habe L.A. und eine Beziehung hinter mir gelassen. Aber London ist ein guter Ort, um die Wunden zu lecken. Hier wird es keine Sekunde langweilig.« Fin nippte an seinem Wasserglas.

»Eleanor hat erzählt, dass du aus Amerika gekommen bist. Wie lange hast du dort gelebt?«

»Über fünfzehn Jahre. Warst du schon mal da?«, fragte Fin.

»Nein. Ich weiß nicht so recht, ob das mein Ding wäre. Die Leute sind wohl zu cool für mich.« Ben lachte verlegen.

»Wenn ich da reinpasse, dann schafft es jeder, das kann ich dir versichern.« Fin lächelte und wandte sich Eleanor zu. »Cool war ich doch nie, oder?«

»Oh, na klar!« Ben rieb sich die Hände. »Du kannst mir alles über die jüngere Eleanor erzählen, stimmt's?« Scherzhaft stieß er Eleanor mit dem Ellbogen an.

Fin hob die Hände. »Vergiss es. Von mir erfährst du nichts.«

Eleanors Herz zog sich zusammen. Nach all den Jahren war er immer noch entschlossen, ihre Geheimnisse unter Verschluss zu halten.

»Probieren kann man's ja mal.« Seufzend lehnte Ben sich auf seinem Stuhl zurück.

»Fairerweise muss ich sagen, dass ich eher derjenige bin, der sich Sorgen machen müsste«, fuhr Fin mit leicht geröteten Wangen fort. »Sie hat sehr viel mehr gegen mich in der Hand, als ich mir vorstellen will.«

»Dann solltest du sie wohl bei Laune halten!« Ben lachte. »Ihr beide müsst ja mächtig gute Freunde gewesen sein.«

Fin richtete seine smaragdgrünen Augen auf Eleanor. »Die allerbesten.«

Fin

Die letzte halbe Stunde hatte Fin damit zugebracht, seinen Abgang vorzubereiten. Im Lauf der Jahre hatte er die Kunst perfektioniert, sich unbemerkt aus den unterschiedlichsten gesellschaftlichen Anlässen zu stehlen. Offiziell anzukündigen, dass man aufbrechen wolle, und sich von den restlichen Gästen zu verabschieden, gipfelte häufig in noch mehr Drinks und Unterhaltungen und einem noch viel längeren Abend, das hatte er auf die harte Tour gelernt. Das war es nicht wert. Er musste lediglich seine Jacke nehmen, sich zur Tür hinausschleichen und eine Dankesnachricht schicken, sobald er zu Hause war. Niemand würde sein Fehlen bemerken. Vor allem heute Abend nicht, schließlich hatte er die Gäste gerade erst kennengelernt.

»Fin!«, rief Sal und schob sich quer durch den Raum. »Sag bloß nicht, du wolltest einfach abhauen, ohne dich zu verabschieden!«

Er bemühte sich, den Frust auf seiner Miene in einen Ausdruck völliger Überraschung umzuwandeln. »Aber nein! Ich wollte gerade Auf Wiedersehen sagen.« Er hoffte inbrünstig, dass seine Lüge nicht allzu durchschaubar war.

Sal umarmte ihn. »Wäre ich nicht die Gastgeberin, würde ich mich jetzt auch vom Acker machen«, raunte sie.

Fin lachte. »Ich wusste gar nicht, dass ich so ein schlechter Lügner bin.«

»Mir entgeht rein gar nichts.« Sal ließ von ihm ab und musterte ihn eindringlich. »Es war sehr nett, dich kennenzulernen, Fin. Sehen wir uns noch mal, bevor du in die Staaten zurückkehrst?«

»Das wäre schön.«

»Prima. Ich vereinbare etwas mit Eleanor«, sagte sie.

»Sal, wir brauchen mehr Wein!«, drang eine leicht nuschelnde Stimme aus der Küche.

»Ich sollte mich mal wieder um die Kinder kümmern«, sagte Sal grinsend. »Eleanor ist da drüben in der Ecke, falls du dich von ihr verabschieden willst.«

Fin zögerte kurz, ehe er sich den Mantel über die Schultern schwang und zu Eleanor hinübersah, die neben diesem Ben stand. Er winkte ihr mit übertriebener Begeisterung zu. Die Chemie zwischen den beiden war nicht zu übersehen gewesen, so heftig, dass er es über den Tisch hinweg gespürt hatte, deshalb wollte er nicht dazwischengrätschen.

»Gehst du schon?«, formte sie lautlos mit den Lippen.

Er nickte, und ehe er ihr bedeuten konnte, dass sie nicht extra herüberzukommen brauchte, durchquerte sie bereits den Raum. Ben blieb etwas verloren in der Ecke stehen – ein gut aussehender Typ, das musste Fin offen zugeben, und anscheinend nett noch dazu.

Bitte mach, dass er nett ist.

»Fin, tausend Dank, dass du mitgekommen bist!« Sie wirkte glücklich.

»Danke, dass ich mitkommen durfte.«

»Nicht der Rede wert.« Sie streckte die Arme aus, und sie umarmten einander ein wenig ungelenk.

»Vielleicht können wir nächste Woche ja mal einen Kaffee trinken gehen oder so?« Die Frage war über seine Lippen gekommen, bevor ihm bewusst wurde, was er da sagte.

Wieso konntest du dich nicht einfach verabschieden und verschwinden?

»Äh … klar. Das wäre schön«, erwiderte sie zu seinem Erstaunen.

»Wunderbar. Dann noch einen schönen Abend.« Er nickte Ben zu, der geduldig wartete, dass Eleanor zurückkehrte.

Eleanor wurde rot. »Normalerweise wäre ich ja auch bei den Ersten, die aufbrechen, aber Sal bringt mich um, wenn ich verschwinde, bevor die Schnäpse ausgeschenkt werden.«

»Das ist eindeutig mein Stichwort.« Er vollführte einen merkwürdigen Diener, den er augenblicklich bereute.

»Komm gut nach Hause. Den Weg kennst du, oder?«, rief sie ihm noch über die Schulter zu.

»Elles, ich bin schon erwachsen. Du brauchst nicht mehr auf mich aufzupassen«, witzelte er.

Für einen Moment sah er so etwas wie Traurigkeit über ihre Züge huschen.

»Manche Gewohnheiten legt man wohl nicht so einfach ab.« Mit einem angedeuteten Achselzucken ging sie zu Ben zurück.

***

Auf Bitten von Schwester Clara betrat Fin am nächsten Tag das Pflegeheim etwas früher als gewöhnlich. Sie hatte ihn angerufen und gemeint, es gebe wichtige Neuigkeiten im Hinblick auf das Fotoprojekt, die sie mit ihm besprechen müsse. Ihr Tonfall hatte ahnen lassen, dass es keine erfreulichen waren.

»Fin, heute sind Sie ja direkt pünktlich.« Mit einem wohlwollenden Nicken blickte sie zur Wanduhr.

»Sie haben sich ernster angehört als sonst, deshalb bin ich so schnell hergekommen, wie ich konnte.«

Unbehaglich rutschte sie auf ihrem Stuhl nach hinten. »Wollen wir ins Schwesternzimmer gehen? Dort können wir besser reden.«

»Klar. Ist alles in Ordnung?«, fragte er und folgte ihr durch die Tür und den Korridor entlang.

»Mir geht's gut, ja«, antwortete sie und schob ihn in den kleinen Pausenraum, wo Fin seinen gewohnten Platz am Heizkörper einnahm, um mit der von dem Metall ausgehenden Wärme im Rücken die Kälte zu vertreiben, die ihm ständig in den Knochen zu stecken schien.

»Was ist denn passiert?«

Ihm fiel auf, dass Schwester Clara angespannt von einem Fuß auf den anderen trat.

»Es geht um Rudi«, flüsterte sie. Tränen sammelten sich in ihren Augenwinkeln. »Der Arzt war heute bei ihr.« Ihre Stimme wurde schriller, als sie darum rang, ihre Gefühle unter Kontrolle zu bekommen. »Er geht davon aus, dass ihr allenfalls noch eine Woche bleibt.«

»Das tut mir leid«, sagte Fin mitfühlend.

»Glauben Sie, wir schaffen es noch vorher? Das mit dem Foto, meine ich.« In ihren geröteten Augen schimmerte so große Hoffnung, dass alles andere als ein Ja schlichtweg kriminell gewesen wäre.

»Definitiv. Ich gehe gleich heute zu ihr. Das Equipment habe ich weitgehend zusammen, und alles, was noch fehlt, lässt sich im Handumdrehen organisieren.« Er bemühte sich, beruhigend und souverän zu wirken, während er bereits fieberhaft überlegte, was noch zu tun war.

»Wunderbar. Ich kann Sie gleich zu ihr bringen, wenn Sie wollen.«

»Dann los.« Er erhob sich.

Schwester Clara berührte seinen Arm und sah ihn eindringlich an. »Danke, Fin. Sie tun ein gutes Werk.«

»Kein Problem«, murmelte er verlegen. »Wollen wir?« Er nickte in Richtung Tür.

»Wir wollen.« Sie wandte sich um und verließ den Pausenraum, während sich die Risse in ihrer Rüstung, die sie soeben noch preisgegeben hatte, glätteten und sie wieder ihre gewohnt ruhige Professionalität an den Tag legte.

Auf dem Weg zu Rudis Zimmer wappnete sich Fin innerlich für das, was er vermutlich gleich zu sehen bekam. Wenn er seine Mutter schon als hinfällig empfand, wie mochte dann eine Frau an der Schwelle zum Tod wohl aussehen? Er konnte es sich nicht vorstellen.

»Da wären wir.« Schwester Clara blieb unvermittelt stehen. »Machen Sie sich auf einiges gefasst. Rudi ist eine Nummer für sich.« Ein ironisches Grinsen erschien auf Schwester Claras Gesicht.

Ehe Fin etwas erwidern konnte, klopfte sie laut an die Tür und öffnete sie.

»Rudi, ich bin's«, rief sie.

Ein lautes, kehliges Lachen schallte ihnen entgegen. »Ich wusste, dass es nicht lange dauern würde, bevor Sie wieder auf der Matte stehen. Sie können wohl nicht die Finger von meinem Mann lassen, jetzt, wo Sie wissen, dass ich die Radieschen schon bald von unten betrachte, was?«

»Hören Sie bloß auf«, erwiderte Schwester Clara warmherzig. »Wir haben Gesellschaft, also benehmen Sie sich.«

»Hey, ich sterbe bald. Das sollte als Ausrede, sich mal danebenzubenehmen, ja wohl reichen, oder?«

Fin, der hinter Schwester Clara eintrat, musste laut lachen. Das Zimmer sah völlig anders aus als das seiner Mutter. Der Schnitt mochte derselbe sein, und es verfügte über dasselbe Krankenhausbett, das dunkle Mobiliar, einen Fernseher und leicht vergilbte Vorhänge, doch stand hier überall etwas herum: Fotos von lächelnden oder lachenden, in Grüppchen beisammenstehenden Menschen, Kinderzeichnungen, deren bunte Farben in scharfem Kontrast zu der blassgrünen Tapete standen, Vasen mit Blumen in unterschiedlichsten Stadien des Verwelkens waren rings um das Bett verteilt. Es herrschte eine warme, beinahe heimelige Atmosphäre.

»Sehen Sie, der junge Mann sieht das genauso, stimmt's, mein Junge?«

Fin sah die Frau an: Sie war alt und abgezehrt, keine Frage, dennoch hatte sie eine Aufgewecktheit an sich, eine

Wärme und Unerschütterlichkeit, mit der er nicht gerechnet hatte. Sie hatte dünnes weißes Haar und blaue Augen, die einen trotz des milchigen Films der Linsentrübung immer noch zu durchbohren schienen.

»Ihre Argumente sind recht stichhaltig«, erwiderte er.

»Absolut! Aber ohne unhöflich sein zu wollen … wer sind Sie, wenn ich fragen darf?«

Fin trat einen Schritt vor und streckte die Hand aus. »Finley Taylor. Meine Mutter ist ebenfalls Patientin hier.«

Die alte Frau schüttelte ihm schwach die Hand. »Ach, die reizende Eileen. Wie geht es ihr?«

»So gut, wie man es unter den Umständen erwarten kann, danke.«

Rudi nickte wissend. »Also, was ist hier los? Bei jemandem reinzuplatzen, der quasi schon ans Himmelstor klopft, ist reichlich dreist, das muss ich sagen.«

Schwester Clara stieß einen genervten Seufzer aus, trotzdem entging Fin nicht, dass sie lächelte, seit sie das Zimmer betreten hatten.

»Fin ist der Fotograf, von dem ich Ihnen erzählt habe.«

Allmählich schien die alte Frau zu begreifen, und ihre Augen begannen zu leuchten.

»Und wie gut sind Sie, Fin?« Sie zog ihre spärlichen Brauen zusammen. »Kriegen Sie es hin, diesen klapprigen Knochenhaufen einigermaßen ansehnlich abzulichten?«

Fin lächelte. »Zaubern kann ich nicht, aber ich bemühe mich nach Kräften.«

»Dann sind Sie engagiert! Der Wille zählt!« Wieder stieß Rudi ihr tiefes, kehliges Lachen aus, das ihren gesamten

Körper erbeben ließ. »Der gefällt mir, Clara. Der gefällt mir sehr gut!«

»Das dachte ich mir fast«, erwiderte Schwester Clara und legte Fin flüchtig die Hand auf den Rücken. »Dann lasse ich Sie beide mal allein, ja? Fin, ich sage Ihrer Mutter, dass Sie hier sind und bald zu ihr kommen.«

»Danke.« Fin setzte sich auf den Stuhl neben Rudis Bett.

»Also, Fin, was brauchen Sie von mir, um dieses kreative Meisterwerk zu erschaffen?«

Nachdenklich fuhr Fin sich durchs Haar. »Haben Sie denn etwas Bestimmtes als Motiv im Sinn? Irgendetwas, das aufs Foto soll? Ein Motiv aus der Vergangenheit, das Sie neu aufleben lassen möchten?« Beim Anblick der alten Dame überkam ihn tiefe Traurigkeit. Schon bald wäre sie nichts mehr als eine Erinnerung für andere. Bei dem Gedanken zog sich sein Herz zusammen. »Was soll das Foto aussagen? Können Sie mit meinen Fragen etwas anfangen?«

Rudi schloss die Augen und nahm einen langsamen, tiefen Atemzug, während sich ihre Augen unter den papierdünnen Lidern rasch bewegten. Nach einer Weile lächelte sie und schlug sie wieder auf.

»Könnten Sie mal in die obere Nachttischschublade sehen?«

»Klar.« Fin zog sie auf und sah Rudi abwartend an.

»Dort sollte ein Stapel Fotos liegen. Nehmen Sie ihn heraus und geben Sie ihn mir, ja?«

Innerhalb von Sekunden fand Fin die Fotos, nahm sie heraus und reichte sie Rudi, die sie ihm behutsam aus der Hand nahm.

»Wo ist es … wo nur?«, murmelte Rudi und ging mit ihren arthritischen Fingern, die ihr kaum zu gehorchen schienen, die Fotos durch, während Fin sich zurücklehnte und geduldig wartete.

»Aha! Da bist du ja.« Rudi hielt ein kleines quadratisches Foto hoch.

»Darf ich?« Fin beugte sich vor.

»Aber natürlich, Junge. Das bin ich mit meinem Mann Rupert. Gott, sehen Sie ihn sich bloß an. Ein Bild von einem Mann, nicht?« Sie seufzte ergriffen.

»Wow«, rief Fin. »Sie waren ein bildschönes Paar.«

»Das sind wir immer noch«, erwiderte sie. Einen Moment lang saßen sie da und betrachteten das Foto: Rupert, in seinen Zwanzigern, der Rudi, ebenfalls in den Zwanzigern, im Arm hielt. Beide waren schick gekleidet, als gingen sie tanzen. Das Foto verströmte eine Atmosphäre der Fröhlichkeit und unbeschwerten Jugend, dennoch schwang etwas in dem Blick, den sie tauschten, das eine tiefere Verbindung ahnen ließ. Eine alle Zeit überdauernde Verbindlichkeit.

»An dem Tag sind wir uns das erste Mal begegnet«, erklärte sie verträumt. »Noch am selben Abend ist er auf die Knie gegangen und hat um meine Hand angehalten.«

»Was? Im Ernst?«

»Wenn man es weiß, weiß man es.« Sie seufzte abgrundtief. »Und, Junge, Junge, wir wussten es, das kann ich Ihnen sagen.«

»Hatte er denn einen Ring dabei?«

»Wir brauchten keinen. Er hat sich hingekniet und mir versprochen, dass er mich bis in alle Ewigkeit lieben würde.

Mehr brauchte ich nicht.« Sie presste sich das Foto an die Brust. »Und sehen Sie uns an. Er ist mir nicht von der Seite gewichen.«

»Klingt nach einem tollen Kerl.«

»Dieser Mann ist das Einzige, wofür ich lebe, Junge.« Eine einzelne Träne rann ihr über die Wange. »Ob wir das hier wiederauferstehen lassen können, was meinen Sie? Natürlich mit ein paar Jährchen mehr auf dem Buckel.«

Fin betrachtete das Foto ein weiteres Mal und spürte, wie Begeisterung in ihm aufglomm. Das würde funktionieren. Es musste.

»Er müsste am Mittwoch herkommen, wenn das ginge. Um alles andere kümmere ich mich«, erklärte er.

»Also machen wir es?« Erwartungsvoll hob die alte Frau die Brauen. »Meinen Sie, wir kriegen das hin?«

»Ich *weiß* es sogar, Rudi.«

Eleanor

»Komm schon, nun werdet schon endlich trocken«, brummte Eleanor und zwirbelte ungeduldig ihre Locken um die Finger.

Wieso hatte sie Sals Rat nicht befolgt und frische Kleider ins Büro mitgenommen? Sich auf der Toilette für ein Date zurechtzumachen, war ihr reichlich unromantisch und umständlich vorgekommen, deshalb hatte sie beschlossen, vorher noch einmal nach Hause zu fahren: eine Idee, die sie bitter bereute.

Sie sah auf die Uhr.

Noch zwanzig Minuten.

Plötzlich vibrierte ihr Handy.

Er sagt ab. Oh, bitte mach, dass er absagt …

Eleanor!

Sie griff nach ihrem Handy. Ihre Anspannung wich einer Mischung aus Erleichterung und Frust, als sie auf das Display sah.

»Keine Sorge, ich kneife nicht, aber ich verspäte mich. Ist das zu fassen?«, sagte sie, ohne Sals Begrüßung abzuwarten.

»Eleanor Levy kommt zu spät? Das zweite Mal in Folge! Was soll nur aus dieser Welt werden?«, rief Sal melodramatisch.

»Letztes Mal war es nicht meine Schuld, sondern Fins.«

»Übrigens ein prima Kerl«, bemerkte Sal.

»Aus deinem Mund ist das eine erstklassige Bewertung. Fünf Sterne sozusagen.«

»Ich sage ja nur, dass ich nicht ganz nachvollziehen kann, wieso du deine Zeit nicht mit ihm verbringen willst. Er war wirklich nett und eigentlich sogar ganz süß, wenn man auf diesen englischen Typ mit den roten Haaren und der hellen Haut steht.«

Eine Woge der Zuneigung erfasste Eleanor. Sal war schwer zu begeistern, und dass sie sich lobend über Fin äußerte, erfüllte sie aus irgendeinem Grund mit Stolz.

Was ist bloß los mit dir?

Was kümmert's dich?

»Ja, ja, er ist ganz nett«, erwiderte sie bemüht beiläufig. »Aber egal. Was ziehst du zu deinem großen Date an?«

»Jeans und ein Oberteil.«

»Wow, nicht so viele Details, bitte«, konterte Sal trocken.

»Was willst du denn noch hören? Schwarze Skinny Jeans und ein Rollkragenpulli von Zara. Und bevor du dich aufregst«, warnte sie und trug hektisch frische Mascara auf, »ja, ich trage einen Pulli, weil es eiskalt draußen ist und ich nicht frieren will.«

»Ich sage doch gar nichts.«

»Ja, klar.« Eleanor gab einen Hauch Bronzer auf ihre Wangen und trat einen Schritt nach hinten, um ihr Werk zu begutachten.

Das wird reichen müssen.

»Freust du dich?«, fragte Sal, die ihre Begeisterung kaum zügeln konnte.

»Ich habe Angst«, gestand Eleanor.

»Ich weiß, aber er ist toll, du bist toll, und wenn man es genau nimmt, ist es das dritte Date, also hast du gewissermaßen schon Routine. Wohin geht ihr?«

»Zu einem kleinen Italiener in Soho, von dem ich noch nie gehört habe.« Eleanor schnappte sich ihre Jacke und hastete die Treppe hinunter.

»Italienisch. Interessant«, bemerkte Sal.

»Inwiefern?«

»Die Italiener lieben ja Knoblauch. Nicht gerade das perfekte Szenario für einen ersten Kuss, oder?«

»Sal!«, schrie Eleanor. »Ich muss jetzt Schluss machen. Und versuch nicht, heute noch ein Update von mir zu kriegen. Ich erzähle dir morgen im Büro alles.«

»Verstanden.«

»Wünsch mir Glück!«

»Das brauchst du nicht. Bis morgen. Ach ja ... Eleanor?«

»Ja?«

»Nimm ein Päckchen Kaugummi mit. Nur für alle Fälle.«

»O Mann!« Eleanor legte auf. Sich mit dem Gedanken anzufreunden, dass sie auf dem Weg zu ihrem zweiten Date war, gestaltete sich schon schwierig, aber die Vorstellung, sich zu küssen ... Ihr Herz hämmerte. War sie wirklich schon so weit? Sie wusste nicht, was sie empfinden sollte. Vorfreude ... Angst ... o Gott! Was, wenn Ben nicht gut küssen konnte?

Für einen Mann mit seinem Aussehen wäre das ein Verbrechen!

Es war ewig her, seit sie das letzte Mal richtig geknutscht hatte. Was, wenn sie vergessen hatte, wie das ging? Gegen Ende ihrer Beziehung hatte Oliver seine Zärtlichkeiten auf trockene Küsse auf den Mund und fast roboterartige Willkommens- und Abschiedsbegrüßungen heruntergefahren. Längst vergangen waren die Tage, an denen sie stundenlang im Bett herumgelegen und sich wild geküsst hatten, kaum die Finger voneinander lassen konnten.

Was hatte sich verändert? Und *wann*? Der Kummer schmerzte sie tief in der Seele. In den ersten Tagen, nachdem Oliver fort gewesen war, hatte sie stundenlang ihre gemeinsame Zeit Revue passieren lassen in der Hoffnung, den exakten Moment des Anfangs vom Ende zu bestimmen. Sie brauchte eine Antwort, einen handfesten Beweis, den sie abspeichern und zitieren konnte, wenn Menschen sich erkundigten, was vorgefallen war. Doch die Suche war ergebnislos geblieben und Eleanor weiter im Dunkeln getappt.

»Nein.« Sie ballte die Fäuste. »Heute tust du das nicht. Du hast ein Date mit einem wunderbaren Mann, der wahrscheinlich auch noch begnadet gut küssen kann, und du, Eleanor, kriegst das schon hin.« Ein letztes Mal blickte sie ihr Spiegelbild an, dann wandte sie sich zum Gehen, ohne sich die Gelegenheit zu geben, es sich anders zu überlegen.

***

»Hallo!« Ben erhob sich und umarmte sie.

»Hi.« Sie ließ sich in die Umarmung sinken. Offen gestanden war ihre Nervosität in dem Moment verflogen, als sie ihn gesehen hatte. Alles an Ben schien sie zu beruhigen, seine Stabilität, seine Zuverlässigkeit, sein freundliches Gesicht, das ihr gar keine andere Wahl ließ, als sich in seiner Gegenwart gut aufgehoben zu fühlen.

»Du trinkst doch gerne Weißwein, stimmt's?« Er deutete auf ein volles Glas, das bereits auf sie wartete.

»Ja, das tue ich tatsächlich. Danke.« Sie zog ihre Jacke aus und setzte sich. »Was für ein süßes Lokal. Ich habe noch nie davon gehört.« Sie ließ den Blick über das Interieur mit der dunklen Holzvertäfelung und den karierten Tischdecken schweifen – ein Stück Italien mitten im Londoner Zentrum.

»Ja, schön, nicht? Freut mich, dass es dir gefällt.« Er hob sein Glas. »Auf Date Nummer zwei.«

Sie stieß mit ihm an. »Auf Date Nummer zwei.«

»Das mit Sals Dinnerparty tut mir übrigens sehr leid«, sagte er mit einem verlegenen Grinsen. »Ich wusste ehrlich nicht, dass du kommen würdest. Aber jetzt bin ich natürlich froh, dass du da warst.«

Errötend wandte Eleanor den Blick ab.

»Komplimente anzunehmen, fällt dir ziemlich schwer, was?«, bemerkte er mit einem leisen Lachen.

»Ziemlich«, antwortete sie und spürte, wie ihr Gesicht heißer und heißer wurde.

»Was sollte ich denn sonst noch über dich wissen?«, fragte er neugierig.

»Äh … was interessiert dich denn?«

»Hm, mal sehen.« Er nippte an seinem Bier und musterte sie eindringlich. Eleanor spürte, wie das Blut aus ihrem Gesicht geradewegs in ihren Magen schoss. »Was wolltest du früher mal werden?«

»Künstlerin.« Die Antwort kam ohne eine Sekunde des Zögerns über ihre Lippen.

Ben hob eine Braue. »Tatsächlich? Malen? Bildhauerei? Oder wolltest du aus den Abfällen anderer Leute abstrakte Kunstwerke erschaffen?«

»Ich habe früher gemalt.«

»Früher?«

Eleanor blickte auf ihre Speisekarte. »Ja. Aber inzwischen finde ich keine Zeit mehr dafür.«

»Warst du gut?« Dass er nachhakte, verriet ihr, dass sich seine Neugier nicht so leicht würde stillen lassen.

»Ganz okay.«

Ben lachte. »Also warst du gut. Fehlt es dir?«

Eleanor umfasste die Karte etwas fester und versuchte, den Gedanken an ihr unbenutztes kleines Zimmer mit den weißen Leinwänden und den ausgetrockneten Pinseln zu verdrängen. »Manchmal.«

»Hast du schon mal darüber nachgedacht, Unterricht zu nehmen? Vielleicht ein Kurs an der Volkshochschule oder so was?«

»Nein, ehrlich gesagt nicht.«

»Ich habe es letztes Jahr getan. Das war die beste Entscheidung überhaupt. Es war bloß ein sechsmonatiger Schreibkurs an der staatlichen Uni, aber es war fantastisch. Als Junge habe ich immer davon geträumt, Journalist zu werden, und Artikel über alles und jeden verfasst. Oft haben mich die Nachbarn beim Spionieren erwischt, weil ich dachte, ich sei einem Skandal auf der Spur.«

»Und dann?«

»Sie haben mich bei meinen Eltern verpfiffen, und ich habe eine Woche Hausarrest bekommen.«

Sie kicherte. »Nein, ich meinte das Schreiben.«

»Oh!« Bens Augen funkelten verschmitzt. »Ich habe den Alkohol und die Frauen entdeckt, und dann hatte ich unversehens meine Seele an die Konzernwelt verkauft.«

»Am Ende kriegen sie uns alle«, erwiderte Eleanor mit einem dramatischen Seufzer.

»Allerdings.« Er hob sein Glas.

Zum Glück erschien ein milchgesichtiger Kellner mit seinem Notizblock, ehe Ben sie mit weiteren Fragen zu ihrer Malerei löchern konnte.

»Sir, Madam, möchten Sie bestellen?«

»Kriegen wir noch ein paar Minuten, bitte?«, bat Ben, und Eleanor nickte. Sie hatte noch nicht einmal die erste Zeile gelesen.

»Natürlich. Lassen Sie sich Zeit.« Mit einer knappen Verbeugung zog sich der Kellner zurück.

Und das taten sie auch. Es war bereits nach Mitternacht, als der verlegene junge Barkeeper sie höflich bat, allmählich auszutrinken, da das Restaurant schließen würde.

»Du meine Güte, wo ist bloß die Zeit geblieben?« Ben sah auf seine Uhr. »Soll ich dir ein Taxi rufen?«

Eleanor schüttelte den Kopf. »Kein Problem, ich bestelle ein Uber.« Normalerweise hätte sie allein der Gedanke, an einem Wochentag so spät nach Hause zu kommen, in Panik versetzt, doch der Wein und die knoblauchlastigen Kohlehydrate ließen die Sorge gar nicht erst aufkommen.

»Ich warte gern, bis es kommt.« Er stand auf und half ihr in die Jacke.

»Gern. Es wird nicht lange dauern, deshalb kannst du auch gehen, wenn du musst.«

Er legte die Hand um ihr Kinn und zwang sie, ihn anzusehen. »Ich muss nirgendwo sein, nur hier, Eleanor, okay?«

Ein tiefes Wärmegefühl durchströmte sie, das weder vom Essen noch vom Wein herrührte.

»Okay«, sagte sie schüchtern und trat aus dem Restaurant.

Ein Grüppchen etwa zwanzigjähriger Mädchen taumelte unter sichtlicher Mühe an ihnen vorbei. »Das werden die morgen bestimmt bereuen.« Eleanor lachte.

»Das sagst du!«, neckte er.

»Ja, aber ihr Abend ist wohl etwas anders verlaufen als meiner.« Grinsend zog sie ihre Jacke enger um sich.

»Tatsächlich? Wie würdest du deinen Abend denn bezeichnen?« Ben trat einen Schritt näher und lächelte.

»Keine Ahnung«, antwortete Eleanor so lässig, wie sie nur konnte. »Ich hatte ein ziemlich tolles zweites Date?« Es machte sie ein wenig verlegen, so freimütig ihre Gedanken in Worte zu fassen.

»Das sehe ich anders.« Er trat noch näher. »Ich für meinen Teil würde sagen, es war *das tollste* zweite Date, das ich je hatte.«

Eleanor blickte auf den Bürgersteig. In diesem Moment legte sich neuerlich eine Hand um ihr Kinn.

Glühende Hitze schoss durch ihren Körper, und ihr stockte der Atem.

O Gott.

Ich kann das nicht.

Der kurze Anfall von freudiger Erregung schlug in nackte Panik um. Sie wollte den Blick abwenden, doch Ben hielt ihr Kinn weiter umfasst.

»Es ist okay, Eleanor.« Sie spürte, wie der Druck seiner Finger nachließ. »Wir können warten. Es macht mir nichts aus.«

Nein!

Aus einem Impuls heraus schlang sie ihm die Arme um den Hals und zog ihn zu sich herab. Sobald sich ihre Lippen berührten, schien ihr Körper zu schmelzen. Der Kuss war sanft und zärtlich und liebevoller, als sie es sich hätte erhoffen können.

»Heeeey, hau rein, Mädchen«, krakeelte eines der Mädchen von der anderen Straßenseite.

Schlagartig erlosch die Magie des Augenblicks, und sie lösten sich lachend voneinander.

»Wer hat je behauptet, es gäbe keine Romantik mehr?« Bens Augen funkelten.

Fin

Es war nicht viel nötig, um das Shooting auf die Beine zu stellen. Fairerweise musste Fin zugeben, dass Schwester Clara die Hauptarbeit geleistet hatte, indem sie mit Rudi und ihrem Mann das Outfit abgesprochen und den Termin festgelegt hatte. Fin brauchte lediglich im Pflegeheim zu erscheinen. Eine ungewohnte Vorfreude beschlich ihn. Vor einem Shooting herrschte stets gespannte Erregung, doch hatte Fin im Lauf der Jahre festgestellt, dass seine Liebe zur Kunst allmählich schwand. Wenn Geld zur einzigen Triebfeder für die Arbeit wurde, blieb die Leidenschaft automatisch auf der Strecke. Das hier jedoch ... war anders.

»Guten Morgen«, rief Fin dem jungen Mann am Empfang zu. Bisher hatte er das Heim ausschließlich nachmittags besucht, deshalb war er nicht daran gewöhnt, von jemand anderem als Schwester Clara begrüßt zu werden.

»Fin, stimmt's?«, sagte er.

»Was hat mich denn verraten?« Fin lachte. »Die Haare oder die Kameras?«

»Weder noch.« Der Pfleger deutete auf die Tasche über Fins Schulter. »Ihr Name steht da.«

»Oh.« Fin warf einen verlegenen Blick auf seine Kameratasche, auf der sein Name und das Firmenlogo aufgedruckt waren. »Gut aufgepasst.«

»Schwester Clara erwartet Sie bereits mit Rudi. Sie kennen den Weg?«

»Ja, danke.« Fin nickte dem jungen Mann freundlich zu, der ihm die Tür öffnete.

Als er den Korridor entlangging, machte sich seine Nervosität bemerkbar. Was, wenn ihnen die Fotos am Ende nicht gefielen? Wenn ihnen keine Zeit mehr für ein Nachshooting bliebe? Wenn Rudi …

Nein.

Hör auf damit.

Je näher er Rudis Zimmer kam, desto lauter wurde das Gelächter. Er klopfte, woraufhin Schwester Claras vertraute Stimme ertönte.

»Fin, es gelingt Ihnen ja immer besser, pünktlich zu sein.« Ihr Eulengesicht verzog sich zu einem breiten Grinsen.

»Ein geschäftlicher Termin ist etwas anderes.« Er stellte die schweren Taschen auf dem Boden ab.

»Ah, natürlich.« Sie trat zu ihm. »Rudi, Sie erinnern sich doch noch an Fin, oder?«

Die alte Frau stemmte sich ein Stück im Bett hoch, wobei Fin bemerkte, dass sie dasselbe Kleid trug wie auf der alten Fotografie, die sie ihm gezeigt hatte. »Nur weil meine Organe nicht mehr mitspielen, heißt das noch lange nicht, dass sich auch mein Verstand verabschiedet«, scherzte sie. Fin und Schwester Clara tauschten einen betroffenen Blick, während Fin unwillkürlich an seine Mutter denken musste.

»Und das«, fuhr die Schwester schließlich fort, »ist Rupert. Rudis Mann.« Sie deutete auf den älteren Herrn, der in einem tadellos gebügelten Anzug am Fenster saß.

»Hallo, Fin, freut mich, Sie kennenzulernen.« Er streckte ihm die Hand hin. »Übrigens schmeiße ich mich normalerweise nicht so in Schale.« Er rückte seine Krawatte gerade. »Es erstaunt mich, dass das alte Ding noch wie angegossen passt. Das muss daran liegen, dass ich wegen ihr so viel abgenommen habe.« Er nickte in Richtung seiner Frau.

»Du hast abgenommen, weil du nie zu Hause bist und dir etwas kochst, und außer Sandwiches mit Fischstäbchen kannst du ja nichts«, tadelte Rudi. »Aber du siehst verflixt gut aus.« Sie grinste, und ihre Augen begannen zu leuchten.

»Genauso wie du, mein Schatz«, säuselte Rupert, sichtlich hingerissen von seiner Frau.

»Unsinn«, widersprach Rudi abfällig. »Ich sehe wie eine Dörrpflaume in einem Sonntagskleid aus, aber es hilft ja nichts.« Befangen strich sie ihr dünnes Haar glatt. »Also, Herr Fotograf, wo wollen Sie uns haben?«

Fin sah sich um. Der Raum war hübsch, doch angesichts der Mühe, die Rupert und Rudi sich mit ihrem Äußeren gegeben hatten, wurde er ihnen nicht einmal ansatzweise gerecht. Natürlich könnte er einige Möbelstücke beiseiteschieben und den Blick vielleicht hauptsächlich auf ihre Gesichter lenken, aber … in diesem Moment fiel ihm etwas ins Auge.

Er trat an das Fenster, neben dem Rupert saß, und spähte hinaus.

»Rudi …« Er wandte sich ihr zu. »Könnten wir Sie vielleicht … bewegen?«

»Was genau meinen Sie damit?«, warf Schwester Clara sofort ein.

Fin blickte wieder in den Garten. Wie hatte er ihn übersehen können? Er war riesig, mit einem sorgsam gepflegten Rasen, der sich wie ein Teppich unter ihm erstreckte, und Beeten voll überquellender Blumen in allen möglichen Lila-, Rosa- und Gelbschattierungen. In einer Ecke stand ein reich verzierter Brunnen, der fröhlich vor sich hin gurgelte, in der anderen eine schmiedeeiserne, von Rosen und Efeu umrankte Hollywoodschaukel.

»Ich meine, ob wir sie vielleicht in den Garten bringen könnten?«

»In den Garten?«

»Ja. Sehen Sie doch nur. Er ist perfekt.« Er tippte gegen die Fensterscheibe.

Er hörte Schwester Clara zu einer Erwiderung ansetzen, doch dann war es nicht ihre Stimme, die hinter ihm ertönte.

»Ich tue alles, was nötig ist.«

Alle Blicke richteten sich auf Rudi.

»Ich glaube wirklich nicht, dass das eine gute Idee ist, Rudi«, erklärte die Schwester streng.

»Ach, Clara, seien Sie doch nicht so«, bettelte Rudi.

»Wie bin ich denn?«, erwiderte Schwester Clara aufgebracht. »Besorgt um Ihre Sicherheit? Tut mir leid, aber das Risiko kann ich nicht eingehen.«

»Ach, Liebes, ich sterbe doch sowieso. Was kann also schlimmstenfalls passieren? Ich wünsche mir so sehr, dass dieses Foto gelingt.«

Die Schwester blickte besorgt zu Rupert, der sich bereits erhoben hatte. »Mich brauchen Sie nicht anzusehen. Sie wissen ja, dass sie schon in den besten Zeiten ein Sturkopf war.« Liebevoll legte er die Hand auf Rudis.

Schwester Clara packte Fins Arm und zog ihn zu sich heran. »Beeilen Sie sich. Wenn Sie eine Lungenentzündung bekommt, können Sie was erleben«, zischte sie.

»Es ist im Handumdrehen passiert, versprochen«, flüsterte er.

Schwester Clara klatschte in die Hände. »Also, dann wollen wir die Sache mal hinter uns bringen. Los, in den Rollstuhl mit Ihnen.« Sie bedachte Fin mit einem warnenden Blick.

»Ahoi, auf geht's!«, rief Rudi triumphierend.

***

Fin rutschte nach hinten und betrachtete die Fotos auf dem Bildschirm. Obwohl Schwester Clara ihm ein Zeitfenster von gerade einmal zwanzig Minuten gewährt hatte, waren ihm einige der besten Fotos seit Jahren gelungen, das musste er selbst zugeben. Da war Rudi, die in ihrem hübschen Kleid im Rollstuhl saß und von einem Ohr zum anderen strahlte – eine Frau, die zumindest für ein paar kostbare Momente noch einmal vor Lebensfreude und Liebe für den Mann an ihrer Seite nur so sprudelte. Fin spürte, wie seine Kehle eng wurde. Hatten seine Eltern einander jemals so angesehen?

Sei nicht albern.

Glückliche Menschen haben keine Affären.

Kurz gestattete er sich, sich in eine andere Welt zu wünschen, in der untreue Väter beschlossen, sich nicht wie

Idioten zu benehmen, doch jetzt war nicht der Zeitpunkt für Tagträume. Die Aufnahmen mussten bis heute Abend bearbeitet sein, damit sie gleich morgen gedruckt werden konnten, denn Schwester Clara hatte wiederholt erklärt, dass bei diesem Projekt jede Minute zählte.

Fin streckte sich auf dem Sofa aus und nahm sein Handy. »Ist es zu spät für den Lieferservice?«, überlegte er laut.

Ein Uhr früh.

Viel zu spät, ganz klar.

»Tja, dann muss wohl noch eine Schachtel Kekse dran glauben.« Seufzend nahm er eine von dem Stapel auf dem Tisch. Natürlich war es nicht das, was man unter einem anständigen Abendessen verstand, aber manchmal ging es eben nicht anders. Außerdem – was war schon eine schlaflose Nacht im Zuckerschock, wenn man eine sterbende alte Frau glücklich machen konnte?

Es war fast drei Uhr morgens, als er endlich fertig war und einschlief, und als sein Handy läutete, fühlte es sich an, als hätte er höchstens für ein paar Sekunden die Augen zugehabt. Sein ganzer Körper schmerzte, sein Schädel dröhnte. Er ließ es klingeln und drehte sich um. Prompt schoss ein scharfer Schmerz durch seinen Nacken bis in die Schulter. Auf dem Sofa einzuschlafen, war keine gute Idee gewesen.

Er schloss die Augen wieder. In diesem Moment begann sein Handy, neuerlich zu läuten. Blind tastete er danach.

»Hallo?«, brummte er.

»Hallo, Fin. Bitte entschuldigen Sie die Störung. Können Sie reden?«

Schwester Claras Stimme ließ ihn hochfahren. Er spürte sofort, dass es wichtig war.

»Ja. Was ist passiert? Geht es um meine Mum?«

»Ihrer Mutter geht es gut, keine Angst. Es ist ...« Ihre Stimme brach.

»Alles in Ordnung mit Ihnen?«, fragte er.

»Ja, ja, mir geht's so weit gut.« Sie hielt inne. »Es geht um Rudi.«

»Nein.« Fin ließ den Kopf sinken. Die Erkenntnis war unerträglich brutal.

»Sie ist tot, Fin. Heute Morgen von uns gegangen.«

Verdammt!

Du warst zu langsam, verdammt!

»Fin?«

»Ja«, antwortete er und registrierte, wie barsch er klang, doch das war ihm egal. Nur eine einzige Aufgabe, und er hatte versagt.

»Sie hat etwas für Sie hinterlassen. Heute räumen wir ihr Zimmer aus, aber ich hebe es auf, bis Sie morgen kommen.«

»Sie hat etwas für mich hinterlassen«, wiederholte Fin.

»Ja, ich glaube, eine Art Brief. Rupert hat ihn an ihrem Bett gefunden.«

Fin sah auf die Uhr. »Ist Rupert noch da?«

»Ja.«

Fin klappte seinen Laptop auf und suchte fieberhaft nach den Bilddokumenten.

»Sagen Sie ihm doch bitte, er soll auf mich warten, okay? Ich bin in einer Stunde da.«

Fin verzichtete auf die Verabschiedung. Dafür war jetzt keine Zeit. Er nahm einen Keks aus der Schachtel und schob ihn sich in den Mund.

Noch sind wir nicht fertig, meine liebe Rudi.

***

»Ah, da sind Sie ja.« Schwester Clara erhob sich von ihrem Stuhl hinter dem Schreibtisch. Ihre Augen hinter ihrer Brille waren rot gerändert und verquollen.

»Entschuldigung, aber es hat eine Weile gedauert, um alles auszudrucken.« Er hielt ein kleines, ledergebundenes Büchlein hoch.

»Kein Problem, wir haben gerade erst ihr Zimmer vollends ausgeräumt. Kommen Sie.« Sie nickte zur Tür.

»Wie geht es Ihnen?«, fragte er leise.

»Ganz gut so weit. Wenn ich ehrlich sein soll, bin ich erleichtert, dass sie so friedlich einschlafen durfte.« Sie seufzte. »Es ist schon verrückt, wie schnell die Menschen hier nicht mehr nur Patienten sind. Wenn jemand von uns geht, ist es jedes Mal, als hätte man einen Freund oder eine Freundin verloren.« Ihre Schultern sackten herab. Fin streckte die Hand aus, um tröstend ihren Arm zu berühren. »Aber das ist nun mal Teil des Jobs.« Eilig straffte Schwester Clara sich, sodass Fins Hand nutzlos in der Luft schwebte.

Er folgte ihr zu Rudis Zimmer, aus dem sämtliche persönlichen Gegenstände und all die fröhlichen Bilder von den Wänden verschwunden waren. Das Bett war leer. Jegliche Wärme im Raum war verflogen, Rudis Fehlen beinahe körperlich spürbar.

»Ah. Hallo, Fin.« Rupert erhob sich langsam aus dem Sessel am Fenster und trat auf ihn zu. »Ich habe noch ein letztes Mal hinausgesehen. Die Aussicht ist so schön, nicht?«

Erstaunt registrierte Fin, dass die Augen des alten Mannes trocken waren und seine Stimme ruhig und gefasst klang. Vielleicht war der Anblick, wie der geliebte Mensch nach all den Schmerzen in Frieden gehen konnte, tröstlich und schrecklich zugleich.

»Ja, das stimmt.« Fin streckte ihm das Buch hin, das er unter dem Arm hielt. »Es tut mir leid, dass ich zu spät gekommen bin, um es ihr persönlich zu übergeben.«

»Sie sind keineswegs zu spät gekommen.« Er nickte in Richtung des Bettes. »Setzen Sie sich.«

Fin sah ihn verwirrt an, wagte es jedoch nicht nachzufragen, was er damit meinte, sondern gehorchte und ließ sich vorsichtig auf der Bettkante nieder.

»Das ist für Sie.« Rupert reichte ihm ein Blatt Papier. Seine Hand war kaum mehr als von pergamentiger Haut überzogene Knochen. Seine blauen Augen leuchteten, als er Fin beim Lesen zusah.

Lieber Fin,

wenn Sie diese Zeilen lesen, kann ich nur davon ausgehen, dass ich nicht mehr auf dieser Welt bin.
Ich wollte Ihnen unbedingt danken, bevor ich zu meinem nächsten großen Abenteuer aufbreche. Sie haben

mir einen wunderschönen Abschied geschenkt. Jetzt
kann Rupert die Fotos ansehen und sicher sein, dass
er mich am Ende unserer gemeinsamen Zeit genauso
glücklich gemacht hat wie zu Beginn. Er hat sein Ver-
sprechen auf die schönste erdenkliche Art gehalten, wo-
für ich ihm unendlich dankbar bin. Er war da. Hat
mich bis zu meinem letzten Atemzug geliebt. Auch Ih-
nen danke ich noch einmal. Sie haben es dieser ster-
benden Frau leicht gemacht, Lebwohl zu sagen.

Ihre
Rudi

Fin schloss die Augen und gestattete den Tränen, still über seine Wangen zu laufen.

»Sie mochte es schon immer dramatisch«, bemerkte Rupert liebevoll und setzte sich neben ihn.

»Die Frau hatte Stil, so viel steht fest.« Fin lachte.

»Allerdings.« Er stieß einen traurigen Seufzer aus.

»Das sind übrigens die Fotos.« Wieder hielt Fin ihm das Buch hin, und diesmal nahm Rupert es entgegen.

»Danke.« Er schlug es auf und schnappte nach Luft. »Wow. Sieh sich das einer an.« Zärtlich strich er über die Seite. »Wir sehen gar nicht mal so übel aus, was?«

»Rupert, wenn ich in Ihrem Alter auch nur halb so gut aussehe, kann ich mich glücklich schätzen.«

Der alte Mann schlug die Seite um und presste sich lachend die Hand auf die Brust. »Du meine Güte, da ist ja meine Rudi.«

Fin war unsicher gewesen, ob er die zusätzlichen Fotos in das Buch aufnehmen sollte – all jene, die leicht verschwommen waren, das Paar nicht perfekt ausgeleuchtet oder in den nicht ganz korrekten Positionen zeigten –, doch sobald er sie auf dem Bildschirm gesehen hatte, war die Entscheidung klar gewesen. Der Ausdruck auf ihren Gesichtern, das Lachen, in das sie beide ausbrachen, Rudi, die Rupert herumscheuchte, Grimassen schnitt und mit dem Finger auf Schwester Clara zeigte, die sich vor Lachen den Bauch hielt. Das waren diese Menschen, ihre Essenz.

»Sie hat mir von dem Originalfoto erzählt. Weshalb es ein so besonderer Abend war.« Fin blickte in Ruperts zerfurchtes Gesicht. »Sie müssen ja ein paar hervorragende Moves draufgehabt haben, wenn Sie schon am ersten Abend ein Ja bekommen haben.«

Rupert stieß ein kehliges Lachen aus. »Ich wünschte, ich könnte behaupten, ich sei gelenkig genug für gute Moves.« Zärtlich strich er über das Foto seiner Frau. »Ich wusste bloß eines: Dass ich nicht diesen Tanzsaal verlassen konnte, ohne sicher sein zu können, dass sie den Rest meines Lebens mit mir verbringen will. Ich habe ihr das Versprechen abgenommen, mich nie zu verlassen.« Er lachte leise. »Aber jetzt hat sie es wohl gebrochen, was?« Eine Träne fiel auf die Aufnahme.

»Ich würde sagen, sie ist immer noch bei Ihnen, auf irgendeine Weise. Rudi wirkte nicht wie eine Frau, die ihre Versprechen bricht.«

»Sie hat immer gesagt, wenn sie als Erste ginge, würde sie mir so lange im Genick hocken, bis ich aufgebe und nachkomme.« Er schnaubte. »Danke, Fin.« Er schlug das Fotobuch zu und hielt es sich ans Herz.

»Ich freue mich, dass die Bilder Ihnen gefallen.«

»Ich liebe sie, Fin. Und das hätte sie auch getan.«

Eleanor

»Oh, hi.« Sal wedelte hektisch mit der Hand vor Eleanors Gesicht herum.

»Hey!« Eleanor lächelte und löste den Blick von ihrem Computerbildschirm. »Lust auf einen Kaffee? Dieses Budget langweilt mich jetzt schon zu Tode.«

Sal sah sich mit wilden, übertriebenen Bewegungen um. »Wer? Ich?«

»Ja, du. Wieso benimmst du dich so seltsam?« Eleanor runzelte die Stirn.

»Ich war nur einen Moment lang nicht sicher, ob du mich noch kennst, jetzt, wo du ja so über beide Ohren verliebt bist«, antwortete Sal gedehnt.

Eleanor warf ihren Stift nach ihr. »Hör auf damit. Außerdem hast du uns zusammengespannt, schon vergessen?«

Sal brach in ihr gewohnt lautes Gelächter aus, was ihr ein missbilligendes Zungenschnalzen von Doreen einbrachte. »Ich weiß, ich weiß, schon gut. Aber auf einen Kaffee darfst du mich trotzdem einladen, als Wiedergutmachung, weil du mich sträflich vernachlässigst, okay?«

Eleanor verdrehte die Augen und stand auf. »Sehr gut.«

»Es läuft doch gut, oder?« Sals Augen funkelten.

Besorgt sah Eleanor sich um, während sie zu den Aufzügen gingen.

»Spar dir deine Paranoia, niemand interessiert sich für dein Liebesleben«, bemerkte Sal sarkastisch.

»Ich weiß, aber ich bin so was nun mal nicht gewöhnt.« Eleanor wurde rot.

Sal drückte beschwichtigend ihre Hand. »Tut mir leid. Ich weiß ja.« Sie drückte den Aufzugknopf und zog Eleanor an sich. »Ich finde das ja süß.«

»Holla! Umarmungen bei der Arbeit, Sal?« Eleanor lachte. »Vorsicht, sonst merken die Leute noch, dass du ein Herz hast.«

»Benimm dich gefälligst!« Sal löste sich und trat in den Aufzug. »Wegen dir denken alle, ich bin der Teufel persönlich, dabei bin ich gar nicht so schlimm.«

»Wie viele Praktikanten hast du im letzten Monat zum Weinen gebracht?«, fragte Eleanor mit erhobenen Brauen.

Sal zupfte an ihrem rot lackierten Nagel. »Vier.«

»Genau.«

»Das war nicht allein meine Schuld!«, protestierte Sal. »Aber hier geht es nicht um mich, sondern um dich und Benny-Boy«, fuhr sie in klebrig-süßem Tonfall fort.

»Hör auf, ihn so zu nennen.« Eleanor stellte sich am Ende der Kaffee-Schlange an.

»Er mag dich übrigens sehr«, erklärte Sal beiläufig.

»Und woher weißt du das?« Eleanor konnte nur hoffen, dass Sal nicht mitbekam, wie ihr Magen gerade einen Salto schlug.

»Ich habe ihn gefragt, ganz einfach. Im Gegensatz zu dir reden manche Leute über solche Dinge.« Sal nahm ihr langes dunkles Haar zu einem Zopf zusammen. »Du meine

Güte, ich muss dringend die Haare waschen. Das ist das Problem, wenn ich vor der Arbeit ins Fitnessstudio gehe. Es bringt meinen kompletten Tagesablauf durcheinander.«

»He!« Eleanor verpasste ihr einen Klaps auf den Arm. »Wechsele jetzt nicht das Thema.« Ihr Herz hämmerte so heftig, dass sie Angst hatte, Sals Antwort nicht mitzubekommen.

»Ach, na ja.« Sal winkte ab. »Ich habe ihn eben gefragt, wie es so läuft, und er meinte, ganz gut.« Eleanor sah ihr an, dass sie das Ganze in vollen Zügen genoss, deshalb zügelte sie ihre Ungeduld und ließ sie fortfahren. »Daraufhin habe ich gesagt, dass mich das nicht wundern würde, du seiest schließlich eine der tollsten Frauen, die ich je kennengelernt hätte. Und er hat mir zugestimmt.«

»Das hast du gesagt?« Eleanor senkte die Stimme zu einem Flüstern.

»Ja! Inzwischen sollte dich das nicht mehr so schockieren. Du weißt doch, wie sehr ich dich mag.« Sal schüttelte den Kopf. »Ich wünschte, du würdest endlich selbst erkennen, was ich in dir sehe.« Sie sah Eleanor tief in die Augen, die eilig den Blick auf den Boden richtete.

»Und …« – Sal hob mit einem Finger Eleanors Kinn an – »was auch Ben eindeutig in dir sieht.«

»Was darf's sein, meine Damen?«, unterbrach der Barista. Eleanor lächelte dankbar. Die Lobeshymne hatte sie fast ein wenig überfordert.

»Einen Flat White und einen doppelten Americano, bitte«, sagte Eleanor.

»Könnten Sie einen dreifachen daraus machen?«, bat Sal.

»Klar.« Der Barista nickte.

»Einen dreifachen? Großer Gott, Sal, es ist drei Uhr nachmittags. Du stehst doch heute Nacht senkrecht im Bett.«

Unbehaglich trat Sal von einem Fuß auf den anderen. »Ich brauche die Energie.«

»Wieso?« Eleanor bezahlte den Kaffee und folgte Sal in den Wartebereich. »Was passiert denn heute Abend noch? Ein großes Meeting? Ich schaffe es einfach nicht, bei deinen Terminen den Überblick zu behalten.«

»Nein.« Sals Wangen färbten sich rosig.

»Was dann?«, drängte Eleanor argwöhnisch.

Seufzend fummelte Sal am Saum ihres Blazers. »Ich … könnte sein, dass ich heute Abend ein zweites Date habe.«

»Sally Moreno! Du bist mir vielleicht ein stilles Wasser«, rief Eleanor. »Und du beschwerst dich, ich würde dir nichts erzählen. Los, raus mit der Sprache. Ich will alles wissen – ALLES!«

»Aber es macht viel mehr Spaß, dich auszuquetschen«, stöhnte Sal.

»Mir aber nicht.« Eleanor lachte. »Jetzt gibt's Revanche.«

***

Für Date Nummer drei hatte Eleanor ihre Planung optimiert und frische Klamotten und Make-up ins Büro mitgenommen. Obwohl sie diesmal perfekt in der Zeit lag, war sie nervös.

Wann hatte sie sich eigentlich das letzte Mal mit Oliver so gefühlt? Sie konnte sich nicht erinnern, dass es ihr bei ihm je so ergangen wäre.

Das war doch etwas ganz anderes.

Sie schob die Gedanken an ihren Ex beiseite. Seltsam – gerade noch hatte sie an nichts anderes denken können, und praktisch ihre gesamte Existenz hatte einzig um ihn gekreist, und plötzlich konnte sie sich kaum erinnern, wie er ausgesehen hatte. Allmählich verblasste er, sowohl in ihren Gedanken als auch in ihrem Herzen. Sie fühlte eine große Erleichterung.

»Hallo«, hörte sie Ben dicht an ihrem Ohr sagen und spürte seine warme Hand auf ihrer Schulter.

»Hey!« Sie drehte sich um und umarmte ihn. Lachend legte er die Hände um ihr Gesicht, um sie zu küssen. So langsam gewöhnte sie sich an die Dating-Etikette.

»Wie war dein Tag?« Er hielt ihr die Tür zum Restaurant auf.

»Gut. Und deiner?«

»Jetzt ist er jedenfalls viel besser.« Er lächelte, ehe er sich an den Oberkellner wandte. »Ein Tisch für zwei auf den Namen Ben Ryans, bitte.«

»Sehr wohl, Sir. Francis bringt Sie gerne zu Ihrem Tisch.« Er deutete auf einen ansehnlichen jungen Mann, der sie bereits erwartete.

»Sehr nobel«, flüsterte Eleanor, als sie ihm durch das Restaurant folgten.

»Na ja, ich dachte, unser drittes Date verdient ein bisschen Klasse.« Er zwinkerte. »Wenn wir allerdings so weitermachen, werde ich für das zehnte einen Hubschrauber und ein Wellnesshotel auffahren müssen.«

Eleanor grinste. »Dann gibt es also ein zehntes Date?«

»Aber hallo!« Er presste sich dramatisch die Hand auf die Brust. »Du weißt wirklich, wie man einen Mann erlegt, was?«

»Die Herrschaften, ihr Tisch«, verkündete Francis förmlich. »Ich bin sofort bei Ihnen, um Ihre Bestellung aufzunehmen.«

»Danke schön.« Eleanor setzte sich und griff nach der Speisekarte. Beim Anblick der Preise blieb ihr beinahe die Luft weg. *Mehr als nobel!*

Ben lachte. »Eleanor.« Er streckte den Arm aus, die Handfläche einladend nach oben gekehrt. »Bitte. Entspann dich und genieße es. Du bist eingeladen.«

»Nein!«, protestierte sie. »Red keinen Unsinn.«

»Nein, *du* musst aufhören, Unsinn zu reden.« Er beugte sich vor. Eleanor spürte, wie sein köstlicher Duft winzige Stromschläge durch ihren Körper jagte. »Wenn wir das hinkriegen wollen, musst du lernen, dich verwöhnen zu lassen.«

Sie musterte ihn, suchte sein Gesicht auf einen Hinweis ab, dass seine Worte vielleicht doch nicht aufrichtig gemeint waren.

Was denn?

Wonach hältst du Ausschau, Eleanor?

»Also gut.« Sie atmete durch und legte ihre Hand in seine.

»Gut.« Er hob sie an seine Lippen und küsste die Innenseite ihres Handgelenks. »Also ... was ich zu erwähnen vergaß … wir nehmen hier nur die Vorspeise zu uns und fahren anschließend zum nächsten McDonald's, wo du dir dann ein Happy Meal bestellen kannst, okay?«

Mit einem dramatischen Keuchen entzog Eleanor ihm ihre Hand. »Wie bitte? Mach wenigstens einen doppelten Cheeseburger daraus!«

»Ernsthaft? Ich hätte dich nicht als Cheeseburger-Girl eingeschätzt.«

»Es gab mal einen Monat, in dem ich mir jeden Tag so ein Ding reingezogen habe. Ich muss etwa siebzehn gewesen sein.«

»Wer's glaubt, wird selig.« In gespielter Abscheu verzog er das Gesicht.

»Ich weiß. Am Ende hat Fin es meiner Mutter erzählt, weil er Angst hatte, ich könnte süchtig werden.« Sie lächelte wehmütig. »Zur Strafe hat sie mir mein komplettes Taschengeld gestrichen, damit ich nicht länger hingehen kann.«

»Ich wusste, dass auf Fin Verlass ist.«

»Ich bitte dich! Du hast keine Ahnung. Fin war der Allerschlimmste!«

»Ich finde es so schön, dass ihr in Kontakt geblieben seid. Ist er noch in London?«, fragte Ben unschuldig.

»Äh … Ich denke schon«, antwortete Eleanor mit einem Anflug von Gewissensbissen.

»Vielleicht können wir ja alle zusammen mal essen gehen.«

»Wieso?«, fragte Eleanor ein wenig zu abrupt.

»Weil ich ihn gern besser kennenlernen würde. Wenn er dir wichtig ist, dann ist er mir auch wichtig.«

»Er *war* mir wichtig«, korrigierte sie. »Inzwischen stehen wir uns nicht mehr nahe.«

»Wie das?«

»Ach, na ja.« Sie zuckte die Achseln und sah sich nach dem Kellner um. »Menschen verändern sich.«

»Ah, jetzt verstehe ich, was passiert ist.« Ben nickte feierlich. »Er war bis über beide Ohren in dich verliebt, und du hast ihm das Herz gebrochen, stimmt's?«

Eleanor zwang sich zu einem Lächeln. »Erwischt.«

»Ich wusste es!« Er klatschte in die Hände. »Und wer könnte es ihm verdenken? Es ist so leicht, sich in dich zu verlieben, Eleanor Levy.«

»Ich weiß nicht recht«, murmelte sie, während sie spürte, wie ihre Körpertemperatur anstieg.

»Ich schon.« Er rückte noch näher und drückte sanft ihre Hand. »Ach ja«, murmelte er dicht an ihren Lippen, »hast du am Dienstagabend schon etwas vor?«

»Ich glaube nicht, warum?«, murmelte sie, wohl wissend, dass sie so ziemlich zu allem Ja sagen würde, was er vorschlug.

»Ich habe eine Überraschung für dich.«

Ehe sie noch etwas sagen konnte, küsste er sie leidenschaftlich auf den Mund, und mit einem Mal schien alles andere unwichtig geworden zu sein.

Damals: 16 Jahre alt

Eleanor

»Wir müssen um elf wieder hier sein, sonst bringen Mum und Dad mich um!« Eleanor zerrte Fin an der Hand und zwang ihn, sie anzusehen. »Ich meine es ernst, Fin. Wenn du es nicht auf die Reihe kriegst, gehe ich ohne dich.« Sie bemühte sich, so eindringlich wie möglich zu klingen, was ihr bei ihm unglaublich schwerfiel.

»Elf Uhr und keine Minute später.« Leicht schwankend hielt er die Literflasche des Mixgetränks umklammert.

»Wie viel von dem Zeug hast du schon getrunken? Du kannst ja kaum noch stehen.« Der penetrante Geruch nach Whiskey-Cola schlug ihr entgegen, als sie ihn in eine aufrechte Position zwang.

»Nicht mal ansatzweise genug, Schatz«, säuselte er ihr ins Ohr, ehe er laut an die Tür klopfte. »Bist du bereit für deine erste wilde Hausparty?« Seine grünen Augen funkelten verschmitzt.

Eleanor zupfte am Saum ihres Jeansrocks herum. Erst nach einer geschlagenen Stunde und dem vierten Umziehen hatte sie sich für ein Outfit entscheiden können; ihre übliche Latzhose und die Converse-Sneakers waren dem Anlass logischerweise nicht angemessen, was Eleanor spontan zu dem Schluss hatte gelangen lassen, dass sie wohl kein zweites Mal auf diese Art Party gehen würde.

»Sehe ich okay aus?« Hektisch zog sie das Halterneck-Top zurecht, das sie sich von Kate geliehen hatte, die bereits drinnen auf sie wartete.

Fin drehte sich zu ihr und umfasste ihr Kinn. »Du siehst schön aus.«

Eleanor lachte. »Du bist total blau.«

»Und?« Er grinste breit, sodass sich seine Sommersprossen über seine Wangen spannten. »Ich bin blau, und du wunderschön. So sieht's nun mal aus.« Er zuckte die Achseln und seufzte.

»Du lässt mich dadrinnen doch nicht im Stich, ja?«, bettelte sie und stöhnte innerlich, weil sie wie ein kleines Mädchen klang.

»Dich im Stich lassen? Sei nicht albern, Elles.« Für einen Moment entglitten ihm die Gesichtszüge, als wäre allein der Gedanke eine Beleidigung.

»Ich kenne sonst niemanden hier. Es sind ja alles deine Freunde.« Die Ablehnung in ihrem Tonfall war unüberhörbar, aber vielleicht war er auch zu betrunken, um es mitzubekommen. Natürlich war ihr klar, dass es nicht immer so bleiben würde, wie es war, aber in letzter Zeit hing Fin mehr und mehr mit anderen Leuten ab. Wenn er mit seiner neuen Clique zusammen war, feierte er bis in die Puppen, vergaß, sie anzurufen, und was am allerschlimmsten war – er und seine neuen Freunde fanden es offenbar toll, sich bei jeder Gelegenheit gnadenlos die Kante zu geben.

»Du bist die Einzige, die ich wirklich brauche.« Fin trat einen Schritt näher, sodass Eleanor die Hitze spürte, die von ihm ausging. »Schon immer.« Sein Blick hing an ihrem Mund. »Du weißt doch, dass ich ohne dich verloren bin.«

Eleanor fühlte sich, als stünde sie in Flammen. Fin hob den Blick. Seine grünen Augen strahlten heller, als sie es je zuvor gesehen hatte. Jede Zelle ihres Körpers schien in Alarmbereitschaft zu sein, vor Anspannung zu vibrieren.

»Wirklich?«, flüsterte sie.

Seine Mundwinkel hoben sich, und sie sah, wie er den Kopf in ihre Richtung neigte.

»Wirklich.«

Mit einem Mal war es, als bewegte sich die ganze Welt nur noch in Zeitlupe.

Das konnte nicht passieren. Nicht mit Fin. Nicht nach all der Zeit.

Sie schloss die Augen und gestattete sich, kurz in dem Moment zu verharren.

»*Fin!*«

Eleanors Herz machte einen Satz. Sie riss die Augen auf und sah den Gastgeber, Jimmy Turner, im Türrahmen stehen: der beliebteste Junge der ganzen Schule aus der Klasse über ihnen und einer von Fins neuen Freunden.

»Jimmy!«, rief Fin und wandte sich abrupt von Eleanor ab. »Wie läuft's, Kumpel?« Er klopfte ihm auf den Rücken und taumelte hinein.

Was um alles in der Welt war das denn gerade?

Eleanor blieb keine Zeit, darüber nachzugrübeln, da Fin bereits in der Menge der Tanzenden verschwand. Die

Musik war so laut, dass die Vibration der Bässe in ihrem Brustkasten nachhallte. Hektisch suchte sie den Raum nach Kate ab, doch es war schwer, in den dichten Schwaden aus Zigarettenrauch jemanden auszumachen.

»Kommt rein und macht die Tür zu«, rief jemand. Eilig trat Eleanor ein und sah Fin auf die Küche zusteuern.

»Fin!«, rief sie. »Fin, warte!« Ringsum verschwamm alles um sie, ihr schwirrte der Kopf. Sie musste nur zu ihm aufschließen, dann wäre alles wieder in Ordnung, doch Fin verschwand immer tiefer in den Massen der zuckenden Leiber, die jedes Durchkommen unmöglich machten.

Plötzlich packte jemand ihre Hand.

»Eleanor!«, schrie Kate ihr ins Ohr. »Du hast es geschafft!«

Kates Augen waren so groß wie Untertassen und leuchteten.

»Hier ist so viel los«, rief Eleanor, die jetzt schon heiser war. »Können wir irgendwo reden? Es ist etwas echt Schräges passiert.«

»Was?«, schrie Kate.

Können wir irgendwo reden?, formte Eleanor lautlos mit den Lippen und gestikulierte wild, in der Hoffnung, dass Kate endlich verstand.

Sie nickte und zog Eleanor durch die pulsierende Menge die Treppe hinauf.

»Entschuldigung, Entschuldigung, meine Freundin muss auf die Toilette, ich glaube, ihr wird gleich schlecht«, verkündete Kate lautstark und drängelte sich mit Eleanor im Schlepptau an mehreren knutschenden Pärchen vorbei.

»He«, rief ihnen jemand hinterher. »Wir müssen alle mal pissen, Süße. Stellt euch gefälligst hinten an.«

Kate fuhr herum. »Meine Freundin kotzt gleich. Wenn du also nicht zusehen willst, dann geh zur Seite.«

Sofort wurde Platz gemacht. Eleanor folgte Kate in das Badezimmer und setzte sich auf den Wannenrand.

»Also, raus damit, was ist los?«, fragte Kate, während sie ihr Make-up im Spiegel überprüfte.

»Ich glaube …« Eleanor konnte nicht fassen, dass sie es laut aussprechen würde. »Ich glaube, Fin und ich hätten uns fast geküsst.« Beschämt senkte sie den Kopf.

»Wie bitte?«, quiekte Kate, fuhr herum und kniete sich vor Eleanor. »Echt jetzt? O mein Gott, also … endlich … aber *echt jetzt*? Wie das denn?«, ratterte sie in einem Tempo, dass Eleanor tatsächlich fast übel wurde. »Ich will alles hören, raus damit!«

Eleanor blickte in das aufgeregte Gesicht ihrer Freundin und spürte, wie sich erste Zweifel in ihr regten. Übertrieb sie vielleicht? Hatte sie die Zeichen falsch gedeutet?

»Eleanor!« Kate packte sie bei den Schultern und schüttelte sie ungeduldig. »Was ist passiert?«

»Keine Ahnung. Wir standen draußen vor der Tür. Ich habe ihn gefragt, ob ich okay aussehe, und er hat gesagt, ich sehe wunderschön aus, und dann … hat er mein Gesicht festgehalten und mich ganz komisch angesehen. So hat er mich noch nie angesehen.« Eleanor schloss die Augen und rief sich den Moment noch einmal ins Gedächtnis. Ihr Herz hämmerte, und ihr wurde glühend heiß. »Er hat sich vorgebeugt, und ich habe die Augen zugemacht, aber dann hat Jimmy die Tür aufgerissen, und dann waren wir plötzlich hier, und ich habe ihn in der Menge verloren.«

Kates Augen wurden noch größer, und sie lächelte. »Was machst du dann hier oben, du Dummchen? Los, geh zu ihm!«

»Und was soll ich ihm sagen?« Eleanor schüttelte resigniert den Kopf. Der Moment war vorbei. Was, wenn sie sich all das bloß eingebildet hatte?

»Du sagst gar nichts.« Kate zog Eleanor auf die Füße. »Los, komm her.« Sie zog einen Lippenstift aus ihrer Handtasche und trug behutsam etwas auf Eleanors Mund auf.

»He, wie lange wollt ihr eigentlich noch dadrinnen bleiben? Hier warten Leute, denen platzt gleich die Blase«, schrie jemand wütend von draußen.

»Ihr ist echt schlecht … es ist überall … an den Wänden und … lasst uns noch einen Moment allein, okay?«, bellte Kate. »Also, du tust jetzt Folgendes.« Sie wartete, bis Eleanor nickte. »Du gehst jetzt da runter und suchst Fin. Du sagst kein Wort, sondern gehst einfach zu ihm und küsst ihn. Das steht schon eine halbe Ewigkeit an, deshalb ist keine weitere Erklärung nötig.« Begeistert klatschte Kate in die Hände und stieß einen leisen Schrei aus. »Bereit?«

Wieder konnte Eleanor nur nicken. Sie fühlte sich hundeelend. Vielleicht musste sie sich ja tatsächlich übergeben. Passierte das wirklich?

Doch ihr blieb keine Zeit, um darüber nachzudenken, denn Kate packte sie an der Hand und zerrte sie die Treppe hinunter. Alles verschwamm rings um sie herum. Sie spürte nur Kates Hand und das Hämmern ihres Kopfes.

Abrupt blieb Kate stehen und versuchte noch, Eleanor an den Schultern herumzureißen, doch es war zu spät. Da, direkt vor ihnen, am Fuß der Treppe, stand Fin, eng umschlungen mit einem Mädchen und wild knutschend.

Der Boden unter ihr begann zu schwanken. Tränen brannten in ihren Augen, und plötzlich war ihr eiskalt.

Wie konntest du so dämlich sein, Eleanor!

»Los, hauen wir ab«, zischte Kate und wollte sie mit sich ziehen, doch Eleanor stand wie angewurzelt da, unfähig, den Blick von dem Szenario zu lösen.

»Eleanor! Beweg dich!«, schrie Kate.

Fin hielt inne und sah auf, Eleanor direkt in die Augen. Eine Woge der Gefühle erfasste sie, alle gleichzeitig und wild durcheinander, sodass ihrem Verstand keine Zeit blieb, sie zu verarbeiten.

»Eleanor, da bist du ja!« Strahlend streckte er die Hand nach ihr aus, während das blonde Mädchen ihm besitzergreifend die Arme um den Hals schlang und Eleanor drohend anstarrte. »Komm, ich will dir Danielle vorstellen. Ich habe ihr gerade von dir erzählt. Danielle, das ist meine allerbeste Freundin auf der ganzen Welt. Eleanor Levy!« Leicht schwankend trat er einen Schritt auf sie zu.

Eleanor konnte nichts erwidern. Es gab keine Worte. Sie hatte nur einen Wunsch: zu verschwinden und diesen Moment für immer aus ihren Gedanken zu löschen.

»Eleanor?« Er sah sie verwirrt an. »Geht's dir gut?« Inzwischen stand er so dicht vor ihr, dass sie den Alkohol beinahe schmecken konnte. Er packte ihre Hand und drückte sie.

»Ja, tut mir leid, ich hatte wohl ein, zwei zu viel.« Sie kehrte ins Hier und Jetzt zurück. »Ich gehe heim, aber bleib nur und amüsier dich.« Sie lächelte und riss sich los. »Hat mich gefreut, dich kennenzulernen, Danielle«, rief sie dem Mädchen über die Schulter hinweg zu und stürzte davon, praktisch geradewegs in Kates Arme.

»Bist du sicher, dass alles in Ordnung ist, Elles?«, rief Fin hinter ihr her. »Wir sind doch gerade erst gekommen.«

»Bring mich sofort hier raus!«, zischte sie Kate zu, die sie in Richtung Haustür bugsierte. »Und versprich mir, dass wir diesen Abend sofort vergessen. Er hat nie stattgefunden.«

»Ich verspreche es.«

Jetzt

Fin

Sein Herz war schwer, als er am nächsten Tag das Zimmer seiner Mutter betrat. Rudis Tod ging ihm auch jetzt noch mächtig an die Nieren, aber Schwester Clara hatte ihm erfreulicherweise berichtet, dass seine Mutter bei halbwegs klarem Verstand sei; er hätte nicht beschwören können, dass er heute mit der Alternative klargekommen wäre.

»Hallo.« Sie winkte ihm schwach vom Bett aus zu.

»Hey«, murmelte er trübe.

»Ich habe das von Rudi gehört.«

Fin schlurfte zum Stuhl und ließ sich darauffallen. »Ich kann es immer noch nicht glauben. Gerade ging es ihr noch gut.«

Seine Mutter blickte in die Ferne. »Sie war schon lange Zeit sehr, sehr krank.«

»Stimmt. Das hat Schwester Clara auch gesagt.«

Gewissensbisse regten sich in Fin. Der Tod dürfte vielleicht nicht das angemessenste Thema mit jemandem sein, dem dasselbe bevorstand.

»Die Schwestern haben erzählt, du hättest Fotos von Rudi und ihrem Mann gemacht?«, fuhr seine Mutter fort.

»Stimmt.« Er setzte sich aufrechter hin. »Ich habe länger keine Fotos in dieser Art mehr geschossen, aber sie sahen beide sehr glücklich aus.« Er hielt inne. »Zu Hause mache ich das beruflich. Ich bin Fotograf. Mit einer eigenen Firma.«

Er verabscheute diesen kindlichen Tonfall; die Tatsache, dass auch jetzt ein kleiner Junge in ihm schlummerte, der unbedingt anerkannt werden wollte.

»Ich weiß.« Ein Hauch von Traurigkeit schwang in ihrer Stimme mit. »Du hast viele wunderschöne Fotos gemacht, Fin.«

Fins verwirrte Miene musste die Frage verraten haben, die ihm durch den Kopf schoss.

»Angela«, erklärte seine Mutter. »Sie hat mir geholfen, deine Webseite im Internet zu finden. Ich habe ja keine Ahnung, wie all das funktioniert, aber manchmal zeigt sie es mir.«

»Oh, verstehe«, erwiderte Fin kleinlaut.

»Du hattest immer schon eine künstlerische Ader. Schon als kleiner Junge.« Ihre Augen wurden ein wenig glasig. »Ich bin froh, dass du am Ende einen Beruf daraus gemacht hast.«

»Aha? Und dass ich Dad das Herz gebrochen habe, weil ich nicht Anwalt werden wollte?«, konterte er sarkastisch. »Bestimmt würde er vor Stolz platzen.«

»Du weißt doch, wie er war. Er wollte immer nur dein Bestes.«

Unbehagliches Schweigen breitete sich zwischen ihnen aus. Fin war bewusst, dass er etwas sagen sollte, doch es fiel ihm schwer. Wieso hatte sie nie Kontakt zu ihm aufgenommen, wenn sie die ganze Zeit gewusst hatte, wo er war und womit er seinen Lebensunterhalt verdiente?

Andererseits gehören immer zwei dazu …

»Angela hat erzählt, die kleine Kate Crossley habe neulich geheiratet«, fuhr seine Mutter unbeirrt fort.

»Stimmt.«

»Und dass du auch da warst?«

»Ja … ich war sozusagen ein Last-minute-Gast«, gestand er verlegen.

»Es war bestimmt eine schöne Feier. Es freut mich auch, dass ihr in Kontakt geblieben seid. Sie war so ein nettes Mädchen. Sie und Eleanor. Immer so nette Mädchen«, fuhr sie verträumt fort.

»Stimmt, das sind sie.«

»Und …« Seine Mutter zögerte kurz. »Es gibt wohl gerade keine anderen netten Mädchen in deinem Leben?«

Der Versuch, diskret an Informationen zu gelangen, war so grandios gescheitert, dass Fin lachen musste. Waren das die Themen, über die sich Mütter und Söhne üblicherweise unterhielten? Für einen kurzen Moment wünschte er, eine erfreulichere Antwort darauf geben zu können.

»Nein. Im Moment nicht. Kurz vor meiner Abreise habe ich mich sogar von jemandem getrennt.«

»Oh.« Ihre kärglichen Brauen schossen hoch. »Das tut mir leid.«

»Muss es nicht. Es war das Beste so«, wiegelte er ab.

»Solange du glücklich damit bist. Das ist die Hauptsache.« Sie nickte, während ihr Blick zu ihrem alten Hochzeitsfoto schweifte. »Es ist wichtig, dass man sich mit dem richtigen Menschen einlässt.«

Fin verkniff sich eine sarkastische Erwiderung, die ihm auf der Zunge lag. Wollte ausgerechnet sie ihm Vorträge über glückliche Beziehungen halten? Verstohlen sah er auf seine Uhr. Er war gerade einmal zwanzig Minuten hier.

»Ich muss los, Mum«, erklärte er rundheraus und verdrängte den Anflug eines schlechten Gewissens. »Ich treffe mich mit einem Freund zum Abendessen und muss mich fertig machen.« Eine geradezu peinlich glatte Lüge. »Ich komme übermorgen wieder, okay?«

»Okay«, antwortete sie leise, doch Fin hatte sich bereits zum Gehen gewandt.

Der Wunsch, sich besser mit seiner Mutter zu verstehen, war durchaus vorhanden, nur ertappte er sich dabei, dass seine lange verdrängte Wut durch die Ritzen seiner beherrschten Fassade drückte und ihn zu überwältigen drohte, sobald sich ihre Unterhaltung ernsteren Themen als dem Wetter zuwandte.

»Ah, Fin, da sind Sie ja.« Schwester Clara saß wie gewohnt am Schreibtisch, als er den Empfangsbereich betrat. »Möchten Sie gern eine Tasse Tee?«

»Nein danke.«

»Sind Sie sicher, dass Sie nicht doch ein paar Minuten erübrigen können, um mit einer alten Krankenschwester zu plaudern?«

Er beäugte sie misstrauisch. »Diesen Blick kenne ich. Sie wollen doch etwas, hab ich recht?«

Sie nickte. »Bin ich so leicht zu durchschauen?«

»Ein bisschen.« Er lächelte.

»Offenbar hat sich herumgesprochen, was Sie für Rudi getan haben. Hier macht schnell einmal etwas die Runde, weil die Patienten sonst nicht viel zu tun haben. Jedenfalls gab es eine weitere Anfrage.«

»Verstehe«, erwiderte Fin neutral.

»Für einen Fotografen«, fügte Schwester Clara erklärend hinzu.

»Okay.«

»Und … da habe ich mich gefragt, ob Sie dafür zu gewinnen wären. Ich weiß, dass es von Ihrer Seite als einmalige Angelegenheit gedacht war, aber Sie haben Rudi und Rupert so viel Freude damit gemacht, deshalb dachte ich … Sie könnten noch ein zweites Shooting machen?«

Hoffnung spiegelte sich in ihren Augen, als sie vor ihn trat.

Fin fuhr sich mit der Hand durchs Haar. »Ich weiß nicht recht. Eigentlich würde ich es sehr gern tun, aber … na ja …« Er zögerte, konnte sich nicht überwinden, Schwester Claras flehendem Blick zu begegnen. »Ich will eben nicht, dass das zur Gewohnheit wird.«

»Das verstehe ich.« Sie schob ihre Brille auf der Nase hoch. »Ich sage Heidi, dass wir jemand anderen suchen müssen.«

Bist du ernsthaft jemand geworden, der einem Sterbenden einen Gefallen verwehrt?

Fin spürte den Konflikt in seinem Innern. Er würde wirklich gern helfen, doch die Vorstellung, sich noch enger an diesen Ort zu binden, behagte ihm gar nicht.

Krieg dich wieder ein! Es ist doch bloß ein Fotoshooting.

»Warten Sie!«, rief er Schwester Clara hinterher, die bereits durch die Tür getreten war. »Wenn es nur noch ein Shooting ist …«

Sie drehte sich um und strahlte vor Entzücken. »Nur eines«, bekräftigte sie. »Wollen wir gleich mal zu ihr gehen? Das Eisen schmieden, solange es heiß ist?«

»Bleibt mir etwas anderes übrig, als Ja zu sagen?« Fin seufzte.

»Natürlich. Es wäre nur nicht sonderlich klug, das ist alles.« Grinsend öffnete Schwester Clara die Tür neben dem Schreibtisch und winkte Fin zu sich.

Er folgte ihr in den Korridor.

»Sie müssen Ihren Kopf durchsetzen, was?« Er lachte.

»Klar.« Achselzuckend blieb sie vor einer Tür stehen. »Also, bevor wir hineingehen, sollten Sie ein paar Dinge über Heidi wissen. Sie hört schlecht und trägt ihr Hörgerät nicht immer, deshalb sollten Sie möglichst laut sprechen.«

»Verstanden. Laut sprechen«, wiederholte Fin.

»Sie bekommt nur selten Besuch, daher sollten Sie lieber keine Ehemänner, Partner oder Kinder erwähnen.«

»Alles klar. Sonst noch etwas?« Inzwischen war seine Neugier geweckt.

»Ja, eines noch: Manchmal braucht sie etwas, um mit den Leuten warm zu werden. Nehmen Sie es ihr bitte nicht krumm, wenn sie Sie anschnauzt.« Ehe Fin Gelegenheit hatte, darüber nachzudenken, was das bedeuten könnte, hatte Schwester Clara die Tür geöffnet und trat ein. »Heidi, meine Liebe«, sagte sie laut, »Fin ist hier, um Sie kennenzulernen.«

»Bringen Sie ihn rein«, befahl eine kalte Stimme.

Fin folgte Schwester Clara und sah eine ältere Frau aufrecht im Bett sitzen, die den Blick fest auf das Fenster gerichtet hatte.

»Hallo, Heidi.« Er winkte, in der Hoffnung, die etwas übertriebene Geste mache seine mangelnde Lautstärke wett.

»Sie brauchen nicht zu gestikulieren, als wäre ich taub«, blaffte sie.

»Heidi, Fin ist der junge Mann, der die Fotos von Rudi gemacht hat«, fuhr Schwester Clara fort, ohne Fins vernichtenden Blick zu beachten.

»Ich kann eins und eins zusammenzählen, herzlichen Dank, Schwester.«

»Aber natürlich können Sie das.« Schwester Clara trat den Rückzug an. »Ich lasse Sie beide dann mal allein.« Ehe er flüchten konnte, hatte sie die Tür geschlossen und war verschwunden.

»Möchten Sie sich setzen?« Noch immer machte Heidi sich nicht die Mühe, Fin anzuschauen, der wie angewurzelt dastand und die Frau vor sich ansah.

»Also? Wollen Sie die ganze Zeit hier stehen bleiben, oder tun Sie, was ich sage, und setzen sich hin?«, herrschte sie ihn an.

Eilig zog Fin einen Stuhl heran und nahm Platz. Vermutlich war es das Klügste, ihren Anweisungen Folge zu leisten und den Ball flach zu halten. Allein seine Gegenwart schien sie zu verdrießen. Warum hatte er sich nur darauf eingelassen?

»Ich habe gesehen, was Sie für Rudi gemacht haben«, erklärte Heidi unverblümt mit einem Nicken in Richtung Garten. »Sie scheinen zu wissen, was Sie tun.«

»Äh … danke?«, erwiderte er leise.

Zum ersten Mal, seit er das Zimmer betreten hatte, wandte Heidi sich ihm zu. Ihre Augen waren groß und so dunkel, dass sie fast schwarz wirkten. Sie hatte ein fein geschnittenes Gesicht und war von bemerkenswerter Schönheit, trotz ihres Alters. Ihr dickes graues Haar war zu einem langen Zopf geflochten, der ihr über die Schulter fiel. Doch von ihr ging keinerlei Wärme aus, kein Fünkchen gütiger Freundlichkeit, stattdessen bestand ihr Gesicht aus nichts als Falten und strenger Härte.

»Ich habe Ihnen ein Kompliment gemacht, Junge. Haben Sie mich nicht gehört?«

Fin kam sich wie ein Schuljunge unter dem durchdringenden Blick der Rektorin vor. Er räusperte sich und bemühte sich, lauter und deutlicher zu sprechen. »Doch. Ich habe Danke gesagt.«

»Haben Sie die Frau da gesehen?« Sie wies mit einem kaum wahrnehmbaren Nicken auf das prominent auf ihrem Nachttisch platzierte Foto.

»Ja«, antwortete er pflichtschuldig und erkannte auf Anhieb, wer das Mädchen mit dem Krönchen und dem Blumenstrauß in der Hand war. »Wie alt waren Sie damals?«

»Siebzehn«, antwortete sie betrübt. »Es erstaunt mich, dass Sie mich sogar erkennen.«

»Die Gesichtszüge sind dieselben. Man erkennt es auf den ersten Blick.«

Sie schien sich zu versteifen, sagte jedoch nichts. Fin hielt es für das Beste, auf Nummer sicher zu gehen und es ihr gleichzutun. Er sah sich im Zimmer um, in dem sich wie bei Rudi jede Menge Fotos an den Wänden aneinanderreihten und überall Krimskrams herumstand, nur dass es sich hier nicht um Erinnerungen an glückliche Stunden mit der Familie handelte, sondern um Trophäen, Urkunden und Fotos von Schönheitswettbewerben aus einer längst vergangenen Ära. Es herrschte eine bittere, traurige Atmosphäre, und Fin war nicht sicher, wie lange er es hier noch aushalten würde.

»Ich nehme an, Sie halten mich für eitel.« Heidi, die ihn beobachtet hatte, zog eine Braue hoch.

»Nein. Gar nicht«, log er.

»Sie mögen ein guter Fotograf sein, aber lügen können Sie nicht.« Der Anflug eines boshaften Lächelns spielte um ihre Lippen. »Wissen Sie, wie es ist, wenn man etwas hat, an dem das ganze Herz hängt, und es dann verliert?«

»Ja …«, murmelte Fin leise, während ihm unerwartet Eleanors Gesicht in den Sinn kam.

»Wissen Sie, wie es ist, so auszusehen?«, fuhr Heidi fort, ohne Fin oder seine Antwort zu beachten, und nickte in Richtung der Fotos an den Wänden. »So schön zu sein, dass einem die ganze Welt zu Füßen liegt, und dann erleben zu müssen, wie alles vergeht? Diese Fotos anzusehen und sich selbst nicht wiederzuerkennen?«

Fin war klar, dass seine Meinung nicht gefragt war, deshalb saß er einfach nur da und verfolgte, wie diese Respekt einflößende Frau sich in ihren Gedanken verlor.

»Wissen Sie, wie es ist, allmählich die Kontrolle über den eigenen Körper zu verlieren? Einen Körper, der tanzen, sich bewegen, laufen, spielen konnte? Alt zu werden, sei ein Geschenk, heißt es ja immer. Aber für mich ist es nichts als ein unsäglich langsamer Prozess, alles zu verlieren, was ich geliebt habe.« Sie holte scharf Luft und schloss die Augen. Fin sah, wie sich ihre langgliedrigen Finger um die Bettdecke krallten. »Ich will mich wieder wie ich fühlen. Nur für einen kurzen Moment, Fin. Ich wäre so gern noch einmal schön.« Eine einzelne Träne löste sich aus ihren dunklen Wimpern.

Fin wagte es nicht, sich zu bewegen. Er wünschte, er hätte seine Kamera dabei, um diesen Moment festzuhalten. Diese Verwundbarkeit. Diese Schönheit.

Schließlich schlug Heidi die Augen wieder auf. Jede Spur von Sensibilität und Gefühlsregung war verschwunden. »Können Sie das für mich tun, was glauben Sie?«

»Natürlich«, antwortete er fest.

»Versuchen Sie bloß nicht, gut Wetter zu machen. Ich lasse mich nicht so einfach abwimmeln.«

»Ich glaube, das haben Sie mehr als deutlich gemacht.« Seine Aufrichtigkeit schien sie kurz zu irritieren, doch sie erwiderte nichts. »Ich würde nicht Ja sagen, wenn ich nicht sicher wäre«, fuhr er fort. »Ich muss nur vielleicht etwas Hilfe dazuholen, wenn das okay für Sie ist.«

»Tun Sie, was Sie für richtig halten«, erwiderte sie mit ihrer gewohnten Kälte. »Und jetzt würde ich gern schlafen, wenn Sie nichts dagegen haben.«

»Kein Problem. Ich kläre die Details mit Schwester Clara und gebe wegen des Termins Bescheid.«

»Gut. Ich will nur auf einem Foto schön aussehen, bevor ich sterbe, okay?« Heidi hatte die Augen geschlossen und das Gesicht abgewandt.

»Alles klar.« Fin sprang auf und stürmte beinahe aus dem Zimmer.

Sobald er auf dem Korridor stand, wich die Spannung aus seinem Körper. Er griff in seine Tasche und zog sein Handy heraus …

Eleanor

»*Ich habe eine Überraschung für dich.*« So hatte Ben es am Donnerstagabend angekündigt, doch damit hätte Eleanor definitiv nicht gerechnet. Ein Kunstkurs an der Volkshochschule? Sie konnte nur staunen, dass er es sich gemerkt hatte, schließlich war ihr einstiges Hobby an dem Abend beim Italiener nur ganz kurz zur Sprache gekommen.

Besorgt blickte Eleanor auf ihre Uhr. Obwohl sie schon fünf Mal um den Block gegangen war, galt es immer noch, ein paar Minuten totzuschlagen. Normalerweise störte es sie nicht, wenn sie früh dran war – ehrlich gesagt, war sie sogar froh, als Erste einzutreffen –, aber nicht heute, denn so würde sie es nie im Leben schaffen, sich unbemerkt als Letzte hineinzustehlen.

Du hättest ablehnen sollen. Wann lernst du endlich, Nein zu sagen, Eleanor?, tadelte sie sich im Geiste.

Und riskieren, vor deinem neuen Freund wie eine langweilige Spielverderberin dazustehen?

Aber er ist nicht mein Freund.

Jaja, schon klar …

»Sind Sie wegen des Malkurses hier, meine Liebe?« Eleanor zuckte vor Schreck zusammen. Eine rotgesichtige Frau war wie aus dem Nichts hinter ihr hervorgetreten. »Oh, entschuldigen Sie bitte, ich wollte Sie nicht erschrecken«, sagte sie. »Waren Sie gerade in Gedanken versunken? Normalerweise bin ich immer diejenige, die den Kopf in den Wolken hat, und es wird zunehmend schwer, mich auf den Boden der Tatsachen zurückzuholen.« Ein breites Lächeln erschien auf dem Gesicht der Fremden. »In meiner eigenen Gedankenwelt ist es so viel netter, finde ich.«

»Ja«, antwortete Eleanor nur.

»Ja wozu, meine Liebe? Zum Tagträumen oder zum Kunstunterricht?«

»Zu beidem.« Eleanor lachte nervös.

»Wunderbar. Ich bin übrigens Agatha und leite den Kurs.« Agatha streckte ihr die Hand hin, die Eleanor ergriff. »Sie müssen Eleanor sein, unser Neuzugang. Wollen wir reingehen?«

Eleanor nickte stumm und folgte Agatha zum Eingang des Gemeindezentrums. »Also, von außen macht es nicht viel her«, gestand Agatha, während ihr Blick zwischen der mit Graffiti übersäten Fassade und der abblätternden Farbe hin und her glitt. »Aber wir sorgen für eine heimelige Atmosphäre.« Sie öffnete die Tür und winkte Eleanor herein.

»Ich bin nur dieses eine Mal hier«, erklärte Eleanor und trat in den Eingangsbereich. »Mein ... Freund wollte mich überraschen und hat mich angemeldet. Ich will bloß mal ausprobieren, wie es so ist.«

Mit einem zustimmenden Laut knipste Agatha die Lichter an. »Das sagen sie am Anfang alle. Und jetzt kriege ich sie nicht mehr los. Seit vier Jahren läuft dieser Kurs schon. Vier Jahre! Mein Mann kann kaum glauben, dass ich so lange an etwas dranbleibe! Abgesehen von unserer Ehe, versteht sich. Der arme Kerl.« Sie lachte leise. »Stellen Sie doch schon mal acht Stühle im Kreis auf, ja? Wir sind in dem Raum gleich links. Ich hole solange die Leinwände aus dem Wagen.«

Eleanor blieb keine Zeit für eine Erwiderung, und ehe sie sich's versah, war Agatha verschwunden, und sie stand allein im Korridor.

»Nur dieses eine Mal«, murmelte sie und öffnete die Tür zu ihrer Linken. Ein riesiger Raum tat sich vor ihr auf, in dem derselbe muffige Geruch hing wie in der Sporthalle in ihrer alten Schule, eine Mischung aus Kinderschweiß, Turnschuhgummisohlen und Staub. Eleanor zog ihren Mantel enger um sich, als ihr eine unangenehme Kälte entgegenschlug.

»Ach ja, habe ich vergessen, das in meiner Mail zu erwähnen? Bringen Sie alles mit, was Sie anziehen können. Wenn die Sonne nicht scheint, ist es hier drinnen wie in einer Kühltruhe, und sobald der Sommer kommt, haben wir die reinste Sauna. Natürlich meckern alle, was aber seltsamerweise die Kreativität steigert.« Agatha war mit acht Leinwänden in den Armen zurückgekehrt, die sie auf dem Boden abstellte, und sah sich enttäuscht in dem leeren Raum um. »Also, die Stühle. Wir sollten uns beeilen, Reggie kommt bald, und wenn er sich nicht sofort hinsetzen kann, wird die nächste Stunde zur reinsten Qual.«

Agatha machte sich an die Arbeit und hatte den Raum im Nu von einem reichlich traurigen Gemeindesaal in ein exotisches kleines Kunstatelier verwandelt: Auf den Stühlen lagen bunten Kissen, in der Mitte stand ein Tisch, auf dem mehrere mit Zierperlen besetzte Stoffschichten drapiert waren. Sie zündete Räucherstäbchen an, platzierte hier und da Heizlüfter, die pflichtschuldig warme Luft herausbliesen.

»Das Teewasser ist aufgesetzt, die Kekse hergerichtet. Ich glaube, wir sind so weit!«, verkündete Agatha und stemmte die Hände in die Hüften. Sie war klein, Anfang fünfzig, schätzte Eleanor, verströmte jedoch eine jugendliche Energie und Positivität, die ihr aus sämtlichen Poren drang. Eleanor musste zugeben, dass sie jetzt schon tief beeindruckt von ihr war.

»Setzen Sie sich doch, Liebes. Nein, nicht dorthin, der Stuhl gehört Enid. Und dort sitzt immer Patrick.« Eleanor ging um den Kreis herum, bis sie einen Stuhl fand, der noch nicht reserviert war, setzte sich und wartete. Es war bereits zehn nach sieben. Der Kurs war mit einer Stunde angesetzt. Fingen die hier immer so spät an?

»Aha, die Neue ist früh dran. Konnte es wohl nicht erwarten, was«, ertönte eine barsche Stimme. Eleanor riss den Kopf herum und sah einen verhutzelten alten Mann auf unsicheren Beinen auf sie zusteuern. »Und Sie haben sie sogar neben mir platziert. Ob das so eine schlaue Idee war, Agatha? Sie wollen das Mädchen doch nicht zu nahe bei den unartigen Kindern haben, oder?« Er drohte Agatha mit seinem knorrigen Zeigefinger, während sie aufstand, um ihn zu seinem Stuhl zu führen.

»Ach, kommen Sie schon, Reggie. Ich muss doch jemanden finden, der Sie im Auge behält.«

»Ach was, ich kriege das schon alleine hin.« Er winkte ihren Arm weg und setzte seinen langsamen, schmerzhaft aussehenden Marsch fort.

»Hi.« Eleanor erhob sich ebenfalls und streckte ihm die Hand hin. »Ich bin Eleanor.«

»Sie sitzen auf meinem Kissen«, erwiderte er mit einer vorwurfsvollen Geste.

»Entschuldigung?« Eleanor blickte sich verwirrt um.

»Das ist mein Kissen. Es ist das Beste für meine Arthrose im Rücken. Schön fest.«

Eilig packte Eleanor das Kissen und tauschte es gegen ein anderes aus. »Tut mir leid, das wusste ich nicht.«

»Natürlich nicht, Sie sind ja neu.« Langsam ließ Reggie sich auf den Stuhl sinken, wobei Eleanor sicher war, seine Gelenke protestierend knacken hören zu können. »Puh. Das Schlimmste ist überstanden. Sie könnten mir nicht zufällig einen Tee holen, Eleanor? Nach diesem Marathon bin ich ganz schön geschafft.« Zwinkernd verzog er das Gesicht zu einem schiefen Grinsen.

»Reginald Bates. Eleanor ist nicht als Ihre Hausangestellte hier. Wenn Sie einen Tee wollen, sagen Sie es mir, dann hole ich ihn«, tadelte Agatha belustigt.

»Schon gut. Milch und Zucker?«, fragte Eleanor.

»Ja, und ja. Ach ja, und vier der schokoladigsten Kekse, die Sie finden können. Ich will mir die leckersten sichern, bevor Enid sie sich alle unter den Nagel reißt«, bemerkte er verschmitzt.

Eleanor trat zu Agatha. »Der ist eine Nummer für sich, was?«

»So kann man es auch bezeichnen.« Lachend goss Agatha heißes Wasser in zwei Becher. »Ich würde sagen, mit seinen fast neunzig schlägt er sich noch ganz gut.«

»Neunzig? Nie im Leben!« Eleanor fiel die Kinnlade herunter. »Und er malt immer noch?«

Voller Zuneigung sah Agatha zu dem alten Mann hinüber, der es sich auf seinem Stuhl bequem machte. »Nicht mehr ganz so wie früher. Aber Sie sollten mal einige seiner früheren Arbeiten sehen. Atemberaubend. Und, ja, ich würde sagen, er weiß immer noch gut mit dem Pinsel umzugehen.«

Eleanor war beeindruckt. »Ich will ja nicht unhöflich sein, aber wo sind denn alle anderen? Ich dachte, der Kurs fängt um sieben an.«

Agatha blickte zu der Uhr hinter ihr und lächelte. »Wahrscheinlich hätte ich auch das in der E-Mail erwähnen sollen. Wir fangen nie pünktlich an, und wir überziehen grundsätzlich. Aber Kreativität lässt sich nun mal nicht in Zeitrahmen quetschen, sage ich immer.« Sie zwinkerte Eleanor zu. »Ah, da sind Enid und Lance.«

***

Um halb acht saßen schließlich alle Kursteilnehmer auf ihren Plätzen und waren bereit. Eleanor und Reggie hatten sich bereits die zweite Tasse Tee und etliche Kekse einverleibt, als Agatha in die Mitte des Stuhlkreises trat.

»Hallo, allerseits. Bevor wir die Pinsel zücken und unserer Kreativität freien Lauf lassen, möchte ich gern unser neuestes Mitglied vorstellen … Eleanor!«

Eleanor spürte, wie sie rot wurde.

»Hallo, Eleanor«, sagten die Teilnehmer im Chor.

»Also, heute widmen wir uns dem Thema ...« Agathas Augen funkelten vor Begeisterung. Sie ergriff den Zipfel eines Tuchs auf dem Tisch und riss es mit einer dramatischen Geste zurück. »Früchte!« Sie riss die Arme hoch und vollführte ein seltsames Tänzchen.

Eine der Frauen klatschte halbherzig in die Hände, wohingegen die anderen weiter die Schale voll überreifem Obst auf dem Tisch anstarrten. Sie schienen nicht sehr begeistert zu sein.

»Jeder nimmt sich ein Stück oder auch zwei vor ... oder, ach, was soll's, malt die ganze Schale, wenn ihr wollt. Aber was auch immer ihr tut, sorgt dafür, dass eure Arbeit euer Inneres widerspiegelt.«

Eleanor spürte, wie ihr der Schweiß auf die Stirn trat, während sich die anderen ringsum an die Arbeit machten. Sie hörte das Scharren von Stühlen, das Plätschern von Wasser, das Kratzen von Pinseln auf Leinwand, wohingegen sie selbst wie gelähmt dasaß.

Sie schloss die Augen. Sofort schien der Boden unter ihren Füßen zu wanken.

Was, wenn ich es nicht mehr kann?

Das findest du erst heraus, wenn du es versuchst.

Aus heiterem Himmel ertönte eine andere Stimme in ihrem Kopf. Zuerst versuchte Eleanor noch, sie aus ihren Gedanken zu verbannen, doch sie katapultierte sie gegen ihren Willen in die Vergangenheit, in eine andere Zeit und an einen anderen Ort.

»Ich verstehe nicht, wieso die Leute eisern ihre Hobbys betreiben, obwohl sie sie nicht beherrschen«, verkündete Oliver laut. Sein Gesicht war fleckig, seine Lippen hatten sich bedrohlich lila vom Wein verfärbt.

»Was meinst du damit?«, fragte einer der Gäste am Tisch, denen Eleanor noch nicht vorgestellt worden war.

»Wenn man etwas nicht gut kann oder keine Aussicht besteht, damit Geld zu verdienen, weshalb sollte man sich dann weiter Mühe geben? Meine Meinung«, erklärte Oliver. »So wie Eleanor. Sie malt und malt und malt. Aber wieso nur? Verkaufen wird sie wohl keines dieser Werke. Was bringt es einem, einen ganzen Stapel Leinwände herumstehen zu haben, die ohnehin keiner ansieht? Die nehmen bloß Platz weg! Aber sie hört ja nicht auf mich. Oder, Eleanor? Wofür sollten wir den Raum denn sonst nutzen, solange wir noch kein Baby haben, sagt sie.« Er sah auf und begegnete ihrem Blick. »Aber noch habe ich ihr nichts von meiner Idee erzählt, einen Fitnessraum einzurichten.« Mit einem dröhnenden Lachen warf er den Kopf in den Nacken.

Eleanor spürte heiße Tränen in ihren Augen brennen. Sie zwang sich, ins Hier und Jetzt zurückzukehren und sich auf den Geruch von alten Turnschuhsohlen und Räucherstäbchen zu konzentrieren, auf Agathas Singsang-Stimme, während sie herumging und Kommentare zu den Arbeiten der Teilnehmer abgab, auf das Gefühl des Holzstuhls unter ihr.

Ich kann das nicht.

Abrupt riss sie die Augen auf und wollte gerade aufstehen und hinauslaufen, als sie einen Luftzug wahrnahm. Sie blickte zur Seite. Reggie hatte sich herübergebeugt.

»Es ist bloß eine Schale voll Obst, Mädchen.« Er nickte in Richtung des Tisches in der Mitte. »Und seien wir mal ehrlich. Wie sehr kann man eine Orange versauen?« Seine dunkelblauen Augen funkelten verschmitzt.

Plötzlich spürte sie eine Leichtigkeit, die sie durchströmte und ihre Furchtsamkeit vertrieb.

»Ich werde es Ihnen zeigen.« Lachend griff sie nach ihrem Bleistift und skizzierte die ersten Umrisse.

Fin

Er war ein klein wenig nervös gewesen, als er Eleanor eine Nachricht geschrieben und gefragt hatte, ob sie einen Kaffee mit ihm trinken gehen würde. Seit der Dinnerparty bei Sal hatten sie kaum ein Wort gewechselt, und obwohl sie inzwischen nicht mehr ganz so verkrampft miteinander umgingen, wollte er nicht beschwören, dass sie inzwischen beim »Lass uns bei einem Kaffee über alte Zeiten quatschen«-Status angelangt waren. Doch ihm war klar, dass das, was er vorhatte, zu wichtig war, um sich von verlegenen Gesprächspausen davon abhalten zu lassen. Wenn er Heidis Bitte Folge leisten wollte, würde er Hilfe brauchen.

Das wird schon. Schlimmstenfalls sagt sie eben Nein.

Und was machst du dann?

Fin rutschte in dem alten Sessel ein Stück tiefer, während er spürte, wie das Koffein seines ersten Kaffees Wirkung zeigte. Wie viele Menschen hatten hier wohl schon gesessen? Wie viele heikle Unterredungen, Geschäftstermine oder schlüpfrige Klatschgespräche mochten hier stattgefunden haben? Hatten sich die Worte in den fadenscheinigen braunen Bezugsstoff gewoben? Was würde er darum geben, dem alten Ding seine Geheimnisse zu entlocken.

Das Vibrieren seines Handys riss ihn aus seinen Gedanken.

Eingehender Anruf: Rob

Scheiße.

Er wappnete sich innerlich und nahm das Gespräch an.

»Hallo?« Robs Stimme troff vor Ironie. »Ist da Fin? Mein ehemals bester Freund? Der Mann, der ständig mit mir geredet hat, bevor er abgehauen ist, um in London ein neues Leben zu beginnen, und seine alten Freunde jenseits des Großen Teichs vergessen hat?«

Fin wand sich unbehaglich. »Ja, am Apparat.«

Ihm war bewusst, dass er einfach abgetaucht war, doch zwischen den Besuchen bei seiner Mutter und den Planungen für das Fotoshooting mit Heidi schienen die Tage nur so zu verfliegen. Manchmal fühlte es sich an, als gehöre sein Leben in Amerika zu einem anderen Menschen, einer anderen Version von Fin, auf dem keine im Sterben liegende Mutter oder Geister aus der Vergangenheit lasteten. In diesem Moment lachte Rob, und Fin spürte, wie seine Gewissensbisse verflogen.

»Es tut mir wirklich leid«, begann er, »aber ...«

»Schon gut, Kumpel, war nur Spaß. Ich weiß ja, dass du viel um die Ohren hast. Wie läuft es denn so? Ist deine Haut schon ausgetrocknet, weil du nie Sonne abbekommst?«

Fin bestaunte seine deutlich bleichere Haut in diesem verwässerten Witz von einer Sonne am Himmel. »Ja, ich geb's ja zu, ich bin inzwischen ziemlich blass.«

Rob schnaubte. »In dem Fall habe ich wenigstens den Hauch einer Chance bei den Damen, wenn du zurückkommst.«

Fin hob die Brauen. »Darf ich fragen, was aus deinem Blind Date geworden ist?«

Rob atmete langsam aus. »Ich weiß es nicht.«

»Was weißt du nicht?« Fin sah auf die Uhr. Schätzungsweise blieben ihm noch rund fünf Minuten, ehe Eleanor auftauchte, und er kannte seinen Freund: Fünf Minuten würden nicht mal ansatzweise genügen.

»Es ist schwierig, findest du nicht? Zu wissen, was zum Teufel in ihren Köpfen vorgeht.«

Fin lachte. »Und mit ›ihren‹ meinst du den weiblichen Teil der Bevölkerung, nehme ich an?«

»Genau.«

»Da kann ich dir nur recht geben. Aber das soll ja die Hälfte des Spaßes ausmachen.« Fin verdrängte Camillas Gesicht aus seinen Gedanken. Seit dem Abend ihrer Trennung hatte er nicht mehr mit ihr gesprochen. Hätte er ihr zumindest eine Nachricht schreiben sollen? Dass er so ein Ende bedauerte?

Ohne dich ist sie doch viel besser dran.

Und das gilt auch für alle anderen.

»Hast du diese Frau seit deinem magischen Treffen denn wiedergesehen?«, fragte Fin.

»Ja, ein paar Mal. Zufällig kommt sie auch heute Abend vorbei, und ich koche uns etwas.«

»Wow, Rob, du musst sie wirklich mögen.«

»Stimmt, aber genau das ist der Punkt. Ich bin an all diese Gefühle nicht gewöhnt.«

Fin stand auf und streckte sich, wobei er nach Eleanor Ausschau hielt. »Keine Angst, sobald sie eine Gabel von deinem Essen probiert, schießt sie dich ohnehin ab.«

»Herzlichen Dank auch.«

»Gern.« In diesem Moment fiel sein Blick auf einen dunklen Lockenkopf an der Tür. »Okay, Kumpel. Tut mir echt leid, aber ich muss Schluss machen. Die Freundin, mit der ich mich treffe, ist gerade gekommen.«

»Freundin?«, japste Rob. »Du hast also so schnell Ersatz für mich gefunden, du elender Mistkerl. Ich dachte, du hast keine Freunde in London!«

Fin senkte die Stimme, obwohl Eleanor am anderen Ende des Raums in der Schlange stand und ihn definitiv nicht hören konnte. »Es ist eine Freundin von früher. Na ja, ehrlich gesagt bin ich nicht mal sicher, ob wir uns noch als Freunde bezeichnen können.«

»Hast du mit ihr geschlafen?«

»Nein!«, flüsterte Fin hitzig. »Sie ist eine Freundin der Familie. Aber jetzt muss ich wirklich Schluss machen. Du kriegst das heute Abend schon hin. Und morgen rufe ich dich an, dann kannst du mir alles erzählen, versprochen! Okay?«

»Klar. Wir hören uns, Kumpel«, brummte Rob. »Und vergiss nicht, dein bester Freund bin immer noch ich, okay?«

»Wie könnte ich das je vergessen?« Lächelnd legte Fin auf und durchquerte den Raum, wo Eleanor immer noch in der Schlange vor dem Tresen stand.

»Das gibt's ja nicht. Du warst vor mir hier? Das muss eine Art statistischer Ausreißer sein.«

Fin zuckte lässig die Achseln. »Was soll ich sagen. Ich bin ein völlig anderer Mann als früher.«

»Sieht ganz danach aus. Ich wäre ja früher dran gewesen, wenn andere ihren Job anständig erledigt hätten«, brummte Eleanor. »Willst du etwas trinken?«

»Ich erledige das schon, schließlich habe ich dich ja gezwungen, dich mit mir zu treffen.«

»Schon gut, es macht mir nichts aus.«

»Ich meine es ernst. Los, setz dich hin. Was willst du trinken?«

»Du meine Güte, vielleicht hast du dich ja tatsächlich verändert«, witzelte sie. »Ich nehme einen Flat White, bitte.«

»Und ob!« Er vollführte einen gespielten Salut, den er sofort wieder bereute.

Sei doch normal. Großer Gott, sei einfach ganz normal.

***

»Zwei Flat Whites, ein Brownie, ein Stück Karottenkuchen«, verkündete Fin und stellte zittrig das Tablett auf den Tisch.

»Wow, da hast du dich ja mächtig ins Zeug gelegt.« Sie nahm die dampfende Tasse herunter. »Danke.«

»Kein Problem.« Er ließ sich wieder in den tiefen Sessel gegenüber von ihr sinken. »Ich sag's ja nur ungern, aber der Kaffee in London ist ziemlich gut.«

»Ehrlich gesagt wundert es mich, dass du überhaupt Kaffee trinkst.«

»Wieso das denn? Bin ich etwa nicht kultiviert genug?« Fin nahm einen großen Schluck.

»Nein, aber der Fin, den ich kenne, hatte auch ohne Koffein schon mehr als genug Energie.«

Er lachte, wobei ihm ein Spritzer Kaffee aus dem Mund und übers Kinn lief.

»Na gut, vielleicht auch das mit der Kultiviertheit«, erwiderte sie neckend und reichte ihm ein Papiertaschentuch.

»Danke.« Er wischte sich das Kinn ab. »Leider hat sich diese überbordende Energie verflüchtigt, sobald ich fünfundzwanzig wurde. Jetzt bin ich bloß noch ein müder alter Mann.«

»Seit ich dreißig bin, habe ich das Gefühl, als würde ich doppelt so schnell altern.«

»Wirklich? Ich finde, du siehst immer noch genauso aus.«

»Wie mit achtzehn?«, rief sie empört.

»Na ja, das vielleicht nicht. Auch weil dein Kleidergeschmack wesentlich uncooler ist als damals.« Er hob eine Braue.

»Ich bitte dich. *Du* spielst dich als Modekritiker auf? Muss ich dich etwa an deine grauenvolle Poncho-Phase erinnern?«

Er prustete. »Ich habe in diesem Ding gefühlt einen ganzen Monat kampiert, was?« Er schüttelte den Kopf.

»Allerdings«, bestätigte sie süffisant und versenkte die Gabel in ihrem Brownie. »Es war echt krass.«

»O Mann, was habe ich diesen Poncho geliebt.« Er seufzte wehmütig.

»Du warst echt ein schräger Vogel.«

»Und du warst meine Freundin, also musst du auch ein ziemlich schräger Vogel gewesen sein.«

»Ich denke eher, dass ich dein natürliches Gegengewicht war. Um deine Seltsamkeit auszubalancieren.«

Fins Augen weiteten sich. »Ach ja? Soll ich dich vielleicht daran erinnern, dass du so besessen von dem Jungen im Haus nebenan warst, dass du dir ein Teleskop zum Geburtstag gewünscht hast, damit du ihn in seinem Zimmer beobachten kannst?«

»Schon gut. Genug von der Vergangenheit«, wiegelte sie ab und wurde rot. »Wir waren beide ein bisschen schräg.«

»Herzlichen Dank.« Er nickte, wobei er unwillkürlich bemerkte, dass Eleanor sich leicht unbehaglich zu fühlen schien.

Lassen wir die Vergangenheit lieber ruhen.

Was passiert ist, ist passiert.

»Also …«, begann er.

»Also was?« Misstrauisch hob sie die Brauen.

»Ich muss dich um einen Gefallen bitten.«

Eleanor seufzte. »Aha! Deshalb also der Brownie und der Karottenkuchen.«

»Nein … na ja, vielleicht ein klein wenig.«

»Ich höre.« Sie sah ihn an.

»Um es kurz zu machen.« Er fuhr sich mit der Hand durchs Haar. »Ich wurde gebeten, im Pflegeheim meiner Mutter jemanden zu fotografieren.«

»Und was hat das mit mir zu tun?«

»Es geht um eine alte Dame. Heidi. Sie muss inzwischen über achtzig sein, hat aber in jungen Jahren an Schönheitswettbewerben teilgenommen. Alles wahnsinnig glamourös. Na ja, für eine alte Dame ist sie immer noch sehr elegant, aber egal. Jedenfalls hat sie mich gebeten, ein Foto von ihr zu machen, auf dem sie noch einmal so richtig schön aussieht. Die Aufnahme zu machen, ist natürlich kein Problem, ich kann ihr Zimmer entsprechend herrichten, aber von Kleidung, Haaren und Make-up verstehe ich rein gar nichts. Die Poncho-Episode zeigt ja, dass mein Modegeschmack gesellschaftlich absolut inakzeptabel ist.«

Eleanor prustete in ihren Kaffee.

»Deshalb habe ich mir überlegt, ob du mir nicht helfen könntest. Zusammen mit Sal vielleicht? Und sei es nur, dass ihr mir einen Tipp gebt, wie ich vorgehen soll. Die Frau hat viel durchgemacht, deshalb will ich unbedingt, dass es gut wird.«

Eleanor blickte ihm in die Augen, in denen ein flehender Ausdruck lag.

»Sal wird nicht mitspielen, so viel kann ich dir jetzt schon sagen.«

»Wieso nicht?«, fragte er verblüfft. Bei ihr war er sich sogar noch sicherer gewesen als bei Eleanor.

»Sie erträgt keine alten Menschen.«

Entsetzt riss Fin die Augen auf.

»Im Ernst! Seit ihr Großvater gestorben ist, kann sie mit dem Tod und dem Alterungsprozess nicht mehr umgehen, sondern tut alles, was sie kann, um ewig zu leben. Sie würde ausflippen, wenn sie einen Fuß in ein Altersheim setzen müsste.«

»Also gut, dann fällt Sal also weg. Was ist mit dir?«

Eleanor spielte mit einem Kuchenkrümel auf dem Tisch.

»Bitte«, bettelte er.

Eleanor legte den Kopf schief und bedachte Fin mit einem Blick, den er von früher sehr gut kannte, jedoch seit vielen, vielen Jahren nicht mehr an ihr gesehen hatte – eine Mischung aus Verärgerung und Zuneigung zu gleichen Teilen.

»Bitte, bitte, bitte.« In einem finalen Überredungsversuch schob er ihr den Teller mit dem Karottenkuchen zu.

»Na gut«, sagte sie schließlich.

»Ja!« Er riss die Faust hoch. »Danke. Ich danke dir! Wollen wir gleich zu ihr gehen, damit du sie kennenlernen kannst?«

»Oh«, hauchte sie leicht erschrocken.

»Natürlich nur, wenn du Zeit hast.« Sofort verfluchte er sich für seine überschäumende Begeisterung. »Du weißt schon, nutze den Tag und so.«

»Klar. Wieso nicht?« Sie zuckte die Achseln. »Aber das kostet dich einen weiteren Kaffee und vielleicht noch ein Stück von diesem Karottenkuchen.«

»Was auch immer du haben willst!« Er strahlte.

Sie stand auf. »Dann lass uns mal sehen, in was um alles in der Welt du mich da hineingezogen hast.«

***

»Ich würde sie nicht als die netteste alte Dame bezeichnen, die ich je kennengelernt habe«, flüsterte Eleanor, als sie Heidis Zimmertür hinter sich schlossen.

Fin hatte Mühe, nicht laut aufzulachen. »Stimmt, wahrscheinlich hätte ich dich vorwarnen müssen. Sie kann ein bisschen … unterkühlt sein.«

»Unterkühlt?«, rief Eleanor. »Sie hat mich die ganze Zeit ignoriert. Als wäre ich gar nicht vorhanden.«

»Aber deine Schuhe hat sie gelobt«, warf Fin ein.

Eleanor verdrehte die Augen. »Aber nur, um zu sagen, dass sie das einzig Brauchbare an meinem Outfit seien.«

»Ehrlichkeit ist ja nicht unbedingt das Schlechteste, oder?«, witzelte er.

Sie starrte ihn finster an. »Ich dachte, du willst meine Hilfe.«

»Will ich auch. Sogar sehr. Unbedingt! Bitte, lass dich von ihrer Kratzbürstigkeit nicht ins Bockshorn jagen. Ich weiß, dass mehr in ihr steckt, als man auf den ersten Blick glauben würde. Wir müssen nur einen Weg finden, um es aus ihr herauszuholen. Und ich kenne niemanden, der das besser könnte als du. Du siehst immer nur das Beste in den Menschen, Elles.«

Unbehaglich starrte Eleanor zu Boden. »Na gut.«

Die Worte waren kaum hörbar, trotzdem stieß Fin einen Jubelschrei aus und zog Eleanor in eine überschwängliche Umarmung. »Danke!«

Er spürte, wie sie stocksteif wurde. Plötzlich war die Nähe zu intensiv. Er ließ die Arme sinken und trat einen großen Schritt nach hinten, stellte bewusst die physische Distanz her, die sich vor so langer Zeit in ihre Freundschaft gegraben hatte.

»Hast du noch ein bisschen Zeit, oder musst du gleich los?«, fragte er und wünschte inbrünstig, die Lockerheit von zuvor möge sich wieder zwischen ihnen einstellen.

»Nein, ich kann noch ein bisschen bleiben. Warum?«

»Hättest du Lust, kurz bei meiner Mutter reinzusehen?«
Er registrierte seine Nervosität, konnte jedoch nicht sagen,
woher sie auf einmal kam.

Sie lächelte ihn an, ein breites, aufrichtiges Lächeln.
»Das wäre schön.«

»Wunderbar.« Er nickte in Richtung der Tür am Ende
des Korridors. »Ihr Zimmer ist gleich hier.«

Schweigend gingen sie die wenigen Meter weit.

»Ich weiß ja nicht, wann du sie das letzte Mal gesehen
hast ...« Fin hatte die Hand bereits erhoben, um zu klopfen, hielt jedoch inne. »Aber inzwischen sieht sie ziemlich
schlimm aus. Ich meine, natürlich ist sie schwer krank,
deshalb ist es wohl ganz normal.« Die Worte sprudelten
unkontrolliert aus ihm heraus. »Außerdem ist sie dement,
deshalb erschrick nicht, wenn sie ein bisschen wirr ist oder
sich nicht an dich erinnert oder ...«

Sanft berührte Eleanor seinen Arm. »Es ist okay, Fin.
Ich verstehe schon.«

Natürlich versteht sie es.

Sie tauschten einen wissenden Blick. Fin holte tief Luft
und klopfte. »Mum, ich bin's, Fin.« Er öffnete die Tür. »Ich
habe eine Überraschung für dich.«

»Wirklich?«, ertönte ihre gedämpfte Stimme. »Hoffentlich nicht noch mehr zu essen. Angela war gestern zu Besuch und hat mir die halbe Bäckerei mitgebracht. Ich kann
keinen Cupcake mehr sehen.«

»Es ist etwas viel Tolleres als Kuchen, versprochen.« Er
hörte Eleanors Schritte hinter sich. »Ich komme heute in
Begleitung.«

Er trat zur Seite.

»Sieh nur, Mum, es ist …«

»Eleanor!«, rief seine Mutter entzückt. »Mein liebes Mädchen! Wie schön, dich zu sehen!«

»Hi, Eileen.« Eleanor trat vor.

»Komm doch herein und setz dich. Lass mich dich ansehen!«

Eleanor quetschte sich auf die Kante des Stuhls neben dem Bett. »Entschuldige, dass ich dich nicht schon früher besucht habe.« Fin sah zu, wie sie die Hand seiner Mutter ergriff und sanft festhielt.

»Sei nicht albern. Ein junges Mädchen wie du hat doch eine Million anderer Dinge zu tun, als bei Alten und Sterbenden herumzuhocken.«

Fin spürte, wie die Atmosphäre für einen Moment kippte, als Eleanor die Augen schloss.

»Vor allem nach dem, was du durchgemacht hast«, fuhr seine Mutter fort und tätschelte Eleanor die Hand.

»Das stimmt.« Eleanor setzte sich aufrechter hin. »Aber wie meine Mutter sagen würde … schlimme Erinnerungen hauen uns Levy-Mädchen ganz bestimmt nicht um«, zwitscherte sie in einer perfekten Imitation ihrer Mutter.

Fin lachte, während seine Mutter stumm blieb und Eleanor suchend aus ihren milchigen Augen anblickte. »Ach, selbst Angela Levy verliert gelegentlich die Fassung. Ich werde kommenden Sonntag an euren Vater denken, so wie jedes Jahr.«

»Danke.« Eleanors Stimme brach. »Das bedeutet mir sehr viel.«

Fin sah, dass ihr die Tränen übers Gesicht liefen.

Wäre es unangemessen, wenn er sie in den Arm nähme? Seinem Instinkt folgte und sie tröstete?

Ja.

Absolut.

Fin war sehr wohl bewusst, dass ein Witz hier und da keineswegs die Jahre des Schweigens zwischen ihnen tilgen konnte und dass es ihm nicht länger zustand, sie zu trösten, obwohl er sich nichts mehr wünschte als das. Deshalb blieb er wie angewurzelt stehen und schwieg, während die Erinnerungen unheilvoll über ihnen allen schwebten, sie zu verhöhnen schienen. Zu groß war die Gefahr, dass er das Falsche sagte, deshalb beschloss er, am besten den Mund zu halten.

»Ich kann kaum glauben, dass es schon so lange her ist«, fuhr seine Mutter unbeirrt fort. »Gerade ist es, als würde mir die Zeit zwischen den Fingern zerrinnen.«

»Ich weiß, was du meinst«, erwiderte Eleanor düster.

»Lass uns doch über etwas anderes reden, Mum.« Endlich brachte Fin den Mut auf, etwas zu sagen.

»Entschuldige, Liebes.« Eileen drückte Eleanors Hand. »Ich wollte nicht die Stimmung vermiesen. Dein Vater war ein guter Mann, das ist alles.«

»Danke, Eileen.« Eleanor stieß scharf den Atem aus. »Das war er.«

Damals: 20 Jahre alt

Eleanor

Um zwei Uhr früh läutete das Telefon. Noch bevor Eleanor ranging, wusste sie, dass es so weit war; es schien, als hätte ihr ganzes Leben langsam auf diesen Moment zugesteuert. Die ganze Woche hatte sie nachts wach gelegen und an die Decke gestarrt, während sie im Geiste die Sekunden gezählt hatte, bis ihre Mutter anrief. Das war der Deal gewesen; nur unter dieser Bedingung hatte Eleanor sich darauf eingelassen, an die Uni zurückzugehen, statt wieder nach Hause zu ziehen. Sie hatte ihr versprochen, sofort anzurufen, wenn es so weit wäre, wenn es auch nur den Funken eines Hinweises gäbe, dass es abwärtsging. Eleanor musste informiert werden, ganz egal, wie spät es war.

»Mum?« Schon jetzt kämpfte Eleanor mit den Tränen, und ihre Stimme bebte vor Angst.

»Schatz«, sagte ihre Mutter so leise, dass sie sie kaum verstehen konnte. »Ich denke … du solltest wohl besser so schnell wie möglich herkommen.«

Eleanor spürte, wie sie in sich zusammensackte. Das Gewicht, das sie seit der Diagnose auf ihren Schultern trug, drohte sie unter sich zu begraben.

»Okay.« Mehr brachte sie nicht über die Lippen.

»Ich hab dich lieb. Fahr vorsichtig«, erwiderte ihre Mutter, wobei sie hörbar um Atem rang.

Eleanor schloss die Augen und gab der Ungeheuerlichkeit dessen, was nun auf sie zukam, einen Moment lang Raum. Das war der Augenblick, den sie niemals vergessen, der sie für immer verändern würde. Seltsamerweise war es auch der Augenblick, dem sie sich allein stellen wollte. Nur für eine Sekunde.

Oliver regte sich neben ihr. »Eleanor?«, murmelte er schlaftrunken. »Ist alles in Ordnung?«

»Es ist so weit«, schluchzte sie, als die harte Schale um sie nachgab und die Trauer sintflutartig aus ihr herausbrach.

Sofort verfiel Oliver in den Organisationsmodus. »Ich suche unsere Sachen zusammen. Wir sind so gut wie unterwegs.« Er drückte ihren Arm ganz fest und küsste sie auf die Locken. »Müssen wir sonst noch jemanden anrufen?«, fragte er, sprang aus dem Bett und zog ihre vorgepackten Koffer heran.

Eleanor verdrängte Fins Gesicht aus ihren Gedanken.

»Nein, noch nicht. Fahren wir zuerst nach Hause.«

**

Ihr Vater starb am nächsten Morgen um neun Uhr.

Er ging voller Frieden. Still, beinahe dankbar. Die gesamte Familie hatte sich um sein Bett versammelt, um seine Hände zu halten und ihm Liebe zu schenken, bis er seinen letzten Atemzug tat.

Sie war sicher gewesen, dass sie danach zusammenbrechen, dass sie weinen und schreien und toben würde, weil die Welt so ungerecht und grausam war. Ihr Vater, wie konnten die ihr den Vater nehmen, den gütigsten, fröhlichsten Mann, den sie je gekannt hatte? Er verdiente es nicht zu sterben, verdiente es nicht, von innen heraus von bösartigen Tumoren zerfressen zu werden. Doch nun war er tot, und Eleanor brachte keinen Laut heraus.

Weder als er ging noch in der grauenvollen Stille danach. Nicht einmal am Abend, als Oliver sie im Bett in ihrem Kinderzimmer festhielt und in den Schlaf wiegte. Alles, was Eleanor empfand, war Leere, eine abgrundtiefe Leere. Tränen würden den Mann, den sie so geliebt hatte, nicht zurückbringen, Schreien nichts daran ändern, dass er fort war. Stattdessen rang sie stumm ums Überleben.

»Die Beerdigung findet nächste Woche statt«, sagte ihre Mutter am nächsten Morgen beim Frühstück. »Freya, möchtest du die Lesung machen?« Angela war wie ein Roboter, der die einzelnen Aufgaben herunterratterte, als stelle sie ihren Wocheneinkauf bei Tesco zusammen und nicht das letzte Geleit der Liebe ihres Lebens.

Freya nickte.

»Eleanor, hast du schon mit Fin gesprochen?« Angela legte behutsam die Hand auf Eleanors.

»Nein, später.«

»Glaubst du, er kommt?«, fragte Freya hoffnungsvoll. Sie liebte Fin fast genauso sehr wie Eleanor.

»Ich weiß es nicht. Es ist eine lange Reise, und die Tickets sind teuer.« Mit jedem Wort wurde Eleanors Herz noch schwerer. Na gut, in den letzten Monaten hatten sie nur wenig Kontakt gehabt, aber durch die Zeitverschiebung, das Studium und den Zustand ihres Vaters war es schlicht unmöglich gewesen, Telefonate zu arrangieren. Doch eigentlich spielte es keine Rolle. Sie konnte sich zwar nicht vorstellen, ihren Vater ohne ihren besten Freund an ihrer Seite zu Grabe zu tragen, gleichzeitig versuchte sie jedoch, sich mit jeder Faser ihres Körpers darauf einzustellen, im Stich gelassen zu werden.

Erwarte nichts.

»Aber du hast ja mich.« In einer beschützenden Geste legte ihr Oliver den Arm um die Schultern. »Ich werde die ganze Zeit an deiner Seite sein.« Er warf sich wie ein stolzes Vögelchen in die Brust.

Freya hob missbilligend die Brauen. Wie Eleanor wusste auch sie nur zu gut, dass es nicht dasselbe war.

»Je länger du es aufschiebst, umso schwieriger und teurer wird es für ihn, einen Flug zu bekommen.« Freya zwang sich, noch einen Löffel voll Cornflakes zu essen, während sie Eleanor wissend betrachtete.

»Ich weiß. Heute Abend«, stieß sie barsch hervor. »Weiter im Text«, fuhr sie in einem gezwungen zuversichtlichen Tonfall fort. »Kann ich sonst noch etwas tun, Mum? Abgesehen davon, mich um den Blumenschmuck zu kümmern?«

»Nein, ich glaube, das ist alles, Schatz«, flüsterte Angela, deren salzige Tränen in ihre Tasse mit dem kalten Kaffee fielen.

***

Die nächsten Tage waren wie in einem Nebel vorüber-
gezogen. Eleanor war sicher gewesen, dass es ihr am Tag
der Beerdigung den Boden unter den Füßen wegziehen
würde, doch stattdessen war sie wie betäubt gewesen, hatte
ihr schwarzes Kleid zugeknöpft, ohne etwas dabei zu denken oder zu empfinden. Sie hatte sich von ihrer Mutter die
Haare kämmen lassen und heiße Tränen in ihre wirren Locken geweint. Sie war wie eine leere Hülle, die alles über
sich ergehen ließ, ohne es bewusst wahrzunehmen. Von
dem Moment an, als sie aus der Tür getreten waren, hatte
Oliver ihre Hand gehalten, so fest, dass sie das Gefühl gehabt hatte, er drücke ihr das Blut ab. Trotzdem hatte sie
rein gar nichts empfunden.

»Wo ist Fin?«, flüsterte Freya, die sich hektisch umsah
und den Blick über die wachsende Schar der Trauergäste
schweifen ließ.

»Keine Ahnung«, murmelte Eleanor. »Ich habe seit gestern nichts mehr von ihm gehört.« Sie wagte es nicht, sich
umzudrehen, weil es zu schmerzlich wäre, sich damit zu
konfrontieren, dass er nicht hier war.

»Wir müssen anfangen«, erklärte Oliver rundheraus
und sah auf seine Uhr. »Eleanor, vielleicht sollten wir einfach akzeptieren, dass er nicht kommt?«

»Wie kannst du so herzlos sein? Fin gehört zur Familie«, herrschte sie ihn an.

»Tut mir leid, du weißt, dass ich es nicht so gemeint
habe.« Er schloss die Finger noch fester um ihre Hand.
»Aber … je länger wir warten, umso schmerzhafter wird
es womöglich für deine Mutter.«

Eleanor wandte den Kopf. Da, am Ende der Bankreihe, stand Angela, ein Schatten der einst so lebhaften Frau, eingehüllt in Schichten aus schwarzem Chiffon und herzzerreißender Trauer. Eleanor war bewusst, wie egoistisch ihr Verhalten war. Wie konnte sie die Zeremonie noch länger hinauszögern?

»Du hast recht. Fangen wir an.« Sie befreite sich aus seinem Griff und senkte den Kopf.

Fast die gesamte Trauerfeier hindurch saß sie so da. Freunde und Familie versuchten verzweifelt, ihre Aufmerksamkeit zu erhaschen und ihr mittels Blicken ihr Mitgefühl auszudrücken. Sie wollte all das nicht. Sie ertrug ihr Mitleid nicht. Stattdessen hatte sie nur einen Wunsch: ihren besten Freund an ihrer Seite zu haben, der ihr wieder und wieder beteuerte, dass alles wieder gut werden, dass sie es überstehen und es eines Tages nicht mehr ganz so sehr wehtun würde. Stattdessen trug sie nichts als den Schmerz seines Fehlens im Herzen.

Plötzlich gingen die Kirchentüren auf. Reflexartig hob Eleanor den Kopf und sah im einfallenden Sonnenschein jemanden eintreten. Aber das konnte doch nicht … Ihr Herz überschlug sich. War er doch noch gekommen?

»Wer ist es?«, flüsterte sie Oliver zu.

»Ich weiß es nicht.« Er hatte sich nicht einmal die Mühe gemacht hinzusehen.

Eleanor blinzelte angestrengt. Flüstern und das Rascheln von Kleidung waren zu hören, als die Anwesenden neugierig die Köpfe wandten. Sie reckte den Hals, konnte aber immer noch nicht erkennen, wer es war. Oliver zog sie an der Hand.

»Konzentrier dich, Eleanor, deine Schwester spricht gleich«, zischte er. »Ich gehe nachsehen, was da los ist.«

Sie packte seine Hand. »Wenn es Fin ist, bring ihn her, ja?«

Kurz schien er sich zu ärgern, doch dann lächelte er sanft. »Natürlich. Bleib hier, ich bin gleich zurück.« Er drückte ihr einen trockenen Kuss auf die Wange und verschwand.

Eleanor wandte sich wieder dem Altar zu, wo ihre kleine Schwester mit konzentriert gefurchter Stirn zu ihrer Lesung ansetzte. Eleanor sah ihr an, welche Mühe es ihr bereitete, die Tränen zurückzuhalten. Stolz wallte in ihrer Brust auf. Wie froh sie doch sein konnte, zu einer Familie tapferer Frauen zu gehören.

Oliver kehrte zurück, gerade als Freya geendet hatte. Eleanor fuhr herum, in der Erwartung, in Fins vertraute grüne Augen zu blicken, doch sie wurde enttäuscht.

»Es war ein Missverständnis.«

»Was?« Panik stieg in ihr auf.

»Jemand ist aus Versehen reingekommen, aber jetzt sind die Leute wieder weg«, erklärte Oliver eisig.

Doch Eleanor fand keine Ruhe. Noch einmal drehte sie sich um, hoffte, einen Blick zwischen den trauernden Gesichtern hindurch zu erhaschen, doch die Tür war geschlossen. Und weit und breit kein Fin.

»Es tut mir leid«, flüsterte Oliver ihr zu. »Aber ich bin da. Ich werde immer für dich da sein.«

Eleanor entzog ihm ihre Hand und verschränkte die Arme schützend vor der Brust, während sie die Zeremonie wie betäubt über sich ergehen ließ, die Gebete und Lieder hörte, ohne ihren Sinn wahrzunehmen. Sie ließ sich aus der Bank und zum Grab führen, sah zu, wie ihr wunderbarer, geliebter Vater hinabgelassen wurde, bis er unter einem Erdhaufen verschwunden war. Dann saß sie im Wagen und lauschte Freyas Schluchzen an ihrer Schulter, nahm kaum wahr, wie ihr zierlicher Körper an ihrem eigenen bebte. Und die ganze Zeit hielt Oliver unermüdlich ihre Hand.

»Eleanor, du musst die Caterer anrufen und sagen, dass wir uns verspäten. Es gibt einen Stau.« Olivers Stimme schnitt sich in ihr Bewusstsein.

»Wie?« Sie sah ihn an.

»Die Cateringfirma«, wiederholte er. »Du musst da anrufen. Ich habe mein Handy zu Hause liegen lassen. Ich würde ja deine Mutter bitten, glaube aber nicht, dass sie jetzt … ich denke, es ist besser, wenn du es tust.«

»Oh.« Sie zog ihr Handy aus ihrer Handtasche. In diesem Moment blieb ihr das Herz stehen.

Von: Finley Taylor

Es tut mir leid, Elles. Alle Flüge nach London sind storniert. Ich werde es nicht schaffen. Ich habe es versucht, glaub mir. Bitte verzeih mir. X

Erst da begann sie zu weinen.

Jetzt

Eleanor

Die Woche vor dem Todestag ihres Vaters verging wie immer in rasendem Tempo. Gerade war es noch Montagabend, und Eleanor recherchierte Abendkleider von Schönheitswettbewerben aus den 1950ern für Heidi, und schon saß sie am Freitagabend im Pub mit Sal, die ihr ein großes Glas Wein in die Hand drückte.

»Wie geht's dir?«, fragte Sal. »Dieses Wochenende wird ziemlich hart, nicht?«

»Das kannst du laut sagen.« Eleanor nippte an ihrem Wein und spülte ihre Traurigkeit mit dem Schluck hinunter. »Aber es geht mir trotzdem ganz gut. Außerdem hat meine Mum Fin zum Mittagessen eingeladen. Das wird sie ein bisschen ablenken.«

»Ablenkung ist ja immer gut ...«, murmelte Sal mit einem Hauch von Skepsis in der Stimme.

»Wieso siehst du mich so seltsam an?«

»Ich sehe dich nicht seltsam an.«

»Doch, tust du.«

Sal zuckte unschuldig die Achseln. »Du scheinst eine Menge Zeit mit demjenigen zu verbringen, dem du vor ein paar Wochen noch unbedingt aus dem Weg gehen wolltest.«

»Eigentlich nicht«, widersprach Eleanor. »Meine Mutter hat ihn eingeladen, nicht ich.«

»Und dann diese Geschichte mit den alten Leuten.«

»Das Fotoshooting ist ein einmaliger Gefallen.«

»Schon gut. Wenn du es sagst.« Sal hob die Hände. »Außerdem verstehe ich nicht, wie man freiwillig Zeit mit alten Leuten verbringen kann. Bist du sicher, dass da nicht noch mehr für dich herausspringt?« Sal zwinkerte.

»Ja, ich bin sicher.« Eleanor lachte leise. »Dir ist schon klar, dass du auch eines Tages alt sein wirst?«

Sal starrte sie entsetzt an. »Nicht, wenn ich es verhindern kann!«

»Nun ja, wie du meinst.«

»Apropos alt. Ich kann nicht glauben, dass meine Mutter schon bald ihren Siebzigsten feiert. Allerdings ausgerechnet am Tag von Lauras Hochzeit, wie blöd. Dabei wollte ich so gern hingehen.«

Die Worte trafen Eleanor wie ein Schlag in die Magengrube.

Nein.

Du lieber Gott, nein!

»Was ist denn, Eleanor? Du siehst ja aus, als hättest du ein Gespenst gesehen.« Sal griff nach ihrer Hand.

»Lauras Hochzeit«, antwortete Eleanor mit dünner Stimme.

»Ja?«

»Oliver.« Allein den Namen aussprechen zu müssen, beschwor Übelkeit in ihr herauf.

»Was ist mit ihm?« Sal sah sie verwirrt an.

»Ich habe Laura nichts von Oliver erzählt, deshalb denkt sie jetzt, er käme mit. Das ist die reinste Katastrophe. Ich kann doch nicht allein hingehen, und der Platz neben mir bleibt leer. Für eine Absage ist es zu spät. Die Hochzeit findet in nicht mal zwei Wochen statt oder so … keine Ahnung … jedenfalls praktisch morgen«, sprudelte Eleanor unkontrolliert in ihrer Panik heraus.

»Genau genommen findet sie nächstes Wochenende statt, aber das nur nebenbei«, korrigierte Sal. »Aber keine Angst, Eleanor, wir finden schon eine Lösung.« Sals beruhigender Tonfall beschwichtigte Eleanor ein wenig. »Ich finde eine Lösung.«

Eleanor nahm noch einen Schluck aus ihrem Weinglas und sah zu, wie Sal ihr Handy herauszog und zu tippen begann. »Ich schreibe ihr eine Nachricht und erkläre ihr alles. Du bleibst einfach hier sitzen und trinkst weiter. Obwohl … nein, bestell vielleicht auch etwas zu essen.« Sie beäugte Eleanor misstrauisch. »Wir wollen ja nicht, dass du betrunken bist und komplett die Kontrolle verlierst.«

Eleanors Gedanken überschlugen sich. Wie hatte sie das vergessen können? War sie inzwischen komplett verblödet?

»Erledigt!«, verkündete Sal. »Ernsthaft, Eleanor, hör sofort auf, dir deswegen einen Kopf zu machen! Es ist alles halb so wild. Wenn jemand damit umgehen kann, dann ist es Laura.« Sal warf Eleanor ein Tütchen Erdnüsse zu, das auf dem Tisch herumlag. »Hier, iss die inzwischen, während ich uns etwas Anständiges bestelle.«

Sal hatte recht: Es gab wohl niemanden, der Krisen kompetenter bewältigte. Als Eleanor in der Firma angefangen hatte, war Laura in einer leitenden Funktion im Management gewesen. Sie war knallhart, mit klaren Ansagen und hohen Ansprüchen, besaß jedoch ein Herz aus Gold. Sal hatte sie einander vorgestellt, und sie und Eleanor hatten sich auf Anhieb verstanden. Laura hatte die Firma vor fast zwei Jahren verlassen, trotzdem waren sie alle in Kontakt geblieben.

»In Ordnung«, murmelte sie. »Gut.«

Eleanor gelang es, ihre Atmung wieder halbwegs unter Kontrolle zu bekommen, trotzdem starrte sie weiter beklommen auf Sals Handy.

Zum Glück ließ Laura mit ihrer Antwort nicht lange auf sich warten. Nicht einmal zehn Minuten später schnappte sich Sal ihr Handy vom Tisch, ehe Eleanor es sich unter den Nagel reißen konnte.

»Du meine Güte, Mädchen. Nur die Ruhe!« Sie begann zu lesen. »Es ist alles in Butter. Laura schickt schöne Grüße und sagt, sie könne es kaum erwarten, dich in den Arm zu nehmen. Du habest etwas Besseres verdient, und sie hoffe, es gehe dir gut. Allerdings hätten sie Olivers Menüauswahl schon bestellt und bezahlt, deshalb könne sie jetzt nicht mehr stornieren, aber du sollst einfach eine andere Begleitperson mitbringen.« Sal sah Eleanor an. »Siehst du, ich habe dir doch gleich gesagt, dass alles bestens ist.« Sie reichte Eleanor ihr Handy, damit sie selbst zum Beweis nachlesen konnte.

»Na ja, bestens ist es nicht. Jetzt muss ich jemanden suchen, der mitkommt.«

»Hmm, lass mich mal nachdenken.« Sal grinste. »Gäbe es bloß einen gut aussehenden Typen, mit dem du dich triffst und den du bitten könntest, dich zu begleiten.«

Eleanor warf eine Erdnuss nach Sal, die sie mit einer raschen Handbewegung vom Tisch fegte. »Ich werde Ben ganz bestimmt nicht mitbringen! Dafür ist es noch viel zu früh. Ich frage Freya.«

»Na gut, wie du meinst.« Sal zuckte die Achseln.

»Wo wir gerade über Männer sprechen. Wie läuft es eigentlich mit *deinem* Neuen?« Eleanor ärgerte sich, weil sie nicht schon nicht viel früher danach gefragt hatte.

Sal knibbelte am Etikett auf der Weinflasche herum. »Keine Ahnung. Ich denke, ganz gut …«

»Aber das klingt doch prima, oder nicht?«

»Ich denke schon.«

»Du denkst?«, drängte Eleanor.

»Ja, aber …« Sal hielt inne und sah Eleanor in die Augen. »Ich glaube, ich mag ihn wirklich gern.«

Eleanor prustete los. »Und das ist so schlimm?«

»Nein!« Sal zog einen Streifen des Etiketts ab und zerpflückte ihn. »Ich bin nur nicht daran gewöhnt, das ist alles.«

»Verstehe ich.« Eleanor nahm ihr den Papierschnipsel aus der Hand und warf ihn weg. »Ehrlich. Aber was hast du mir in den letzten Monaten unzählige Male gesagt?«

In gespielter Unwissenheit zuckte Sal die Achseln.

Eleanor setzte sich kerzengerade hin und zog die Brauen zusammen. »›Raus aus deiner Komfortzone, Eleanor!‹«, zitierte sie in der besten Sal-Imitation, die sie hinbekam.

»He, so höre ich mich nie im Leben an.« Sal grinste. »Außerdem habe ich recht, und *du* musst tatsächlich heraus aus deiner Komfortzone. Ich richte mich ja nie irgendwo komfortabel ein, deshalb geht es bei mir wohl nicht mehr schlimmer.«

Eleanor ließ nicht zu, dass Sal das Gespräch auf sie zurücklenkte. »Doch, das tust du. Wenn es jemand schafft, dann du.« Sie schnippte ein Papierfitzelchen über den Tisch. »Also … erzählst du mir jetzt von diesem Mann oder nicht?«

Mit einem schüchternen Lächeln schenkte Sal sich noch einmal Wein ein. »Was willst du denn wissen?«

»Wie wär's mit ALLEM!«, rief Eleanor.

»Er heißt Paul, ist zweiundvierzig, lebt in Wimbledon und hat eine eigene Consultingfirma«, zählte Sal brav auf.

»Also wirklich, Sal. Das reicht noch lange nicht. Ich will ein Foto sehen und alles über eure Dates wissen. Du kannst mich nicht in der Luft hängen lassen.«

Sal rutschte nach hinten und verschränkte die Arme. »Na gut, ich erzähle dir alles, was du hören willst, wenn du uns noch eine Flasche bestellst.«

»Abgemacht!« Eleanor sprang sofort auf, um an die Bar zu gehen – die perfekte Gelegenheit, die Gedanken an ihren Dad für eine Weile in den Hintergrund treten zu lassen.

***

Die Fahrt zu ihrer Mutter am Sonntag verlief nahezu schweigend. Weder Freya noch Eleanor war nach Reden zumute. Was hätten sie auch sagen sollen? Außerdem war ihnen beiden bewusst, dass sie all ihre Energie brauchen würden, um mit ihrer Mutter umzugehen.

»Bist du bereit?«, fragte Eleanor und sah Freya besorgt an, als sie die Auffahrt entlangschlurften.

Freya holte tief Luft. »So bereit, wie man sein kann.« Sie drückte flüchtig Eleanors Hand. »Wir schaffen das schon, schließlich haben wir uns. Und Fin.«

»Auch wieder wahr.« Beim Gedanken daran, dass Fin ebenfalls da sein würde, legte sich Eleanors Anspannung für einen kurzen Augenblick. Sie klopfte an die Tür. »Wenn Gäste da sind, wird es nicht ganz so sehr ausufern.«

»Andererseits ist Fin wohl kaum ein Gast.«

In diesem Moment wurde die Tür aufgerissen, und ihre Mutter stand lächelnd und mit ausgebreiteten Armen vor ihnen. »Meine Schätze. Es kommt mir wie eine halbe Ewigkeit vor, seit ich euch zuletzt gesehen habe.« Sie zog sie in eine ihrer heftigen Umarmungen und hielt sie fest.

»Okay, Mum, jetzt tut es aber weh«, stöhnte Freya.

»Entschuldige, Schatz, manchmal vergesse ich, wie viel Kraft ich habe.« Angela ließ von ihnen ab und lächelte sie hingerissen an.

»Wie geht's dir?«, fragte Eleanor vorsichtig.

»Gut. Gut.« Sie winkte ab, als wäre ihre Trauer nichts als eine lästige Fliege. »Kommt rein, das Essen ist gleich fertig, und Fin ist auch schon da.« Angela wandte sich um und verschwand in der Küche.

Eleanor hängte ihren Mantel auf und folgte ihr langsam. Mitten auf dem Tisch stand eine Fotografie ihres Vaters. O Gott, wie sehr sie ihn vermisste.

»Kommt, setzt euch. Es gibt jede Menge zu essen.« Lachend stellte Angela eine Schüssel nach der anderen auf den Tisch.

»Hey.« Mit unübersehbarer Erleichterung winkte Fin, der bereits Platz genommen hatte, ihnen zu. Eleanor wusste nur zu gut, wie es war, der fieberhaften Gastgeberwut ihrer Mutter ohne Unterstützung ausgesetzt zu sein.

»Wow, wie lange hast du für all das gebraucht?« Staunend ließ Freya den Blick über den Tisch schweifen, der sich förmlich unter all dem Essen bog.

»Ach, das ist ein Klacks. Du weißt ja, dass ich gern die Lieblingsgerichte eures Vaters zubereite, und meine Güte, der Mann hatte so viele davon.« Wieder lachte sie.

Beim Gedanken an ihren Vater wurde Eleanor das Herz neuerlich schwer.

»Geht's dir gut, Fin?«, fragte Angela.

»Ja, vielen Dank. Es sieht alles ganz wunderbar aus, Angela«, antwortete er.

»Setzt euch doch, Mädchen!«, sagte Angela. »Und nehmt euch!« Sie begann, Shepherd's Pie und Kartoffelsalat auf Eleanors Teller zu häufen.

»Danke, Mum, ich mache das schon.« Eleanor schob ihren Teller kaum merklich zur Seite.

»Sei nicht albern. Nur weil du in letzter Zeit nicht mehr ganz so dürr bist, heißt das nicht, dass ich dich nicht ein bisschen mästen darf.« Angela gab noch eine großzügige Portion Kartoffelsalat dazu. »Du hättest sie in der schlimmsten Phase mal sehen sollen, Fin. Sie ist regelrecht vor meinen Augen verschwunden. Es war schrecklich, es mitansehen zu müssen. Schlimm«, erklärte Angela, als wäre Eleanor tatsächlich nicht mehr vorhanden. »Männer wollen kein Knochengestell, habe ich ihr wieder und wieder gesagt. Wenn sie sich wieder in die Suche nach dem Richtigen stürzen will, muss sie etwas zulegen. Stimmt's?«

Fin schob sich eine riesige Gabel voll Steak and Kidney Pie in den Mund – sein Versuch, nichts Falsches zu tun oder zu sagen – und nickte nur stumm.

»Siehst du, Eleanor? Ich weiß ja, dass du mir nicht glauben willst, aber Fin sieht es genauso. So, und jetzt nimm noch einen Löffel voll, ja?«

Eleanor wollte protestieren, als Fin etwas murmelte.

»Wie war das, mein Lieber?«, hakte Angela nach. »Ich konnte es nicht verstehen, weil du den Mund voll hast.«

»Entschuldigung.« Fin schluckte und räusperte sich. »Ich habe gesagt, dass sie toll aussieht. So, wie sie ist.«

Eleanor wurde rot.

»Was für ein Goldschatz du doch bist.« Angela kniff ihn in die Wangen. »Aber du brauchst nicht zu lügen, nur damit sie sich besser fühlt. Ehrlichkeit ist bei so etwas das Allerbeste, finde ich.«

Verstohlen warf Eleanor Fin einen Blick zu, dessen Wangen inzwischen ebenfalls hochrot angelaufen waren.

»Ich habe aber nicht gelogen«, sagte er leise. Eleanor lächelte ihn dankbar an.

Er steht für dich ein!

Sag was!

Doch stattdessen arbeitete Eleanor sich stumm durch den Berg aus Essen auf ihrem Teller. Die anderen folgten ihrem Beispiel, und bis auf die vereinzelte Bitte um das Salz oder eine Schüssel von diesem oder jenem herrschte Stille am Tisch.

Zehn Minuten später räusperte sich Angela. »Also, sind alle fertig? Ihr wisst ja, dass ich an diesem Tag immer ein paar Worte im Gedenken an euren Vater sagen möchte.« Behutsam wischte sie mit den Fingerspitzen einen winzigen Soßenspritzer vom Rahmen des Fotos.

Eleanor sog scharf den Atem ein und schloss die Augen, während sie spürte, wie Freya sich neben ihr anspannte. Fin rutschte unbehaglich auf seinem Stuhl herum.

»Er war die Liebe meines Lebens«, verkündete Angela, als wende sie sich ein weiteres Mal an die Trauergemeinde. »Es gab keinen Moment, in dem ich nicht in seiner Nähe sein wollte, und er hat mir das Wunderbarste geschenkt, worauf ich hoffen konnte … meine beiden Mädchen. Und obwohl er nicht mehr bei uns ist, denke ich jeden Tag an ihn. Ich vermisse ihn mehr, als ich mit Worten ausdrücken könnte, Richard, wir lieben dich. Das haben wir immer getan, und so wird es auch weiter sein.«

Die Tränen strömten Eleanor übers Gesicht, und ihre Kehle war so eng, dass sie kaum atmen konnte. Sie wagte es nicht aufzusehen, wollte nicht, dass Fin sie weinen sah … ehrlich gesagt, sollte es überhaupt niemand mitbekommen.

»Danke, Mum«, murmelte Freya und zeigte damit wieder einmal, dass sie die Stärkere von ihnen war. »Auf Dad?« Sie hob ihr Glas.

»Auf Dad«, stimmten alle ein, wobei Eleanor ihren Blick überallhin richtete, nur nicht auf die Anwesenden.

Abrupt sprang Angela auf. »Gut. Möchte jemand Dessert?«

»Ich mache das.« Eleanor wischte sich mit dem Ärmel über die Wangen. »Du hast schon genug getan, Mum.«

»Ich helfe dir«, erbot sich Fin und stand ebenfalls auf.

»Nein, du bist unser Gast, Fin. Setz dich wieder. Freya kann ihrer Schwester helfen«, befahl Angela.

»Ach, lass mich doch. Das ist das Mindeste.«

Eleanor hatte ihm den Rücken zugekehrt und kratzte Essensreste von den Tellern. Er trat zu ihr. »Alles in Ordnung so weit?«, fragte er leise.

Sie wandte sich ihm zu, wobei sie in der Glasscheibe des Backofens einen Blick auf ihr verquollenes Gesicht erhaschte.

»Ja, ja, alles bestens«, antwortete sie, bemüht, das Zittern in ihrer Stimme zu unterdrücken.

»Wirklich?«, fragte er mit einer Sanftheit und Wärme in der Stimme, die Eleanor so ans Herz ging, dass sie Mühe hatte, nicht neuerlich in Tränen auszubrechen und sich an seine Brust zu werfen.

»Danke, aber es ist alles okay, ehrlich.« Sie riss sich zusammen. »Aber wie geht's dir? Ich bewundere deinen Mut herzukommen«, versuchte sie zu witzeln.

»Ich komme schon klar.« Er nahm ihr die leeren Teller aus der Hand und räumte sie in den Geschirrspüler.

»Nach den sechs Desserts, die auf dich zukommen, wirst du das nicht mehr sagen.«

»Sechs?!«, rief er und ließ prompt eine Gabel fallen. »Sie kann doch unmöglich sechs Desserts vorbereitet haben.«

»Doch, das tut sie jedes Jahr. Treacle Tart, Apple Crumble, Schokoladenkuchen, Pavlova, Trifle und Profiteroles.« Sie öffnete die Ofentür und nahm zwei der erwähnten Nachtische heraus. »Dads Lieblingsdesserts, allesamt.«

»Wow! Also, es ist ja toll, dass dein Vater so einen fantastischen Dessertgeschmack hatte, aber wie sollen wir die alle essen?« Die Angst auf seinen Zügen war unübersehbar.

»Das hier ist ein Marathon, kein Sprint. Hier, nimm das schon mal. Ich hole den Rest.«

Eleanor musste lachen, als sie die riesige Pavlova-Torte, eine Schüssel voll Trifle und einen Berg Profiteroles aus dem Kühlschrank nahm und alles auf dem Tisch abstellte. Fin machte ein Gesicht, als kämen ihm allein von dem Anblick gleich die Tränen.

»Danke, mein Schatz«, sagte Angela und legte Eleanor liebevoll ihre kühle Hand um die Wange. »So, Fin, wie geht es denn mit deinem Fotoprojekt voran?«

»Ganz gut. Eleanor und ich wollen diese Woche eine ältere Dame namens Heidi fotografieren. Ich dachte, vielleicht am Samstag, wenn es für dich passt, Elles?«

»Klar«, antwortete sie. »Moment, nein, verdammte Scheiße!«, fluchte sie und knallte die Schüssel mit dem Crumble auf den Tisch.

»Eleanor! So redet eine Dame nicht!«, tadelte ihre Mutter. »Und geh gefälligst ein bisschen sorgsamer mit meinem Crumble um.«

»Entschuldige. Oje, das hatte ich ja völlig vergessen.« Eleanor fuhr sich mit den Händen übers Gesicht.

»Was denn?«, wollte Freya wissen.

»Am Samstag findet Lauras Hochzeit statt, und ich brauche noch eine Begleitung.« Sie hielt inne. »Ich hatte vergessen, ihr zu sagen, dass Oliver und ich uns getrennt haben«, fügte sie mit einem Anflug von Verbitterung hinzu.

»Vergessen?«, fragte Angela. »Oder praktischerweise bloß nicht erwähnt, in der Hoffnung, dass ihr wieder zusammenkommt?«

»Nein«, erwiderte sie beleidigt. »Ich habe es tatsächlich vergessen.«

»Gut.« Ihre Mutter nickte zufrieden. »Denn so gern ich dich glücklich und zufrieden und unter der Haube sehen möchte, er war nicht der Richtige.«

»Herzlichen Dank«, brummte Eleanor.

»Aber wie konntest du so etwas Wichtiges einfach vergessen?«, fuhr Angela fort.

»Ich hatte eine Menge um die Ohren, okay?« Eleanors Stimme schwoll an. »Glaubst du nicht, dass ich mir deswegen schon genug Vorwürfe gemacht habe? Dass du mir jetzt deswegen jetzt auch noch ein schlechtes Gewissen einredest, brauche ich wirklich nicht.«

Angela schnappte Fins Teller und häufte Trifle darauf. »Mit der Einstellung ist es kein Wunder, dass du keine Begleitung findest«, erwiderte sie ein wenig eingeschnappt.

»Hast du Zeit, Freya?«, bettelte Eleanor, ohne auf den Kommentar ihrer Mutter einzugehen. »Bitte sag, dass du kannst.«

»Diesen Samstag?« Freya sah sie bedauernd an. »Tut mir leid. Du weißt ja, dass ich gern mitkäme, aber Sam …« Sie knetete ihre Hände. »Er hat etwas für unseren Jahrestag geplant. Ich glaube, er will mit mir übers Wochenende wegfahren.«

»Wie süß von ihm, Liebes! Du meine Güte, was für ein Gentleman!« Angela strahlte. »Hat Sam nicht zufällig alleinstehende Freunde, von denen er Eleanor einen für den Abend ausleihen könnte?«

»Definitiv nicht!«, riefen beide Schwestern wie aus einem Munde.

»Und Sal kann auch nicht?«, fragte Fin.

»Nein. Sie hat keine Zeit.«

»Aber was ist mit Be…« Eleanor verpasste ihm einen Tritt unter dem Tisch.

»Wie schade, Kind. Sieht ganz danach aus, als müsstest du alleine hingehen. Zum Glück konntest du ja bei Kates Hochzeit schon mal ausprobieren, wie das ist.« Angela tätschelte ihr gönnerhaft den Arm. »Und jetzt erzähl, Freya. Was glaubst du, wohin Sam dich entführen will?«

»Ich komme mit.«

Eleanor sah abrupt auf.

»Wie war das, Fin-Schatz?«, fragte Angela. »Ich habe dich nicht verstanden.«

»Ich sagte, ich komme mit. Zur Hochzeit. Wenn du willst.«

Die Worte hingen im Raum. Alle drei Frauen starrten Fin an, dessen Gesicht die Farbe von Roter Bete annahm.

»Natürlich nur, wenn du jemanden brauchst. Es ist nur … also, ich habe am Samstag nichts vor, das ist alles«, murmelte er.

»Oh.« Angela presste sich die Hand auf die Brust. »Wie reizend von dir, Fin! Ist das nicht süß? Bist du sicher, dass du ein kostbares Wochenende einfach opfern willst?«

Fin zuckte die Achseln und stocherte mit der Gabel in seinem Kuchenstück herum.

»Wieso nicht. Wie gesagt, es macht mir wirklich nichts aus.« Er sah Eleanor an, der es noch nicht gelungen war, eine Erwiderung zu formulieren.

»Also …« Angela warf Eleanor einen scharfen Blick zu. »Wirst du dich bei Fin für das freundliche Angebot bedanken und es annehmen?«

Die Zeit schien sich endlos zu ziehen. Was zum Teufel sollte sie jetzt tun? Er wollte sie doch nicht ernsthaft zu einer Hochzeit begleiten, oder? Eleanor registrierte, wie die Blicke von Fin zu ihr schweiften.

Sag etwas.

Irgendetwas.

»Äh, vielen Dank, Fin.« Ihre Wangen nahmen dieselbe Färbung an wie seine. »Nur wenn du dir ganz sicher bist.«

»Hundertprozentig.« Er nickte. »Du kennst mich ja. Ich und Hochzeiten«, witzelte er verlegen.

Du lieber Gott …

»Ah. Ich erinnere mich an meinen Hochzeitstag, als wäre es gestern gewesen.«

Freya verdrehte die Augen und schob sich ein Profite-rol in den Mund. »Das haben wir schon eine Million Mal gehört«, stöhnte sie.

»Dann bringt euch dieses eine Mal auch nicht um, oder?« Angela grinste. »Also, es war 1979 …«

Fin

Der restliche Nachmittag bei Angela verlief ohne größere Vorkommnisse, obwohl Fin sich nicht erinnern konnte, jemals so viel gegessen zu haben. Am nächsten Morgen fühlte sich sein Magen immer noch voll an, und dazu hatte er ein mulmiges Gefühl wegen seines spontanen Angebots. Schon am Nachmittag beim Nachhausekommen hätte er Eleanor am liebsten eine Nachricht geschrieben und einen Rückzieher gemacht.

Sie hat das Angebot angenommen.

Finde dich damit ab.

»Hi, Fin«, begrüßte ihn Schwester Clara wie üblich von ihrem Platz hinter dem Schreibtisch im Eingangsbereich des Pflegeheims.

»Hey, wie geht es Ihnen?« Ihr hektisches Lächeln und das zerzauste Haar ließen ahnen, dass es nicht gerade ruhig zuging.

»Viel zu tun«, bestätigte sie. »Ich komme gleich noch mal vorbei, aber als ich das letzte Mal bei Ihrer Mutter reingesehen habe, hat sie geschlafen. Hoffentlich wacht sie bald auf.«

Fin nickte und ging den Korridor entlang, während Schwester Clara inmitten ihres Papierbergs zurückblieb. Wenig überraschend schlief seine Mutter immer noch tief und fest und regte sich nicht, als er sich auf den Stuhl neben dem Bett sinken ließ und sich lustlos umsah. Ohne eine Ablenkung still dazusitzen, gehörte nicht gerade zu seinen Stärken, schon gar nicht in einer Zeit, in der so viele ungewollte Gedanken und Erinnerungen über ihn hereinbrachen.

Geh einfach. Sie kriegt doch gar nicht mit, dass du überhaupt da warst.

Fin machte Anstalten aufzustehen, setzte sich jedoch wieder. Er konnte sich nicht einfach verdrücken, ohne auch nur Hallo gesagt zu haben. In letzter Zeit waren seine ohnehin wenigen Besuche beschämend kurz ausgefallen, und nach Rudis recht abruptem Ableben war ihm bewusst, wie grausam schnell es manchmal gehen konnte.

Schalte doch den Fernseher an.

Kann ich nicht, sonst wacht sie auf.

Dann lass dir etwas einfallen …

Eine Weile wiegte er sich auf dem Stuhl vor und zurück, während er überlegte, was er mit seiner Zeit sonst anfangen könnte.

Kekse essen und Netflix schauen?

Wohl kaum wichtige Unternehmungen.

Genau das war der Grund, weshalb er gern beschäftigt blieb. Die Ablenkung übertönte die Stimmen in seinem Kopf, die sonst unerträglich laut werden konnten. Er suchte den Raum nach etwas ab, womit er sich die Zeit vertreiben könnte. Sein Blick streifte das Hochzeitsfoto seiner Eltern, und er spürte, wie die Wut in ihm aufflackerte, als er eine weitere Aufnahme dahinter erspähte: eine kleine Gestalt mit einem dichten Schopf roter Haare. Sein Herzschlag beschleunigte sich. Gerade als er danach greifen wollte, bemerkte er ein abgenutztes, halb zerfleddertes Rätselbuch auf dem Nachttisch.

»Aha! Das sollte mich doch eine Weile beschäftigen«, murmelte er und schlug ein leeres Rätsel auf.

»Vier senkrecht ...«, murmelte er gedankenverloren. »Sitzt still in der Ecke und reist trotzdem quer durchs Land.« Fin tippte sich mit dem Stift gegen die Zähne. »Klar! Die Briefmarke!«

Ein Krächzen ließ ihn aufhorchen. Seine Mutter bewegte sich, streckte die knorrigen Glieder aus und schlug die Augen auf. Als sie ihn sah, schnappte sie nach Luft.

»Geht's dir gut?«, fragte er und rückte näher. Sie wirkte so zerbrechlich, dass er sich nicht einmal traute, sie zu berühren.

»Du bist gekommen«, hauchte sie.

»Natürlich bin ich gekommen. Alles in Ordnung?« Er musterte sie prüfend.

»Du bist zurückgekommen, Brian.« Sie seufzte erleichtert. »Ich wusste es.«

Fin wich abrupt zurück.

Was?

»Brian?« Sie streckte ihre knochige Haut aus und packte sein Handgelenk. »Ich habe dich so vermisst. Bitte tu das nie wieder.«

Fin sah sich Hilfe suchend um. Was zum Teufel sollte er tun?

»Ich bin nicht–«, stammelte er, doch ihr Griff verstärkte sich noch.

»Ich weiß ja, dass du gesagt hast, du liebst sie. Dass es diesmal anders ist, aber bitte, du musst bei uns bleiben«, flehte sie. »Fin braucht uns, verstehst du das denn nicht?«

»Du bist ja ganz durcheinander«, sagte er leise zu ihr und widerstand dem Drang, sich zu befreien. »Ich muss Hilfe holen.«

»Nein!«, kreischte sie. Panik flackerte in ihren Augen. »Geh nicht fort. Du kannst weiter mit ihr zusammen sein, das ist mir egal, aber bitte verlass uns nicht, bitte! Erst wenn Fin alt genug ist, um auszuziehen.« Tränen liefen ihr über die Wangen. »Er braucht uns mehr denn je. Als Einheit, Brian. Das braucht er. Wir können wieder eine Familie sein, ich weiß es. Das waren wir doch früher auch, oder nicht? Ich habe doch auch schon früher weggesehen. Kann ich es diesmal nicht wieder tun?«

Fin war, als breche ihm das Herz vor Kummer. Er stand wie angewurzelt da, während die Flut an Fragen unkontrolliert über ihn hinwegspülte.

»Brian.« Sie rüttelte ihn am Arm. »Sag doch etwas. Sag mir, dass du bleibst, ja?«

Abrupt kehrte er ins Hier und Jetzt zurück. »Mum, ich bin's, Fin.« Seine Stimme zitterte. »Ich hole Hilfe, okay? Du musst hier warten.« Langsam löste er ihre Finger um sein Handgelenk.

»Nein!«, schrie sie erneut. »Brian, komm zurück.«

Fin wandte sich um und floh förmlich aus dem Zimmer, weil er den Anblick ihres Gesichts schlicht nicht länger ertrug.

»Verlass mich nicht, Brian«, hörte er sie hinter sich wimmern. »Ich werde mich auch anstrengen. Ich strenge mich an.«

Er schlug die Tür zu und hastete den Korridor entlang, von dessen Wänden immer noch die Stimme seiner Mutter widerhallte.

»Schwester Clara!« Er stürzte zur Rezeption. »Meine Mum. Sie …« Er schüttelte den Kopf. »Sie braucht Hilfe.«

»Ist schon gut, Fin.« Sofort sprang sie auf, trat um den Schreibtisch herum und legte ihm beruhigend die Hand auf den Rücken. »Warten Sie hier. Ich gehe zu ihr.«

Fin schüttelte heftig den Kopf und wünschte, er könnte die Erinnerung an die vergangenen paar Minuten loswerden. »Ich kann nicht bleiben.« Sein Herz hämmerte, seine Gedanken überschlugen sich. Er musste hier raus. Nachdenken. Schreien. Überall sein, aber nicht hier. »Ich muss gehen.« Er hastete auf den Ausgang zu.

»Fin, warten Sie doch bitte«, rief Schwester Clara ihm hinterher.

»Es tut mir leid«, rief er, ohne sich umzudrehen. »Ich kann nicht. Ich kann das einfach nicht mehr.«

Damals: 14 Jahre alt

Fin

»Beehrt Dad uns heute Abend mit seiner Anwesenheit, oder muss er den dritten Abend nacheinander länger arbeiten?«, fragte Fin sarkastisch und setzte sich an den Abendbrottisch.

»Sei nicht so, Fin. Du weißt, dass ihm seine Arbeit eine Menge abverlangt, vor allem jetzt gerade«, erwiderte seine Mutter und biss sich angespannt auf die Unterlippe.

»Wie schön, dass ihr beide so eisern an dieser jämmerlichen Ausrede festhaltet.« Seufzend nahm er ein Stück Pizza und legte es auf seinen Teller. Seine Mum setzte sich nur hin und starrte stumm auf die Zeiger der Uhr, während sie ein paar Salatblätter auf ihrem Teller hin und her schob.

»Ja, mein Tag war echt super, danke der Nachfrage«, fuhr Fin fort, obwohl er den Mund voller Käse hatte. »In der Schule lief es prima. Ich habe eine Eins für meine Kunstarbeit bekommen, aber das interessiert dich ja sowieso einen Scheißdreck.«

»Nimm nicht solche Worte in den Mund, bitte.«

»Wieso? Dad flucht doch auch. Praktisch bei jedem zweiten Wort«, erwiderte Fin bitter. Ihm war bewusst, dass er sich heute Abend besonders schlimm benahm, doch er konnte nicht anders.

»Mag sein, aber dein Vater ist erwachsen. Und wie gesagt, im Moment steht er unter großem Druck.«

»Ach ja, der Ärmste. Ich habe ganz vergessen, wie schwer das Leben für ihn sein muss«, höhnte Fin. Gerade als seine Mutter zu einer Erwiderung ansetzen wollte, ging die Haustür auf.

»Brian!«, rief seine Mutter und sprang vor Aufregung förmlich von ihrem Stuhl hoch. »Hast du schon gegessen? Ich habe gerade das Abendessen aufgetragen.«

»Herrgott, Eileen, es ist fast neun. Ich habe doch gesagt, du sollst nicht auf mich warten«, bellte sein Vater aus der Diele.

»Ich weiß, aber Fin hatte vorhin auch noch keinen Hunger, deshalb haben wir ein bisschen länger gewartet«, stammelte sie. Es war erbärmlich.

Fin spürte, wie die Wut in ihm hochkochte. Schlimm genug, wie sie sich in seiner Abwesenheit benahm, doch mitansehen zu müssen, was aus ihr wurde, sobald er in der Nähe war, ertrug er nicht.

»Verdammte Kinder! Wenn du ihnen das Gefühl gibst, dass sie tun können, was sie wollen, tanzen sie dir doch auf der Nase herum, Eileen.«

»Schon gut. Komm und iss etwas.« Ein fiebriges Lächeln lag auf den Zügen seiner Mutter.

Fin schob sich den letzten Bissen Pizza in den Mund und stand auf. Er würde unter keinen Umständen auch nur eine Minute am selben Tisch mit ihm sitzen. Nicht heute Abend. Die Wut drohte ihn jetzt schon zu überwältigen.

»Wo willst du hin, Junge?«, donnerte sein Vater, der in diesem Moment zur Tür hereingeschwankt kam und ihn bedrohlich fixierte.

»In mein Zimmer«, antwortete Fin tonlos und trat zum Geschirrspüler.

»Und wer hat dir erlaubt, vom Tisch aufzustehen?«

»Ich.« Fin drehte sich um und starrte seinen Vater an – die massige, über einen Meter neunzig große Gestalt, muskelbepackt und mit dem dichten Schopf leuchtend roter Haare. Seine geröteten Wangen verrieten, dass er getrunken hatte. Zudem spielte ein schiefes Lächeln um seine Lippen, das unübersehbar Ärger verhieß.

»Und du glaubst, du hättest hier im Haus neuerdings das Sagen, ja?«

Lass dich nicht provozieren.

Geh nicht darauf ein.

»Also?«, drängte sein Vater.

»Irgendeiner muss den Platz ja einnehmen, wenn er frei ist.« Achselzuckend stellte Fin seinen schmutzigen Teller in die Spülmaschine und schlug die Klappe zu.

»Was willst du damit sagen?«

Fin wandte sich zum Gehen, doch sein Vater trat ihm in den Weg.

»Ich rede mit dir, Finley. Los, antworte mir.«

»Lass doch den Jungen in Ruhe, Brian. Wahrscheinlich hat er noch Hausaufgaben«, wandte seine Mutter kleinlaut ein. »Setz dich und iss etwas mit–«

»Ich will deinen Fraß aber nicht«, polterte sein Vater, der Fin immer noch aus seinen glasigen Augen fixierte. »Ich will wissen, was unser nichtsnutziger Sohn damit gemeint hat.«

Fin holte tief Luft und begann, im Geiste bis zehn zu zählen, wie Eleanor es ihm beigebracht hatte, wenn er sich gestresst oder überfordert fühlte. Er schloss die Augen und stellte sich ihr Gesicht vor. Seine beste Freundin und offenbar der einzige Mensch auf der Welt, den es überhaupt noch scherte, ob er existierte.

Eins … zwei … drei … vier …

»Bist du blöde, Junge?«

Fünf … sechs … sie…

»He!« Unvermittelt schwebte das Gesicht seines Vaters so dicht vor ihm, dass Fin die widerliche Mischung aus Alkohol, Zigaretten und einem fremden blumigen Parfum in die Nase stieg.

»Was?« Fin riss die Augen auf. »Was willst du hören?«, brüllte er, als er jegliche Selbstbeherrschung verlor.

»Wie kannst du es wagen, mich anzuschreien? Zeig gefälligst ein bisschen gottverdammten Respekt, hast du verstanden?«, fauchte sein Dad, wobei sich ein Sprühnebel aus säuerlich stinkendem Atem über Fin ergoss.

»Respekt?«, brüllte Fin. »Du weißt ja noch nicht einmal, was das bedeutet! Du kriegst meinen Respekt, wenn du endlich aufhörst, Mum wie einen Fußabstreifer zu behandeln und zu behaupten, spätabends noch ›arbeiten‹ zu müssen!« Fin lachte sarkastisch. »Was für eine Arbeit soll das denn bitte sein, bei der du nach Hause kommst und nach Schnaps, Zigaretten und dem Parfum einer anderen Frau stinkst?« Er spürte eine lodernde Hitze in seinem Innern aufsteigen, während sich sein Schmerz unkontrolliert Bahn brach. »Ich bin kein verdammtes Kind mehr. Ich durchschaue deine erbärmlichen Lügen. Mum mag dich viel zu sehr lieben, um sich gegen dich zu wehren, aber ich nicht. Ich habe dich satt. Ich habe dich so was von satt!«

Fin sah, wie sein Vater die Zähne zusammenbiss und eine Ader auf seiner Stirn gefährlich anschwoll.

»Raus. Hier.« Seine Stimme war kaum mehr als ein Flüstern.

Fin legte den Kopf schief und sah seinen Vater einen Moment lang an. Der Mann, den er bewundert und zu dem er fast sein ganzes Leben lang aufgesehen hatte, war nichts als ein verlogener, peinlicher Betrüger.

»Mit dem größten Vergnügen«, erwiderte Fin, schob sich an ihm vorbei und stürmte zur Tür hinaus.

Jetzt

Eleanor

Es war lange her, dass Eleanor sich mitten in der Woche einen Tag freigenommen hatte. In ihren Londoner Anfangszeiten hatten Oliver und sie sich häufiger krankgemeldet und spontan einen Tag im Bett verbracht. Manchmal, wenn ihnen der Sinn nach Abenteuer stand, waren sie in den Zug gestiegen und einfach für ein paar Tage irgendwohin gefahren. Doch dann hatte sich die Situation verändert. Ihre Jobs waren bedeutungsvoller geworden … und Oliver seriöser. Nach dem fünfzehnten Vortrag über Verantwortungsbewusstsein und die Wichtigkeit, keine Kranktage in der Personalakte zu haben, hatte Eleanor sich jegliche Spontanität verkniffen und die Urlaubstage für Weihnachten oder den Sommer aufgehoben. Und jetzt? Trug sie an einem schnöden Dienstagabend einfach einen Abwesenheitsvermerk in den Terminkalender ein, und das war's.

Um ein Altersheim zu besuchen.

Wahnsinn! Rock 'n' Roll!

»Kommst du?«, rief Sal ungeduldig.

»Ja, zwei Sekunden noch«, antwortete Eleanor, fuhr ihren Laptop herunter und verstaute ihn in ihrer Tasche.

Dass sie zur selben Zeit Schluss machten, hatte Seltenheitswert, doch Eleanor wusste, dass Sal es kaum erwarten konnte, endlich aus dem Büro zu kommen, was bei ihr normalerweise vor acht Uhr abends nie klappte.

»Los, komm.« Sal hakte sich bei Eleanor unter und zerrte sie förmlich zum Aufzug. »Ich will nicht, dass mich jemand aus der Buchhaltung sieht, sonst hocke ich um Mitternacht noch hier.« Sie sah sich verstohlen um.

»Ich habe keine Ahnung, wie du das machst. Das sage ich ständig, das ist mir bewusst, aber ich kriege es einfach nicht in den Kopf. Macht es Paul denn nichts aus, dass du so lange im Büro bist?«

»Ihm bleibt nichts anderes übrig, als es zu akzeptieren.« Sal zuckte die Achseln. »Außerdem arbeitet er genauso viel wie ich, deshalb fällt es nicht so sehr ins Gewicht.«

»Das perfekte Paar«, bemerkte Eleanor.

»Ja, so in etwa.« Sal lachte. »Obwohl er im Gegensatz zu mir keine Eleanor hat, die jeden Tag dafür sorgt, dass er nicht durchdreht.« Sie strahlte Eleanor an.

»Nicht jeden Tag.« Eleanor schnitt eine Grimasse. »Vergiss nicht: Morgen bin ich nicht da«, sagte sie und folgte Sal aus dem Aufzug in die Eingangshalle.

Sal machte ein enttäuschtes Gesicht. »Ich finde es immer noch krass, dass du freiwillig einen Urlaubstag für so etwas opferst.«

»Ich kann es mir leisten, schließlich stehen mir noch rund drei Wochen Urlaub zu.« Eleanor hielt inne. »Und jetzt, wo mein Romantiktrip nach Frankreich gestrichen ist, kann ich ihn ja nehmen.«

In den vergangenen Wochen hatte sich Eleanors Groll gegen Oliver gelegt, doch der Gedanke an die geplante zweiwöchige Frankreichreise versetzte ihr trotzdem einen heftigen Stich.

Sal kniff angewidert die Augen zusammen. »Dieser beschissene Oliver«, stieß sie hervor. »Ich kann es immer noch nicht fassen, wie er sich davongemacht hat.«

»So siehts aus.« Eleanor hatte Mühe, mit Sals strammem Tempo Schritt zu halten. »Aber du kennst ja die Firmenstrategie, ›nehmen oder verlieren‹, deshalb kann mir den Urlaubstag schon niemand mehr streichen.«

»Stimmt auch wieder. Ich will gar nicht daran denken, wie viele Tage ich noch habe.«

»Vielleicht will Paul dich ja bald mal für ein romantisches langes Wochenende entführen«, neckte Eleanor.

Sals Wangen röteten sich. »Dasselbe könnte auch für dich und Benny-Boy gelten, oder?«

»Ich habe dir doch schon gesagt, du sollst ihn nicht so nennen«, stöhnte Eleanor erschaudernd.

»Schon gut, mach nicht so ein Drama. Triffst du dich heute Abend noch mit ihm?«

»Ja.« Eleanor blieb am Eingang zum U-Bahnhof stehen. »Aber ich fahre mit dem Bus, deshalb trennen sich unsere Wege hier.« Sie zog ihre Freundin in eine Umarmung.

»Alles klar, dann viel Spaß heute Abend.« Sal zwinkerte ihr zu. »Und morgen mit den Oldies.«

»Nenn sie nicht so«, tadelte Eleanor. »Ich werde dir am Donnerstag einen umfassenden Bericht liefern.«

»Kanns kaum erwarten.« Sal verdrehte die Augen und

verschwand in der Menge der Pendler, die sich zur U-Bahn begaben.

***

Die Fahrt zu Bens Wohnung zog sich länger hin als erwartet. Der Berufsverkehr war die pure Hölle, und sie war sich erst nicht sicher, ob sie nicht doch an der falschen Haltestelle ausgestiegen war. Außerdem war ihre Tasche mit dem Laptop, frischen Klamotten und allem, was sie für das Shooting am nächsten Tag brauchen würde, reichlich schwer. Sie hoffte nur, dass Heidi das Kleid gefiel, das sie gefunden hatte. Ein Lächeln – oder auch nur die Andeutung davon – wäre die reinste Goldmedaille für Eleanor.

»Ich wünschte, du hättest mir gesagt, dass du morgen Urlaub hast«, sagte Ben über die Schulter, als sie in der Küche standen. »Dann hätte ich mir auch freigenommen, und wir hätten etwas Schönes unternommen.«

Eleanor nippte an ihrem Tee und sah zu, wie er routiniert herumwerkelte. »Entschuldige, das war ziemlich spontan. Ich helfe Fin bei seinem Fotoshooting, das eigentlich für Samstag vorgesehen war, aber dann kam dieses ganze Hochzeitsdrama, deshalb konnte ich nicht. Er will es lieber schnell erledigt haben für den Fall, dass …« Sie dachte an Fins hinfällige Mutter. »Bevor er nach Amerika zurückfliegt.«

Ben klapperte mit diversen Töpfen und Pfannen, trotzdem wusste Eleanor, dass sie seine volle Aufmerksamkeit hatte. Das war das Wunderbare an ihm: Niemand beherrschte Multitasking so gut wie er.

»Seiner Mutter geht es nicht gut?«, fragte er und gab Spaghetti Carbonara in eine große Schüssel. »Setz dich doch.« Er nickte in Richtung Esstisch. »Ich bin gleich fertig.«

Eleanor blieb stehen. Es machte ihr Freude, ihm beim Kochen zuzusehen. »Sie gehen nicht davon aus, dass sie noch viel Zeit hat.«

»Das tut mir leid.« Er wandte sich ihr zu. »Wie geht es dir damit?«

»Okay.« Sie strich mit dem Finger über eine abgeschlagene Ecke ihres Teebechers. »Ehrlich gesagt mache ich mir größere Sorgen darum, wie Fin es wegsteckt.« Die vertraute Sorge um ihn schlich sich in ihr Herz.

Er ist aber nicht mehr derselbe Mensch wie früher.

Lass es gut sein.

»Das wird schwer für ihn werden, aber immerhin hat er ein funktionierendes Netzwerk. Ich weiß ja nicht, was für Freunde er in Amerika hat, aber hier gibt es wenigstens dich, Eleanor, und das ist ihm bestimmt ein Trost.« Ben lächelte. Augenblicklich spürte Eleanor, wie sich eine tiefe Ruhe in ihr ausbreitete.

»Kann sein.« Sie zuckte die Achseln. »Okay. Soll ich irgendetwas nehmen?«, sagte sie.

Mit einem wissenden Blick reichte Ben ihr einen Teller mit Knoblauchbrot. »Eleganter Themenwechsel, Miss Levy. Hier, nimm das, ich bin gleich da.«

Eleanor setzte sich an den Tisch und sah sich um. Bens Wohnung war hübsch, geräumig und verströmte eine Behaglichkeit, die Eleanor auf Anhieb gestattet hatte, sich zu entspannen, ganz ähnlich wie bei ihrer ersten Begegnung mit Ben selbst.

»Voilà!« Ben stellte die restlichen Speisen auf den Tisch, setzte sich und hob sein Weinglas. »Prost. Ich hoffe, du hast Hunger mitgebracht, denn ich glaube, ich habe es ein bisschen übertrieben.«

»Wenn du erst mal bei meiner Mutter am Tisch gesessen hast, wirst du lernen, wie man für eine ganze Kompanie futtert.« Sie stieß ihre Teetasse vorsichtig gegen sein Glas.

»Tatsächlich?«, fragte er. »Ist sie jemand, die andere gern ein bisschen mästet?«

»Ein bisschen?«, rief Eleanor. »Am Sonntag hat sie allen Ernstes sieben Hauptgerichte und sechs Desserts aufgetischt, dabei waren wir gerade einmal vier Personen.«

»Du liebe Zeit.« Ben fiel die Kinnlade herunter. »Ist das euer übliches Sonntagsessen? Falls ja, sollte ich vielleicht schon mal anfangen, meinen Magen zu dehnen.«

Eleanor hielt mit der Gabel auf halbem Weg zum Mund inne. Sollte sie es ihm erzählen? War es noch zu früh für so etwas? Ihr Magen verkrampfte sich, als ziehe jemand direkt hinter ihrem Bauchnabel an.

»Eleanor?« Ben beugte sich vor und streckte die Hand aus. »Ist alles in Ordnung?«

Sie ließ die Gabel sinken und ergriff seine Hand. »Ja, alles bestens.« Sie holte tief Luft und zwang sich, die Worte über die Lippen zu bringen, die sich in ihrer Kehle festzuklammern schienen. »Am Sonntag war der Todestag meines Vaters. Meine Mum hat so eine alberne Tradition entwickelt, all seine Lieblingsgerichte zu kochen, deshalb gibt es so viel.« Sie senkte den Blick.

Sofort war er an ihrer Seite. »Eleanor, das tut mir so leid.«

Sie legte den Kopf an seine Schulter. »Schon gut. Es ist fünfzehn Jahre her, und ich denke immer, dieses Mal tut es weniger weh, aber das ist nicht so.«

Er hob ihr Kinn an. »Er war dein Dad. Natürlich tut das weh.«

Sie verspürte den Drang, den Blick abzuwenden, denn die Intensität des Augenblicks drohte all ihre Schutzwälle niederzureißen, doch Ben sah ihr weiter beharrlich in die Augen, dann beugte er sich vor und küsste sie auf die Stirn.

»Danke«, flüsterte sie, während sich eine einzelne Träne aus ihrem Augenwinkel löste und ihr über die Wange lief.

»Ich danke dir, dass du es mir gesagt hast. Das bedeutet mir sehr viel.« Er stand auf und setzte sich wieder auf seinen Stuhl gegenüber von ihr.

Stille senkte sich über sie wie eine hauchzarte Staubschicht. Im Lauf der Jahre hatte Eleanor gelernt, Stille in einer Beziehung zu fürchten. Sie war schmerzlich und unangenehm, und wann immer sie ihre hässliche Fratze zeigte, hatte sie zwanghaft versucht, sie mit irgendwelchen Themen zu füllen, die ihr gerade in den Sinn kamen, als verzweifelter Versuch, Oliver zu beweisen, dass sie ein interessanter Mensch war. Doch jetzt war es anders. Zum ersten Mal seit langer Zeit ertappte sie sich dabei, dass sie das Schweigen sogar genoss, das Kauen und Schlucken, die Geräusche ihrer Atemzüge, den Schlag ihrer Herzen.

»Ach ja, hast du vorhin nicht etwas von einem Drama wegen einer Hochzeit erzählt?« Ben schob seinen Teller weg und lehnte sich zurück.

Eleanor tupfte sich einen Soßenklecks vom Mundwinkel. »Ja«, sagte sie und lächelte. »Es kam kurz Hektik auf, weil ich jemanden finden musste, der mich begleitet. Aber zum Glück ist Fin eingesprungen und hat mich aus meiner Notlage gerettet.«

»Ah.« Bens Gesichtszüge verdüsterten sich. »Wie schön.« Er schob sein fast leeres Weinglas hin und her und stand dann abrupt auf. »Möchtest du auch Wein, oder bleibst du lieber beim Tee?«

Eleanor musterte ihn argwöhnisch. »Ich brauche gerade nichts, danke. Alles in Ordnung mit dir?«

»Ja.«

»Ben?« Sie spürte, dass die Atmosphäre sich verändert hatte. »Was ist los?«

»Keine Ahnung.« Er zuckte die Achseln und trank den letzten Schluck Wein. »Ich frage mich bloß, wieso du nicht mich gefragt hast.«

Eleanor stand ebenfalls auf. Sie trat zu ihm, nahm ihm das Glas aus der Hand, stellte es auf den Tisch und ergriff seine Hände. »Weil ich nicht sicher war, ob es für so etwas vielleicht noch zu früh ist. Du vergisst, dass ich mich mit dieser ganzen Dating-Etikette nicht auskenne. Ich möchte einfach nichts falsch machen.«

»Ehrlich gesagt bin ich nicht sicher, ob sich überhaupt jemand damit auskennt«, erwiderte er nur. Eleanor sah ihm an, dass er immer noch gekränkt war.

»Es tut mir leid.« Sie drückte seine Hände. »Fin hat sich eben angeboten, und meine Mutter hatte praktisch schon für mich zugesagt. Das Ganze war reichlich kurzfristig.«

»Okay«, murmelte er.

»Hättest du denn mitkommen wollen? Zu einer Hochzeit, auf der du niemanden kennst?«, fragte sie.

»Also, eigentlich mag ich Hochzeiten.« Er hob ihre eine Hand an seine Lippen. »Und ich mag definitiv *dich*.«

Ein Stromschlag schoss durch ihren Körper, der bis in ihre Fingerspitzen prickelte.

»Du wirst ja ganz rot und verlegen.« Lachend strich er ihr über die erhitzten Wangen. »Aber sollte sich das Problem, dass du eine Begleitung für eine Hochzeit brauchst, in Zukunft noch mal stellen, bin ich dein Mann.«

Eleanor nahm Bens Arme, schlang sie um ihre Taille und legte ihr Gesicht an seine Brust. »Alles klar, Mr. Ryans.«

»Gut. Dann lass uns den Nachtisch essen.« Er drückte ihr einen Kuss auf die Locken. »Ich habe allerdings nur eine Sorte gekauft, ich hoffe, das ist okay für dich.«

»Perfekt!« Lächelnd sah sie zu, wie er in der Küche verschwand.

Fin

Obwohl Schwester Clara Fin im Lauf des Nachmittags angerufen hatte, um ihn zu beruhigen, dass es seiner Mutter besser gehe und sie ruhiger geworden sei, wurde er das mulmige Gefühl beim Gedanken an seinen nächsten Besuch nicht los. Stattdessen hatte er noch den Klang ihrer Stimme im Ohr und konnte die halbmondförmigen Dellen am Handgelenk erkennen, wo sie ihre Nägel tief in seine Haut gegraben hatte. Sie so aufgelöst zu erleben, hatte zu viele unschöne Erinnerungen heraufbeschworen, die sich immer schwerer verdrängen ließen.

»Wieso um alles in der Welt wirken Sie denn so nervös?«, fragte Schwester Clara, als Fin am Mittwochmorgen durch die Eingangstür trat.

»Das tue ich doch gar nicht, oder?« Eilig bemühte er sich um so etwas wie ein Lächeln.

»Heidi wird Sie schon nicht beißen. Die Frau ist fünfundachtzig.« Die Schwester lachte.

»Das weiß ich. Ich will nur, dass sie zufrieden mit den Fotos ist, das ist alles.«

»Und das wird sie sicherlich sein. Sie sind ein wunderbarer Fotograf, Fin.« Schwester Clara legte den Kopf schief und lächelte ihn an, wobei für einen Moment ein weicher Ausdruck in ihre scharfen Adleraugen trat. »Eleanor ist übrigens schon hier.«

Fin schnaubte. »Na klar.« Er folgte Schwester Clara zu Heidis Zimmer.

»Wollen Sie es wieder im Garten machen?«

»Ich denke schon. Es sieht zwar nach Regen aus, aber ich hoffe, es hält noch, bis wir fertig sind. Dieses verflixte englische Wetter.« Er verdrehte die Augen.

»Genießen Sie es, solange Sie es noch können. Bestimmt werden Sie staunen, wie sehr Sie es nach Ihrer Rückkehr nach Amerika vermissen werden.«

»Eher nicht.« Er rückte den Schultergurt der Kameratasche zurecht und blieb vor Heidis Tür stehen.

»Sie wissen ja, wo Sie mich finden, falls Sie etwas brauchen.« Schwester Clara berührte seinen Arm, ehe sie sich zum Gehen wandte.

»Klar.« Er legte die Hand um den Türknauf und drehte ihn langsam. »Heidi? Eleanor? Ich bin's, Fin. Kann ich reinkommen?«, rief er vorsichtig.

»Angesichts der Tatsache, dass Sie der Fotograf und damit ziemlich entscheidend für dieses Unterfangen sind, könnte das eine gute Idee sein«, schoss Heidi zurück.

Fin holte scharf Luft und trat ein. Hätte nicht dieser sarkastische Unterton in ihrer Stimme gelegen, wäre er nicht im Traum darauf gekommen, dass er dieselbe Frau vor sich hatte wie bei seinem letzten Besuch. Sie saß auf dem Stuhl, stolz und kerzengerade und mit geschlossenen Augen. Ihr graues Haar war glatt geföhnt, wellte sich nur an den Spitzen ganz leicht nach innen und war mit Perlen verziert. Ihr Kleid ergoss sich in Wogen aus dunkelroter Seide zu ihren Füßen. Eleanor stand vor ihr und gab einen rosig schimmernden Puder auf ihr Gesicht. Fin stand wie vom Donner gerührt da und ließ den Anblick auf sich wirken.

»Sie sehen wunderschön aus, Heidi.«

Sie schlug ein Auge auf, sah ihn an und schloss es wieder. Fin stellte seine Kameratasche ab und wartete, während Eleanor letzte Hand anlegte.

»Fertig!«, verkündete sie schließlich stolz. »Ich denke, das war's.« Mit einem breiten Grinsen wandte sie sich Fin zu. »Zufrieden, Herr Fotograf?«

»Sehr sogar. Danke.« Er nickte.

»Wen kümmert es schon, was er denkt?«, warf Heidi abfällig ein. »*Ich* bin diejenige, die fotografiert wird. Vielleicht wäre es eine gute Idee, wenn ich mir mal ansehen könnte, was Sie mit mir angestellt haben.«

Fin sah, wie Eleanor stocksteif wurde und Heidi einen Handspiegel reichte. Niemand wagte zu atmen, als sie ihn sich vors Gesicht hob. Die Stille war die reinste Qual.

Eleanor wollte etwas sagen, doch Heidi brachte sie mit einer Geste zum Schweigen. Gerade als Fin sie wegen ihrer Manieren zusammenstauchen und ihr an den Kopf werfen wollte, sie könnte sich einen anderen Dummen suchen, hörte er ein leises Keuchen. Eleanor und Fin tauschten einen panischen Blick.

»Wenn es Ihnen nicht gefällt, kann ich es auch wieder abmachen, und wir fangen noch mal von vorn an«, sagte Eleanor und kramte in ihrer Tasche.

»Nein.« Heidis Stimme bebte.

Fin trat einen Schritt auf sie zu. »Es ist in Ordnung«, erklärte Heidi, diesmal mit fester Stimme.

Fin warf Eleanor einen ratlosen Blick zu. In diesem Moment ließ Heidi den Spiegel sinken, und er sah, dass ihre Augen feucht glitzerten.

Eleanor schien vor Erleichterung aufzuatmen. »Es ist völlig okay, begeistert zu sein, Heidi«, sagte Fin und trat einen Schritt näher, in der Hoffnung, die winzige Lücke in ihrem Schutzpanzer weiter aufbrechen zu können.

Die alte Dame stand so schnell auf, dass Fin beinahe über seine eigenen Füße stolperte. »Danke für die inspirierenden Worte, Mr. Taylor. Sehr berührend«, herrschte sie ihn an und strich die Falten ihres Kleides glatt. »Aber Ihr Ratschlag wird weder benötigt, noch ist er erwünscht. Wollen wir anfangen?«

Mit einem stummen Nicken trat er zur Seite, um sie vorbeizulassen. Eleanor folgte ihr, sichtlich unsicher, ob sie ihre Hilfe anbieten sollte oder lieber nicht. »Es geht schon, meine Liebe«, erklärte Heidi. »Kein Grund, so einen Wirbel zu veranstalten.«

Trotzdem blieb Eleanor dicht hinter ihr, als sie den Korridor entlang und hinaus in den Garten gingen, gefolgt von Fin, dessen Unmut mit jedem Schritt wuchs.

Sei professionell.

Mach die Fotos, und das war's.

»Wo wollen Sie mich haben?«, fragte Heidi und ließ mit in die Hüften gestemmten Händen den Blick umherschweifen. »Es ist ziemlich kühl, also beeilen Sie sich bitte.«

»Ja, Madam«, murmelte er und zog seine Kameratasche heran. »Wenn Sie sich da drüben auf die Bank setzen würden … das wäre sehr gut. Eleanor, könntest du herkommen und das hier kurz halten?«

»Natürlich.« Sie trat neben ihn. »Ich weiß, dass sie sich wie das letzte Miststück benimmt, aber du hättest vorhin ihr Gesicht sehen sollen. Es war genau so, wie du gesagt hast. Das hier bedeutet ihr eine Menge. Komm schon, Fin, lass dich von ihr nicht aus dem Konzept bringen.«

»Wer sagt, dass ich mich aus dem Konzept bringen lasse?« Er bemühte sich um einen lässigen, gut gelaunten Tonfall.

»Du hast dir bestimmt zwanzig Mal die Haare gerauft und ballst die Fäuste.« Sie strahlte ihn triumphierend an.

»O Mann«, stöhnte er. »Na gut. Ich versuche, nett zu sein. Oder immerhin zivilisiert.« Er reichte ihr das Stativ. »Die Haare und das Make-up sind dir übrigens toll gelungen. Man sieht immer noch die Künstlerin.«

Eleanor erschrak. »O nein!«

»Was ist?«, fragte er und zeigte auf die Stelle gegenüber der Bank, wo sie Posten beziehen würden.

»Ich habe vergessen, den Kunstkurs für gestern abzusagen.«

Mit schmerzerfüllter Miene sah Fin zu, wie sie das Stativ über den Boden zog. Wusste sie denn nicht, wie viel Geld sie da gerade durch den Schmutz schleifte?

»Du machst einen Kunstkurs? Das ist ja toll!«

»Ja.« Sie wurde rot. »Aber nicht, wenn man einfach nicht auftaucht.«

»Stimmt.«

»Ich bin so viele Freizeitbeschäftigungen nicht gewöhnt und vergesse, dass ich mich besser organisieren muss, jetzt, wo in meinem Leben mehr los ist.« Sie lachte traurig.

»Organisation wird überbewertet.« Er hob ein Stativbein an. »Eine gewisse Spontanität tut dir gut.«

»Nur weil du das zu deiner Lebensphilosophie erhoben hast, muss das noch lange nicht bedeuten, dass es die richtige ist, Fin.« Sie grinste.

»Entschuldigung?« Heidis scharfe Stimme schnitt sich in ihr gutmütiges Geplänkel. »Soll ich hier jämmerlich eingehen, während Sie beide munter plaudern?«

Fin umfasste das Stativbein ein wenig fester und wollte zu einer Erwiderung ansetzen, doch Eleanor warf ihm ihren vertraut warnenden Blick zu und setzte dann ein strahlendes Lächeln auf.

»Entschuldigen Sie, Heidi, aber wir bauen gerade noch die Technik auf. Sie wissen ja, dass das ein bisschen kompliziert sein kann.«

»Seltsamerweise nicht, nein«, erwiderte sie kühl. »Ich habe immer nur vor der Kamera gestanden, nie dahinter.«

Fin holte tief Luft und wartete, bis sein Frust verflog. »Setzen Sie sich so hin, wie es für Sie bequem ist, Heidi.« Eilig brachte er das Equipment in Position und spähte durch die Linse. »Ich mache erst ein paar Probeschüsse, um sicherzugehen, dass das Licht so passt.«

»Wie auch immer«, brummte Heidi und nahm eine entspannt wirkende Pose ein. Es war unübersehbar, dass sie all das nicht zum ersten Mal machte. Mühelos rückte sie ihren Körper möglichst gut ins Licht, wie eine Blume, die dem Lauf der Sonne am Himmel folgt.

»Perfekt«, schwärmte Fin. »Alles klar, sind wir dann so weit?«

»Ich bin schon seit gefühlten Stunden so weit.« Sie verdrehte die Augen in Eleanors Richtung, die, wie Fin bemerkte, den Dialog mit genüsslicher Belustigung verfolgte.

Fin beschloss, lieber den Mund zu halten, und versank in seiner Arbeit. So kalt und grausam Heidi von außen wirken mochte, schien es ihr zu gelingen, mit ihren Augen Eleganz und weiche Anmut zu verströmen: Er gab es nur ungern zu, aber sie war atemberaubend.

»Wie lange werden Sie bleiben, Mr. Taylor?«, fragte Heidi.

»Ich weiß es nicht. Kommt darauf an, wie es meiner Mutter geht«, murmelte er und hielt die Kamera in einem anderen Winkel.

»Ah, ja. Eileen.« Heidi nickte kaum merklich. »Sie erwähnte einen Sohn, allerdings war ich erst überzeugt, dass er existiert, als Sie aufgetaucht sind.«

Fin spürte, wie sein Herz zu hämmern begann und Wut in seinem Innern aufstieg. Er biss die Zähne zusammen und blickte eisern durch die Linse.

»Ich lebe in den USA, das ist ja nicht gerade um die Ecke.«

»Warum?«

»Warum was?« Er sah sie an.

»Warum leben Sie in den USA?« Heidis Gesicht verriet keinerlei Gefühlsregung. Fin sah flüchtig zu Eleanor, die

die Achseln zuckte. Offenbar hatte auch sie keine Ahnung, worauf die alte Dame mit ihrer Frage abzielte.

»Ich bin dort mehr oder weniger hängen geblieben, nachdem ich auf Reisen war. Jemand, den ich auf Bali kennengelernt hatte, hat mir einen Job in einem Fotoatelier angeboten.«

»Und warum waren Sie auf Reisen?«, hakte Heidi nach, deren Tonfall mit jedem Wort bohrender wurde.

»Wieso ist das wichtig?«, konterte er mit unüberhörbarer Bitterkeit in der Stimme.

»Na ja, meiner Erfahrung nach reisen die meisten Menschen bloß als Ausrede, weil sie vor etwas davonlaufen, womit sie sich nicht auseinandersetzen wollen.«

Er wurde stocksteif und hielt seine Kamera so fest umklammert, dass seine Fingerknöchel weiß hervortraten.

»Ich war jung und wollte etwas von der Welt sehen.«

»Hmm.« Heidi korrigierte ihre Position so, dass sie direkt im Licht der durch die Wolken dringenden Sonnenstrahlen saß. »Und warum sind Sie nicht nach Hause zurückgekehrt?«

Er drohte gerade vor Wut zu platzen, als Eleanor sich zu Wort meldete. »Sie sind in Ihren Misswahl-Zeiten bestimmt auch ziemlich herumgekommen, oder, Heidi? Wo waren Sie am liebsten?«

Heidi brachte sie mit einer abfälligen Geste zum Schweigen. »Mr. Taylor?« Sie musterte ihn mit erhobenen Brauen. »Standen Sie Ihrer Familie nicht nahe?«

»Nicht besonders.« Fin verzog das Gesicht.

»Und was ist mit Eleanor hier? Ich dachte, Sie seien beste Freunde gewesen.«

»Waren wir auch.« Inzwischen brach Fin der Schweiß auf der Stirn aus. Er wollte nicht darüber reden. Nicht jetzt. Und nicht mit ihr. Und schon gar nicht vor Eleanor.

»Also? Warum um alles in der Welt sind Sie nicht zurückgekehrt? Gab es nichts in Ihrem Leben, das eine Rückkehr wert gewesen wäre?«

»Ich bin nicht sicher, ob Sie das etwas angeht«, blaffte er, während Erinnerungen in den Ritzen jener finsteren Winkel seines Bewusstseins drangen, wohin er sie gedrängt hatte, und sich das Bild seines früheren Ichs so eindringlich vor sein geistiges Auge schob, dass er nichts anderes mehr sehen konnte als das, was er so verzweifelt zu vergessen versucht hatte.

»Verzeihen Sie mir.« Heidis Miene wurde eine Spur weicher. »Ich wollte nicht in alten Wunden stochern, aber ich beobachte andere Menschen sehr genau. So etwas passiert zwangsläufig, wenn man sein Leben lang allein war.«

Er konnte noch nicht einmal sagen, weshalb er sich bemüßigt sah, diese unhöfliche, neugierige alte Frau einer Antwort zu würdigen, doch etwas in ihm drängte darauf, sein Verhalten von damals zu rechtfertigen. Sie musste erfahren, dass er kein Feigling war … dass seine Entscheidung fortzugehen tiefschürfender gewesen war, als sie es sich vorstellen konnte.

»Natürlich gab es Dinge, für die es sich gelohnt hätte zurückzukehren.« Er sah Heidi direkt an. »Sogar eine ganze Menge, nur habe ich es damals nicht gesehen.«

Fin spürte, wie er rot wurde. »Es ist nicht nötig, dass Sie mich niedermachen oder verurteilen. Das tue ich selbst schon zur Genüge.« Er sah Eleanor an, spürte, wie es ihn zu ihr zog, mit jeder Faser, jeder Zelle seines Körpers. »Aber ich kann es nicht mehr ändern, sondern nur jetzt hier sein.«

Wortlos blickten sie einander an, und nur unter Aufbietung all seiner Willenskraft gelang es ihm, nicht den Mund zu öffnen und all die unausgesprochenen Gedanken und Gefühle aus sich heraussprudeln zu lassen, ihr zu sagen, wie sehr er alles bereute. Stattdessen öffnete er die Augen, ganz weit, in der Hoffnung, sie möge direkt in seine Seele blicken, so wie sie es früher gekonnt hatte.

»Sehr schön«, bemerkte Heidi abrupt. »Sind wir dann fertig? Mir ist kalt.«

Eleanor lächelte ihn an – ein warmes, wissendes Lächeln, und Fin spürte, wie die Anspannung von ihm abfiel.

»Mr. Taylor?«, fragte Heidi. »Sind wir fertig?«

»Bitte, sag Ja«, formte Eleanor lautlos mit den Lippen.

Fin lachte. »Ja. Wir sind fertig.«

»Gut. Würden Sie mir aufhelfen, Eleanor, Liebes? Ich sitze schon so lange hier, dass ich Angst habe, meine Gelenke haben vergessen, wie sie funktionieren.«

Eleanor

Je näher der Tag von Lauras Hochzeit rückte, umso mehr unangenehme Fragen prasselten auf Eleanor ein.

Hätte sie Ben fragen sollen, ob es ihm etwas ausmachte, dass jemand anderes sie begleitete?

Nein. Ihr seid nicht fest zusammen.

Hätte sie sich entschließen sollen, alleine hinzugehen?

Und wie eine Loserin mit einem leeren Stuhl neben dir dazuhocken? Auf keinen Fall.

Wäre es seltsam, so viel Zeit mit Fin zu verbringen? Inzwischen mochten sie die Phase des befangenen Schweigens überwunden haben – ehrlich gesagt waren ihre letzten Begegnungen sogar recht lustig verlaufen, trotzdem war es eine andere Hausnummer, gemeinsam auf eine Hochzeit zu gehen. Was, wenn ihnen der Gesprächsstoff ausging?

Es ist eine Hochzeit. Da gibt es massenhaft Leute zum Plaudern.

Selbst als sie morgens an der Hotelrezeption auf ihn wartete, war sie ganz zappelig vor Aufregung.

»Es wird alles gut«, beschwor sie sich. »Du kriegst das hin.«

Besorgt blickte sie zu der Uhr über dem Empfang. »Aber nicht, wenn du zu spät kommst, Fin«, zischte sie.

Da Fin so kurzfristig hinzugekommen war, hatte er eine Frühstückspension etwas außerhalb nehmen müssen. Ihr

Zimmer mit ihm zu teilen, war definitiv nicht infrage gekommen. Zwar mochten sie sich in den letzten Wochen wieder etwas angenähert haben, trotzdem ginge das zu weit. Außerdem – was würde Ben dazu sagen?

O Gott, Ben!

Sie zog ihr Handy heraus und schrieb ihm eine kurze Nachricht, wobei sie sich bemühte, die tickende Uhr auf dem Display nicht zu beachten.

> Hey, tut mir leid, habe länger gebraucht, um mich fertig zu machen! Hier ist alles bestens, ich warte gerade bloß auf Fin, der wie gewohnt zu spät kommt! Ich rufe dich morgen an, wenn ich wieder in London bin, okay? Vielleicht können wir ja essen gehen? Xx

Eleanor hatte sich immer noch nicht daran gewöhnt, dass es jemanden interessierte, wo sie war, doch eigentlich war es ein schönes Gefühl zu wissen, dass jemand an sie dachte, sie sogar vermisste. Mit einem Seufzer steckte sie ihr Handy wieder ein. Jeden Moment sollte der Bus für die Hochzeitsgäste eintreffen.

Und ich steige ein, ob mit dir oder ohne dich, Fin.

Sie drehte sich ein letztes Mal zu dem großen Spiegel mit dem vergoldeten Rahmen um und konnte einen Anflug von Stolz nicht abstreiten. Endlich sah sie wieder wie sie selbst aus. Ihre Wangen waren nicht mehr so hohl, ihre Augen nicht länger trübe und voller Traurigkeit. Sie hatte es geschafft, beinahe ihre früheren Maße zurückzugewinnen, und konnte daher wieder eines ihrer alten Kleider tragen – sie hatte sich für eines ihrer Lieblingsoutfits entschieden, ein grünes Kleid aus einem fließenden Stoff, das sich butterweich anfühlte und sich an den richtigen Stellen um ihren Körper schmiegte.

»Eleanor!« Eine Stimme von draußen ließ sie herumfahren. Sie sah eine Gestalt mit einem dichten roten Schopf in Richtung Rezeption hasten. »Bitte reiß mir nicht den Kopf ab, ich kann nichts dafür. Es gab ein Problem mit meinem Zimmer, deshalb habe ich ein neues zugewiesen bekommen, was eine halbe Ewigkeit gedauert hat, und ich musste mich noch umziehen und … wow!« Fin kam abrupt vor ihr zum Stehen und sah sie mit weit aufgerissenen Augen von oben bis unten an.

»Schon gut, du brauchst mich nicht so überrascht anzustarren, schließlich ist es nicht das erste Mal, dass du mich in einem Kleid siehst«, witzelte sie verlegen und spürte, wie ihr überall dort heiß wurde, wo er hinsah.

»Entschuldige«, stammelte er betreten und wurde rot, dabei war es gar nicht ihre Absicht gewesen, ihn bloßzustellen.

Fängt ja schon gut an, Eleanor.

»Schon gut, immerhin passen wir zusammen, was?« Lächelnd wies sie mit dem Kinn auf seine grüne Krawatte und das Einstecktuch. »Ich hatte schon Angst, wir erleben eine Wiederholung des Abschlussballs.«

Fins Röte vertiefte sich. »Woher sollte ich denn wissen, dass mit der Anweisung, farblich passend zur Partnerin zu kommen, nur die Krawatte gemeint war?«

»Und wer würde es so verstehen, dass es der ganze Anzug sein soll?«, rief Eleanor und sah wieder Fin in einem potthässlichen violetten Anzug vor der Haustür stehen, von dem sie nicht wusste, wie und wo er ihn aufgetrieben hatte.

»Ja, klar, aber am Ende haben wir trotzdem einen tollen Abend verbracht, oder nicht? Ist doch nichts passiert!«, murmelte er beschämt. »Haben wir den Bus verpasst?« Er spähte an ihr vorbei auf die Uhr.

»Nein, er sollte jede Minute hier sein.«

»Puh.« Er sah sie ernst an. »Es tut mir leid, dass ich mich verspätet habe. Und du siehst wirklich wunderschön aus.« Er bot ihr seinen Arm und fragte in übertrieben affektiertem Tonfall: »Wollen wir draußen auf unser Gefährt warten, Madam?«

Seufzend hakte sie sich unter. »Na gut.«

»Dann funktioniert mein unbestrittener Charme also immer noch.« Er lachte auf. »Alle Damen, mit denen ich ein Date habe, scheinen dasselbe Maß an extremer Begeisterung an den Tag zu legen.«

»Erstens ist das hier kein Date«, korrigierte sie fest und spürte eine neuerliche Woge der Wärme durch ihren Körper strömen.

Was ist denn mit dir los, Eleanor?

»Und zweitens glaube ich dir kein Wort. Die Frauen lagen dir schon immer zu Füßen.« Sie sah ihn ironisch lächelnd an. »Das muss an den Sommersprossen liegen.«

»Das war in meinen Jugendtagen, liebe Eleanor«, stöhnte er dramatisch. »Heutzutage ist das ganz anders. Denk bloß an unsere Freundin Heidi.«

»Ich bin sicher, dass unter diesen dicken Eisschichten ein verschrumpeltes Herz lauter und schneller schlägt, wenn du in ihrer Nähe bist«, bemerkte Eleanor sarkastisch, als sie sich den anderen Gästen anschlossen, die bereits auf den Bus warteten.

»Unwahrscheinlich«, gab Fin zurück. »Aber die Fotos sind ziemlich toll geworden. Ich habe sie gestern Abend noch bearbeitet.«

»Daran hatte ich keinen Zweifel«, erwiderte sie wahrheitsgetreu. »Die Frau sah definitiv besser aus als ich, obwohl ich fünfzig Jahre jünger bin.«

»Sei nicht albern. Ich meine, sieh dich mal an. Du stichst Heidi doch locker aus.« Er lächelte.

Eleanors Magen machte einen kleinen Satz, und sie spürte, wie sich eine tiefe Röte über ihren Hals ausbreitete.

»Ah, da ist er ja.« Fin deutete auf einen großen weißen Bus, der auf den Parkplatz bog. »Eilig hat der's ja nicht. Da hätte ich noch für ein Nickerchen Zeit gehabt. Los, versuchen wir, uns die besten Plätze ganz hinten unter den Nagel zu reißen.« Er packte Eleanors Arm und zog sie mit sich.

»Du bist so ein Kindskopf.« Eleanor lachte und kämpfte gegen das seltsame Prickeln in ihrer Brust an.

»In der Schule habe ich es nie geschafft, einen der hinteren Plätze zu ergattern, deshalb mache ich es mir heute zur Aufgabe, wann immer ich in einen Bus steige.« Er zuckte die Achseln, als wäre es das Normalste auf der Welt.

Eleanor verspürte einen Anflug von Gewissensbissen.

»Mir hast du erzählt, es macht dir nichts aus, vorn zu sitzen.«

»Was?«, fragte er, ohne seine Schritte zu drosseln.

»In der Schule. Als wir immer ganz vorn saßen, hast du behauptet, es mache dir nichts aus, sondern du wolltest nicht mal hinten sitzen.«

»Oh.« Er hielt mitten in der Bewegung inne. »Na ja, dir ist doch im Bus immer so übel geworden, dass du nur ganz vorn sitzen konntest. Ich habe das gesagt, damit du dich nicht mies fühlst.«

»Fin!« Eine kindliche Verärgerung verdrängte ihre Schuldgefühle. »Das hättest du nicht tun dürfen.«

»War doch halb so wild.« Er stieg ein und war bereits die Hälfte des Gangs entlanggehastet, als er abrupt stehen blieb. »Moment mal, wird dir etwa immer noch schlecht? Müssen wir nach vorn?« Eine fast komische Panik spiegelte sich auf seinen Zügen.

»Nein, alles bestens. Such einfach einen Platz und setz dich hin, hinter mir warten schon die Leute«, schimpfte sie in einem Tonfall, der beängstigend nach ihrer Mutter klang.

»Alles klar. Hier ist es gut«, verkündete er. »Willst du ans Fenster?«

»Klar.« Sie rutschte auf den Platz. »Also, ein paar Regeln für heute ...«

»Und schon geht's los«, stöhnte er und ließ sich auf den Sitz neben ihr fallen.

»Was meinst du damit?« Sie runzelte die Stirn.

»Nichts.«

»Doch, sonst hättest du das nicht gesagt.«

»Ich sage nur, dass wir nicht einfach irgendwo hingehen oder etwas tun können, ohne dass du Regeln aufstellst und alles genau planst. Du hast eben gern die Kontrolle über alles, mehr nicht.«

»Nein, das tue ich nicht«, widersprach sie.

»Doch.« Er grinste. »Keine Angst, das ist ja nichts Schlimmes.«

»Ich habe keine Angst«, schnaubte sie und zupfte unnötigerweise an ihrem Kleid herum. »Jedenfalls wollte ich dir nur sagen, dass du mir unter keinen Umständen erlauben darfst, Schnaps zu trinken. Auf keinen Fall. Tequila und Hochzeiten, das endet bei mir nie gut.«

Er ließ sich tiefer in seinen Sitz sinken und streckte seine langen Beine aus. »Alles klar. Unter keinen Umständen Tequila.« Er sah sie verschmitzt an. »Noch etwas, bevor es losgeht?«

Sie warf ihm einen vernichtenden Blick zu. »Nein, das ist alles.«

»Okay, ganz wie du wünschst.« Er schloss die Augen und lehnte den Kopf an die Nackenstütze.

Ich wünsche, dass du aufhörst, mir so auf den Wecker zu gehen …

Fin schlug ein Auge auf und lächelte sie an. »Alles in Ordnung da drüben, Miss Miesepeter?«

Eleanor löste die Arme, die sie unwillkürlich vor der Brust verschränkt hatte.

»Mir geht's gut, wenn du aufhörst, mich vollzutexten«, erwiderte sie und kämpfte vergeblich gegen das Lächeln an, das um ihre Mundwinkel spielte.

»Ganz wie du wünschst …« Er lachte.

»Hör sofort auf, das zu sagen!« Sie verpasste ihm einen Klaps auf den Arm.

»Ganz wie du …«

***

Eleanor war verschwitzt und außer Atem, doch das war ihr egal. Sie amüsierte sich bestens, warf die Arme in die Luft und bewegte sich im Rhythmus der Musik. So hatte sie seit Jahren nicht mehr getanzt, wild und ausgelassen und ungeniert. Vielleicht lag es an der überschwänglichen Atmosphäre, vielleicht an den Mengen an Alkohol, die sie bereits intus hatte …

Oder vielleicht auch daran, dass Fin dabei war …

Eleanor sah auf seine rudernden Arme und Beine und schob diesen lächerlichen Gedanken beiseite.

»Willst du was trinken?«, schrie sie ihm ins Ohr.

»Was?«, versuchte er, die Musik zu übertönen.

»Ein Drink?« Eleanor machte eine Geste, als hebe sie sich ein Glas an die Lippen.

Fin hielt sein halb volles Glas Tonic Water hoch und schüttelte den Kopf. Wie der Mann all die angetrunkenen Gäste aushielt, ohne selbst einen Tropfen anzurühren, war ihr ein Rätsel. Es war beeindruckend und erfüllte sie mit Stolz auf den Mann, zu dem ihr Freund von früher geworden war: der Fin vor seinen düsteren Zeiten. Der Fin, mit dem alles zu einem tollen Abenteuer wurde.

»Willst du rausgehen?«, rief sie.

»Was?« Schweißperlen glänzten auf seiner sommer-sprossigen Stirn.

»Ich brauche frische Luft.« Sie deutete auf die Ecke des Saals. Obwohl alles rings um sie verschwamm, konnte sie mit Mühe die Terrassentüren ausmachen, die in den perfekt gepflegten Garten führten.

»Okay«, rief er und ergriff ihre feuchte Hand. Eine köstliche Mischung aus Adrenalin und Alkohol pulsierte durch ihre Adern, und die Tequilas schienen ihren ganzen Körper von innen heraus mit einer prickelnden Wärme zu erfüllen.

»Willst du dich hinsetzen oder ein Stück gehen?«, fragte Fin und führte sie durch die Türen hinaus in die kühle Nachtluft.

»Hinsetzen, ganz klar.« Sie deutete auf eine niedrige Mauer in der Ecke, wo sich eine Handvoll Raucher einge-funden hatte. Sie begann, leicht zu schwanken, und griff Halt suchend nach Fins Arm.

»Moment, warte kurz«, warnte er, als sie sich setzen wollte. »So ein Kleid darf doch nicht schmutzig werden.« Er zog sein Jackett aus und legte es auf die Steinmauer.

»Finley James Taylor, ein Gentleman? Wer hätte das gedacht!«, neckte sie und streckte den Arm aus, um seine Wange zu berühren, zuckte jedoch in letzter Sekunde zu-rück.

»Ich stecke voller Überraschungen«, erwiderte er leicht-hin.

Eleanor schlüpfte aus ihren Schuhen und presste ihre schmerzenden Fußsohlen auf den kühlen Boden. Sofort fühlte sie sich wieder geerdet, und die hektische Energie wich einer angenehmen Ruhe.

»Sieh dir bloß die Sterne an. Sehen sie nicht magisch aus?«, schwärmte sie und ließ den Kopf in den Nacken sinken, um das gewaltige Ausmaß des Firmaments über ihnen zu erfassen.

»So einen Himmel kriegst du in L.A. nie geboten«, murmelte Fin und wackelte mit den Füßen wie ein kleiner Junge. »Zu viele verdammte Autos.«

»Ich werde nie vergessen, was mein Dad immer gesagt hat. Wenn dir ein Problem zu schlimm oder zu groß erscheint, sieh nach oben und halte dir vor Augen, dass du Teil von etwas sehr viel Größerem bist.« Sie seufzte.

»Dein Dad war ein kluger Mann«, sagte Fin leise.

»Das war er. Sehr sogar.« Schon im nüchternen Zustand war es schwierig, beim Gedanken an ihren Vater nicht die Fassung zu verlieren, doch nun gab es kein Halten mehr. Tränen brannten in ihren Augen, und ihr Herz zog sich vor Schmerz zusammen. »Ach, Fin, wie um alles in der Welt sind wir hier nur hergekommen?« Sie legte den Kopf an seine Schulter.

»Zu der Hochzeit? Wow, mir war nicht bewusst, wie betrunken du bist.« Er lachte.

»Nein, du Idiot. Ich meine, hier, an diesen Punkt.« Sie deutete wild um sich. »Mit vierunddreißig Jahren betrunken und als Single bei einer Hochzeit.« Sie seufzte.

»Ich bin nicht betrunken, und du bist nicht Single«, korrigierte er.

»Doch.« Sie nuschelte leicht.

»Was ist mit Ben?«

»Genau genommen« – sie hob einen Finger – »sind wir nicht fest zusammen.«

»Noch nicht.« Er grinste.

Eleanor zuckte die Achseln, wobei ihr Kopf nach vorn kippte. »Ist eine reine Zeitfrage, ehe ihm langweilig mit mir wird und er die Kurve kratzt.«

»Hey, sag so etwas nicht.«

»Wieso nicht? Es stimmt. Manchmal sehe ich in den Spiegel und erkenne mich selbst nicht, nach dem Motto *Wer ist diese Frau da? Diese alte, stinklangweilige Frau, die aus ihrem Trott nicht herauskommt*«, stammelte sie.

»Hör bloß mit diesem *alt* auf, denn wenn du alt bist, bin ich es auch, und ich weigere mich standhaft, das zu glauben.« Er verpasste ihr einen freundschaftlichen Schubs.

»Na schön, ich bin *älter*.«

»Schon besser.«

»Und langweiliger.«

»Nein. Du bist nicht langweilig.«

»Ich habe am Silvesterabend alleine zu Hause gesessen, mich betrunken und geflennt, weil mir kein einziger Vorsatz eingefallen ist. Nichts, was ich im kommenden Jahr erreichen oder tun will. Am Ende musste ich das alberne Tagebuch zur Hand nehmen, das Freya mir geschenkt hat. Soll ich dir verraten, was ich geschrieben habe?« Sie schwankte leicht.

»Schieß los …«

»Häufiger mit meiner Mum reden. Wahnsinn, was für ein Vorsatz!« Sie brach in haltloses Gelächter aus. »Ach ja, und weniger trinken. Wobei ich kläglich versage, wie man sieht.«

»Ich hätte wahrscheinlich beide Vorsätze schon lange umsetzen sollen.« Er ließ den Kopf hängen.

»Tut mir leid. Ich habe nicht nachgedacht.« Kurz durchdrangen Gewissensbisse den dichten Tequila-Dunst in ihrem Kopf.

»Sei nicht albern. Ist schon gut.«

Sie sahen einander vielsagend an.

»Im Vergleich zu meinem Silvesterabend klingt deiner nach ganz toll.« Er grinste. »Ich habe mich von meiner Freundin getrennt, die daraufhin auf die glorreiche Idee kam, mich mit allerlei Gegenständen zu bewerfen. Dann bin ich allein zu Hause geblieben, während all meine Freunde losgezogen sind, und habe mich hoffnungslos betrunken. Am nächsten Tag musste ich fast elf Stunden im Flugzeug neben einem Typen ausharren, der nicht nur jeden Zentimeter Platz für sich beansprucht hat, sondern mir auch noch die hässliche Scheidung von seiner dritten Frau in aller Ausführlichkeit schildern musste.«

»Großer Gott, das klingt übel.« Eleanor brach in so heftiges Gelächter aus, dass sie beinahe hintüberkippte.

»Holla, Vorsicht.« Fin fing sie auf, wobei sich seine Hand angenehm warm auf ihren Rücken legte. Er zog sie hoch und hielt sie weiter fest. »Wir wollen doch nicht, dass der Abend im Krankenwagen endet, oder?«

Eleanor hatte Mühe, in ihrem alkoholisierten Zustand Fins Gesichtszüge auszumachen, stattdessen war es nur ein vager Umriss aus rotem Haar und Sommersprossen, trotzdem hätte sie ihn überall wiedererkannt, trotz all der Jahre, die inzwischen vergangen waren. Seine Hand ruhte auf ihrem Rückgrat, und sie spürte, wie die Wärme durch den Stoff ihres Kleids drang. Ein Ziehen in ihrer Körpermitte machte sich bemerkbar – eine Sehnsucht, eine Erinnerung. Die Art, wie er sie ansah. Der Schlag ihres Herzens. Dieser Moment. Genau dasselbe hatten sie schon einmal erlebt. Die Jahre schmolzen dahin, und ehe sie wusste, wie ihr geschah, berührten ihre Lippen die seinen, und der Duft seiner Haut sandte tröstliche Wellen durch ihren Körper. Ihr Gewicht ließ ihn beinahe nach hinten kippen, doch er fing sich und zog sie an seine Brust, hielt sie mit beiden Händen, während sich ihre Münder immer noch berührten.

Sie küsste ihn.

Eleanor Levy küsste Finley Taylor.

Und in diesem Moment wünschte sie, dieser Kuss möge niemals enden.

Fin

Es dauerte einen Moment, bis er begriff, was hier gerade passierte. Gerade noch war alles in bester Ordnung gewesen, dann war sie in Tränen ausgebrochen und ... jetzt küssten sie sich.

Du darfst sie nicht küssen. Sie ist betrunken!

Aber sie hat mich geküsst.

Er löste sich und brachte das Ganze schnell zu Ende, ohne sich zu gestatten, darüber nachzudenken, wie seltsam gut es sich angefühlt hatte. Er hielt sie fest und sah sie an. Ihre Augen waren immer noch geschlossen, ihr Mund stand leicht offen.

»Es tut mir leid, Eleanor, ich ...« Bevor er Gelegenheit hatte, seinen Satz zu beenden, schob sie ihn zur Seite und übergab sich heftig auf den Boden neben ihm.

»Du liebe Zeit, Elles.« Er versuchte, ihre Locken zu fassen zu bekommen und sie ihr aus dem Gesicht zu halten.

»O Gott«, stöhnte sie. »Es tut mir so leid.«

Fin hielt sie fest, während sie den Inhalt ihres Magens auf den Rasen spuckte, sehr zum Missfallen und Entsetzen der vorbeikommenden Gäste. Es dauerte mehrere Minuten, ehe das Würgen aufhörte.

»Wie läuft es da unten? Na ja, sofern überhaupt noch etwas in deinem Magen ist, das du von dir geben kannst.« Er beugte sich vor und legte ihr seine kühle Hand auf die Stirn.

Langsam stand Eleanor auf. »Es ist okay. Ich glaube, mir geht's gut.« Sie stöhnte. »Können wir bitte gehen?«

»Klar.« Fin legte ihr den Arm um die Schultern und dirigierte sie in Richtung Parkplatz, wobei er sich bemühte, sie, so gut es ging, zu stützen, trotzdem war er mit den Gedanken immer noch bei ihrem Kuss.

Ist das tatsächlich gerade passiert?

Fin verdrängte den Gedanken und konzentrierte sich stattdessen darauf, Eleanor vorsichtig auf ein Mäuerchen vor dem Haus zu setzen.

»Ich kümmere mich um ein Taxi. Warte kurz«, sagte er und betete, dass sie wenigstens ein paar Minuten allein bleiben konnte, ohne zusammenzusacken.

»Mmm.« Sie nickte. Ihr Gesicht unter ihrem verschmierten Make-up war erschreckend bleich.

Hilflos sah Fin sich um. Es wurde allmählich kalt, und er wollte sie so schnell wie möglich in ihr Hotelzimmer schaffen. War hier draußen überhaupt Uber verfügbar?

Natürlich nicht, ihr steht mitten in der Pampa.

»Bus«, krächzte Eleanor hinter ihm, doch Fin, der inzwischen sein Handy herausgezogen hatte und lokale Taxiunternehmen googelte, winkte ab.

»Der Bus!«, rief Eleanor.

»Was ist damit? Ich versuche, uns ein Taxi zu besorgen.«

Sie sah zu ihm hoch, wobei ihre Augen kurz in unterschiedliche Richtungen schweiften, ehe sie ihn fixieren konnte. »Der Bus fährt jede halbe Stunde zurück ins Hotel. Sieh mal nach, vielleicht kommt ja bald einer.«

Fin sah auf sein Handy. Zehn Minuten. Sie mussten nur noch zehn Minuten warten. Er trat zurück zu Eleanor, die gefährlich auf der Mauer schwankte, und legte ihr sein Jackett um die ausgekühlten Schultern. »Wie kann es sein, dass du selbst jetzt noch organisierter bist als ich?«

Lächelnd schmiegte sie sich an ihn, wobei ihm eine Woge des Gestanks nach Erbrochenem in die Nase stieg. »Weil ich Eleanor Levy bin. Und du Finley Taylor. Die beiden besten Freunde, die es jemals gab«, antwortete sie in schläfrigem Singsang.

»Da ist was dran, Elles.« Er drückte ihr einen Kuss auf die Locken und zog sie an sich.

»Es tut mir leid«, murmelte sie.

»Schon gut, jedem wird mal schlecht. Du musstest mich weiß Gott schon oft genug sauber machen.«

»Nein.« Sie hob abrupt den Kopf. Ein flehender Ausdruck lag in ihren dunklen Augen. »Ich meine … es tut mir leid, dass ich dich geküsst habe.«

»Ach das.« Sein Magen verkrampfte sich. »Mach dir deswegen keinen Kopf. Wir stellen alle irgendwelche Dummheiten an, wenn wir betrunken sind.«

»Stimmt.« Sie ließ den Kopf wieder schwer gegen seine Schulter fallen. »Das stimmt.«

***

Es war nicht gerade einfach, sie in ihr Hotelzimmer zu verfrachten. Als der Bus vor dem Hotel gehalten hatte, war Eleanor eingeschlafen gewesen, deshalb war ihm letztlich nichts anderes übrig geblieben, als sie hochzuheben und ins Haus zu tragen – nicht gerade würdevoll für sie, aber definitiv die einfachste und praktischste Lösung.

»Komm schon, Elles, du musst mir kurz helfen.« Er legte sie aufs Bett und hob ihren Kopf an. »Trink das hier. Alles, okay?« Er reichte ihr eine Flasche Wasser aus der Minibar. »Ich hole solange einen Waschlappen.«

»Gut«, murmelte sie, schraubte die Flasche auf und nippte daran.

Fin behielt sie über den Spiegel im Auge, während er einen Waschlappen befeuchtete und Abschminktücher auf dem Waschtischrand fand. »Wie läuft es bei dir?«, rief er. »Trinkst du schön weiter?«

»Ich bin so müde. Kannst du dich bitte beeilen?«, jammerte sie.

»Tja, im Gegensatz zu dir habe ich nicht die halbe Bar leer getrunken«, erwiderte er neckend, nahm ihren Morgenmantel vom Haken an der Tür und kehrte ins Zimmer zurück.

»Tut mir leid, dass wir nicht alle stocknüchtern sein können wie du«, erwiderte sie hitzig. »Außerdem sollte jemand mich daran hindern, besagten Alkohol überhaupt erst zu trinken.« Sie zeigte mit dem Finger auf ihn, riss ihm ein Abschminktuch aus der Hand und rubbelte sich die Wangen damit ab.

»Entschuldigung, seit wann bin ich dein Babysitter?«

Sie lachte ihm ins Gesicht. »War ich sechzehn Jahre lang nicht deiner?«

Wortlos nahm Fin ihr das Tuch aus der Hand und strich ihr behutsam damit über die Lider.

Eine Zeit lang sagte niemand etwas.

»Hey«, flüsterte sie, als er die letzten Reste ihres Make-ups entfernt hatte. »Das war nur ein Witz, ja? Es hat mir nichts ausgemacht, auf dich aufzupassen.« Eine Alkoholfahne schlug ihm entgegen, als sie einen Seufzer ausstieß.

»Ist schon gut.«

»Können wir jetzt bitte schlafen gehen«, jammerte sie.

»Gleich, aber wir sollten dir noch die Zähne putzen. Wenn nicht, wirst du mir das nie verzeihen.« Er legte ihr den Morgenmantel um die Schultern, eilte ins Badezimmer und kehrte Augenblicke später mit einer Zahnpastatube in der Hand zurück. »Hier, drück dir ein bisschen davon in den Mund und spül mit einem Schluck Wasser nach.«

»Du bist so widerlich.«

»Vertrau mir, wenn hier gerade jemand widerlich ist, dann du.« Fin reichte ihr die Tube.

Sie warf ihm einen vernichtenden Blick zu.

»Los, beeil dich. Wenn du fertig bist, rutsch nach hinten und leg dich hin.«

Mit finsterer Miene krabbelte Eleanor gehorsam ans Kopfende. »Aber wo schläfst du?«, murmelte sie und drehte sich auf die Seite.

»Ich bleibe noch eine Weile bei dir sitzen, dann nehme ich mir ein Taxi in mein Hotel.« Er warf die schmutzigen Abschminktücher in den Müll, holte noch eine weitere Flasche Wasser aus der Minibar und stellte sie neben ihr auf den Nachttisch.

»Sei nicht albern«, brummte sie schlaftrunken. »Bleib einfach hier.«

»Das geht nicht.«

»Ist schon gut. Ich schnarche nicht.« Sie lachte leise über ihren Witz.

»Doch, tust du.« Er zog die Decke über sie und strich ihr das Haar aus dem Gesicht.

»Nein, das tue ich absolut nicht.« Schläfrig schlug sie ein Auge auf. »Du schnarchst.«

Fin musste lachen. Sie klang genau wie die Eleanor aus seiner Jugend, stur und selbstgerecht. »Weiß ich. Deshalb hast du mich beim Zelten immer allein gelassen. Irgendwann bin ich ganz allein aufgewacht und habe geschlottert vor Kälte. Was für eine schreckliche Freundin du warst.«

Eine schmale Hand schnellte unter der Decke hervor und gab ihm einen Klaps auf den Arm. »Ich war die allerbeste.«

Er versuchte, ihre Hand wieder unter die Decke zu schieben.

»Los, sag es!«, beharrte sie. »Wir waren die allerbesten, stimmt's?«

»Stimmt.« Tiefe Zuneigung durchströmte ihn. »Das waren wir.«

»Bleibst du hier, bis ich eingeschlafen bin? Wie in alten Zeiten?« Ihre Atemzüge wurden bereits schwerer, und sie hatte die Augen geschlossen.

»Natürlich.« Er legte sich neben sie und beobachtete, wie sich ihr Brustkorb hob und senkte. »Wie früher.«

Damals: 18 Jahre alt

Eleanor

Das Herz schlug ihr bis zum Hals. Sie bekam kaum Luft. Wann immer sie einatmen wollte, schnürte sich ihr die Kehle zu, und sie kämpfte mit den Tränen.

Es geht ihm gut.

Es geht ihm bald wieder gut.

Wieder und wieder wirbelten ihr die Worte im Kopf herum, während sie ihre Füße zwang, sich schneller zu bewegen.

Wieso dauerte das bloß so lange? Die Sekunden zogen sich dahin. Die Zeit war wie ein Korridor, dessen Ende sie nicht erkennen konnte.

Eleanor war bei der Arbeit gewesen, als sie die Nachricht bekommen hatte. Zum Glück hatte sie gerade Pause gehabt, sonst hätte es vielleicht sehr viel länger gedauert, bis sie sie bemerkte. Beim Anblick des Buchstabenwirrwarrs hatte sie das Gefühl gehabt, als hätte jemand sämtliche Luft aus ihren Lungen gepresst, und einen Moment lang hatte sich alles ringsum gedreht.

Von: Finley Taylor
Hlf3e. Nict guvt.

Das Handy fiel ihr beinahe aus der Hand.

»Roy? Roy!« Sie rannte ins Café hinein, um ihren Chef zu suchen.

»Was ist denn, Eleanor?« Roy wischte sich die Hände an seiner schmutzigen Schürze ab und legte sie ihr auf die Schultern. »Du siehst aus, als hättest du ein Gespenst gesehen!«

»Ich muss weg. Es tut mir leid. Nächstes Wochenende mache ich eine Doppelschicht. Ich tue alles, was Sie wollen, aber jetzt muss ich dringend gehen. Also ... jetzt sofort!«

Sie trat von einem Fuß auf den anderen, während sie sich im Geiste bereits die kürzeste Route zu seinem Haus zurechtlegte.

Ob viel Verkehr herrscht?

Was, wenn der Bus Verspätung hat?

Kann ich zu Fuß hinlaufen?

Jede Sekunde, die sie untätig herumstand, war eine zu viel.

»Natürlich! Ist alles in Ordnung? Schaffst du es denn allein?« Er sah sich in dem halb vollen Café um. »Ich würde dich ja heimfahren, aber die Gäste ...«

Eleanor hielt inne und sah in seine großen, freundlichen Augen. Er schien das Ausmaß ihrer Krise instinktiv zu spüren. Eine Woge der Zuneigung erfasste sie.

»Ich komme schon klar. Danke, Roy. Ich mache es wieder gut, versprochen.«

Sie rang sich ein flüchtiges Lächeln ab, ehe sie sich die Schürze herunterriss und zur Hintertür hinauslief.

»Bis dann, Eleanor«, rief er ihr hinterher, doch sie sprintete bereits die Straße hinunter.

Halt durch, Fin, ich bin fast da.

Ihr Oberteil war nass von Schweiß und Tränen, doch sie blieb nicht stehen. Sie konnte nicht stehen bleiben. Beim Anblick der Eingangstür setzte ihr Herzschlag aus, dann erstarrte sie. Ihr gesamter Körper wurde stocksteif.

Was würde sie dort drinnen vorfinden?

Der Gedanke schoss ihr durch den Kopf, und sie hatte das Gefühl, als falle ihr Magen ins Bodenlose.

Nein. Nicht nachdenken.

Geh einfach zu ihm rein, Eleanor.

Sie schüttelte den Kopf und zwang ihre Beine, sich in Bewegung zu setzen. Es war, als konzentriere sich ihr gesamtes Bewusstsein einzig und allein auf die Aufgabe, in dieses Haus zu gelangen.

Die Tür ging auf, als sie dagegendrückte.

»Hallo«, rief sie und gab sich im Geiste einen Tritt, weil sie so verängstigt klang.

Stille.

Ihr Herzschlag rauschte in ihren Ohren.

»Fin?« Sie sah ins Wohnzimmer, suchte es nach einem Lebenszeichen ab. »Fin?« Ihre Stimme hallte im leeren Raum wider.

»Hier oben.« Eine leise Stimme, kaum hörbar, drang aus der ersten Etage.

Ihr Körper hatte sich in Bewegung gesetzt, bevor ihr Gehirn es registrierte. Inzwischen befand sie sich im kompletten Überlebensmodus, lediglich angetrieben von Angst und Instinkt.

»Ich bin hier. Keine Angst, ich bin hier.«

Der Geruch schlug ihr entgegen, sobald sie die oberste Stufe erreichte. Nur unter Aufbietung all ihrer Willenskraft gelang es ihr, nicht zu würgen, als der schwere Gestank von Erbrochenem und Alkohol auf ihre Sinne einströmte.

An der Tür zu seinem Zimmer blieb sie stehen. Ihre blasse Hand zitterte, als sie sie nach dem Türknauf ausstreckte.

Er braucht dich, Eleanor.

Sie schloss die Augen und trat ein.

Es war stockdunkel. Die Vorhänge waren vorgezogen, und es dauerte einen Moment, bis sich ihre Augen angepasst hatten. Die Luft war stickig. Ein unangenehmes Gefühl der Enge erfasste sie, und der Drang, kehrtzumachen und nach draußen zu flüchten, wo sie sicher wäre und frische Luft bekäme, war überwältigend.

»Ich mache jetzt das Licht an, okay? Ich muss dich sehen können.«

Leises Stöhnen kam aus der Dunkelheit.

Sie knipste das Licht an und sah das ganze Ausmaß des Chaos vor sich: Überall lagen Kleider verstreut, dazwischen Erbrochenes und Blutspritzer.

Blut? Wieso ist hier überall Blut?

Und dann sah sie ihn. Er lag wie eine Gliederpuppe in der Ecke, die Arme und Beine in allen möglichen Winkeln von sich gestreckt.

Sie lief zu ihm. Er hatte eine Schnittwunde am Kopf, und neben ihm lag ein Haufen Erbrochenes. Sie wollte nicht weinen, wollte sich nicht anmerken lassen, dass sie die Dinge nicht im Griff hatte.

Ihr Freund.

Ihr wunderschöner bester Freund.

»Fin. Kannst du dich aufsetzen?« Behutsam bettete sie seinen Kopf in ihren Schoß und strich ihm das verklebte Haar aus dem Gesicht.

»Hmm.« Seine Lider hoben sich flatternd. Leuchtend grüne Augen fanden ihren Blick. Ein kurzes Aufflackern des Erkennens. »Elles«, murmelte er. »Hilf mir bitte.«

Ein Schluchzen drang aus ihrer Kehle. »Es ist okay. Es ist alles okay.« Sie versuchte, ihn zu beruhigen. »Aber ich muss Hilfe holen, ich schaffe das nicht allein.«

Seine Hand schnellte vor und legte sich so fest um ihren Arm, dass sie seine Nägel spürte, die sich in ihre Haut gruben. »Nein!«, schrie er panisch. »Bitte, Eleanor, nur du und ich. Nur wir ... wie früher.«

Sie hielt inne. Für den Bruchteil einer Sekunde zögerte sie, stellte sich vor, dass sie zum ersten Mal in ihrem Leben Fins Wünsche ignorierte und stattdessen die Vernunft siegen ließ – was sie schon lange hätte tun sollen.

Ruf jemanden an.

Es ist alles aus dem Ruder gelaufen.

Du kannst das nicht noch mal machen.

»Wir müssen dich sauber machen, bevor dich jemand so sieht«, flüsterte sie und drängte die Stimme der Vernunft entschieden beiseite.

»Danke«, stöhnte er und schloss die Augen wieder.

»Kannst du dich aufsetzen?«, fragte sie noch einmal. Er war viel zu schwer, als dass sie ihn allein in eine sitzende Position hätte bringen können. »Du musst mir helfen. Alleine schaffe ich es nicht.«

Ganz langsam stemmte er sich hoch. Dunkelviolette Prellungen hoben sich scharf von der bleichen Haut seiner Arme ab. Ihr Herz zog sich zusammen. So viele Fragen brannten ihr unter den Nägeln, doch jetzt war nicht der richtige Zeitpunkt dafür.

»Danke«, flüsterte sie ihm ins Ohr. »Kannst du auch aufstehen?«

»Hm.« Wieder nickte er kaum merklich. Zum Glück war Eleanor kräftig. Schließlich standen sie. Erst jetzt zeigte sich das volle Ausmaß des Chaos.

Seine Kleider waren zerrissen, überall durch den Stoff waren Schnitte und Prellungen zu erkennen. Sie wusste nicht, wie sie ihn festhalten sollte, ohne ihm noch mehr Schmerzen zuzufügen.

»Ich … ich glaube, ich hatte einen Unfall, Eleanor.«

Seine Stimme war so bedrückt und kleinlaut, dass es ihr in der Seele wehtat.

»Du kannst mir später alles erzählen. Jetzt müssen wir dich erst mal nüchtern kriegen.« Sie konnte sich nur darauf konzentrieren, ihn ins Badezimmer zu bugsieren, ein Schritt nach dem anderen.

»Nein«, stöhnte er. »Ich hatte einen Unfall.« Er ließ den Kopf sinken, und Eleanor folgte seinem Blick.

Seine Hose war nass.

»Es tut mir leid, Elles. So, so leid.«

»Ich weiß. Ich weiß.« Sie klang erstaunlich ruhig, obwohl ihr das Herz brach.

***

318

Es dauerte über eine Stunde, um ihn sauber und wieder in sein Zimmer zu bekommen. Eleanor musste beinahe zu ihm unter die Dusche steigen, weil sie Angst hatte, er könnte ausrutschen und mit dem Kopf auf die Fliesen schlagen. Die ganze Zeit über musste sie seine verzweifelten Entschuldigungen ausblenden, um zumindest halbwegs den Anschein zu erwecken, die Dinge im Griff zu haben. Tränen würden niemandem helfen.

Kaum berührte sein Kopf das Kissen, war er auch schon eingeschlafen. Wäre sie nicht soeben Zeuge seines desolaten Zustands geworden, hätte sie glatt geglaubt, dass er friedlich wirkte. Doch sie wusste, dass es hinter der Fassade der heiteren Gelassenheit brodelte.

Erst als sie sicher sein konnte, dass er tief und fest schlief, gestattete sie sich, in Tränen auszubrechen. Sie schlang die Arme um seinen hageren Körper, sog tief den Geruch seines frisch gewaschenen T-Shirts ein und schluchzte.

Wann war bloß alles so kompliziert geworden?

Sie schloss die Augen und wünschte sich sehnlichst die unbeschwerten Tage ihrer Kindheit zurück, als sie sorglos draußen gespielt, Pizza zum Abendessen verdrückt und sich zu Pyjamapartys verabredet hatten. Nun schien alles außer Rand und Band zu sein, und der einzige Mensch, den sie in- und auswendig zu kennen geglaubt hatte, wurde mehr und mehr zum Rätsel für sie. War das Erwachsenwerden?

Ich will das nicht.

Absolut nicht.

Sie schreckte aus einem angstvollen Schlaf hoch und hatte die Arme immer noch um Fin gelegt, der auf dem Rücken lag und an die Decke starrte.

»Wie lange habe ich geschlafen?«, stöhnte sie.

»Nicht lange«, antwortete er leise und mied den Blickkontakt.

»Wie fühlst du dich?« Sie setzte sich auf und zwang ihn, sie anzusehen.

»Beschissen.« Er bekam den Anflug eines Lächelns zustande. »Elles, es tut mir so …«

Sie brachte ihn mit einer Geste zum Schweigen. »Du hast dich schon genug entschuldigt. Wenn ich noch ein Wort höre, richte ich dich schlimmer zu, als du selbst es geschafft hast, ich schwöre.«

Tränen liefen ihm übers Gesicht, stille Salzbäche, die in den Laken zwischen ihnen versickerten. Er konnte einfach nicht aufhören zu weinen.

»Versprich mir nur, dass du diesem Irrsinn ein Ende machst. Hast du mitbekommen, in welchem Zustand du warst?« Vorsichtig hob sie seinen Arm an und zeigte auf eine Stelle, die inzwischen eine tiefblaue Färbung angenommen hatte. »Du hast dich verletzt, Fin. Ernsthaft verletzt. Was ist passiert?«

Er schloss die Augen.

»Du weißt es nicht mehr, stimmt's?« Eigentlich wollte sie nicht wütend werden, doch ihr Frust gewann allmählich die Oberhand.

Er schüttelte den Kopf.

Wortlos saßen sie da, während die Ernsthaftigkeit der

Situation auf ihnen lastete. Sie wog schwer, trotzdem war es wichtig, ihr Raum zu geben.

»Danke, dass du meine Mum nicht angerufen hast. Oder meinen Dad.«

»Ich kann aber so nicht weitermachen.« Sie stützte den Kopf in die Hände, der sich plötzlich zentnerschwer anfühlte. »Du kannst so nicht weitermachen.«

»Ich weiß. Ich höre auf, ehrlich.«

»Ich wünschte, ich könnte dir glauben, aber ich kann es nicht. Es ist zu oft passiert, Fin. Es ist ernst. Du brauchst Hilfe.«

»Aber ich habe doch dich.« Er lächelte schwach.

»Wenn du so weitermachst, hast du bald überhaupt niemanden mehr, weil du tot sein wirst.« Die Worte kamen schärfer heraus, als sie beabsichtigt hatte. Doch es war ihr egal. Sie musste ihm zeigen, dass sie es ernst meinte.

»Ach, komm schon, Elles. Sei doch nicht so melodram…«

»Wage es nicht«, fauchte sie. »Wage es nicht, mir so zu kommen. Das ist hier ist nicht lustig. Es ist kein einmaliger Ausrutscher, sondern ein Problem, Fin. Du brauchst professionelle Hilfe.«

Inzwischen starrte er sie mit entsetzten Augen an.

»Wenn du es deiner Mutter nicht sagst oder dir Hilfe holst …« Sie erhob sich und holte tief Luft. »Tue ich es.«

»Bitte, Elles«, bettelte er.

»Nein.« Sie schüttelte den Kopf. »Ich liebe dich zu sehr, Fin, um dich verlieren zu können. Du sagst es ihnen, oder ich tu's.«

Jetzt

Eleanor

Eleanors ganzer Körper schmerzte, als sie sich auf die Seite drehen wollte. Ihr Magen grummelte, und ihr Kopf fühlte sich an, als scharre jemand mit den Nägeln auf der Innenseite ihres Schädels herum. Ihre Augen waren schlafverklebt, und ihr Verstand wollte nicht recht in die Gänge kommen.

»Was zum Teufel ist passiert?«, stöhnte sie, während sie die Reste von Tequila, Pfefferminz und …

»O Gott!« Sie starrte auf die Flecken von Erbrochenem auf ihrem Kleid und fuhr hoch. »Nein. Nein. Nein.« Sie packte die Bettdecke und zog sie sich übers Gesicht. Wann war ihr übel geworden? Nicht auf der Hochzeit. Bitte nicht während der Feier. Wieso lag sie vollständig bekleidet im Bett? Und was zum Teufel sollte dieser Morgenmantel?

Eleanor schloss die Augen und versuchte krampfhaft, sich zu konzentrieren. Sie erinnerte sich an die Zeremonie, erinnerte sich an das Abendessen, erinnerte sich daran, getanzt zu haben. Bis dahin war alles in bester Ordnung gewesen. Wann war es gekippt? Sie durchforstete die Fragmente ihrer Erinnerung und spürte, wie ihr Magen prompt rebellierte. Genau. Sie, an der Bar, mit Laura und ihrem frischgebackenen Ehemann und einem Tablett voller Schnäpse.

Wieso?

Wieso, Eleanor, wieso nur?

Am liebsten hätte sie sich den restlichen Tag in diesem Bett verkrochen und in Selbstmitleid geaalt. Doch ihr eigener Gestank war zu unerträglich, außerdem musste sie irgendwann nach Hause. Langsam setzte sie sich auf, wobei ein Meer aus Farben und Lichtern vor ihren Augen waberte. Sie stützte sich auf und stemmte sich langsam hoch. Jede Faser ihres Körpers tat weh. In diesem Moment sah sie ihn, zusammengerollt auf dem Fußboden liegend.

»Fin?«, flüsterte sie.

Was machte er denn hier? Wieso war er …

Eine Erinnerung löste sich aus dem diffusen Chaos ihres Bewusstseins, sprang sie förmlich an.

Wie sie sich Fin an den Hals warf.

Ihn küsste.

»O nein.« Sie presste sich die Hand auf den Mund. Ihr Magen protestierte, Schuldgefühle und Verwirrung schnürten ihr die Luft ab.

Sie stürzte ins Badezimmer, angetrieben vom Adrenalin, das durch ihre Venen pumpte, trat unter die Dusche, drehte das heiße Wasser bis zum Anschlag auf und schrubbte sich ab, in der Hoffnung, die Erinnerung komplett auszulöschen, sämtliche Spuren zu tilgen und als neuer Mensch herauszutreten, doch ihre Gedanken überschlugen sich, sodass sie kaum noch mitkam.

Hat er den Kuss erwidert?

Ist das wichtig?

Ja.

Wann habe ich mich übergeben?

O Gott, nein …

Direkt danach?

O Gott, ja …

»Aaaaahhh!«, schrie sie in den brüllend heißen Wasserstrom hinein.

Ein lautes Klopfen an der Tür ließ sie abrupt innehalten.

»Eleanor?« Fins Stimme drang durch den warmen Dampf. »Alles in Ordnung dadrinnen?«

»Ja, mir geht's gut«, rief sie viel zu munter. »Ich bin gleich da.«

»Lass dir ruhig Zeit. Ich wollte nur sichergehen, dass alles in Ordnung ist.«

In Ordnung? Hier ist rein gar nichts in Ordnung.

Sie gestattete sich weitere fünf Minuten, ehe sie ihm unter die Augen trat.

»Hey, wie fühlst du dich?« Fin saß auf der Bettkante und faltete die Decken, aus denen er sich sein behelfsmäßiges Lager gebaut hatte.

»Ich kann nicht gerade behaupten, dass ich in Bestform wäre.« Sie verzog das Gesicht. »Wie geht's dir? Auf dem Boden zu schlafen, kann ja auch nicht sonderlich bequem gewesen sein.« Sie stand da, wusste nicht recht, ob sie sich setzen, stehen oder ins Bett zurückkriechen sollte. Der Kater hielt ihren Körper weiter im Würgegriff.

»Ich habe schon auf schlechterem Untergrund geschlafen, glaub mir.« Er lächelte.

Eleanor zog das Handtuch enger um sich und spürte, wie ihre nassen Locken auf den Schultern einen Schauder über ihren Rücken jagten.

»Tut mir leid, du willst dich bestimmt anziehen.« Fins Gesicht nahm einen Rotton an, der zu seiner Haarfarbe passte. »Ich fahre zurück in meine Pension und stelle mich auch unter die Dusche.« Er stand auf und ging zur Tür. »Kannst du Auto fahren?«

Du hast ihn geküsst.

Du hast dieses Gesicht geküsst und ihn dann vollgekotzt.

»Elles?« Seine Stimme schnitt sich durch ihre wirren Gedanken.

»Oh. Ja.« Sie rang sich ein Lächeln ab. »Mir geht's gut. Ich trinke einen Kaffee oder auch zwölf, dann komme ich dich abholen. Sagen wir, in einer Stunde?«

Er nickte, während ein eigentümlicher Ausdruck auf seinen Zügen erschien. Hätte Eleanor doch nur eine funktionierende Gehirnzelle zur Verfügung, die ihr gestattete, ihn zu interpretieren. »Dann bis gleich.«

Sowie die Tür hinter ihm ins Schloss fiel, ließ Eleanor sich aufs Bett fallen und schrie in ihr Kissen.

Eleanor Ruth Levy, was um alles in der Welt hast du nur angerichtet?

***

Zum Glück gab es auf dem Weg zu Fins Frühstückspension einen Starbucks. Einen großen Triple-Shot-Latte später fühlte Eleanor sich wieder halbwegs menschlich. Auch die Dusche und die frischen Sachen hatten geholfen. Sie bog auf den Parkplatz und wartete – wenig überraschend war sie zu früh dran.

Sie schaltete das Radio ein, um aufkommende Gedanken zu verhindern, doch die Musik war viel zu laut und penetrant, deshalb zog sie stattdessen ihr Handy heraus.

Hey, ich stehe auf dem Parkplatz und warte, bis du so weit bist X

Kurz und knapp, aber freundlich. Perfekt.
Vielleicht hat er den Kuss ja schon wieder vergessen.
Hat er auch Alkohol getrunken?
Natürlich nicht.
Tja, in dem Fall erinnert er sich auch daran …

Sie ließ sich gegen die Nackenstütze sinken und hoffte, der Druck auf ihren Hinterkopf bringe die Stimmen zum Schweigen. Plötzlich drang ein Schwall kalter Luft herein. Langsam wandte sie den Kopf und sah Fins sommersprossiges Gesicht in der geöffneten Tür.

»Wenn das nicht nach einem ganz neuen Menschen aussieht!«, rief er, begutachtete sie mit gespieltem Erstaunen und stieg ein. Seine grünen Augen leuchteten, und sie spürte, wie ihre Lippen unwillkürlich unter seinem Blick prickelten.

»Glaub mir, innen drin sieht's ganz anders aus«, murmelte sie und betete, ihr Herz möge aufhören zu rasen, als sie den Motor einschaltete. »Bereit?«

»Klar.« Er machte es sich auf dem Beifahrersitz bequem.

Die erste Stunde fuhren sie schweigend dahin. Eleanor richtete ihre gesamte Konzentration auf den Verkehr, sodass kein Platz für Gedanken oder Gespräche blieb. Alle paar Minuten wagte sie einen verstohlenen Blick auf Fin, der eingeschlafen war und sich mit dem Gesicht gegen die Fensterscheibe lehnte, die unter seinem Atem beschlug. Seine Nacht war also ebenso mies gewesen wie ihre.

Wahrscheinlich sogar noch schlimmer.

Er hat sich um dich gekümmert, vergiss das nicht.

Sie trat heftiger auf das Gaspedal als beabsichtigt, worauf der Wagen einen Satz machte und Fin aus dem Schlaf schreckte.

»Tut mir leid, tut mir leid«, sagte Eleanor, während Fin sich einen Speichelfaden vom Kinn wischte.

»Nein, nein, schon gut«, erwiderte er müde und streckte sich, soweit es der Innenraum des winzigen Yaris zuließ. »Wie lange habe ich geschlafen?«

Eleanor sah auf die Uhr. »Vielleicht eine Stunde oder so.«

»Ah, da muss ich wohl müder gewesen sein als gedacht.«

»Nicht mal Whitney Houston in voller Lautstärke hat dich aus dem Schlaf geholt«, witzelte sie.

»Was? Ehrlich?« Er sah sie entsetzt an.

»Nein! Mir dröhnt der Schädel viel zu sehr, um Radio zu hören.« Eleanor seufzte. Auch jetzt noch lauerte der Schmerz hinter ihren Augen wie eine düstere Gewitterwolke – dunkel, schwer und bereit, sich jederzeit zu entladen.

»Verstehe.« Langsam streckte Fin die Hand in Richtung Radio aus und hob verschmitzt die Brauen. »Also wäre es keine gute Idee, jetzt voll die Bässe aufzudrehen?«

Eleanor kniff die Augen zusammen. »Wage es nicht«, warnte sie.

»Oooops.« Mit einem leisen Lachen drückte Fin auf den Knopf und drehte die Lautstärke auf.

»Fin!«, brüllte Eleanor über die ohrenbetäubende Musik hinweg.

»Komm schon, es ist Oasis. Wie kann man da nicht mitsingen wollen?« Er riss die Hände hoch wie ein betrunkener Fan bei einem Festival und schwankte hin und her.

Eleanor wollte ihm so gern böse sein, wollte die Hand ausstrecken und die blöde Musik ausschalten, doch ehe sie sich's versah, öffnete sie den Mund und sang aus voller Kehle mit. Ein Gefühl unbändiger Freude durchströmte sie bei Fins stümperhaftem Versuch einzustimmen. Im Duett klangen sie fürchterlich, und normalerweise hätte Eleanor sich in Grund und Boden geschämt, weil sie keinen geraden Ton herausbrachte, doch aus irgendeinem Grund kümmerte es sie nicht im Mindesten.

Drei grauenvoll mitgesungene Songs später war ihr Kater zu einer vagen Erinnerung verblasst.

»Igitt, den hasse ich ja«, stöhnte sie, als ein neuer Song angespielt wurde.

Gnädigerweise drehte Fin leiser und lehnte sich zurück. »Ich habe ganz vergessen, was für einen Spaß das macht.«

»Wann singst du denn jemals so leidenschaftlich mit?«, schnaubte Eleanor.

»Ich bin bekannt für die eine oder andere Karaoke-Einlage.«

»Tatsächlich?«, fragte sie.

»Ja, und es trifft mich ins Mark, dass du so schockiert darüber bist.«

»Nicht schockiert.«

»Nein?«, neckte Fin sie.

»Eher irritiert.«

»Also komm«, schnaubte er und verschränkte wie in kindlichem Trotz die Arme vor der Brust. »Das ist echt gemein.«

»Ich mache bloß Spaß.«

»Das will ich hoffen.« Er löste die Arme und streckte sie über dem Kopf aus, wobei Eleanor den schmalen Streifen straffer Haut bemerkte, als sein T-Shirt nach oben rutschte.

Hör auf hinzusehen, du widerliches Miststück.

Das ist Fin.

»Das Singen hat mich echt ausgelaugt. Ich bin völlig geschafft.« Fin gähnte.

»Das liegt wahrscheinlich eher daran, dass du letzte Nacht so wenig Schlaf bekommen hast. Und daran bin definitiv ich schuld.« Eleanor verstärkte den Griff um das Lenkrad. So ungern sie die Stimmung vermiesen wollte, war ihr bewusst, dass sie den gestrigen Abend über kurz oder lang zur Sprache bringen musste. Lieber gleich damit rausrücken, als zu warten, bis er damit anfing. *Bring's hinter dich.*

»War ich sehr schlimm?«, fragte sie mit einem flüchtigen Seitenblick.

Er schüttelte lächelnd den Kopf. »Nein, es war alles okay. Abgesehen davon, dass dir ein bisschen übel wurde – na ja, ehrlich gesagt, ziemlich übel, warst du ganz harmlos.«

Ein vertrautes Gefühl von Selbstverachtung überkam sie.

»Hat jemand mich gesehen?«

»Nein. Wir waren draußen. Alles absolut diskret«, beteuerte er.

»Puh.« Eleanor entspannte sich. »Das Problem ist ... dass ich mich an rein gar nichts erinnern kann«, sagte sie langsam und betont. »Also, ich weiß nur, dass ich mich übergeben habe, weil ich ...«

»Wegen der Flecken auf deinem Kleid?«

Eleanor wurde rot. »Genau! Alles andere ist weg«, log sie. »Ich erinnere mich an nichts ... an rein gar nichts.«

»Oh.« Für den Bruchteil einer Sekunde verdüsterte sich Fins Miene. »Natürlich nicht.« Er wandte den Blick ab und fummelte an seinem Sicherheitsgurt herum. »Du warst ziemlich betrunken, deshalb ist es kein Wunder.«

»Stimmt.« Sie rang sich ein Lachen ab. »Ich und Tequila, wir gehen ab sofort getrennte Wege.« Der Scherz hing zwischen ihnen. »Deshalb ... alles, was ich gesagt oder ...« Sie hielt inne. Musste sie es wirklich laut aussprechen? Er wirkte weder betroffen noch irritiert, sondern hatte den Kuss noch nicht einmal erwähnt! »Oder getan habe ... also, könnten wir das bitte für immer aus unserem Gedächtnis verbannen?«, fuhr sie fort.

»Kein Problem«, sagte er und sah aus dem Fenster. »Machen wir.«

***

Der restliche Sonntag verging in einer ruhelosen Mischung aus kurzen Schläfchen und kohlehydratreichen Mahlzeiten. Ben rief zweimal an, doch Eleanor konnte sich nicht überwinden ranzugehen. Allein der Anblick seines Namens auf dem Display ließ Übelkeit in ihr aufsteigen. Sie konnte sich unmöglich mit ihm treffen. Sie hatte weder den Mut noch die Nerven dafür. Zum Glück ließ er sich mit einer wortreichen, verkaterten Entschuldigung abspeisen. Dabei war er so süß gewesen, hatte ihr – typisch Ben – angeboten, etwas Essbares und alles, was sie sonst noch so brauchen könnte, vorbeizubringen, was ihre Schuldgefühle nur noch verschlimmerte.

Am Montagmorgen war der Kater zwar überwunden, doch die emotionalen Wunden blieben. Sie würde sich in PowerPoint-Präsentationen und Excelsheets vergraben, das war vermutlich das Beste. Meetings kamen jedenfalls nicht infrage. Ihr Team würde sich ausnahmsweise einmal allein behelfen müssen. Ihr Gehirn brauchte konkrete Aufgaben und Logik statt endloses Gequatsche und kreatives Nachdenken.

Es war ein Kuss im Suff.

Ein einziger dämlicher Kuss.

Und ausgerechnet mit Fin! Aber er hat nichts bedeutet.

»Sie lebt! Und wieder eine Hochzeit überstanden!« Sals Stimme ertönte hinter ihr. Eleanor fuhr zusammen und fegte dabei ihr Notizbuch vom Tisch.

»Du liebe Zeit, du bist ja vielleicht schreckhaft.« Sal reichte ihr das Notizbuch und setzte sich auf die Schreibtischkante.

»Du hast dich von hinten angeschlichen, was erwartest du?«, blaffte Eleanor.

»Holla.« Sal hob die Hände. »Was ist denn mit dir los?«

Eleanor seufzte. »Gar nichts. Tut mir leid, aber mir geht's nicht besonders.«

»Tequila?« Sal grinste.

»Nicht«, stöhnte Eleanor. »Wieso habe ich mir das angetan?«

»Weil du auf Schmerzen stehst, so wie die meisten. War es wenigstens gut?«

»Ja, es war nett. Wie war der Geburtstag deiner Mutter?«

»Öde. Das übliche Familiengedöns.« Sal zuckte die Achseln. »Los, erzähl mir von der Hochzeit. Auf den Fotos hat Laura atemberaubend ausgesehen.«

Eleanor zögerte. Normalerweise wäre Sal die Erste, der sie von ihrem Ausrutscher erzählen würde, doch Sal kannte Ben, und Eleanor war bewusst, wie idiotisch es gewesen war, was sie getan hatte. Es brachte doch nichts, ein Drama aus dem Vorfall zu machen, oder?

»Es war die übliche Hochzeit. Klassisch, teuer, elegant und so schön, dass einem die Tränen kamen. Was hätte man von Laura auch sonst erwartet?«

Weiter so. Schön unverbindlich. Keine Details. Nichts, wo sie einhaken kann.

»Und Fin?«

Eleanors Magen verkrampfte sich.

»Was ist mit ihm?«

Sal kniff die Augen zusammen. »Hat er sich auch amüsiert?«

»Ach so. Ja, sehr sogar. Ich glaube, irgendwann ist er mit einer von Lauras Kolleginnen abgezogen.« Eleanors Stimme war übertrieben laut und ein bisschen zu schrill geworden. »Die meiste Zeit habe ich ihn gar nicht gesehen.«

»Verstehe.« Sal verschränkte die Arme vor der Brust und beäugte Eleanor weiter argwöhnisch. »Bist du sicher, dass alles in Ordnung ist? Du benimmst dich seltsam, und ich weiß nicht, wieso.«

Eleanor spürte Schweißperlen auf der Stirn. Sie verzog das Gesicht zu einem Lächeln und zwang sich zur Ruhe.

»Ich habe nur jede Menge Deadlines diese Woche, und ich glaube, ich habe heute Morgen meinen Kater mit zu viel Kaffee bekämpft. Für Triple Shots, wie du sie dir reinziehst, bin ich nicht geschaffen.«

»Aha. Wenn du meinst.« Sal hob eine Braue. »Sieh zu, dass du den restlichen Tag kein Koffein mehr zu dir nimmst, okay? Du weißt ja, wie schräg du von dem Zeug draufkommst.«

Eleanor nickte brav. »Klar.«

»Gut. Ich muss mich beeilen. Gleich fängt eine neue Praktikantin an, und ich muss ihr gleich mal zeigen, was Sache ist.« Sie seufzte.

»Viel Spaß«, rief Eleanor ihr nach und hatte schon jetzt Mitleid mit dem armen Mädchen, das die volle Breitseite von Sal bekäme.

»Danke, ich versuch's.« Sal wollte sich zum Gehen wenden, hielt jedoch inne. »Wie sind denn deine Pläne für diese Woche? Gehen wir mal was trinken?«

»Klar. Morgen kann ich allerdings nicht, da habe ich Kunstkurs.«

»Kunstkurs?«, fragte Sal verblüfft.

»Ja.«

»Du malst also wieder?« Sal nickte wohlwollend. »Solltest du je ein Aktmodell brauchen, weißt du ja, wo du mich findest.« Sie zwinkerte Eleanor zu.

»Leider sind wir gerade beim Obstkorb, aber ich behalte dein Angebot im Hinterkopf.«

Sal lächelte boshaft. »Bitte.«

Erleichtert sah Eleanor ihr nach, als sie davonging. Sie hatte ihre erste Begegnung mit Sal überstanden, wenn auch mit Ach und Krach. Sie war nicht sicher gewesen, ob sie nach fünf Minuten bereits ein umfassendes Geständnis ablegen würde, doch es war ihr gelungen, den Mund zu halten und ihr Geheimnis nicht preiszugeben. Fin würde nichts sagen, so viel stand fest. Der Fin, den sie kannte, ertrug keine Auseinandersetzungen, und sie hoffte inbrünstig, dass sich daran nichts geändert hatte.

Der Fin, den du kanntest, hätte den Kuss nicht erwidert.

»Nein.« Sie ballte die Fäuste. »Schluss jetzt mit Fin.«

Fin

Er starrte schon so lange auf den Bildschirm seines Computers, dass seine Augen schmerzten. Den Sonntag hatte er komplett vergessen können – offenbar hatte ihm die Nacht zuvor doch mehr abverlangt als gedacht, und er hatte den ganzen Nachmittag schlafend auf dem Sofa verbracht. Er musste Heidi dringend die Fotos übergeben; es war wichtig, keine Verpflichtungen mehr zu haben, wenn er in die USA zurückkehrte. Nach dem Tod seiner Mutter gäbe es keinerlei Bindungen mehr an Großbritannien, keine Altlasten oder unerledigte Angelegenheiten.

Du willst also einfach abhauen und ein weiteres Mal aus Eleanors Leben verschwinden?

Er rieb sich die Augen mit den Handflächen und schob die Gedanken mit brutaler Entschiedenheit weg. Er hatte sich erhofft, die Bearbeitung der Fotos schenke ihm Ablenkung, doch offenbar ließ sich Eleanor nicht so einfach aus seinem Bewusstsein drängen. Er war durcheinander. Natürlich wusste er, dass der Kuss nichts bedeutet hatte – sie war stockbetrunken gewesen –, trotzdem war es schön, dass sie wieder miteinander redeten, und er wollte das nicht zerstören. Musste er das Thema noch einmal zur Sprache bringen? Sichergehen, dass zwischen ihnen alles klar war?

Nein. Lass es gut sein.

Mit irgendjemandem musste er jedoch darüber reden, nur mit wem? Mit seiner Mutter? Auf keinen Fall. Schwester Clara? Allein bei der Vorstellung musste er lachen.

Fin sah auf die Uhr. Bei ihm in London war es acht Uhr morgens. Ob Rob an einem Sonntagabend so lange wach wäre?

»Es gibt nur eine Möglichkeit, es herauszufinden.« Er griff nach seinem Handy und scrollte zur Nummer seines Freunds.

»Hey, Kumpel.« Beim Klang von Robs Stimme musste Fin lächeln. Sie war wie eine Dosis frischen kalifornischen Sonnenscheins. »Wie geht's dir so?«

»Ganz gut. Es wundert mich, dass du noch wach bist.«

»Ach, du kennst mich ja. Ich bin eine Nachteule.« Rob seufzte. »Was gibt es bei dir Neues? Wie geht es deiner Mum?«

Fin klappte den Laptop zu und ließ sich auf dem Sofa zurücksinken. »Nicht besonders, und trotzdem kämpft sie jeden Tag eisern weiter.«

»Wahrscheinlich hast du von ihr deinen Sturkopf geerbt«, bemerkte Rob.

»Wahrscheinlich. Wie läuft es bei dir? Immer noch in den Fängen der ersten Verliebtheit?«

»Pass auf, was du sagst! Aber, ja, ich bin immer noch mit Rachel zusammen. Es läuft erstaunlich gut mit uns.«

»Hast du ihr schon erzählt, dass du leidenschaftlicher Fleischfresser bist?«, witzelte Fin.

»Das musste ich, Kumpel. Es war echt hart. Mit ihr auszugehen und zusehen zu müssen, wie die all die fetten

Steaks vorbeitragen, während ich an meinem Pilz-Tofu-Burger herumsäble. Aber es macht ihr offenbar nichts aus. Vielleicht ist das ja Liebe, wer weiß?«

Woher zum Teufel soll ich das wissen?

»Muss es wohl. Ich freue mich für dich. Sobald ich zurück bin, gehen wir mal etwas trinken, okay? Ich will die Frau unbedingt kennenlernen und mich überzeugen, dass es sie wirklich gibt.«

»Aber hallo. Der Finley-Taylor-Genehmigungsstempel ist ein Muss für jede Frau in meinem Leben.« Robs Stimme troff vor Boshaftigkeit. »Aber erzähl von dir. Hast du dich mit Freunden von früher getroffen, gegen die du mich eintauschen willst?«

Fins Lippen prickelten bei der Erinnerung an Eleanors Kuss. »Äh ... also das ...«

»Ich wusste es!«, rief Rob. »Wer sind die Leute? Hast du Spaß mit ihnen? Wen muss ich vom Thron schubsen?«

»Das meine ich nicht. Sondern...« Fin fuhr sich mit der Hand durchs Haar.

»Was ist passiert?«

»Eigentlich gar nichts.«

»Klingt aber nicht danach«, bemerkte Rob.

»Also, um es kurz zu machen. Letzten Samstag war ich mit einer alten Freundin bei einer Hochzeit. Sie brauchte eine Begleitung, und ich habe meine Dienste angeboten. Alles ganz locker und zwanglos.«

»Wie immer ein Gentleman«, warf Rob ein.

»So in der Art.« Wie zum Teufel sollte er Rob das Ganze erklären? Eleanors und seine Freundschaft war so tiefschürfend, dass die Schilderung allein dem Vorfall nicht gerecht werden würde.

»Gut. Du warst also mit dieser alten Freundin bei der Hochzeit«, sagte Rob.

»Und wir haben uns geküsst«, platzte Fin heraus.

»Ist doch super. Und?«

»Und … sie war betrunken.«

»Wie betrunken?«

Fin hielt inne. Schon jetzt überlief ihn allein bei der Erinnerung ein Schauder. »So betrunken, dass sie sich danach übergeben musste.«

Rob lachte so laut, dass Fin sich das Handy vom Ohr weghalten musste.

»Bitte«, stöhnte er.

»Tut mir leid, Kumpel, aber das ist zum Totlachen. Was für ein mieser Küsser bist du?« Das schallende Gelächter dröhnte noch eine geschlagene Minute länger durch die Leitung. »Tut mir leid, tut mir leid. Weiter. Du hast sie also abgeknutscht, und sie hat gekotzt. Und wie kamst du dann aus der Nummer raus beziehungsweise was ist dann passiert?«

»Nichts.«

»Nichts?«

»Ich habe sie in ihr Hotelzimmer gebracht und ins Bett gesteckt«, sagte Fin.

»Und du bist sicher, dass ihr nur alte Freunde seid?«

»Ja.« Fin zögerte. »Nur Freunde.«

»Wo ist dann das Problem? Ich will dir ja nicht zu nahe treten, aber wir machen alle mal Blödsinn, wenn wir betrunken sind. Wenn du keine Gefühle für sie hast und ihr bloß Kumpels seid, ist doch alles bestens, oder nicht?«

Fin holte tief Luft. »Es ist nur … sie sagt, sie erinnere sich an rein gar nichts, und es fühlt sich seltsam an, nichts zu sagen. Sollte ich ihr sagen, was passiert ist? Ich will nicht, dass etwas zwischen uns steht.«

»Nein. Du lieber Gott, bloß nicht!«, erklärte Rob entschieden.

»Wieso nicht?«

»Wenn sie bisher nicht damit angefangen hat, lass es gut sein. Wenn Frauen über etwas reden wollen, kommen sie schon von alleine damit an, ansonsten solltest du es auf sich beruhen lassen. Wenn du es aufs Tapet bringst, wird es nur umso komischer zwischen euch.«

Fin ließ den Ratschlag auf sich wirken.

»Nur weil du neuerdings die Finger vom Alkohol lässt, heißt das nicht, dass auch alle anderen die reinsten Engel sind.«

»Stimmt. Ich bin ein Geschenk des Himmels«, frotzelte Fin, während ihm eine Million Gedanken durch den Kopf schossen.

»Eines, das mit seiner Kusstechnik die Mädels zum Kotzen bringt.«

»He, daran bin ich nicht schuld, sondern der Tequila.«

»Na klar«, höhnte Rob. »Okay, Kumpel, ich gehe jetzt ins Bett. Halt mich auf dem Laufenden.«

»Danke, mein Freund. Mache ich.«

Fin legte auf und versuchte, etwas von Robs Ruhe auf sich zu übertragen.

Es ist alles bestens.
Alles läuft prima.

Die Bearbeitung der Fotos dauerte nicht lange. Heidi war so ein perfektes Model, dass winzige Änderungen genügten. Er konnte nur hoffen, dass sie vom Ergebnis ebenso begeistert war wie er. Als er fertig war, beschloss er, ins Pflegeheim zu fahren. Was hätte er auch sonst mit seiner Zeit anfangen sollen?

»Heidi?« Er klopfte vorsichtig an die Tür. »Ich bin's, Fin. Ich wollte Ihnen etwas zeigen.«

»Kommen Sie rein«, ertönte die knappe Antwort.

Fin öffnete die Tür und fand Heidi in ihrer gewohnten Position vor – aufrecht im Bett und stur aus dem Fenster starrend.

»Ich habe die Fotos fertig gemacht und dachte, Sie wollen sie bestimmt sehen und vielleicht ein paar aussuchen, die ich für Sie ausdrucken soll«, meinte er zögernd. Auch jetzt machte sie sich nicht die Mühe, sich ihm zuzuwenden.

»Klar.« Sie seufzte, als stelle allein seine Gegenwart eine Last für sie dar.

Fin setzte sich ans Bett und nahm den Laptop aus seiner Tasche. »Ich habe sie ein klein wenig bearbeitet, hauptsächlich wegen des Lichts, aber wenn ich ehrlich sein soll, waren sie auch so nahezu perfekt.«

Heidi richtete den Blick auf den Bildschirm. »Sie müssen ihn näher heranhalten.« Sie schnalzte mit der Zunge. »Meine Augen sind nicht mehr so gut.« Angespannt kaute sie auf ihren dünnen Lippen. »So wie alles andere.«

»Ich kann den Laptop auch hier hinstellen.« Er erhob sich und platzierte den Computer auf ihrem Schoß. »Jetzt müssen Sie nur noch hier draufdrücken...« – er zeigte auf den kleinen Pfeil – »um sich durch die Auswahl zu klicken.«

Die alte Dame nickte, während sie das Foto vor ihr betrachtete. Schweigend sah Fin zu, wobei er sich bemühte, irgendeinen Hinweis darauf zu bekommen, was sie von seiner Arbeit hielt, doch die Frau war so transparent wie eine Betonmauer.

Nur unter Aufbietung all seiner Willenskraft gelang es ihm, nichts zu sagen, doch nach einer gefühlten Ewigkeit löste sie den Blick vom Bildschirm und legte den Kopf leicht schief, während der Anflug eines Zuckens um ihre Mundwinkel erschien.

»Danke«, sagte sie resolut. »Die sind wirklich ...« Ihre Augen wurden glasig, und ihre Stimme brach. »Sie sind perfekt.«

»Es freut mich, dass sie Ihnen gefallen.« Er nickte. »Welche soll ich denn ausdrucken?«

Heidi richtete den Blick wieder auf den Bildschirm und klickte sich durch die Auswahl. »Diese drei.« Sie hielt inne. Ihre Miene wurde eine Spur weicher. »Bitte.«

»Natürlich.« Er nahm den Laptop wieder entgegen und markierte die Fotos, ehe er ihn einpackte. »Ich bringe sie im Lauf der Woche vorbei.« Er schwang sich seinen Rucksack über die Schulter und wandte sich zum Gehen.

»Fin?«, hörte er ihre Stimme auf halbem Weg aus dem Zimmer und wandte sich noch einmal zu ihr um. Die gewohnte Strenge hatte wieder die Oberhand auf ihren Zügen gewonnen. »Richten Sie doch bitte auch Eleanor meinen Dank aus.«

Er lächelte. »Das werde ich.« Wieder wandte er sich um, und erneut ließ ihn ihre Stimme innehalten.

»Ach ja, und Fin?« Sie hob eine drahtige Braue. »Ich an Ihrer Stelle … ich würde sie nicht gehen lassen, jetzt, wo Sie sie zurückhaben.«

»Entschuldigung?«

»Sie haben mich sehr wohl verstanden«, erwiderte sie rundheraus.

»Ich glaube, Sie haben die Situation leicht fehlinterpretiert, Heidi. Eleanor und ich sind bloß Freunde.« Er lachte ein wenig verlegen, während sich erneut das Bild des Kusses vor sein geistiges Auge schob.

»Das sieht man.«

»Oh.« Ein Fünkchen Enttäuschung flackerte in ihm auf. »Was haben Sie dann gemeint?«

»Ich meinte …« Heidi seufzte genervt und starrte wieder zum Fenster hinaus. »Jemandem wie mir, der den Großteil seines Lebens allein zugebracht hat, fällt es schwer, Freunde zu finden. Aber wenn es einem gelungen ist, erscheint es fast kriminell, sie einfach im Stich zu lassen. Das ist meine Meinung.«

»Natürlich.« Er lächelte dünn. »Ich werde es mir merken.«

»Auf Wiedersehen, Mr. Taylor.«

»Auf Wiedersehen, Heidi.« Fin zog sich eilig zurück und schloss leise die Tür hinter sich.

Einen Moment lang stand er auf dem Korridor und dachte über Heidis Abschiedsworte nach. Ganz offensichtlich steckte mehr in dieser Frau, als man auf den ersten Blick dachte. Unter diesen dicken stählernen Schichten schien ein lebendes Wesen zu existieren, doch er wusste ums Verrecken nicht, wie er es länger als ein paar Sekunden hervorlocken sollte.

»Hi, Fin.« Eine junge Schwester trat aus einem der angrenzenden Krankenzimmer. »Sie haben den Besuch bei Heidi offensichtlich überlebt, was?« Sie strahlte ihn an, auch wenn die dunklen Ringe unter ihren Augen ein unübersehbarer Beweis für ihre Erschöpfung waren.

»Mit Ach und Krach«, antwortete er scherzhaft. »Wie geht's meiner Mum?«, fragte er, wohl wissend, dass seine Mutter ihm freiwillig keine Auskunft über ihren wahren Zustand geben würde.

Die Schwester schenkte ihm ein ermutigendes Lächeln. »Der Arzt war vorhin bei ihr und hat ihr weitere schmerzstillende Medikamente gegeben. Wenn sie wach ist, wirkt sie recht lebhaft, aber sie schläft viel.« Ein Anflug von Traurigkeit machte sich bemerkbar. »Wollten Sie sie besuchen gehen?«

»Ja, ich war gerade auf dem Weg zu ihr«, sagte er.

»Das wird sie freuen«, erwiderte die Schwester. »Ich sollte dann mal wieder. Bis bald.« Sie winkte ihm zu und hastete in die entgegengesetzte Richtung davon.

»Bis bald«, sagte er in die Stille hinein.

Eleanor

Am Dienstagabend konnte Eleanor es kaum erwarten, endlich wieder einen Pinsel in der Hand zu halten. Es war seltsam, dass das Bedürfnis zu malen nach nur einem Versuch wiedererwacht war – wie eine aus dem Schlaf gerissene Bestie, die danach gierte, ihre Bedürfnisse zu befriedigen.

»Hallo, Eleanor, meine Liebe«, rief Agatha, halb jubelnd, halb zwitschernd, als Eleanor hereinkam. »Wir hatten schon Angst, Sie tauchen überhaupt nicht mehr auf, aber jetzt sind Sie ja hier. Sehen Sie nur, Ihr Platz wartet schon auf Sie.« Sie deutete auf einen leeren Stuhl neben Reggie, der bereits auf seinem Platz saß und dessen Begeisterung sich in Grenzen zu halten schien.

»Danke, Agatha.« Eleanor durchquerte den Raum, noch immer ganz betreten von der ungewollten Aufmerksamkeit.

»Gott sei Dank, dass Sie zurückgekommen sind«, brummte er. »Sie hat die ganze Zeit auf mir herumgehackt und mir die Schuld gegeben, weil Sie weggeblieben sind.« Er nickte in Richtung Agatha, die sich am Tisch mit den Erfrischungen zu schaffen machte. »Sie hat gesagt, ich hätte Sie bestimmt beleidigt. Können Sie sich das vorstellen? Ich? Jemanden beleidigen?« Er winkte mit seiner runzeligen Hand ab. »Nie im Leben!«

Eleanor hängte ihre Jacke über den Stuhl und lächelte ihn an. »Nein, Sie sind doch der Inbegriff der Warmherzigkeit und Gastfreundlichkeit, stimmt's, Reggie?«

Er lachte auf. »So weit würde ich vielleicht nicht gehen, aber mit einer Tasse Tee und einem Keks in der Hand wäre ich vielleicht eine Idee warmherziger und gastfreundlicher.«

»So, so?« Sie musterte ihn verschmitzt. »Nur gut, dass ich mir gerade etwas holen wollte. Bei der Gelegenheit kann ich Ihnen ja etwas mitbringen.«

»Aber nur die mit Marmelade gefüllten Kekse«, rief er ihr hinterher, als sie zu Agatha trat. »Bevor die anderen sie in ihre gierigen Finger bekommen!«

»Seine Töchter dachten, der Malkurs würde ihn etwas zugänglicher machen. Ihm Freude bereiten.« Agatha gab ohne jede Scham fünf Stück Zucker in ihren Tee. »Ich finde ja, wir haben wahre Wunder gewirkt, nicht?« Zwinkernd reichte sie Eleanor die Keksschachtel.

»Absolut.« Eleanor grinste.

»Wir freuen uns alle sehr, dass Sie wieder da sind.« Agatha senkte die Stimme und beugte sich näher. »Ich glaube auch, unser nächstes Projekt entspricht eher Ihrem Geschmack als verschimmelte alte Birnen.«

»Tatsächlich?«, fragte Eleanor neugierig.

»Aber ja. Sobald die anderen hier sind, zeige ich, was ich meine.« Sie tippte sich mit der Fingerspitze an die Nase und kehrte in die Mitte des Stuhlkreises zurück, ehe Eleanor ihr mit zwei Tassen Tee und einem Teller Kekse folgte.

»Beeilung!«, murrte Reggie. »Enid hat die ganze Schachtel verputzt, bevor wir auch nur ein Krümelchen bekommen haben.«

»Und selbst das bekommen Sie nicht, wenn Sie mich weiter so anpflaumen«, erwiderte Eleanor.

Agatha klatschte begeistert in die Hände. »Ohhh, Reggie, jetzt ist Vorsicht angesagt. Offenbar macht unsere Eleanor keine Gefangenen. Also, kommt rein und setzt euch, Leute! Es wird Zeit, unser neuestes und spannendes Projekt zu enthüllen!«

Eleanor hastete zu ihrem Platz zurück, sorgsam darauf bedacht, nichts von dem heißen Tee auf ihre Hand zu verschütten.

»Die meisten von euch kenne ich schon sehr lange. Und es liegt auf der Hand, dass ihr euer Talent nicht mit altem Obst und Geschirr vergeuden solltet. Jetzt geht's in die nächste Runde«, verkündete sie mit geradezu überschäumender Energie. »Deshalb habe ich mir überlegt, wir könnten heute einmal unsere Fantasie spielen lassen«, flüsterte sie dramatisch und ließ den Blick um Begeisterung heischend über die Runde schweifen, was jedoch lediglich mit dem Scharren von Stuhlbeinen und lautem Kauen quittiert wurde.

»Also!«, rief Agatha. »*Was heißt das*, höre ich euch alle aufgeregt rufen! Nun, das will ich euch verraten!« Die Kursteilnehmer saßen weiter stumm und mit ausdruckslosen Mienen da. »Ich werde euch ein Wort nennen, das uns als Motto für den nächsten Monat dienen soll. Ihr werdet ein Kunstwerk malen oder erschaffen, welches dieses

Wort für euch darstellt. Ihr habt vollständige kreative Freiheit, solange es mit dem Thema zu tun hat.«

Allgemeines Nicken.

»Am Monatsende werden alle ihre Arbeiten präsentieren, und dann gibt es eine kleine Feier. Na, klingt das gut?«

Weiteres Nicken, vereinzelte Zustimmung.

Reggie beugte sich näher. »Ich wette um den letzten Marmeladenkeks, dass das Wort *Liebe* ist«, raunte er, sodass nur Eleanor ihn hören konnte.

Eleanor nippte an ihrem Tee. »Um den hier?«, fragte sie und hielt den mit Himbeermarmelade gefüllten Mürbekeks hoch.

»Genau den.«

»Ich glaube nicht, dass Agatha so durchschaubar ist. Da traue ich ihr schon etwas mehr zu.« Eleanor legte den Keks weg und hielt Reggie die Hand hin. »Angenommen.«

Er ergriff sie und schüttelte sie. »Das war ein großer Fehler, Mädchen.« Er lachte leise und lehnte sich wieder auf seinem Stuhl nach hinten.

»Also, wollt ihr das Motto hören?« Agatha rieb sich die Hände. Ihre Augen waren so weit aufgerissen, dass sie die Hälfte ihres Gesichts einzunehmen schienen.

»Nun lassen Sie die Katze schon aus dem Sack!«, polterte Reggie.

»Schon gut, nur die Ruhe, Mister Naseweis!«, tadelte Agatha milde. »Also, das Motto des Monats ist … *Vergiss mein nicht*«, flötete sie und breitete begeistert die Arme aus.

»Aber das ist doch kein Wort«, protestierte Reggie. »*Vergiss mein nicht*?«, schnaubte er. »Was soll das überhaupt heißen?«

Eleanor blickte in die nicht minder verwirrten Gesichter der anderen. Agatha ließ die Arme sinken, als ihr Enthusiasmus jäh zerstob.

»Ich hielt es für ein raffiniertes Wortspiel.« Wieder sah sie die Anwesenden um Unterstützung flehend an. Aber niemand schien davon überzeugt.

»Ja, es ist auch wirklich raffiniert«, erwiderte Eleanor zu ihrer eigenen Verblüffung.

Was tust du da, Eleanor? Halt den Mund!

Doch Agathas mutlose Miene war zu unerträglich.

»Man kann es auf Vergissmeinnicht beziehen, die Blume ...«, fuhr Eleanor fort. »Auf die Farbe Vergissmeinnichtblau oder auf die Tatsache, dass jemand nicht will, dass man ihn oder sie vergisst. Etwas oder jemanden, den man verloren hat. Es gibt jede Menge Möglichkeiten, mit denen man spielen kann.«

»Oder malen!«, erwiderte Agatha zwinkernd, sichtlich dankbar für Eleanors Unterstützung. »Sind alle damit einverstanden?«

Neuerliches Raunen verriet, dass die Gruppe sich der Aufgabe fügte.

»Hervorragend. Also dann ... auf die Plätze ... fertig ... malt!«, jubelte Agatha.

Eleanor schnappte sich den Keks und hielt ihn triumphierend hoch. »Sieht ganz so aus, als würde der hier mir gehören, was?«

»Sie hat *Wort* gesagt, *ein* verflixtes Wort!«, maulte Reggie. »Wie kann es meine Schuld sein, dass sie sich nicht an ihre eigenen Angaben hält?«

»Seien Sie doch kein so schlechter Verlierer, das steht Ihnen nicht gut zu Gesicht.« Lächelnd schob Eleanor sich den ganzen Keks auf einmal in den Mund.

»Ich sage Ihnen was. Ehrlich gesagt würde ich diesen ganzen blöden Kurs am liebsten komplett vergessen«, brummte Reggie.

»Wieso zeichnen Sie nicht einen Blumenstrauß, pinseln ihn blau an, und das war's?«, schlug Eleanor vor und wandte sich ihrer recht großen, leeren Leinwand zu.

»Weil das meine enormen Fähigkeiten und mein Talent nicht widerspiegeln würde«, gab Reggie zurück, ließ seine arthritischen Knöchel knacken und zog diverse Zeichenutensilien aus seiner Tasche.

»Vergiss mein nicht«, murmelte Eleanor, schloss die Augen und ließ ihren Gedanken freien Lauf.

Unvermittelt schob sich ein Gesicht vor ihr geistiges Auge, klar und real, als stünde er leibhaftig vor ihr.

»Okay, Dad«, sagte sie und griff nach dem Stift. »Dann wollen wir mal.«

***

Am Freitagabend wurden ihre Versuche, Ben aus dem Weg zu gehen, jäh durchkreuzt, als er zu ihrer Überraschung mit Essen vom Lieferservice und dunkler Schokolade vor ihrer Tür stand.

»Wenn die Lady nicht zu mir kommt, muss ich wohl zu ihr kommen.« Mit einem Achselzucken drückte er ihr die Plastiktüten mit dem Essen in die Hand.

»Ben!« Sie war völlig verdattert. Alle möglichen Gedanken schwirrten in ihrem Kopf herum, und eine Flut an Gefühlen spülte über ihr Herz. »Ich freue mich wirklich sehr, dich zu sehen, Aber das wäre doch nicht nötig gewesen!«

»Ich wollte dich aber sehen.« Sein Lächeln verflüchtigte sich. »Moment, bist du beschäftigt? Tut mir leid, der Gedanke kam mir gar nicht. Hast du Besuch?«

Eleanor musste lachen. »Nein, kein Problem. Komm rein.« Sie wandte sich um und ging in die Küche, wobei ihr Magen als Reaktion auf die würzigen Aromen lautstark knurrte.

»Ziemlich heftige Woche gehabt, was?«, fragte er und lehnte sich gegen die Arbeitsplatte. Seine kräftige Statur war das genaue Gegenteil von Fins Körperbau.

Wieso denkst du ausgerechnet jetzt an Fin?

Ich denke doch gar nicht an ihn.

Sondern habe nur beobachtet und festgestellt.

Lass es.

»Ja, es war hektischer als erwartet.« Sie packte die Lieferkartons aus, wobei sie den Blickkontakt mied. »Wie war deine Woche?«

»Gut. Immer dasselbe.« Er trat hinter sie und legte ihr die Hände um die Taille. Sofort bekam sie eine Gänsehaut. »Aber jetzt ist es sehr viel besser.« Er vergrub das Gesicht an ihrer Halsbeuge.

»Hey!« Sie lehnte sich kurz gegen ihn. »Wir sollten loslegen, sonst wird alles kalt.«

»O Mann«, stöhnte er, als sie sich wieder löste. »Du machst mich echt fertig. Ich habe dich so lange nicht gesehen.« Er fuhr sich mit der Hand über sein raspelkurzes Haar.

Genauso wie Fin.

Entschieden drängte sie den Gedanken beiseite und machte sich an der Besteckschublade zu schaffen.

Reiß dich zusammen.

Sie drehte sich zu ihm und lächelte ironisch. »Tja, Mr. Ryans, je schneller wir essen, umso schneller können wir ...« Sie hielt inne, überrascht über ihre eigene Kühnheit. »Uns mit anderen Dingen beschäftigen.«

Seine blauen Augen blitzten. Er schnappte die Teller und stürmte zum Tisch. »Wenn das so ist ... worauf wartest du noch?«

»Du bist so albern.« Sie lachte. »Nur wegen einer Sache hergekommen, gib's zu. Typisch.«

»Genau.« Er sah sie voller Intensität an. »Ich bin wegen dir hier.«

Eine verwirrende Mischung aus Sehnsucht und Schuld durchströmte Eleanor. Sie zwang sich, den Blick zu lösen, und lachte nervös. »Und hier bin ich.«

»Ich stehe drauf, wenn du verlegen wirst.«

Eleanor warf ihm einen vernichtenden Blick zu.

»Schon gut, schon gut, ich halte jetzt den Mund und esse.« Er nahm einen der Lieferbehälter und gab den Inhalt auf seinen Teller. »Wie geht's Fin?«

Eleanor hielt erschrocken inne und verschüttete etwas von der Currysoße auf den Tisch.

»Was meinst du damit?«, fragte sie misstrauisch.

Ben, der ihre Reaktion nicht mitzubekommen schien, schaufelte weiter Essen auf seinen Teller. »Ich meine, wie es ihm geht. Was ist mit seiner Mutter?«

Eleanor versuchte, ihr wie wild hämmerndes Herz zu einem normalen Schlag zu bewegen.

»Seit dem Wochenende habe ich nicht mehr mit ihm gesprochen. Ich schreibe ihm später eine Nachricht.«

Nein, wirst du nicht.

Wieder überkamen sie Schuldgefühle. Weil sie Fin geküsst hatte. Weil sie ihm die ganze Woche aus dem Weg gegangen war. Weil sie hier mit dem reizenden Ben saß und über den Kuss mit Fin nachdachte. Wie viele Gefühle sollte ihr winziges Herz denn noch beherbergen?

»Vergiss nicht, wir Männer schaffen es nicht so leicht, über unsere Gefühle zu sprechen.« Er wickelte seine gebratenen Singapur-Nudeln um die Gabel. »Vielleicht braucht er eine kleine Ermutigung.«

Sie setzte ein, wie sie hoffte, aufrichtig wirkendes Lächeln auf. »Alles klar. Ich werde ihn mal ein bisschen anstupsen.«

Ein bisschen anstupsen?

Was zum Teufel redest du da?

Ben brach in Gelächter aus. »Wenn du es so ausdrücken willst ... gern.« Seine Augen funkelten vielsagend. »Aber nicht zu sehr stupsen. Heb dir noch ein bisschen für mich auf.«

Eleanor wurde erneut rot. »Hör auf damit.« Sie verpasste ihm einen spielerischen Klaps aufs Handgelenk.

»Das hast du gesagt, nicht ich.« Er zwinkerte ihr zu.

Stille breitete sich aus, so entspannt und angenehm wie immer zwischen ihnen. Leider galt das nicht für Eleanors Innenleben. Sie tat sich grundsätzlich schwer damit abzuschalten, doch heute erreichte ihre Anspannung ein ungeahntes Ausmaß.

»Was machst du nächsten Freitag?«, fragte Ben und schob stolz seinen leer geputzten Teller weg.

Eleanor musterte ihn argwöhnisch. »Nichts. Wieso?«

»Brauche ich einen Grund, um meine Liebste zum Abendessen auszuführen?« Er grinste.

Eleanors Gedanken überschlugen sich.

Liebste?

Hat er mich gerade als seine Liebste bezeichnet?

»Du solltest mal dein Gesicht sehen!« Er lachte auf. »Du siehst aus, als hättest du panische Angst.«

»Nein, nein.« Eilig brachte sie ihre Gesichtszüge unter Kontrolle. »Ich hatte nur nicht damit gerechnet, dass du das sagst.«

»Das mit dem Essen?« Er beugte sich vor und grinste sie an. »Oder das mit der Liebsten?«

»Du weißt genau, welchen Teil!«

»Und?«

»Und was?«

»Gehst du mit mir am Freitag essen?« Ben legte seine Hand auf ihre. »Als meine Liebste?«

Seine Berührung brachte ihre umherwirbelnden Gedanken zum Stillstand. »Das wäre schön«, sagte sie. Die Vorfreude brachte ihre Haut zum Prickeln.

»Wunderbar.« Er grinste. »Also, meine nächste Frage lautet … was gibt's als Dessert? Ehrlich gesagt hoffe ich sehr auf dich.«

»Du bist so was von durchschaubar.« Sie kreischte, als er sie auf seinen Schoß zog und ihren Hals zu küssen begann.

Fin

Seit Eleanor ihn nach der Hochzeit zu Hause abgesetzt hatte, herrschte Funkstille zwischen ihnen. Was vermutlich nicht weiter ungewöhnlich war, schließlich standen sie sonst auch nicht in ständigem Kontakt. Trotzdem fühlte sich ihr Schweigen demonstrativ und nach Absicht an. Mehrmals überlegte er, ihr eine Nachricht zu schreiben, aber was hätte er schreiben wollen? *Wie geht's so? Lust, einen Kaffee trinken zu gehen?* Nein. Rob hatte völlig recht: Wenn sie reden wollte, würde sie sich schon melden. Ärgerlich war nur, dass er außer Eleanor niemanden in London kannte, deshalb beschränkte sich sein Leben wieder auf Netflix und Besuche im Pflegeheim, und beides war nicht sonderlich angenehm.

»Hey, Mum.« Er schloss so leise wie möglich die Tür hinter sich und senkte die Stimme, als er sah, dass sie schlief. Auf Zehenspitzen schlich er quer durchs Zimmer und setzte sich auf den Stuhl neben ihrem Bett. Gerade als er seine Allzweckwaffe, das Rätselheft, aus der Tasche ziehen wollte, fiel sein Blick auf einen großen Karton neben dem Fußende ihres Bettes, auf den jemand mit dickem Filzstift seinen Namen geschrieben hatte. Er sah kurz zu seiner Mutter, die immer noch tief und fest schlief, dann schob er vorsichtig seinen Stuhl in die Richtung und versuchte, den Karton hochzuheben, der jedoch erstaunlich schwer war. Deshalb ließ er ihn stehen und setzte sich auf den Teppich.

Seine Neugier erwachte, vermischt mit schlechtem Gewissen.

Soll ich den Karton ohne ihr Wissen aufmachen?

Aber es steht doch mein Name drauf!

Die Stimmen in seinem Kopf stritten, bis die Neugier schließlich siegte. Er überprüfte den Karton, der nicht zugeklebt war, hob vorsichtig den Deckel ab und spähte hinein.

Enttäuschung durchströmte ihn.

»Fotos und Papierkram«, brummte er, zog einen Stapel alter Fotos und Spiralhefter heraus, die er auf den Boden legte. »Nichts als Bürokram.«

»Fin?«, murmelte seine Mutter verschlafen. Eilig legte er alles in den Karton zurück und schloss den Deckel.

»Hey!«, sagte er eine Spur zu fröhlich.

»Was tust du da unten?«

»Ich habe meinen Stift fallen lassen und wollte ihn suchen, ohne dich zu wecken.«

»Oh. Und hast du ihn gefunden?«

»Ja, alles bestens.« Er wedelte übertrieben mit dem Stift. »Wie fühlst du dich?«

»Geht so.« Sie setzte sich ein Stück auf, doch selbst die minimale Bewegung schien sie unendlich anzustrengen. »Hast du etwas Brauchbares gefunden?«

Er setzte sich neben das Bett und sah sie an. »Was meinst du?«

»In dem Karton, in dem du gerade gewühlt hast.« Sie lachte heiser.

»Ah.« Er grinste schuldbewusst. »Ertappt.«

»Ein guter Lügner warst du ja noch nie«, sinnierte sie. »Für dich ist das wahrscheinlich nur alter Krempel, aber in diesem Karton liegen all die Erinnerungsstücke von zu Hause, die ich hierher mitgenommen habe. Ich dachte, du könntest sie vielleicht durchsehen, ob du etwas davon behalten willst, wenn ich … du weißt schon.« Sie blickte auf ihre pergamentartigen Hände. »Wenn ich sterbe.«

Die Schonungslosigkeit, ja beinahe Beiläufigkeit, mit der sie es aussprach, ließ ihn erschrocken zusammenzucken. Obwohl ihr Ableben unaufhaltsam näher rückte, war es immer noch ein Thema, über das sie seit seiner Ankunft nie wirklich gesprochen hatten. Vielleicht lag es ja in der Familie, heikle Gespräche zu umgehen.

»Danke. Ich sehe mir die Sachen später an.«

»Lange wird es nicht mehr dauern«, fuhr seine Mutter fort. »Gestern war der Arzt hier. Es sieht so aus, als ginge es jetzt recht rasch dem Ende zu.«

»Das tut mir leid. Gibt es …« Er wollte ihre Hand ergreifen, unterließ es jedoch im letzten Moment. »Kann ich etwas tun? Irgendwie helfen?«

»Ja, es gibt da etwas.«

»Klar. Was denn?«

»Ich will, dass du deinen Vater anrufst.« Sie schloss die Augen, als müsse sie sich sammeln.

»Was?«, rief er aufgebracht. »Nein!«

»Fin.« Seufzend schlug sie die Augen wieder auf. »Das geht schon viel zu lange so, und du hast gesagt, du willst mir helfen.«

»Ja, und ich meinte damit, ob ich dir dein Lieblings-gericht oder deine Lieblingsblumen besorgen soll.« Ihm war bewusst, wie kindisch und trotzig das klang, doch ihre Bitte hatte ihn völlig überrumpelt. »Und nicht das. Alles, aber nicht das.«

»Bitte. Tu's für mich. Es ist mir wichtig«, sagte sie leise und unendlich müde.

Fin saß schweigend da und dachte über die Bitte nach. Konnte er allen Ernstes einer Sterbenden so etwas abschla-gen? Ging der Hass auf seinen Vater so tief?

»Weiß er, dass du hier bist?«, fragte er schließlich.

»Nein, aber ich möchte, dass du es ihm sagst.«

»Wieso?«

»Weil er zwanzig Jahre mein Ehemann war, und bevor ich sterbe, soll er wissen, dass ich ihm verziehen habe.«

Das war zu viel. Das letzte Quäntchen Geduld, das Fin noch gehabt hatte, verflog.

»Wieso?«, rief er. »Nach allem, was er dir angetan hat? Uns angetan?« Die Wut pulsierte durch seine Venen, ge-wann die Oberhand über all seine Sinne. »Wie, Mum? Sag es mir. Wie kannst du ihm so etwas verzeihen? Er hat uns verlassen. Er hat dich einfach alleingelassen.«

»Ich war aber nicht allein«, flüsterte sie.

»Doch, das warst du. Und du hast geweint und dich be-schwert, du seist ohne ihn so einsam. Wie unfair es sei, dass er einfach eine andere heirate und mit ihr glücklich würde, während du allein zurückbleiben müsstest.« Die Erinne-rungen schnitten sich wie Rasierklingen in sein Bewusst-sein. »Weißt du, wie oft ich mir anhören musste, wie du dich in den Schlaf geweint hast? Ich war fünfzehn, Mum. *Fünfzehn!* Ein Junge, der seine Mum brauchte. Alles, was ich mir gewünscht habe, war ein Leben mit dir, nachdem er uns verlassen hatte. Ein anständiges Zuhause. Aber du hast ihm immer nur hinterhergeheult. Ich war ja nicht gut genug. Nichts, was ich getan habe, war jemals gut genug.«

»Aber das stimmt doch nicht.« Sie kniff die Augen fest zusammen.

»Tatsächlich? Selbst nachdem ich von zu Hause weggegangen bin, habe ich nur etwas von dir gehört, wenn du über Dad reden wolltest. Es ging immer nur um ihn.«

»Ich weiß.« Verzweifelt schüttelte Eileen den Kopf. »Glaubst du nicht, dass ich mir heute wünsche, ich hätte alles anders gemacht, Fin? Glaubst du nicht, dass ich mich dafür hasse, dass ich so war?« Ihre Atemzüge wurden schwerer, und ihr Brustkasten hob und senkte sich in einem raschen Rhythmus.

»Aber es hat sich doch rein gar nichts geändert«, schrie er und zwang sich, sitzen zu bleiben, obwohl ihn der Frust regelrecht von seinem Stuhl hochtrieb. »Selbst jetzt, auf deinem Sterbebett, willst du, dass ich ihm Bescheid sage. Gleichzeitig musste mich eine wildfremde Frau hinter deinem Rücken anrufen und informieren, dass du todkrank bist. Was glaubst du wohl, wie ich mich da fühle, Mum?« Seine Stimme brach. All der Schmerz, den er all die Jahre so sorgsam in den Tiefen seines Bewusstseins vergraben hatte, brach sich nun Bahn und schwemmte an die Oberfläche.

»Ich wusste ja nicht, ob du noch etwas mit mir zu tun haben wolltest. Du hast nicht mehr geschrieben, nachdem du nach Amerika gegangen warst. Ich habe ein paarmal versucht, dich anzurufen, aber du bist nicht rangegangen, deshalb dachte ich, du hättest ein neues Leben angefangen. Ohne mich. Und soll ich dir etwas sagen? Wie hätte ich es dir verdenken können? Ich war wohl kaum die Mutter des Jahres.« Sie ließ den Kopf nach hinten sinken, während ihr die Tränen über die eingefallenen Wangen liefen. »Und ich habe dich nicht angerufen, als ich krank geworden bin, weil ich dich nicht damit belasten wollte. Du hast schon genug Zeit damit vertan, mich vom Boden aufzuheben und dich um mich zu kümmern. Ich wollte dir das nicht noch länger zumuten.«

Fin konnte nicht sprechen. Ihre Höllenqual war schier unerträglich, trotzdem loderte auch jetzt noch die Wut in ihm.

»Ich habe versagt, Fin, habe dich auf so vielerlei Arten im Stich gelassen, und es hat viel zu lange gedauert, bis ich das erkannt habe. Es tut mir leid, und ich erwarte auch nicht, dass du mir verzeihst, aber ich will nicht im Groll oder mit Reue im Herzen sterben, sondern reinen Tisch machen. Würdest du mir also bitte helfen?«

Fin schloss die Augen und ließ die Worte für einen Moment im Raum stehen.

»Rufst du deinen Vater für mich an? Bitte?«

»Na gut, ich tu's«, sagte er, sorgsam darauf bedacht, seine Stimme emotionslos klingen zu lassen. Er wusste, dass er sich von seinen eigenen Gefühlen so weit distanzieren musste, wie er nur konnte. »Wann? Wann soll ich ihn anrufen?«

Ihr Blick sprach Bände.

»Jetzt sofort, oder?« Widerstrebend stand er auf. »Hast du seine Nummer?«

Sie nickte. »In meinem Adressbuch auf dem Nachttisch.«

»Ich bin gleich wieder hier.« Er nahm das Adressbuch an sich, schob es abrupt in seine Jackentasche und wandte sich zum Gehen. Gerade als er die Tür schließen wollte, hielt er inne. »Du hast dich geirrt.« Er blickte die winzige Gestalt mit den hoffnungsvollen, müden Augen an. »Es war nie eine Last für mich. Du warst meine Mum.«

Er wartete ihre Reaktion nicht ab, sondern trat hinaus und zog leise die Tür hinter sich zu.

***

Los, tu's endlich.

Ruf an, sag, was du zu sagen hast, und leg wieder auf.

Fin war bewusst, dass er nicht den Luxus hatte, lange zu warten, trotzdem stand er da und versuchte, Zeit zu schinden. Mehr als zehn Minuten waren vergangen, seit er seine Mutter zurückgelassen hatte, und doch zögerte er den Anruf immer wieder hinaus.

»Ganz einfach«, murmelte er und tigerte auf der Straße vor dem Pflegeheim auf und ab. »Kinderleicht.« Er sah auf sein Handy und wählte schließlich.

»Hallo?« Nach dem zweiten Klingeln drang die Stimme seines Vaters durch die Leitung.

»Hi ... ist da Brian?«

362

Wieso so förmlich?

Weil ich ihn schließlich nicht Dad nennen kann, oder?

»Ja ... am Apparat.« Die dröhnende Stimme vibrierte in seinem Ohr. »Darf ich fragen, wer da ist?«

»Fin.«

Fin hörte, wie sein Vater tief Luft holte, dann herrschte tödliche Stille.

»Finley Taylor«, sagte er, als wäre es beim ersten Mal nicht klar gewesen.

»Ich weiß, wer Fin ist.« Sein Vater klang gereizt. »Geht es dir gut?«

»Ja, mir geht es gut.«

Fasse dich kurz.

»Es geht um Mum«, sagte er. »Keine Ahnung, wie viel du weißt, aber sie hat mich gebeten, dich anzurufen und dir zu sagen, dass sie krank ist. Schwer krank. Also ...« Fin ballte die Fäuste und zwang sich, die Worte über die Lippen zu bekommen. »Sie hat nicht mehr lange zu leben.«

Das einzige Geräusch am anderen Ende der Leitung war tiefes, schweres Atmen.

»Deshalb ... sie wollte, dass ich es dir sage.« Fin hielt inne. »Bist du noch dran?«

Sein Vater räusperte sich. »Ja, ich bin noch dran.«

»Gut.« Fin war nicht sicher, was er als Nächstes sagen sollte. Natürlich hatte er damit gerechnet, dass sich der Anruf schwierig und schmerzvoll gestalten würde, aber auf das Schweigen war er nicht gefasst gewesen. Sich zu artikulieren, war seinem Vater nie schwergefallen, vielmehr hatte

363

er für Fins Geschmack stets zu viel und zu laut geredet. Das hier war Neuland, und es gefiel ihm überhaupt nicht.

»Sonst noch was?«, fragte sein Vater mechanisch.

»Äh.« Fin trat mit dem Fuß gegen den Bordstein. »Ich soll dir ausrichten, dass sie dir verzeiht.«

Wieder herrschte Stille. Selbst die Atemzüge seines Vaters waren kaum noch zu hören.

»Das war's eigentlich«, endete Fin.

»Gut.« Wieder räusperte sich sein Vater. »Nun, es tut mir leid, das zu hören.«

Fin wartete. Das konnte doch nicht alles gewesen sein, oder? Da musste doch mehr kommen. Aber die Stille hielt an.

»Und … ich hoffe, sie hat keine Schmerzen.«

»Du hoffst, sie hat keine *Schmerzen*?« Fin lachte auf. »Du lieber Gott, ihr Körper wird vom Krebs zerfressen, sie ist dement und liegt in einem Bett in einem Pflegeheim, vollgepumpt mit Schmerzmedikamenten bis zu den Ohren.« Die Worte sprudelten nur so aus ihm heraus, der Schmerz, der Frust, die aufgestauten Gefühle, die sich nun plötzlich Bahn brachen.

»Das ist doch nicht meine Schuld«, erwiderte sein Vater unverblümt. »Es tut mir leid, dass ihr das passiert, aber ich bin nicht länger für sie verantwortlich.«

Am liebsten hätte Fin laut geschrien, sein Telefon auf die Straße geworfen und es kaputt getrampelt.

»Niemand verlangt von dir, Verantwortung zu übernehmen. Ich bitte dich nur, dich ein einziges Mal in deinem beschissenen Leben nicht wie das letzte Arschloch zu be-

364

nehmen, sondern der Frau, mit der du immerhin zwanzig Jahre verheiratet warst, ein Minimum an Menschlichkeit entgegenzubringen, bevor sie stirbt. Das kann ja wohl nicht zu viel verlangt sein, oder?« Er spürte eine Ader an seiner Schläfe pochen, während die Wut immer noch in ihm tobte.

»Wie gesagt, bitte richte ihr aus, dass es mir leidtut.« Es war, als hätte Fin mit einem Roboter gesprochen, der immer nur dieselbe nervtötende Antwort gab.

Fin umklammerte sein Handy. »Keine Sorge, ich werde ihr dein aufrichtiges Mitgefühl übermitteln.« Er hielt inne, während die Worte in seinem Innern darauf drängten, über seine Lippen zu kommen.

Tu's nicht.

Das ist es nicht wert.

Er *ist es nicht wert.*

Doch es war zu spät. Der giftige Hass sprudelte aus ihm heraus, bevor er es verhindern konnte. »Und glaub mir, eines Tages wird es dir leidtun. Es wird dir leidtun, dass du nicht weißt, was du mit deinem erbärmlichen Leben anfangen sollst. Und ich hoffe verdammt noch mal aufrichtig, dass es dann niemanden gibt, der dir hilft, dich besser zu fühlen, oder dir sagt, dass alles gut wird. Ich hoffe, du wachst eines Tages auf, ganz allein und voller Reue.« Seine Hände zitterten, seine Stimme bebte. »Denn das ist das Mindeste, was du verdienst.«

Fin legte auf. Mehr gab es nicht zu sagen. Er hatte es hinter sich, und es war endlich an der Zeit, nach vorn zu blicken.

Damals: 18 Jahre alt

Fin

Fin sah auf die Uhr. Ihm blieben noch gut zwei Stunden, ehe das Taxi hier wäre, und seine Mum käme frühestens in vier Stunden.

Du schaffst das.

Alles wird gut.

Fin holte tief Luft und konzentrierte sich auf das, was noch zu tun war. Er hatte fast alle seine Sachen gepackt, der Visumsantrag war ausgefüllt, die Tickets und sein Pass lagen parat, der Brief an Eleanor war geschrieben und zugeklebt; sprich, er musste bloß ein paar Sandwiches schmieren und in der Küche Snacks und Müsliriegel holen.

»Fin«, ertönte eine laute Stimme von draußen.

Er ging auf die Knie.

»Es ist zu spät, ich habe dich schon durchs Küchenfenster gesehen«, rief Eleanor. »Ich bleibe hier stehen und schreie weiter, wenn du nicht runterkommst und mich reinlässt.«

Das würde sie nicht tun …

»Finley Taylor!« Ihre Stimme wurde noch lauter. »Probier's lieber nicht aus.«

Sie würde.

Widerstrebend stand er auf und spähte aus dem Fenster. Da stand sie – seine beste Freundin auf der ganzen Welt starrte mit in die Hüften gestemmten Händen und finsterer Miene zu ihm hoch.

»Gerne auch sofort«, fügte sie wütend hinzu.

Fin fuhr sich mit den Händen durchs Haar. Ihm war klar, dass es kein Entrinnen gab, deshalb schlurfte er langsam aus seinem Zimmer und die Treppe hinunter, wobei ihm bei jedem Schritt neue Ausreden und Lügen durch den Kopf gingen.

Sie muss es ja nicht erfahren.

Noch eine weitere Lüge schadet nicht.

Doch sowie er die Tür aufmachte, wusste er, dass jeder Versuch, sie hinters Licht zu führen, sinnlos wäre. Eleanor brauchte ihn nur anzusehen, und schon sprudelte die Wahrheit aus ihm heraus. Sie war der einzige Mensch, mit dem er vollkommen ehrlich sein konnte, nur eben in den letzten Wochen nicht. Gewissensbisse quälten ihn.

Ich musste lügen.

Es war zu ihrem eigenen Besten.

»Willst du mich nicht reinbitten?«, fragte sie.

»Klar.« Fin trat zur Seite. Kaum hatte sie einen Fuß über die Schwelle gesetzt, fuhr sie zu ihm herum.

»Also, was soll das hier?«, stieß sie hervor, wobei ihre Wut gerade so viel Raum ließ, dass sich ihre Kränkung unter der Oberfläche zeigen konnte. »In den letzten zwei Wochen bist du praktisch komplett von der Bildfläche verschwunden. Ich habe angerufen, habe Nachrichten geschrieben.« Fin setzte zu einer Erwiderung an, doch sie kam ihm zuvor. »Und verschone mich mit Quatsch à la ›Ich war krank‹ oder so. Es geht dir gut. Ich weiß, dass du putzmunter bist. Wieso gehst du mir also aus dem Weg?«

Fin vergrub die Hände in den Taschen und spürte, wie seine Schultern herabsackten. »Ich musste ein paar Dinge klarkriegen«, sagte er lahm.

»Dinge?« Sie klang beängstigend wie seine Mutter. Gerade als er es ihr sagen wollte, ging ihm auf, dass dies womöglich nicht der günstigste Zeitpunkt dafür war.

»Ja. Dinge.«

»Super, aber belaste mich bloß nicht mit irgendwelchen Einzelheiten«, blaffte sie.

»Ich weiß nicht, was du von mir willst.« Er zuckte die Achseln.

»Ich will, dass du mir sagst, wieso du mich meidest. Wieso hat mein allerbester Freund plötzlich aufgehört, mit mir zu reden?« Besorgnis zeichnete sich auf ihrer Miene ab. »Liegt es daran, dass ich deiner Mutter von diesem Abend neulich erzählt habe?«

Fin spürte die Scham, die sich wie eine eiskalte Faust um seine Kehle legte. Er konnte sich zwar nicht im Detail an den Abend erinnern, als sie ihn am Boden liegend vorgefunden hatte, doch die Fragmente genügten ihm schon. »Nein.« Er schüttelte den Kopf.

»Das ist der Grund, oder?« Sie trat näher und musterte ihn mit zusammengekniffenen Augen. Fin versuchte, ihrem Blick auszuweichen, doch es gelang ihm nicht. Sie stand so dicht vor ihm, dass ihm der Duft ihrer Haut in die Nase stieg und er ihren Atem spüren konnte, der sich mit seinem eigenen vermischte.

»Es tut mir leid, Fin. Ich habe mir Sorgen um dich gemacht. So hatte ich dich noch nie gesehen, und ich musste jemandem davon erzählen«, sagte sie, während ihre wütende Fassade zu bröckeln begann. »Und du hast gesagt, dass alles in Ordnung war, nachdem du mit ihr geredet hattest.«

»War's auch. Bis sie es meinem Vater erzählt hat.« Fin spürte die heiße Wut in seinem Innern, deren glühendes Feuer die Scham auffraß.

»Oh.« Eleanor wich zurück. »Und was hat er gesagt?«, fragte sie vorsichtig.

»Nur das Übliche.« Er biss die Zähne zusammen. »Dass ich eine jämmerliche Verschwendung von Platz und Zeit bin und er sich schämt, mich als seinen Sohn bezeichnen zu müssen. Dass er mich in den Entzug steckt, ob ich will oder nicht. Dass nur etwas aus mir werden würde, wenn ich endlich aufhöre, mich wie ein Kleinkind aufzuführen.« Tränen stiegen ihm in die Augen, doch er drängte sie entschieden zurück. Er wollte nicht weinen. Nicht wegen seines Dads.

»Es tut mir so leid, ich hatte ja keine Ahnung.« Eleanors Miene wurde weich. »Und gehst du hin?«

»Wohin? In eine Entzugsklinik?« Fin lachte. »Nein. Vergiss es. Ich haue ab.«

Eleanor sah ihn verwirrt an. »Was meinst du damit?«

»Ich verlasse das Land. Ich verschwinde aus diesem Drecksloch. Weg von diesem Arschloch von Dad und dem

Jammerlappen von Mutter. Heute Abend geht mein Flug.«
Er zuckte zusammen, als er sah, wie Eleanor die Kinnlade
herunterfiel.

»Nein.« Sie trat auf ihn zu und nahm seine Arme.
»Nicht. Du darfst nicht gehen.«

»Ich muss.« Er löste sich von ihr. »Ich kann nicht bleiben, Elles. Das verstehst du doch, oder?«

»Aber was ist mit mir? Ich bin ja noch hier.« In ihrer
Stimme lag eine solche Angst, dass Fin Mühe hatte, sein
Vorhaben nicht auf der Stelle in den Wind zu schreiben,
sondern ihr stattdessen zu versprechen, dass er für immer bei ihr bleiben, sie niemals verlassen würde. Aber das
konnte er nicht. Er wollte sie nicht länger belasten. Wenn
er bliebe, würde sie alles daransetzen, dass es ihm gut ging,
aber das war nicht richtig. Es war nicht fair.

»Du kommst schon klar. Du gehst an die Uni, findest
jede Menge neuer Freunde, und dann kannst du mich an
all den coolen Orten besuchen kommen, an denen ich
lande.« Er rang sich ein Lächeln ab, doch Eleanors Miene
blieb versteinert.

»Ich will aber keine anderen Freunde. Sondern dich.
Was ist mit unseren Plänen? Du hast es mir versprochen.«

Fin spürte, wie das Bedürfnis zu bleiben mit jedem weiteren Wort wuchs, das über ihre Lippen kam. Genau aus
diesem Grund hatte er sie vor seiner Abreise nicht mehr
sehen wollen – er hatte gewusst, dass es ihm zu schwer-
fiele, sich von ihr zu verabschieden.

»Wir sind keine Kinder mehr, Elles«, herrschte er sie an.
»Ich gehe, ob es dir nun gefällt oder nicht.«

»Wie kannst du nur so verdammt egoistisch sein!«, stieß sie hervor, machte auf dem Absatz kehrt und stürmte davon.

* * *

Nicht einmal zwei Stunden später war er bereit zum Aufbruch. Er hatte seiner Mutter einen Zettel geschrieben; sie mochte nicht die beste Mutter der Welt gewesen sein, aber dass ihr Sohn ohne irgendeine Erklärung einfach verschwand, hatte sie ganz bestimmt nicht verdient. Sein Zusammenstoß mit Eleanor lag ihm immer noch schwer im Magen, doch jetzt war nicht der richtige Zeitpunkt, um darüber nachzugrübeln, sonst würde er den Absprung niemals schaffen.

In diesem Moment wurde laut an die Tür geklopft.

»Hallo?«, rief er zögerlich.

»Taxi für Mr. Taylor?«, ertönte eine muntere Stimme.

»Komme schon!« Er schwang sich den Rucksack auf den Rücken und sah sich ein letztes Mal um. Das Haus, einst Garant für Sicherheit und Zusammenhalt, war inzwischen von bitteren Worten und unausgesprochener Abneigung erfüllt.

»Brauchen Sie Hilfe mit dem Gepäck?«, fragte der Taxifahrer durch die geschlossene Tür.

Fin öffnete sie und trat hinaus. »Nein, kein Problem. Ich reise mit leichtem Gepäck.«

»Wie schön. Kurztrip, ja?«, fragte der Mann.

»Nicht ganz.« Grinsend folgte Fin dem Fahrer den Weg entlang zu dem schwarzen Taxi am Straßenrand. »Ich fliege nach Indien.«

»Großer Gott, und wie lange?«

»Keine Ahnung.« Er schwang seinen Rucksack in den Kofferraum und spürte, wie ihm das Ausmaß seiner Entscheidung allmählich bewusst wurde.

»Ganz schön mutig. Gefällt mir.« Der Mann nickte wohlwollend. »Okay. Einsteigen?«

Fin wollte gerade die Beifahrertür öffnen, als er eine Gestalt angelaufen kommen sah. Er kniff die Augen zusammen und erkannte den Schopf fliegender dunkler Locken.

»Fin!«, rief Eleanor. »Warte!«

»Ich steige schon mal ein.« Der Taxifahrer zwinkerte ihm zu und schwang sich hinter das Steuer.

»Noch nicht!«, rief Eleanor. Fin sah zu, wie sie immer näher kam, ehe sie schließlich schwer atmend und mit roten Wangen vor ihm stand.

»Eleanor, was um alles in der Welt tust du da?«

»Ich musste mich doch verabschieden!«

Fin musste lachen, als er die Schweißperlen sah, die ihr übers Gesicht liefen. »Du liebe Zeit, wie weit bist du denn gerannt?«

Eleanor hielt sich die Taille. »Von mir zu Hause bis hierher. So schnell wie noch nie, ganz ehrlich. Täte mir nicht alles weh, wäre ich verdammt stolz auf mich.«

»Das mit vorhin tut mir leid«, murmelte er.

»Mir auch.« Sie sah ihn durchdringend an. »Darf ich zum Flughafen mitkommen? Um dich anständig zu verabschieden.« Das helle Braun ihrer Augen schimmerte fast golden im schwindenden Sonnenlicht.

»Elles.« Fin strich ihr eine Locke aus dem Gesicht und spürte, wie die Mischung aus Liebe und Verlust sein Herz mit bitterer Süße erfüllte. »Ich wünsche mir nichts mehr als das.«

»Du bist doch mein Bester, Fin«, seufzte sie.

»Und du meine Besteste, Elles«, erwiderte er, öffnete die Wagentür und stieg ein.

Eleanor

Eleanor war bewusst, wie unreif sie sich benahm, doch aus irgendeinem Grund ließ sie die Tatsache, dass sie nicht mit Fin redete, die Kussepisode sehr viel leichter vergessen, nach dem Motto *Aus den Augen, aus dem Sinn*. Das war der Schlüssel. Als hilfreich erwies sich auch, dass sie zwischen ihrer Arbeit, den Kunstkursen, Ben und Mittagessen bei ihrer Mutter beschäftigt und abgelenkt war.

»Ich habe einen Bärenhunger«, sagte Freya, als sie sonntags aus dem Wagen stiegen. »Vielleicht bin ich sogar enttäuscht, wenn es heute keine fünf Desserts gibt.«

Eleanor rang sich ein schwaches Lachen ab.

»Ganz ehrlich, Fins Gesicht neulich, als das Trifle auf den Tisch kam, war ein Bild für Götter«, spottete sie. »Ich dachte, gleich fängt er an zu weinen! Es ist so schön, dass er wieder hier ist. Er hat mir wirklich gefehlt.«

»Stimmt, ja.«

»Glaubst du, er bleibt noch eine Weile, wenn seine Mutter gestorben ist? Eigentlich will ich nicht, dass er wieder geht.«

»Ja«, antwortete Eleanor gedankenverloren.

»Entschuldige mal, aber hörst du mir überhaupt zu?«, bellte Freya und stieß ihre Schwester gegen die Schulter, während sie den Weg zur Haustür entlanggingen.

»Jaja, tut mir leid.« Eleanor riss sich zusammen. »Ich versuche nur, mich innerlich wegzubeamen, bevor wir reingehen. Das ist eine neue Strategie, die ich ausprobieren wollte«, witzelte sie.

»Gar nicht mal so übel, die Idee.« Freya musterte sie beeindruckt. »Soll ich die Begrüßung übernehmen?« Sie nickte in Richtung der rosa Haustür und hob die Hand.

»Bitte. Gern.«

Freya klopfte energisch an die Tür. Normalerweise stand ihre Mutter parat, sobald sie in die gekieste Auffahrt bogen, heute jedoch herrschte Stille.

»Mum?«, rief Eleanor, als Freya ein wenig lauter klopfte. Immer noch nichts.

»Wo könnte sie stecken? Sie hat doch nicht etwa einen Mann im Haus?« Entsetzt riss Freya die Augen auf.

»Iiiihhh, niemals. Für Angela Levy gibt es nur einen Partner im Leben. Sie würde sich nie mit einem anderen Mann einlassen«, erwiderte Eleanor, wobei sie sich nach Kräften bemühte, ihren eigenen Worten Glauben zu schenken.

»Mum?«, rief Freya und hämmerte gegen die Tür.

»Schon gut, einen Moment, ja?«, ertönte die laute Stimme von drinnen, in der ein Zittern lag, das keine der Schwestern je von ihr gehört hatten.

Sie sahen einander fragend an.

»Klingt sie okay für dich?«, fragte Freya leise.

Ehe Eleanor etwas erwidern konnte, ging die Haustür auf.

»Mum?«, stieß Freya erschrocken hervor und starrte die Gestalt an: die gestandene, auffällig in Schichten aus paillettenbesetztem Chiffon und bestickter Seide gehüllte Frau hatte sich in eine Seniorin im Morgenrock verwandelt. Ihr normalerweise sorgfältig geschminktes Gesicht war bleich, ihr sonst stets geföhntes Haar hing schlaff herab.

»Geht's dir gut, Mum?«, fragte Eleanor verblüfft.

»Kommt rein, kommt«, stieß sie kläglich hervor und schlang den weichen Morgenrock enger um sich.

Niemand sagte etwas. Die Situation war zu surreal. Auf der Suche nach einem Hinweis, was hier los war, sah Eleanor sich um, während ihre Mutter voran in die Küche ging und sich auf einen Stuhl setzte.

»Freya, mach uns doch einen Tee, ja?«, sagte Eleanor, als sie ihre Stimme wiedergefunden hatte. »Mum, was ist denn los mit dir? Bist du krank?«

Angela stieß so etwas wie ein ersticktes Lachen aus. »Nein, nein, ich bin nicht krank. Allerdings kann ich nachvollziehen, wie ihr auf die Idee kommt.« Beschämt strich sie ihr abstehendes Haar glatt. »Ich wollte nicht, dass ihr mich so seht.«

»Du siehst doch gut aus.« Vorsichtig berührte Freya ihre Schulter.

»Ich bitte dich.« Ihre Mutter schnaubte abfällig. »Nicht mal bei deiner Geburt habe ich so miserabel ausgesehen, Schatz, und die war, gelinde gesagt, die reinste Qual.«

Freya warf Eleanor einen »Übernimm du«-Blick zu und widmete sich dem Tee.

»Also gut. Du siehst fürchterlich aus«, bemerkte Eleanor rundheraus – die perfekte Imitation von Angela Levys manchmal etwas derben Zuneigungsbekundungen. »Was glaubst du wohl, wieso wir uns solche Sorgen machen? Sieh es uns nach, wenn wir das Schlimmste befürchtet haben.«

Die Mundwinkel ihrer Mutter hoben sich kaum merklich, und die Andeutung eines Lächelns erschien auf ihren Zügen.

»Also …«, fuhr Eleanor fort, »was ist passiert?«

Angela seufzte. »Na ja, alles war so weit bestens. Ich bin aufgestanden, habe meine Dehnübungen gemacht und eine Weile mit eurem Vater geplaudert.« Freya warf ihrer Schwester einen besorgten Blick zu, den diese jedoch ignorierte. Dass ihre Mutter immer noch mit ihrem Vater sprach, könnten sie auch später ausdiskutieren. »Gerade als ich Frühstück machen wollte, hat das Telefon geklingelt. Es war eine der Schwestern aus Eileens Pflegeheim.« Angelas Stimme begann zu zittern. »Eileen«, flüsterte sie und schüttelte verzweifelt den Kopf. »Ach, die arme Eileen.«

Eleanors Gedanken überschlugen sich. Am liebsten hätte sie ihre Mutter gedrängt, mit der Sprache herauszurücken, gleichzeitig wusste sie, dass sie Geduld haben musste.

Angela sammelte sich und fuhr fort. »Der Arzt sagt, es sei bloß noch eine Frage von Tagen. Ich wusste ja, dass es früher oder später kommen wird. Das wussten wir alle. Bei meinen Besuchen kann sie neuerdings kaum noch die Augen offen halten, und mehrere Schwestern haben mir bestätigt, dass es nicht an mir liegt!« Kurz blitzte Angela Levys Humor zwischen den Wolken der Betrübnis auf. »Aber jetzt zu hören, dass … ich glaube, es hat mich daran erinnert, wie es bei eurem Vater war. Diese letzten Tage.

Das Wissen, dass die Zeit verrinnt. Und dann hat es plötzlich geklingelt, und ihr beide standet vor der Tür. Ich muss stundenlang hier gesessen haben.«

Sofort dachte Eleanor an Fin.

»Es tut mir so leid, Mum.« Freya setzte sich an den Tisch und reichte ihrer Mutter einen großen Becher Tee. »Das ist schlimm.«

»Ja.« Eleanor ergriff Angelas Hand. »Das stimmt.«

»Hmmm.« Seufzend nippte Angela an ihrem Tee.

»Haben sie es erst heute gemerkt?«, fragte Eleanor, als Versuch, diskret herauszufinden, was für eine schlechte Freundin sie Fin gewesen war.

»Nein. Der Arzt war wohl schon vor ein paar Tagen bei ihr, glaube ich.«

»Oh«, sagte Eleanor niedergeschlagen.

»Es wundert mich, dass du nichts davon wusstest«, fuhr ihre Mutter fort. »Hast du nicht mit Fin gesprochen?«

»Nein, eigentlich nicht«, antwortete Eleanor schuldbewusst. »Ich dachte, er meldet sich, wenn etwas wirklich Schlimmes passiert.«

»Eleanor!«, rief ihre Mutter ungläubig, und alle Anzeichen der betrübten, sanftmütigen Frau, die gerade noch am Tisch gesessen hatte, waren schlagartig verschwunden. »Seine Mutter liegt im Sterben! Hast du ernsthaft erwartet, dass er dich anruft? Er ist ein Mann, und Männer reden nicht von allein.«

»Und du denkst, ich könnte ihn dazu bringen? Ich kenne ihn doch gar nicht mehr.«

Du kennst ihn zumindest gut genug, um ihn zu küssen.

»Doch, das tust du, Kind. Tief im Innern ist er immer noch der Junge, mit dem du aufgewachsen bist. Aber wie auch immer ...«, schnaubte sie und knallte den Becher auf den Tisch. »Denkst du etwa, euer Vater hätte freiwillig den Mund aufgemacht? Wohl kaum.«

»Entschuldigung, ich hatte viel um die Ohren.«

»Unsinn!«, blaffte Angela. »Eine faulere Ausrede habe ich schon lange nicht mehr gehört.«

»Es stimmt aber!«, protestierte Eleanor. »Außerdem geht es jetzt nicht um mich, sondern um dich. Geht's dir gut?«

Mit einem Mal sah ihre Mutter an sich hinunter. »Du meine Güte«, rief sie angewidert, »wie sehe ich bloß aus? Ich muss sofort duschen.«

»Bist du sicher, dass du nicht noch eine Weile hier sitzen bleiben willst?«, fragte Freya vorsichtig mit einem Seitenblick auf Eleanor.

»Ich habe lange genug hier herumgehockt und mich im Selbstmitleid gesuhlt, Schatz«, erwiderte Angela. »Damit ist ja auch keinem geholfen.« Sie erhob sich entschieden. »Eleanor, du rufst Fin an, und Freya macht uns solange ein paar Sandwiches. Im Kühlschrank steht alles, was du brauchst. Ich bin gleich fertig.«

Sie verließ die Küche.

»Wow.« Noch immer fassungslos, sah Freya Eleanor an. »Da wird auf der Heimfahrt eine Nachbesprechung fällig.«

»Aber hallo.« Eleanor stand auf und räumte die halb leeren Becher weg. »Los, mach schon. Wenn sie runterkommt und wir nicht alles vorbereitet haben, gibt's den nächsten Anschiss.«

»Was ist mit Fin? Willst du ihn nicht anrufen?«

»Später. Es fällt mir leichter, wenn Mum nicht mit Riesenohren danebensteht.«

»Gute Idee.« Freya riss den Kühlschrank auf und spähte hinein. »Ohhh, das ist ja eine Quiche. Meinst du, wir dürfen die essen?«

Eleanor lächelte trotz ihres immer noch schlechten Gewissens. »Wir reden immer noch über Mum. Bestimmt will sie, dass wir alles aufessen!«

***

Eine ausgiebige Dusche, vier Mini-Sandwiches und drei Stückchen Quiche schienen zu genügen, um Angela Levys Lebensgeister zurückkehren zu lassen. Freya und Eleanor hatten zwar darauf bestanden, bis abends zu bleiben, aus Angst, ihre Mutter könnte wieder in ihre Morgenmantel-Betrübnis verfallen, sobald sie weg waren, doch Angela schickte sie mit Beteuerungen, es gehe ihr gut, und einer Ladung Tupperware-Dosen nach Hause.

»Das war echt krass, was?«, bemerkte Freya, als sie davonfuhren.

»Sehr seltsam«, stimmte Eleanor zu, noch immer fassungslos über den Zustand, in dem sie ihre Mutter vorgefunden hatten.

»Soweit ich mich erinnere, ging es ihr nicht mal nach Dads Tod so schlecht … mit Ausnahme der Beerdigung natürlich«, sagte Freya traurig. »Aber danach war sie sofort wieder die Alte.«

Die Erkenntnis durchzuckte Eleanor mit einem scharfen Stich. »Das glaube ich nicht«, widersprach sie mit einem Seitenblick auf ihre Schwester. »Sie hat nur so getan. Wegen uns.«

Freya lehnte den Kopf gegen die Seitenscheibe. »Mist.«

Lange Zeit schwiegen beide. Eleanor versuchte krampfhaft, das Bild ihrer Mutter zu verdrängen, die heimlich im Morgenrock am Tisch saß und bittere Tränen vergoss.

»Ich frage mich, wie es Fin damit geht«, durchbrach Freya schließlich die Stille, wobei sie jedes Wort so betonte, dass Eleanor nicht vorgeben konnte, sie verstehe sie nicht.

»Bestimmt kriegt er das hin. Es ist anders als damals. Er ist anders.«

»Wenn du meinst.«

»Das tue ich«, erklärte sie mit fester Stimme, obwohl sie ihre Angst nicht leugnen konnte. »Aber ich rufe ihn an, sobald ich nach Hause komme.«

»Das ist bestimmt schlimm für ihn. Jetzt hat er endgültig keine Familie mehr«, sagte Freya leise.

»Doch«, widersprach Eleanor. »Er hat noch seinen Dad. Und eine Tante und Cousins irgendwo im Norden. Er hat durchaus Familie, Freya.«

»Stimmt! Weil sein Dad auch so ein netter Mensch ist«, erwiderte Freya finster.

Eleanor seufzte genervt. »Ich verstehe, worauf du hinauswillst, aber er wird es überstehen.« Sie drückte den Arm ihrer Schwester. »Außerdem hat er ja noch uns, schon vergessen? Wir werden immer seine Familie sein.«

»Ich denke schon.« Freya ließ den Kopf gegen die Nackenstütze sinken und schloss die Augen. »Ruf ihn einfach an, okay?«

Eleanor sah ihre Schwester an, der die Sorge ins Gesicht geschrieben stand. Manchmal vergaß sie, dass es nicht nur ihr Leben war, aus dem Fin verschwunden war. Ihre Schwester hatte ihn ebenso heiß und innig geliebt wie sie selbst, und seine Flucht hatte auch in ihrem Herzen tiefe Wunden geschlagen.

»Ich verspreche es. Sobald ich nach Hause komme.«

***

Eleanor hatte drei Mal angerufen und zwei Nachrichten geschrieben. Wo war eigentlich die Grenze zwischen Sorge und Belästigung? Sie sah Freyas besorgte Miene wieder vor sich.

Also gut.

Einmal versuche ich es noch.

Sie nahm ihr Handy und scrollte zu seiner Nummer. Auch diesmal ging niemand ran.

»Ich kann nicht sagen, ich hätte es nicht versucht, Schwesterherz.« Gerade als sie ihr Handy aufs Sofa legen wollte, vibrierte es.

Eingehender Anruf: Finley Taylor

»Hey!«

»Eleanor, was ist denn los? Ist alles in Ordnung?« Er klang panisch. »Ich habe vier verpasste Anrufe von dir.«

»Entschuldige, ich wollte nur hören, wie es dir geht, und du hast nicht abgenommen.«

»Weil ich unter der Dusche war!« Er klang immer noch ein wenig verärgert. »Ich hatte schon Angst, es gibt einen Notfall oder so.«

»Nein. Ich bin wohl bloß ein bisschen ungeduldig.« Sie bemühte sich um ein Lachen. Na gut, vier Anrufe waren vielleicht ein bisschen sehr viel.

»Wie auch immer«, meinte sie. »Wie geht es dir?«

»Mir geht's gut«, antwortete er argwöhnisch.

»Wie schön.«

O Gott, das ist ja grauenvoll.

»Liegt Schwester Clara dir wegen weiterer Fotosessions in den Ohren?«, fragte sie mit gespielter Fröhlichkeit. »Ich habe Heidis Aufnahmen noch gar nicht gesehen.«

»Eleanor«, sagte er streng. »Könntest du bitte mit diesem umständlichen Small-Talk-Getue aufhören und mir verraten, wieso du mich angerufen hast?«

Sie wand sich vor Scham über ihre Stümperhaftigkeit und kam zur Sache. »Ich war heute zum Mittagessen bei meiner Mum. Das Pflegeheim hatte am Vormittag angerufen, um ihr von deiner Mutter zu erzählen. Sie war in einem ziemlich schlimmen Zustand, und ich wollte nur hören, wie es dir geht.«

Sein leises Lachen klang traurig. »Verstehe.«

»Also …« Sie begann, in ihrem Wohnzimmer herumzutigern. »Wie geht's dir?«

»Na ja, es sind vielleicht nicht die tollsten Nachrichten, aber man musste damit rechnen.« Er seufzte.

Sie schloss die Augen und sah ihn vor sich, wie er sich mit den Händen durchs feuchte Haar fuhr, müde und resigniert unter der Last seines Kummers.

»Das stimmt, aber deshalb tut es nicht weniger weh«, erwiderte sie leise. »Ich weiß noch, dass ich mich gefühlt habe, als hätte mich jemand unter einen Bus geschubst, als Dad gestorben ist. Alles hat unerträglich wehgetan, gleichzeitig war ich wie betäubt. So etwas habe ich noch nie erlebt. Ich wollte mich am liebsten auflösen.«

Eine Träne lief ihr über die Wange. Das hatte sie noch nie jemandem erzählt, nicht einmal Freya. Wie kam es, dass sie sich bei Fin so sicher fühlte?

»Das tut mir sehr leid«, sagte er leise.

»Schon gut. Es ist alles in Ordnung.« Sie riss sich zusammen. »Ich will damit nur sagen, dass wir monatelang Zeit hatten, uns innerlich auf Dads Tod vorzubereiten, und trotzdem war es ein Schock. Du hingegen hattest kaum Zeit, das Ganze zu verarbeiten.«

»Das stimmt.« Wieder seufzte er. »Ich glaube, ich hatte nicht damit gerechnet, dass es mich so traurig machen würde. Außerdem gibt es so viel zu organisieren, dass ich nicht weiß, wo ich anfangen soll. Du weißt ja, dass Planung nicht gerade zu meinen Stärken gehört. Ich fühle mich so nutzlos, Elles.«

Beim Klang ihres Kosenamens hätte sie am liebsten in den Hörer gegriffen und Fin an sich gezogen. »Du bist nicht nutzlos.« Sie bemühte sich um einen ruhigen, gefassten Tonfall. »Und du brauchst das alles auch nicht allein durchzustehen. Das verspreche ich. Ich bin da. Du hast

Freya, und du hast die unglaubliche Angela Levy auf deiner Seite, die strukturierteste Frau auf der ganzen Welt!«

Fin prustete los. »Das stimmt.«

»Ich meine es ernst. Was auch immer du brauchst, frag einfach.«

»Danke, das bedeutet mir sehr viel.«

»Wenn du Lust hast, morgen etwas trinken zu gehen oder so … nach der Arbeit habe ich Zeit.« Sie hoffte inbrünstig, dass ihr Angebot nach lockerem freundschaftlichen Zusammensein und nicht nach besorgter Mami klang, doch zu ihrem Bedauern stellte sie fest, dass Letzteres der Fall war.

»Nein, schon gut. Ich wollte morgen ins Heim und so lange wie möglich bleiben.«

»Klar, logisch. Richte deiner Mutter bitte liebe Grüße aus, auch von Freya. Wir denken alle an sie.«

Wieder schossen ihr beim Gedanken an ihren Dad die Tränen in die Augen.

»Mache ich.« Fin holte tief Luft. »Aber jetzt sollte ich mich lieber anziehen. Hier ist es zu kalt, um den ganzen Tag im Handtuch herumzustehen«, scherzte er. »Ich habe mich noch nicht mal abgetrocknet.«

»O Gott, natürlich. Los, geh schon.« Sie war heilfroh, dass niemand sah, wie sie beim Gedanken an Fin mit dem Handtuch um die Hüften rot wurde.

Was ist bloß mit dir los, Eleanor?

»Und bitte entschuldige, dass ich mich wie eine Stalkerin benommen habe.« Sie lachte laut, um das Bild des halb nackten Fin aus ihren Gedanken zu verbannen.

»Schon gut«, wiegelte er freundlich ab. »Bis dann, Elles.«

»Klar … ja … bis dann, Fin.«

Fin

In den darauffolgenden Tagen verschlechterte sich der Zustand seiner Mutter rapide, sogar noch schneller als gedacht, und das Lächeln der Schwestern wurde zunehmend gezwungen, wenn er ihnen auf dem Korridor begegnete. Selbst Schwester Claras Unerschütterlichkeit schien allmählich ins Wanken zu geraten. Inzwischen kam Fin täglich zu Besuch, so früh, wie es ihm sein dauererschöpfter Körper gestattete, und blieb bis zum Abendessen, auch wenn seine Mutter so gut wie nichts davon mitbekam. Sie schlief fast den ganzen Tag oder war wirr, schlug lediglich ab und zu die Augen auf, wenn eine Schwester sie zum Essen ermutigte, ehe sie sie wieder zusammenkniff, weil sie nichts wollte. Es war schmerzlich, sie so zu sehen, und so beschämend es sein mochte, Fin konzentrierte sich dennoch weitgehend auf sein Kreuzworträtsel.

»Wie geht es ihr heute?«, fragte er Schwester Clara, als er ihr auf dem Weg zum Zimmer seiner Mutter begegnete, hauptsächlich aus Gewohnheit.

»Sie ist wach«, antwortete Schwester Clara. »Sogar den ganzen Morgen schon.«

»Wirklich?« Fin hielt inne. »Das ist ja wunderbar.«

»Ist es, ja.« Sie schob die Hände in die Taschen ihres Kittels und sah ihn unbehaglich an.

»Aber …?« Fin kniff die Augen zusammen, als er Schwester Claras Zögern spürte.

»Aber …« Sie seufzte. »Es ist durchaus üblich, dass die Patienten noch einmal so sind, bevor … na ja, bevor es vollends zu Ende geht. So etwas nennt man letztes Aufblühen. Die Patienten wirken dann voller Energie und glasklar. Es ist eine Art Aufbäumen des Körpers. Warum genau so etwas passiert, wissen wir nicht, aber es ist so.«

»Verstehe.« Er nickte, während die kurze Blase der Hoffnung jäh zerbarst. »Danke, dass Sie es mir sagen.«

»Es tut mir leid, dass ich keine besseren Nachrichten für Sie habe. Aufrichtig.« Mit einem wehmütigen Lächeln berührte sie seinen Arm. »Sie wissen, wo Sie mich finden, ja?«

»Ja, danke.« Fin wandte sich ab und ging weiter, doch mit jedem Schritt wuchs seine Beklommenheit. War dies das letzte Mal? War dies der Moment, auf den er sich mental vorbereitet hatte? Nun, da er gekommen sein könnte, war er plötzlich nicht sicher, ob er bereit war, sich ihm zu stellen.

Hier geht es jetzt nicht um dich.

Sie stirbt.

Sie braucht dich.

Fin holte tief Luft, schloss die Augen und nahm jedes Quäntchen Energie zusammen. Schließlich klopfte er laut an die Tür.

»Mum, ich bin's, Fin.« Er hielt inne und wappnete sich für das, was er gleich vorfände. »Darf ich reinkommen?«

***

Schwester Claras Ankündigung, seine Mutter sei wach, war nicht gelogen, doch er musste zugeben, dass ihr Zustand nicht gerade den »Energieschub« widerspiegelte, den er sich vorgestellt hatte.

Was hatte ich erwartet? Dass sie singend im Zimmer herumtanzt?

Stöhnend verzog seine Mutter die Lippen zu einem dünnen Lächeln.

»Wie geht es dir denn heute?«, fragte er vorsichtig.

»Na ja, ich hab mich schon besser gefühlt«, krächzte sie leise.

»Das kann ich mir vorstellen.« Er nahm seinen gewohnten Platz an ihrem Bett ein und ergriff ihre winzige Hand. »Soll ich fragen, ob sie dir noch ein bisschen mehr Schmerzmittel geben?«

»Ich glaube, dann bestünde mein Blut zu hundert Prozent aus Morphium«, presste sie zwischen zwei mühsamen Atemzügen hervor.

Fin lachte leise und schluckte gegen den Kloß in seinem Hals an. Er durfte nicht weinen. Nicht, wenn sie so stark war.

»Ich glaube, lange dauert es nicht mehr.« Sie schloss die Augen und drückte kaum merklich seine Hand.

»Komm schon …«, versuchte er zu witzeln. »Was würde Angela Levy sagen, wenn sie dich so reden hören würde?«

Seine Mutter schlug die Augen auf. Eine einzelne Träne lief ihr über die Wange. »Gib mir die Schachtel, Fin.«

»Wie?« Er beugte sich vor, um ihre dünne Stimme hören zu können.

»Die Schachtel.« Sie hob die freie Hand und deutete auf das Fußende ihres Bettes. »Hol sie her.«

Jetzt erinnerte sich Fin an den schweren Karton, den er heimlich durchgesehen hatte. Langsam ließ er ihre Hand los. Für einen Karton voller Dokumente und Fotos war er verdächtig schwer.

»Sieh rein. Das Holzkästchen. Mach es auf.«

Fin zog eine kleine, mit Schnitzereien verzierte Kassette heraus, drehte den Schlüssel und klappte den Deckel auf. Darin lag ein Stapel Briefe, bestimmt dreißig, wie es auf den ersten Blick aussah.

»Das sind deine«, flüsterte seine Mutter. »Alle.«

Fin nahm die Umschläge heraus und sah, dass jeder einzelne davon an ihn adressiert war, wie seine Mutter gesagt hatte.

»Was sind das für Briefe?«, fragte er.

»Die habe ich dir geschrieben. Jahrelang.« Weitere dicke Tränen liefen ihr über die Wangen, schneller jetzt, mit leisen, von schweren Atemzügen begleiteten Schluchzern. Fin legte sie in ihre Handfläche, als sie den Arm ausstreckte. Langsam ging sie die Briefe durch, wobei jeder einzelne offenbar die Erinnerung heraufbeschwor, ihn geschrieben zu haben. Bei einem hielt sie inne und zog ihn heraus. »Eigentlich wollte ich dir den schicken, wenn es dem Ende zugeht. Lies.«

Fin drehte den Umschlag hin und her, ehe er ihn aufriss und ein Blatt Papier herauszog.

Lieber Fin,

es tut mir leid, wenn dieser Brief dir Umstände macht, und ich kann nur hoffen, dass du verstehst, weshalb ich diesen Weg gewählt habe. Ich bin schwer krank, genauer gesagt, bin ich vermutlich schon tot, wenn du diese Zeilen liest. Seit einigen Jahren leide ich unter Demenz, vor zwei Jahren kam die Diagnose Krebs im Endstadium hinzu. Ich hoffe, du verzeihst mir, dass ich jetzt mit der Sprache herausrücke, und verstehst, dass ich dich nach allem, was ich dir zugemutet habe, nicht auch noch damit belasten wollte, dich um mich kümmern zu müssen. Ich erwarte das weder, noch wünsche ich es mir von dir. Ich habe dich so oft als Mutter im Stich gelassen, als du noch jünger warst, deshalb verdiene ich weder deine Zeit noch deine Für-sorge.

Obwohl wir seit Jahren nicht mehr miteinander ge-sprochen haben, sollst du wissen, dass kein Tag ver-geht, an dem ich nicht an dich denke, mein wunder-schöner, geliebter Junge ... der Sohn, den zu haben ich mich glücklich schätzen kann. Es tut mir leid, dass wir so vieles versäumt haben, all die Geburtstage und Weihnachtsfeste, die wir im Zwist verbracht haben. Ich bereue zutiefst, dass ich dich nicht weiterhin angerufen und mich nicht mehr bemüht habe, Teil deines Lebens zu sein, ob du mich nun haben wolltest oder nicht. Ich hätte trotzdem da sein müssen. Doch auf meine eigene Weise war ich es ... aber egal. Hier sind die Briefe, die ich dir geschrieben habe. An Tagen, an denen ich mir so sehr gewünscht habe, mit dir zu sprechen, dass mir das Herz aus der Brust springen wollte, habe ich sie dir geschrieben. Als du noch jünger warst, habe ich es dir nicht oft genug gesagt, das ist mir klar, aber jetzt musst du wissen, dass ich sehr stolz auf dich bin. Und dass ich dich immer lieben werde, in diesem Leben und auch im nächsten. Was mir geblieben ist, soll dir gehören, und es steht dir frei zu entscheiden, was du damit tun möchtest. Ich vertraue voll und ganz auf dein Urteilsvermögen. Ich hoffe nur, du kannst dich eines Tages im Herzen durchringen, mir zu verzeihen, dass es mir daran gefehlt hat.

In Liebe
Mum

Die Worte verschwammen vor seinen Augen.

»Mum«, hauchte er, ohne den Blick von den Zeilen lösen zu können.

»Es tut mir leid«, schluchzte sie. »Es tut mir so unendlich leid.«

Fin hob ihre Hand an seine Lippen und küsste sie. Er spürte ihren Puls unter ihrer dünnen Haut, ihr Herz, das sich so sehr bemühte weiterzuschlagen, jedoch den Kampf schon bald verlieren würde.

»Ich hab dich lieb«, weinte er.

»Ich dich auch.« Sie tätschelte ihm die tränennasse Wange. »Obwohl du immer zu spät kommst.«

Fin presste ein ersticktes Lachen hervor. »Ja … tut mir leid.«

Sie lächelte ihn aus ihren milchigen Augen an. »Mein lieber Schatz. Jetzt muss ich gehen.«

»Nein!«, rief er und hielt ihre Hand so fest umklammert, dass er die Knochen knacken hörte. »Bitte, Mum, verlass mich nicht.«

»Ich habe dich niemals verlassen.« Sie schloss die Augen und nahm einen letzten Atemzug. »Und werde es auch niemals tun.«

Eleanor

Soll ich ihm noch einmal schreiben?

Wie oft ist zu oft?

Eleanor zwang sich, ihre Aufmerksamkeit wieder auf den eiskalten Raum des Gemeindezentrums und die Skizze vor sich zu richten, die sich seit der vergangenen Woche nicht maßgeblich verändert hatte. Vielleicht ein paar Bleistiftstriche hier und da, doch das zentrale Merkmal ihres bisherigen Kunstwerks war – Leere. Seit dem Telefonat mit Fin am Sonntagabend war es ihr nicht gelungen, irgendetwas Kreatives zustande zu bringen, und sie hatte Mühe, sich zu konzentrieren.

»Probleme, Kleine?«, fragte Reggie und sah zu ihr herüber.

»Hmmm«, murmelte Eleanor und betrachtete die Umrisse des Gesichts ihres Vaters. »Porträts waren noch nie meine Stärke«, gestand sie.

»Wieso haben Sie sich dann dafür entschieden?«

»Weil ich meinen Dad malen wollte«, antwortete sie gedankenverloren.

»Wollte?«

»Was?«

»Sie sagten, Sie *wollten* Ihren Dad malen«, wiederholte Reggie. »Wollen Sie es immer noch?«

Eleanor dachte einen Moment nach. »Wissen Sie, was? Ich glaube nicht.« Die winzige Saat einer Idee begann, in ihrem Kopf zu keimen. »Ich glaube ...« Sie warf einen letzten Blick auf die Bleistiftstriche. »Ich glaube, ich muss noch mal von vorn anfangen.« Sie schnappte sich ihren Radiergummi und rubbelte fieberhaft auf ihrer Leinwand herum.

Reggie lachte. »Da hat wohl die Inspiration zugeschlagen! Oh, wie wunderbar es doch ist, jung zu sein und noch mal ganz von vorn anfangen zu können«, sinnierte er wehmütig.

Eleanor wischte die Gummifitzelchen ab und sah ihn misstrauisch an. »Seit wann sind Sie so spontan?«

»Seit ich neunzig bin und endlich tun kann, wonach mir der Sinn steht«, erwiderte er grinsend.

»Verstehe.« Sie setzte sich zurück und betrachtete ihre Leinwand. »Aber das sehe ich anders.«

»Das ist ja was ganz Neues«, konterte er sarkastisch.

»Doch!«, beharrte sie. »Ich glaube, dass man jederzeit im Leben innehalten und noch mal von vorn anfangen kann. Ich habe es bei meiner Mutter nach dem Tod meines Vaters erlebt. Heute tut sie alle möglichen Dinge, auf die sie früher im Traum nicht gekommen wäre.«

»Mag sein.« Er griff wieder nach seinem Pinsel und tauchte ihn vorsichtig ins Wasser. »Aber für so was habe ich keine Zeit.«

»Wenn Sie meinen.« Sie grinste, wohl wissend, dass es Diskussionen gab, die es nicht wert waren, dass man sie führte. »Was malen Sie eigentlich?«, erkundigte sie sich und wechselte abrupt das Thema.

»Lauf nie vor einer gepflegten Auseinandersetzung weg.« Er ließ seine Handgelenke kreisen.

»Tue ich gar nicht. Es interessiert mich bloß.« Sie spähte auf Reggies Leinwand, wobei sie sich bemühte, sich nicht von seinen knackenden Gelenken irritieren zu lassen. »Vielleicht kann ich ja noch etwas von Ihnen lernen.«

»Mit Sarkasmus kommen Sie jedenfalls nicht weit«, konterte er und drohte ihr mit dem Bleistift. Eleanor bekam ihn zu fassen und hielt ihn fest.

»Kein Grund, gleich aggressiv zu werden«, warnte sie.

»Ich bin nicht aggressiv, sondern ein alter Mann, der ab und zu die Kontrolle über seine Gliedmaßen verliert.« Zwinkernd löste er seinen Bleistift aus ihrem Griff.

»Nur gut, dass ich noch über meine jugendlichen Reflexe verfüge, sonst würde hier am Ende etwas passieren.«

Mit einem argwöhnischen Blick drehte er seine Leinwand kaum merklich in ihre Richtung, auf der zu Eleanors Erstaunen das skizzierte Gesicht eines jungen Mannes zu erkennen war.

»Stimmt was nicht?«, fragte er.

»Nein.« Eilig setzte Eleanor eine neutrale Miene auf. »Ich … ich dachte wohl nur, Sie würden Ihre Frau malen.«

»Wer sagt, dass das nicht meine Frau ist?« Er runzelte die Stirn.

»Oh.« Reflexartig schlug Eleanor sich mit der Hand auf den Mund. »Tut mir leid, vielleicht liegt es am Winkel … oder am Licht … oder …«, stammelte sie.

»Du meine Güte, Mädchen, Sie sollten mal Ihr Gesicht sehen«, prustete Reggie. »Natürlich ist sie es nicht.«

»Wer dann?«

Reggie drehte seine Skizze wieder weg. Eleanor fiel auf, dass er sich versteifte. »Er war ein guter Freund.«

»War?«

»Ja, war«, gab Reggie barsch zurück.

»Haben Sie sich zerstritten?«

»*Wir* werden uns zerstreiten, wenn Sie mich weiter mit Ihren Fragen drangsalieren«, warnte er.

»Ich habe den Kontakt zu meinem besten Freund verloren, allerdings ist er seit einiger Zeit wieder in der Stadt. Anfangs war es seltsam, aber jetzt …« Eleanor hielt inne.

Jetzt was?

Wärme breitete sich in ihrem Magen aus.

»Er ist tot«, erklärte Reggie rundheraus.

»Was?«

»Mein Freund. Er ist tot.«

»Oh.« Eleanor ohrfeigte sich im Geiste für ihre Blödheit. »Das tut mir sehr leid.«

»Schon gut.« Reggie zögerte. »Ehrlich gesagt habe ich es bloß herausgefunden, weil …«

»Alles in Ordnung hier drüben?« Agathas Gesicht schob sich über den Rand von Reggies Leinwand, woraufhin er abrupt verstummte. Sie versuchte, einen Blick auf Eleanors Leinwand zu erhaschen, die sie jedoch näher zu sich heranzog.

»Hier ist alles bestens.« Eleanor bemühte sich, ihren Frust hinter einem Lächeln zu verbergen. Sie war sicher, dass Reggie ihr gerade etwas Wichtiges hatte erzählen wollen, bevor Agatha hineingegrätscht war.

»Sehr schön«, zwitscherte die Kunstlehrerin. »Solange der Herr hier Sie nicht zu sehr ablenkt.« Sie wandte sich an Reggie. »Wie kommen Sie voran?«

»Aggie.« Reggie grinste. »Alles ist bestens.«

»Moment mal«, rief Agatha und runzelte theatralisch die Stirn. »Was habe ich Ihnen zu meinem Namen gesagt? Niemand außer meiner Mutter nennt mich Aggie! Sie können so ein schlimmer Finger sein, Reggie, wissen Sie das?« Sie strahlte voller Zuneigung. »Ist er nicht schlimm, Eleanor?«

Eleanor nickte. »Der Allerschlimmste.«

»So, jetzt reicht es mit den Beleidigungen, vielen Dank«, schnaubte Reggie. »Ist das hier ein Kunstkurs, oder was? Einige hier wollen gern etwas Schönes auf die Leinwand bringen.« Er warf Eleanor einen Seitenblick zu. »Also lassen Sie mich zufrieden, damit ich weitermachen kann, verstanden?«

»Das ist die Hingabe, die ich sehen will!« Agatha reckte die Faust in die Luft und setzte ihre Runde fort, um die anderen Werke in Augenschein zu nehmen, die ebenfalls ihr Interesse verdienten.

Eleanor nahm ihren Bleistift, schloss die Augen und rief sich Eileens Gesicht ins Gedächtnis. Sie wollte sie als die Frau malen, die sie aus ihrer Kindheit in Erinnerung hatte: eine heitere, lebenslustige Mutter, die ihr und Fin Süßigkeiten zugesteckt hatte, wenn sein Dad gerade nicht hinsah. Fin sollte etwas haben, das ihn an diesen Teil seiner Mutter erinnerte, weil sie wusste, wie schnell man so etwas vergaß.

»Das mit Ihrem Freund tut mir leid«, flüsterte sie, schlug die Augen auf und begann zu zeichnen.

»Danke«, erwiderte Reggie. »Mir auch.«

***

Eleanor hatte den Kurs voll neuer Energie und Euphorie verlassen. So schön es gewesen wäre, ein Porträt ihres Vaters zu haben, erschien ihr das neue Motiv so viel wichtiger. Fin könnte es mitnehmen, wenn er in die Staaten zurückkehrte – ein kleines Stück London auf dem Weg über den großen Teich.

Der Gedanke machte sie traurig. Dass er wieder Teil ihres Lebens geworden war, hatte sie nicht erwartet; anfangs war sie keineswegs begeistert darüber gewesen, doch inzwischen gefiel ihr die Vorstellung, dass er noch länger blieb. Es mochte nicht dasselbe sein wie damals, trotzdem konnte man es eindeutig als Freundschaft bezeichnen, was sie verband.

Welchen Teil genau würdest du Freundschaft nennen?

Den, als du ihn ignoriert hast? Oder den mit dem Kuss?

Die Erinnerung an den Kuss ließ sie zusammenzucken. Fins Lippen auf ihren, seine Arme um ihre Taille, um sie näher zu sich heranzuziehen.

Nein.

Du warst betrunken. Es hat rein gar nichts bedeutet.

Sie zog ihre Jacke enger um sich und bog in ihre Straße ein. Als sie näher kam, sah sie jemanden vor ihrer Haustür stehen. Mit zusammengekniffenen Augen versuchte sie, die Gestalt auszumachen, doch es war zu dunkel und die Entfernung zu groß.

Es ist okay.

Bestimmt geht derjenige gleich wieder.

Doch die Gestalt blieb nicht nur, sondern begann auch noch, auf ihrer Veranda auf und ab zu gehen.

Ganz ruhig.

Im Notfall gehst du einfach weiter.

Eilig zog sie ihre Kapuze hoch und beschleunigte ihre Schritte, schob tief die Hände in die Jackentaschen und versuchte, ihren Atem zu beruhigen, doch ihr Herz raste. Als sie näher kam, sah sie, dass sich die Gestalt mit dem Rücken zu ihr über die Stufe beugte.

Was zum Teufel sollte das?

Sie riss das Gartentor auf und fuhr vor Schreck zusammen, als die Gestalt sich erhob und sich zu ihr umdrehte.

»Eleanor!«, rief er.

»Oliver?« Fassungslos starrte Eleanor ihren Ex-Freund an, der vor ihrer Haustür stand.

Na ja, streng genommen ist es auch seine Haustür.

Klappe!

»Was zum Teufel willst du hier?«, fragte sie barsch, während ihre Angst in Verärgerung umschlug.

»Tut mir leid.« Er hob beschwichtigend die Hände. »Ich wollte dir keine Angst machen.« Er trat einen Schritt auf Eleanor zu, wobei ihn die Straßenlaterne in orangefarbenes Licht tauchte – seltsamerweise wirkte das Gesicht, von dem sie geglaubt hatte, es den Rest ihres Lebens fast jeden Tag zu sehen, plötzlich alt und müde.

»Hast du aber.« Abwehrend verschränkte sie die Arme vor der Brust, während ihre Euphorie schlagartig verflog.

»Darf ich reinkommen?«, fragte er kleinlaut.

»Wieso?« Noch immer war ihr nicht klar, weshalb er aufgetaucht sein könnte.

Er will die Wohnung zurückhaben.

Panik erfasste sie.

Das war's. Er setzt dich vor die Tür.

»Du brauchst nicht so verängstigt dreinzusehen.« Mit einem Lachen streckte er die Hand nach ihr aus, doch Eleanor wich zurück – allein die Vorstellung, dass er sie in die Arme nehmen könnte, war unerträglich.

»Autsch. Aber okay, das habe ich wohl verdient.«

»Oliver.« Ein flehender Unterton schwang in ihrer Stimme mit. Warum um alles in der Welt stand er nach Monaten des Schweigens plötzlich vor ihrer Haustür? »Was tust du hier?«

Er senkte den Kopf und knetete nervös die Hände. »Ich bin hergekommen, weil …« Er hob den Kopf und sah sie an. »Ich wollte sagen, dass es mir leidtut. Und herausfinden, ob wir in Ruhe über alles reden können.«

Kurz hatte sie das Gefühl, als ziehe ihr jemand den Boden unter den Füßen weg. Tausend Fragen strömten gleichzeitig auf sie ein, während Übelkeit in ihr aufstieg. Sie war völlig durcheinander, wusste nicht, welchem Gefühl sie als Erstes ihre Aufmerksamkeit schenken sollte.

»Ich weiß.« Oliver trat einen weiteren Schritt auf sie zu, ganz vorsichtig, als sei sie ein wildes Tier, das jederzeit lospreschen könnte. »Ich weiß, dass ich gegangen bin und keinerlei Recht habe, ohne Vorwarnung vor deiner Tür zu stehen und um eine zweite Chance zu bitten, aber … Eleanor, ich verliere ohne dich den Verstand. Ich habe einen Riesenfehler gemacht. Das verstehst du doch, oder nicht? Ich meine, sieh mich nur an. Ich bin ein Wrack.«

Sie stand stocksteif da, wagte es nicht, sich zu bewegen.

Das ist nicht real.

Das muss ein Traum sein. Oder eine Halluzination.

»Ich war ein Idiot, und ich will zurückkommen. Zu dir, unserem Zuhause, unserem gemeinsamen Leben.«

Voller Abneigung sah sie zu, wie er große Augen machte, all seine Hoffnung in seinen Blick legte.

»Was für ein Leben?«, fragte sie eisig.

Oliver entglitten die Gesichtszüge. »Unser Leben, das wir uns gemeinsam aufgebaut hatten.«

»Nein.« Sie schüttelte den Kopf. »Das war nicht unser Leben, sondern *dein* Leben, von dem ich rein zufällig ein Teil war.«

»Das meinst du doch nicht wirklich.« Er lachte, als redete sie puren Unsinn.

»Doch, das tue ich.« Sie spürte Wut in sich aufsteigen. Monatelang hatte sie davon geträumt, wie es sein würde, hatte diesen Moment herbeigesehnt – wie er vor ihr stünde und darum bettelte, zurückkommen zu dürfen. Wie er um eine zweite Chance flehte, eine Chance, dort wieder anzuknüpfen, bevor er ihr das Herz gebrochen und sie sang- und klanglos verlassen hatte. Aber diese Frau war sie nicht mehr. Diese Eleanor existierte nicht länger.

Oliver wollte fortfahren, doch sie schnitt ihm das Wort ab. »Ist dir klar, was ich darum gegeben hätte, von dir zu hören, nachdem du mich verlassen hattest? Ich wäre dafür gestorben, mit dir reden zu dürfen, Oliver. Wochenlang habe ich diese Wohnung nicht verlassen, konnte keinen Fuß vor die Tür setzen. Ich konnte nicht aufstehen, weil es zu sehr geschmerzt hat, in einer Welt ohne dich leben zu müssen. Ich wollte nur eine Erklärung, warum du mich verlassen hast, aber die habe ich nicht bekommen. Du konntest nicht einmal anrufen. Nach sechzehn Jahren konntest du mir gerade mal eine Mail wegen der beschissenen Finanzierungsverhältnisse unserer verdammten Wohnung schicken. Und jetzt soll ich dich einfach zurücknehmen?«

Er wand sich unbehaglich unter dem Wahrheitsgehalt jedes einzelnen Wortes, das über ihre Lippen kam. »Denn genau so lief es ja immer, stimmt's?« Sie kniff die Augen zusammen, straffte die Schultern und trat einen Schritt auf ihn zu, stolz und aufrecht. Das hier war ihr Zuhause. Ihr Leben. »Du hast alles bestimmt. Du hast jedes Detail unseres Lebens festgelegt, und dass ich es zugelassen habe, ist das Allerschlimmste daran.«

»Wir können alles so machen, wie du es willst, Eleanor«, winselte er. »Ich kann mich ändern. Ich *habe* mich geändert.«

Sie sah ihn an, blickte in das Gesicht des Mannes, für den sie vor wenigen Monaten noch ihr Leben gegeben hätte, suchte nach einem Anzeichen von Sehnsucht oder Verlangen. Doch das Einzige, was sie empfand, war Mitleid.

»Und genau das habe ich auch getan. Ich will dich nicht zurück. Ich will dich nicht mal in meiner Nähe haben. Hast du mich verstanden?« Sie stand so dicht vor ihm, dass sie sehen konnte, wie sich seine Pupillen vor Schreck verengten. »*Ob du mich verstanden hast?*«

»Das kannst du nicht machen.« Unvermittelt schlug seine kriecherische Süßlichkeit in Wut um.

Eleanor spürte ihr Handy in der Tasche vibrieren.

»Eleanor? Hörst du, was ich sage?« Er klang wie ein trotziges Kind. »Ich will die Hälfte meiner Wohnung haben. Das schuldest du mir.«

Es hätte sie nicht gewundert, wenn er mit dem Fuß aufgestampft hätte und in Geheul ausgebrochen wäre. Wie hatte sie ihn jemals attraktiv finden können? Wie hatte sie auch nur daran denken können, ihn zu heiraten?

»Na schön.« Sie zog ihr Handy aus der Manteltasche. Sie musste Oliver so schnell wie möglich loswerden, egal wie. Vielleicht sollte sie ihm mit der Polizei drohen. Oder ... damit, Ben anzurufen.

»Was heißt das?«, stammelte er.

»Dann verkaufen wir die Wohnung eben. Mir ist es egal. Ich will nur, dass du verschwindest ...« Eleanor blickte auf das Display und spürte, wie ihr Herzschlag aussetzte. »O Gott.« Sie presste sich die Hand auf den Mund.

Nein.

Nicht heute Abend.

»Ich weiß, was du da treibst, Eleanor, aber es funktioniert nicht«, fauchte Oliver bösartig. »Du täuschst einen Notfall vor, damit ich gehe und du es dir in dem Haus ge-

mütlich machen kannst, das ich praktisch bezahlt habe.«
Die Gehässigkeit schien ihm aus sämtlichen Poren zu dringen, und sein Gesicht war zu einer hässlichen Fratze verzogen.

»Fins Mum ist gerade gestorben.« Eleanor schloss die Augen.

»Wie war das?«

Sie ballte die Fäuste. »Du hast genau gehört, was ich gesagt habe. Zwing mich nicht, es zu wiederholen.«

»Fin? Wann ist er denn wieder auf der Bildfläche erschienen?« Er lachte. »Erzähl mir nicht, dass dir plötzlich wieder etwas an diesem Loser liegt.«

Eleanor stand stocksteif da, während ihr heiße Tränen übers Gesicht liefen. »Du gehst jetzt, Oliver«, sagte sie ruhig und gefasst. »Geh, sonst rufe ich die Polizei.«

Er stieß ein abfälliges Schnauben aus. »Du behauptest, du hättest dich geändert, Eleanor, aber sieh dich an. Sobald dieser zwielichtige Abschaum auftaucht, lässt du alles stehen und liegen und rennst zu ihm. Das ist so was von erbärmlich.«

»Nein!«, schrie sie, als die Wut aus ihr herausplatzte. »*Du* bist erbärmlich, Oliver«, fauchte sie und stieß ihn von sich. »Und jetzt verschwinde!«

Oliver starrte sie fassungslos an, ehe er mit einem empörten Grunzen kehrtmachte und davonstapfte. Eleanor machte sich nicht einmal die Mühe, ihm hinterherzusehen. Für sie zählte nur eines: Fin anzurufen. Ihren Freund anzurufen. Für ihren Freund da zu sein.

Fin

Die Woche nach dem Tod seiner Mutter verging in einem Nebel aus Anwaltsterminen, Gesprächen mit Bestattern und zahllosen Telefonaten. Es war lediglich Angelas strikten Anweisungen zu verdanken, dass er einigermaßen den Überblick behielt. Am Morgen der Beerdigung war er zwar hundemüde, aber auch erleichtert. Alles war erledigt und für das letzte Geleit vorbereitet.

»Der Wagen kommt in zehn Minuten und bringt uns zu Mum.« Eleanor saß neben ihm auf dem Sofa. Sie war ihm ebenso wenig von der Seite gewichen wie Angela. Wie leicht man doch in alte Muster zurückfiel, dachte er. Und wie schwer es werden würde, sobald all das erst hinter ihm lag.

»Klar.« Angespannt knetete Fin die Hände. »Müssen wir die Liste noch mal durchgehen?«, fragte er auf der verzweifelten Suche nach etwas, das ihm Ablenkung bot.

»Nein, wir haben alles.« Sie wandte sich ihm zu. »Es läuft alles glatt, versprochen.«

Er sah sie an.

»Ich habe Angst.« Die Worte schienen beinahe ohne sein Zutun über seine Lippen zu kommen.

Sie berührte seine Wange und lehnte ihre Stirn gegen seine. »Ich weiß. Glaub mir, ich weiß es, aber du schaffst das.« Fin spürte, wie die Worte ihn beruhigten, ihre Sanftheit und Hoffnung ihm halfen, sich zu sammeln. »Und ich bin bei dir, immer, okay?«

Er erwiderte nichts, wagte nicht, sich zu bewegen, aus Angst, den Moment zu zerstören. Das Gefühl ihrer Haut an seiner, ihres Atems, der sein Gesicht liebkoste, ihrer Stimme in seinen Ohren. So nahe. So nahe, dass die Erinnerung an ihren Kuss an die Oberfläche drängte.

»Hörst du mich, Fin? Ich bin hier«, sagte sie.

Dies war nicht der Moment für Worte. Er beugte sich vor und presste den Mund auf ihre Lippen, während all der Schmerz, die Trauer, die Gefühle aus ihm herausströmten, geradewegs in sie hinein. Er brauchte sie. Musste sie spüren.

»Fin!« Sie wich abrupt zurück. »Was tust du da?«

Er schlug die Augen auf. Das Entsetzen auf ihrer Miene traf ihn wie ein Schlag in die Magengrube.

Du bist der letzte Idiot!

Was zum Teufel hast du dir dabei gedacht?

»Es tut mir leid«, flüsterte er beschämt, während das höhnische Gelächter der Stimmen in seinem Kopf immer lauter wurde. Er konnte sie nicht ansehen, ertrug es keine Sekunde länger, im selben Zimmer zu sein wie sie. Er musste weg, musste raus hier.

»Sieh mich an, Fin«, flehte Eleanor, als er aufstand und ruhelos herumging. »Es ist okay, ich weiß, dass du außer dir bist und die Gefühle dich …«

»Der Wagen ist gleich da.« Er wandte sich ab und biss die Zähne so fest zusammen, dass ein scharfer Schmerz durch seinen Kiefer schoss. »Ich warte draußen.«

»Fin!«

Er hörte ihre Stimme, doch es war zu spät. Er schlug die Tür hinter sich zu und ging davon, ohne sich noch einmal umzudrehen.

***

Die Beerdigung war nicht groß; gerade einmal eine Handvoll Leute war gekommen, um Eileen die letzte Ehre zu erweisen. Wie klein war ihre Welt gewesen? Wie intensiv hatte sie ihr Leben gelebt? Die Fragen quälten ihn während der gesamten Zeremonie, übertönten die unpersönlichen Worte des Pfarrers, die ohne große Begeisterung angestimmten Kirchenlieder, die Tränen, die ihm ungehindert übers Gesicht liefen. Er nahm nichts um sich herum wahr, mit Ausnahme von Eleanor, die ihm nicht von der Seite wich. Wieder und wieder ließ er den Kuss Revue passieren, wobei seine Scham mit jedem weiteren Mal wuchs, als er daran dachte, wie ihre Verblüffung in Abscheu umschlug und sich beinahe gekränkter Ekel auf ihren Zügen spiegelte.

»Fin?« Angelas Stimme riss ihn aus seinen Grübeleien. Sie standen vor der Kirche, ohne dass er mitbekommen hatte, wie sie hinausgegangen waren. »Kommst du mit zu uns? Ich habe etwas zu essen vorbereitet. Eine Tasse Tee täte dir bestimmt gut. Uns allen.« Ihre Augen waren gerötet, und ihr Gesicht wirkte um Jahre gealtert. Konnte die Trauer so schnell ihre Spuren hinterlassen?

»Ich glaube nicht, dass ich das kann«, murmelte er. »Ich muss eine Weile allein sein. Ich gehe in die Wohnung zurück.«

Ihre Hand schloss sich fest um seine Finger. »Du musst das nicht allein durchstehen. Das weißt du, ja?« Die Worte kamen mit einer solchen Innigkeit über ihre Lippen, dass Fin sie regelrecht in seinem Herzen spüren konnte.

»Danke, das weiß ich sehr zu schätzen, aber ich komme schon klar.« Er wandte sich zum Gehen, ehe sie einen weiteren Versuch unternehmen konnte, ihn zum Bleiben zu überreden.

Er verließ den Friedhof, den Blick stur auf den Weg vor sich geheftet, weil er den Anblick all der Gräber nicht länger ertrug. Weshalb seine Mutter sich eine Erdbestattung gewünscht hatte, würde er nie erfahren. Bei der Vorstellung, dass sie nun in dieser kalten Erde lag und langsam zerfiel, wurde ihm ganz anders. Nein. Eine Kremierung war die bessere Lösung, fand er. Verbrannt zu werden, sodass die Asche verstreut werden konnte. Einfacher. Praktischer. Außerdem … weshalb ein Grab, wenn es ohnehin keiner besuchte?

»Fin, warte doch mal!«

Er wandte sich kurz um und sah Eleanor den Weg entlanggelaufen kommen.

Lass mich in Ruhe.

Lass mich einfach in Ruhe.

»Warte!«, rief sie noch einmal. Fin versuchte, seine Schritte zu beschleunigen, trotzdem war sie Sekunden später an seiner Seite. »Darf ich dich wenigstens nach Hause fahren?«

»Danke, aber das brauchst du nicht.« Er ging weiter.

»Fin!«, bettelte sie. »Bitte tu das nicht.«

»Ich tue gar nichts, sondern will einfach bloß allein sein.« Wieder ging er schneller, in der Hoffnung, dass sie es aufgeben und verschwinden würde.

»Bleib doch stehen!« Sie zog ihn am Arm. »Ich habe Angst, dass du Dummheiten machst, wenn du jetzt allein nach Hause gehst.«

Er blieb abrupt stehen. Immer noch konnte er sie nicht ansehen.

»Versprich mir, dass du keinen Unsinn machst«, sagte sie flehend und griff nach seiner Hand. Erinnerungen an ihre Jugendzeit kamen ihm in den Sinn. Beschämende Erinnerungen. Selbst nach all der Zeit traute sie ihm nicht. Wie idiotisch von ihm zu glauben, es könnte sich etwas zwischen ihnen geändert haben.

»Ich verspreche es.« Er entzog ihr ruckartig die Hand. »Ich komme schon klar.«

Er spürte ihren sengenden Blick im Rücken, als er davonging.

***

Als er in die Wohnung zurückkehrte, ließ die Betäubung allmählich nach, und heftige Gewissensbisse quälten ihn, während die abgrundtiefe Trauer ihm weiter die Luft abschnürte. Die Intensität der Gefühle war unerträglich. Er brauchte dieses Gefühl der Taubheit, und zwar sofort.

Er trat vor den kleinen Küchenschrank, in dem er Robs Alkoholvorrat bereits wenige Tage nach seinem Einzug entdeckt hatte. Zu Beginn seiner Abstinenz hätte er die

Flaschen vermutlich herausgenommen, den Inhalt in den Ausguss geschüttet und sie bei seiner Abreise ersetzt. Wie idiotisch zu glauben, diese Phase läge längst hinter ihm.

»Hallo, meine kleinen Freunde.« Er griff nach der erstbesten Flasche. Whiskey. Sein Lieblingsgift.

Direkt aus der Flasche?

Komm schon, zeig wenigstens ein bisschen Klasse.

Er trug die Flasche ins Wohnzimmer, stellte sie auf den Couchtisch und ging in die Küche zurück, um ein Glas zu holen. Seine Mutter verdiente eine angemessene Verabschiedung, und direkt aus der Flasche zu trinken, wäre zu stillos. Noch in Jacke und Schuhen ließ er sich aufs Sofa fallen und barg das Gesicht in den Händen.

»Was soll das, Fin?«, stöhnte er. Das Gewicht seiner Gefühle, nicht nur von heute, sondern der letzten Monate, lag zentnerschwer auf seinen Schultern.

Du musst das nicht tun.

Das ist es nicht wert.

Die Erinnerung an Eleanors Gesicht schob sich in sein Bewusstsein, den Ausdruck nach dem Kuss – so angewidert, so betreten.

Denk nicht darüber nach.

Tu's einfach.

Er griff nach der Flasche und schenkte ein. Allein vom Geruch wurde ihm schwindlig. Er schloss die Augen und hob das Glas an die Lippen. Wenn er es schon tun musste, sollte er wenigstens versuchen, es zu genießen. Außerdem war es nur ein Glas. Die Situation hatte sich verändert. Inzwischen hatte er die Kontrolle über seinen Alkoholkonsum.

Er rief sich das Gesicht seiner Mutter ins Gedächtnis: den alten, gebrechlichen Schatten der Frau, mit der er in den letzten Monaten so viel Zeit verbracht hatte; die junge, unbeschwerte Version seiner Mum, die mit ihm gelacht und gespielt hatte, als er noch ein kleiner Junge gewesen war, und die gebrochene, zusammengesunkene Gestalt, die sich auf dem Badezimmerfußboden in den Schlaf weinte, als er sie am meisten gebraucht hätte.

»Auf dich, Mum. Mögest du in Frieden ruhen.« Er hob sein Glas und leerte es in einem Zug.

Seine Kehle brannte höllisch, und sein Magen verkrampfte sich unter der Schärfe. Er schloss die Augen und ließ sich von dem Gefühl einhüllen. Dann spürte er es, ganz, ganz langsam.

Das Nichts.

Endlich. Er fühlte gar nichts.

Abermals griff er nach der Flasche, goss sich noch ein Glas ein. Noch eines.

Noch ein Glas voll Nichts.

***

Es klopfte, irgendwo außerhalb seiner Reichweite, ein lautes, harsches Geräusch. Er versuchte, es mit der Hand wegzuschlagen, doch seine Glieder fühlten sich wie Blei an.

»Lass mich in Ruhe«, brummte er, doch die Worte fanden den kaum den Weg durch seine ausgedörrte Kehle.

»Fin!«, rief eine vertraute Stimme. »Fin, lass mich rein!«

Abrupt riss er die Augen auf.

»Finley Taylor, ich weiß, dass du dadrinnen bist«, bellte Eleanor. »Mach die Tür auf, sonst rufe ich die Polizei.« Das Hämmern wurde immer lauter.

Verdammt!

»Schon gut«, krächzte er. »Ich komme ja.«

Vorsichtig setzte er sich auf, schloss jedoch rasch die Augen, als der Raum heftig zu ruckeln begann. Als er sie erneut aufschlug, hatte glücklicherweise alles seinen Platz wiedergefunden. Mühsam stemmte er sich hoch, schlurfte zur Tür und öffnete sie langsam.

»Du liebe Zeit.« Eleanor stand vor ihm, die Hand zu einem neuerlichen Hieb gegen die Tür ausgestreckt. Ohne zu fragen, trat sie über die Schwelle und berührte seinen Arm. »Du siehst echt beschissen aus.«

»Herzlichen Dank.« Er lachte sarkastisch. »Ich habe heute meine Mum begraben, entschuldige also, wenn ich nicht ganz in Topform bin.« Sosehr er sich bemühte, kamen die Worte dennoch undeutlich über seine Lippen, eingehüllt in eine dichte Whiskeywolke.

»Wie viel hast du getrunken?«, fragte sie und bugsierte ihn zurück zum Sofa, während ihr Blick auf die leere Flasche fiel. Er sah den Schock in ihren Augen.

»Lass es, Eleanor. Ich habe dich heute schon genug enttäuscht, noch mehr ertrage ich nicht«, stieß er wütend hervor und schüttelte ihre Hand ab.

»Enttäuscht?«, fragte sie verwirrt.

»Vergiss es. Keine Sorge, es ist nichts.« Er winkte ab und hoffte inbrünstig, die Erinnerung an ihr Gesicht von heute Morgen endlich aus seinen Gedanken zu verbannen; inzwischen war es zu einer grotesken Karikatur mutiert, so angewidert und voller Ekel, dass ihm übel wurde.

»Natürlich mache ich mir Sorgen.« Sie setzte sich neben ihn und berührte sanft seine Wange.

Nein. Nicht noch einmal. Sie konnte ihn nicht morgens zurückweisen und dann einfach in *seine* Wohnung platzen, auf *seinem* Sofa sitzen und einen auf liebevoll und besorgt machen.

»Lass das«, blaffte er und schob ihre Hand weg.

»Mir ist klar, dass du wütend und aufgebracht bist, aber du musst es ja nicht an mir auslassen.«

Er spürte, wie sein Herz sich zusammenzog. Sie sollte ihn nicht so sehen.

»Du musst jetzt gehen.« Er stand auf, um so viel Distanz wie möglich zwischen ihnen zu schaffen.

»Solange du in diesem Zustand bist, gehe ich nirgendwo hin.« Sie erhob sich ebenfalls und ging in die Küche. »Du musst Wasser trinken und etwas essen.«

»Nein.« Er schüttelte den Kopf. »Du wirst das nicht tun.«

Eleanor drückte ihm ein Glas Wasser in die Hand. »Was tun, Fin?«, fragte sie.

»*Das hier*«, schrie er, als er die Beherrschung verlor. »Dich um mich kümmern. So tun, als bedeute dir all das etwas.«

»Aber das tut es.«

»Tatsächlich, ja?«

»Natürlich bedeutet es mir etwas«, beharrte sie mit einer Traurigkeit, die den Wunsch in ihm heraufbeschwor, noch viel mehr zu trinken.

Ich brauche mehr Alkohol.

»Ich liege dir nicht am Herzen, Eleanor, sondern du hast Mitleid mit mir. Das ist ein großer Unterschied.«

»Das ist doch Unsinn. Du redest völligen Unsinn«, erwiderte sie gelassen, als wäre er ein Kind, das einen Tobsuchtsanfall hatte.

»Hör auf, mich wie ein Kleinkind zu behandeln! Ich brauche niemanden, der mich zurechtweist.« Er schob sich an ihr vorbei zu dem Küchenschrank mit den Schnapsflaschen, um eine weitere Portion Betäubung herauszunehmen, diesmal war es Gin.

»Dann hör auf, dich wie eines zu benehmen«, rief sie.

Fin schraubte den Deckel ab und nahm einen großen Schluck direkt aus der Flasche, wobei er genüsslich die Panik auf Eleanors Zügen beobachtete.

»Hör auf!« Sie trat vor ihn und packte seinen Arm. »Du machst es doch nur noch schlimmer.«

»Aber dass *du* dich betrinkst und tust, was zum Teufel du willst, ist okay, ja?«, erwiderte er bissig. Die Wut in seinem Innern schien keine Grenzen mehr zu kennen.

»Ich habe schließlich kein Alkoholproblem, richtig?«

Fin schraubte den Deckel ab und nahm noch einen Schluck. »Fast hätte ich es dir abgekauft. Bis ich gesehen habe, wie du dich mir an den Hals geworfen hast und dann in deinem eigenen Erbrochenen eingeschlafen bist.« Er taumelte einen kleinen Schritt vor und verspürte eine perverse Befriedigung beim Anblick ihrer entsetzten Miene.

»Das war etwas anderes«, murmelte sie.

»Ah, jetzt erinnerst du dich also doch an den Abend, ja?« Er stieß ein grausames Lachen aus und nahm noch einen Schluck. »Aber es spielt keine Rolle. Du brauchst nicht hier zu sein und dich auch nicht mehr um mich zu kümmern«, blaffte er. »Du hast deine Rolle als Krankenschwester schon lange aufgegeben.«

»Ich versuche auch gar nicht, deine Krankenschwester zu sein, sondern deine Freundin.«

»Tatsächlich? Das sind wir also in deinen Augen? Freunde? Ich bitte dich, Eleanor. Ich bin doch nur eine Last für dich. Das war ich schon immer. Weißt du, was?« Wieder stieß er dieses harsche, gemeine Lachen aus. »Ich wette, du warst sogar froh, als ich abgehauen bin. Damit habe ich dir einen Gefallen getan. Keine Verpflichtung mehr, sich um den armen, jämmerlichen Fin kümmern zu müssen.«

»Hör auf! Du weißt ja nicht, was du da sagst.« Mit angstverzerrter Miene ging sie vor ihm auf und ab.

»Doch, das tue ich.« Er wollte ihr wehtun, wollte, dass sie den Schmerz, der durch seine Venen pumpte, mit derselben Brutalität spürte wie er selbst. »Weißt du, wieso ich abgehauen bin?« Er stand so dicht vor ihr, dass sie die goldenen und orangefarbenen Sprenkel in seinen Augen sehen konnte. »Weil es zu verdammt demütigend war, in deiner Nähe zu sein. Glaubst du, ich hätte nicht gemerkt, wie du mich ansiehst? Ich habe es gehasst, Elles. Das Mitleid. Die Sorge. Die ständige Angst.« Er fuhr sich mit der Hand durchs Haar. »Ich wollte nicht so ein Mensch für dich sein. Es war mir peinlich. Ich bin weggegangen, um mich wieder auf die Reihe zu bekommen und als der Fin zurückzukommen, den du von früher kanntest.«

»Mir warst du aber nicht peinlich. Sondern ich wollte dir nur helfen«, sagte sie leise.

»Ah. Und siehe da, ich bin zurückgekommen und durfte feststellen, dass du an die Uni gegangen warst und Oliver kennengelernt hast, kaum dass ich weg war. Den zuverlässigen Oliver, die sichere Bank. Endlich jemand, den du nicht vom Boden kratzen und wieder aufrichten musstest.« Die Gehässigkeit drang ihm aus sämtlichen Poren, und ihm war bewusst, dass er nicht aufhören könnte, selbst wenn er es gewollt hätte. »Er hat mir mehr als klargemacht, dass du ohne mich besser dran bist.«

Eleanor erstarrte, und die Angst auf ihren Zügen wich Verwirrung. »Was meinst du mit *er hat es dir klargemacht*?«

Reiß dich zusammen.

Er hob die Flasche neuerlich an seinen Mund und genoss die Ruhe, die die klare Flüssigkeit ihm verlieh. »Gar nichts. Ich habe nichts damit gemeint. Ich bin betrunken, Eleanor … schon vergessen? Und wenn ich betrunken bin, erzähle ich doch immer Blödsinn.«

»Nein.« Sie trat näher. »Du sagtest, als du zurückgekommen seist … sag mir, was du damit meinst. Wann hast du mit Oliver geredet? Wann bist du nach Hause gekommen?«

»Das spielt doch keine Rolle.« Fin wollte zurückweichen, doch sein Gleichgewichtssinn ließ ihn im Stich. Er spürte, wie seine Knie weich wurden.

Nicht. Du hast dir geschworen, dass du es nicht tun würdest.

»Es ist nicht wichtig, weil er recht hatte, oder? Ich bin ein beschissener Loser, und du bist besser ohne mich dran.«

»*Wann hast du mit Oliver geredet?*« Sie war fuchsteufelswild, und die Worte trafen ihn wie schallende Ohrfeigen. »*Wann bist du zurückgekommen?*«

»Bin ich gar nicht«, murmelte er und wich zurück.

»Sag es mir«, forderte sie.

»Nein.« Er schüttelte den Kopf. Wann hörte das endlich auf? Wieso hatte er seine verdammte Klappe nicht halten können? Wieso hatte er sich das antun müssen?

»Sag es mir«, schrie Eleanor, packte ihn bei den Schultern und schüttelte ihn.

»Ich bin zurückgekommen!«, schrie er. »Zur Beerdigung deines Vaters.«

»Nein.« Sie riss die Hände zurück, als hätte sie sich verbrannt. »Nein, das bist du nicht.«

»Doch.« Er seufzte. »Ich war da, aber mir wurde gesagt, ich solle verschwinden.«

»Du lügst«, brüllte sie.

»Nein. Ich wünschte, es wäre so, Eleanor, aber ich lüge nicht. Ich bin wegen dir zurückgekommen. Natürlich bin ich gekommen.«

Damals: 20 Jahre alt

Fin

Am Flughafen von Mumbai herrschte unbeschreiblicher Lärm und Hektik. Fin bemühte sich um Geduld, als er sich durch die Massen schob, die sich in chaotischen Trauben vor den Schaltern drängten. Das liebte er so an Indien: dass man im scheinbar hoffnungslos desorganisierten Durcheinander am Ende doch genau dorthin gelangte, wo man hinmusste. Es war völlig verrückt und reinste Magie, und alle schienen das System zu begreifen. Unter der Oberfläche des Tohuwabohus regierte eine Logik, die sich Fin erst noch erschließen musste. Im Augenblick jedoch hätte er alles für die stille, sachliche englische Ordnung gegeben. Sein Gehirn arbeitete auf Hochtouren, trotzdem hatte er Mühe, sich zu konzentrieren. Hektisch sah er auf die Uhr.

»Verdammt«, fluchte er. »Los, los, los. Wo bist du?« Suchend ließ er den Blick über die Anzeigetafel schweifen. »Ja! London Heathrow ... verspätet.«

Der Schreck fuhr ihm in die Glieder.

»Nein. Nein. Herrgott noch mal, nein!«, rief er und raufte sich das Haar, das nach einem neuen Schritt schrie, während er sich umsah. Die Schlange vor dem Schalter seiner Airline war so lange, dass sie sich mit fünf weiteren vermischte. »Bitte, tut mir das nicht an«, stöhnte er.

Er schwang sich seine Reisetasche über die Schulter und lief hinüber, um sich am Ende der Schlange anzustellen. Mit jeder Minute schien seine Brust enger zu werden, sein Herz heftiger zu schlagen. Nur unter Aufbietung all seiner Willenskraft gelang es ihm, nicht loszubrüllen und die Passagiere vor ihm wegzuschubsen, um endlich an diesen verdammten Schalter zu treten und zu verlangen, dass sie ihn in den nächsten Flieger setzten. Solange er nur in Bewegung wäre, würde er sich besser fühlen, doch am anderen Ende der Welt festzusitzen, war unerträglich, vor allem, da er wusste, was Eleanor gerade durchmachte.

Denk jetzt nicht an sie. Damit ist niemandem geholfen.

Fin ballte die Fäuste und verdrängte ihr Gesicht aus seinen Gedanken. Er musste sich auf das Hier und Jetzt konzentrieren, musste irgendwie versuchen, in diesem Irrsinn die Kontrolle zu behalten. Gerade als er das Gefühl hatte, sich einigermaßen beruhigt zu haben, ertönte eine Durchsage aus dem Lautsprecher der Abflughalle, blechern und nur schwer inmitten des Stimmengewirrs zu verstehen, trotzdem gelang es ihm, die Worte herauszufiltern, die er hören musste.

London Heathrow. Flug gestrichen.

In diesem Moment schossen ihm die Tränen in die Augen, er sank auf die Knie und begann, vor Frust zu beben. »Nein. Nein. Nein!«, schluchzte er und fuhr sich hektisch mit den Händen übers Gesicht.

»Hier, nehmen Sie«, hörte er eine freundliche Stimme sagen.

Er sah auf und sah durch den Tränenschleier eine ältere Dame, die ihm lächelnd ein Papiertaschentuch hinhielt. Auf der Hüfte hielt sie ein verdrossen dreinsehendes Baby, dessen dunkle Locken noch wirrer waren als Fins von der Sonne ausgebleichtes Haar.

»Nehmen Sie's.« Sie wedelte mit dem Tuch. »Hier ist es doch überall schmutzig.«

Dankbar nahm er es entgegen und wischte sich die Tränen ab. »Danke«, murmelte er. Plötzlich war ihm sein Ausbruch schrecklich peinlich. »Tut mir leid.« Langsam stand er auf und klopfte sich den Staub ab. Sie hatte recht, es war tatsächlich schmutzig.

»Ach was.« Sie machte eine wegwerfende Geste und ließ das Baby auf und ab wippen. »Alles in Ordnung?«

Neuerliche Traurigkeit durchströmte ihn. »Ich muss nur nach Hause.«

»Ein Notfall?« Sie hielt inne. Ein ernster Ausdruck trat in ihre dunkelbraunen Augen, bei dessen Anblick Fin spürte, wie seine Kehle neuerlich eng wurde.

»Mehr oder weniger.«

»In der Familie?«

Fin schloss die Augen und dachte an Eleanors Dad, diesen Mann, der in seiner Kindheit präsenter gewesen war als sein eigener Vater, stets bereit, kluge Ratschläge zu erteilen oder mit seinem Zuhause einen Ort der Zuflucht zu bieten, wenn Fin nicht gewusst hatte, wo er sonst hinsollte. Ein Mann, der unerschütterlich hinter ihm gestanden hatte, auch wenn Fin noch so schwierig gewesen war.

»Ja.« Wieder begannen die Tränen zu laufen. »Jemand ist gestorben, und ich muss nach Hause, zum Begräbnis.«

Die Lady nickte entschieden und wandte sich zu einem Jungen hinter ihr um, der mit Kopfhörern auf den Ohren in sein Comicheft vertieft war. Sie zog ihm kurzerhand die Ohrstöpsel heraus, drückte ihm das Baby in die Arme und erteilte ihm scharfe Anweisungen, die Fin nicht verstehen konnte. Ehe er Gelegenheit hatte, Fragen zu stellen, ergriff die Frau seine Hand und zog ihn aus der Schlange.

»Nein!«, rief er und bekam in letzter Sekunde seine Reisetasche zu fassen. »Bitte, was machen Sie denn da?«

»Vertrauen Sie mir.« Sie zerrte ihn durch die Menge aus verwirrt dreinsehenden Wartenden in Richtung Anfang der Schlange. Fin hielt den Blick gesenkt und folgte ihr mit hochroten Wangen, doch wann immer jemand sie aufhielt, machte seine Beschützerin denjenigen oder diejenige mit einem Wortschwall mundtot, den Fin nicht verstand. Ehe er sich's versah, stand er vor einer jungen, sorgfältig zurechtgemachten Frau am Check-in-Schalter.

»Kann ich Ihnen helfen?«, fragte sie und musterte das seltsame Gespann mit einer Mischung aus Verwirrung und Argwohn.

»Ich muss dringend nach London. Ich muss …« Fin schüttelte den Kopf, als abermals heiße Tränen in seinen Augen brannten. »Ich muss so schnell wie möglich nach Hause.«

»Alles klar, Sir. Der Direktflug nach London ist soeben gestrichen worden …« Sie hämmerte mit ihren langen Nägeln auf ihre Tastatur ein.

Fin stöhnte. Seine leidenschaftliche Freundin ließ einen neuerlichen Wortschwall vom Stapel, während Fin nur nutzlos und eingeschüchtert danebenstehen konnte.

»Schon gut, schon gut.« Die junge Frau tippte weiter. »Aha. Es wird knapp, aber wenn Sie sich beeilen, kriegen Sie noch den Inlandsflug nach Delhi und von dort aus eine Maschine nach London.«

Fins Herz schlug schneller.

»In Delhi haben Sie zwar etwas Aufenthalt, aber ich schätze, das ist für den Moment die beste Alternative. Soll ich Sie auf die Maschine buchen?«

Fin brauchte nicht nachzudenken – weder über sein ohnehin bis zum Anschlag überzogenes Konto noch über das verlorene Ticket, das er in den Wind schrieb, und auch nicht darüber, wie lange er brauchen würde, um endlich nach Hause zu kommen. In Bewegung bleiben, das war das Gebot der Stunde.

»Ja, bitte. Tun Sie, was Sie können«, bat er.

»Sie kriegen das hin.« Seine neue Freundin wandte sich ihm mit einem breiten Lächeln zu.

»Danke.« Fin spürte, wie die Tränen erneut zu fließen begannen, doch diesmal war es irgendwie auch vor Freude.

Sie legte ihm die Hand auf die Wange und sah ihn ein letztes Mal aus ihren dunkelbraunen Augen an. »Kommen Sie gut zu Ihrer Familie nach Hause.«

»Das werde ich, versprochen.«

***

Zwei Flüge und siebzehn Stunden später war Fin völlig erledigt. Im Flugzeug hatte er vor Sorge kein Auge zugetan. Bei der Ankunft in Heathrow musste er sich auf der Flughafentoilette waschen und umziehen, wobei er die neugierigen Blicke ignorierte. Für eine Dusche oder sogar einen Haarschnitt war es zu spät; die Beerdigung war bereits in vollem Gange, als das Taxi vor der Kirche vorfuhr. Aber das spielte jetzt keine Rolle. Er war hier. Allen Widrigkeiten zum Trotz hatte er es geschafft.

»Hier können Sie anhalten«, sagte er und sprang heraus, kaum dass der Mann das Taxi an den Straßenrand gelenkt hatte. Er schwang sich die Reisetasche über die Schulter und rannte zum Eingang.

Durchatmen.

Er blieb kurz stehen, klopfte sich den Staub von dem billigen Anzug, den er noch in Indien gekauft hatte, und öffnete das schwere Holzportal, das laut in den Angeln quietschte. Fin zuckte zusammen, als sich das Geräusch durch die Stille in der Kirche schnitt. Gerade als er durch den Spalt spähen wollte, wurde die Tür abrupt aufgerissen.

»Raus!«, befahl eine fremde Stimme.

Fin gehorchte und trat einen Schritt rückwärts. Ein junger Mann war durch die Tür getreten und baute sich mit wenig erfreuter Miene vor ihm auf.

»Tut mir leid, dass ich so spät dran bin. Sie glauben ja nicht, was für ein Albtraum die Reise war.« Fin spürte die Missbilligung des Fremden, der ihn von oben bis unten musterte. »Ich bin übrigens Fin.« Er streckte ihm die Hand hin, doch der Typ starrte ihn weiter mit wachsender Abneigung an.

»Ich weiß, wer du bist«, schnauzte er ihn an. »Und ich habe keine Lust auf deine lahmen Ausreden, wieso du mitten in die Beerdigung platzt.«

»Das sind keine Ausreden. Mein Flug wurde gestrichen, und ich musste über …«

»Wie gesagt, das ist mir egal.« Der Mann trat einen Schritt näher. »Du musst jetzt gehen.«

»Entschuldigung?« Fin entging nicht, wie gepflegt der junge Mann wirkte. Er trug einen tadellos sitzenden Anzug, sein dunkelblondes Haar war frisch geschnitten und perfekt mit Gel in Form gebracht, selbst die weiße Blüte im Knopfloch sah aus, als stehe sie mit angehaltenem Atem stramm. »Ich will Ihnen ja nicht zu nahe treten, aber wer sind Sie? Ich habe Sie noch nie gesehen, aber wenn Sie Elles Bescheid sagen, wird sie das Missverständnis bestimmt aufklären.«

»Ich gehöre zu Eleanor«, erwiderte er selbstzufrieden. »Ich bin Oliver, ihr Lebensgefährte.«

Ernsthaft, Elles? So einen hast du dir ausgesucht?

Fin zwang sich, seine Vorurteile zu verdrängen. Er musste in diese Kirche, an der Seite seiner Freundin sein.

»Tja, dann wissen Sie ja bestimmt auch, dass sie mich unbedingt sehen möchte.« Fin schnitt eine Grimasse.

»Da bin ich mir nicht so sicher.« Wieder musterte Oliver ihn angewidert von oben bis unten. »Ich weiß nicht, ob jemand seinen verantwortungslosen, versoffenen Taugenichts von Schulfreund, der sich einfach ans andere Ende

427

der Welt abgesetzt hat und« – er stieß ein grausames Lachen aus – »unter Gott weiß welchen Bedingungen haust, auf der Beerdigung des eigenen Vaters sehen will. Du bist eine Zumutung. Wahrscheinlich bist du betrunken, und ich will dich nicht in Eleanors Nähe haben.«

Reflexartig ballte Fin die Faust. Der Drang, auszuholen und dem Kerl sein selbstgefälliges Lächeln aus dem Gesicht zu schlagen, war übermächtig, doch er beherrschte sich. »Ich. Bin. Nicht. Betrunken«, stieß er hervor.

»Klar. So wie all die anderen Male, ja?« Oliver hob höhnisch eine Braue. »Eleanor hat mir alles über dich erzählt, Fin. Sie magst du hinters Licht geführt haben, aber bei mir funktioniert das nicht. Du tust ihr nicht gut, deshalb werde ich nicht zulassen, dass du hier wiederauftauchst und ihr Leben noch einmal ruinierst. Sie ist besser ohne dich dran. Und alle anderen auch.«

Fin wollte etwas erwidern, doch die Worte verflüchtigten sich, noch bevor er sie über die Zunge bekam. Am liebsten hätte er sich an Oliver vorbeigedrängt und wäre zu Eleanor gelaufen, doch er konnte es nicht. Seine Füße waren wie angewurzelt, und sein ganzer Körper schien bleischwer.

Er hat recht.

Deshalb bist du doch abgehauen, richtig?

»Nein.« Fin schüttelte die Zweifel ab und zwang seinen Körper, sich zu bewegen, doch Oliver war schneller als gedacht, packte ihn bei den Armen und warf ihn zu Boden.

»Und jetzt hau ab, sonst rufe ich die Polizei, ich schwöre es.« Mit einem überheblichen Zungenschnalzen wandte er sich von Fin ab, der immer noch auf dem Boden lag. »Dies ist ein Tag der Trauer. Zeig also gefälligst etwas Respekt. Ausnahmsweise.«

Jetzt

Eleanor

»Aber ... dann ... warum?« Eleanor hatte sich aufs Sofa sinken lassen, als laste das Gewicht von Fins Enthüllung zu schwer auf ihren Schultern. »Wieso hast du nicht angerufen? Wieso hat dich niemand gesehen? Wie ist das abgelaufen?«

Das kann alles gar nicht sein.

Er ist nicht zurückgekommen.

Er hat dir doch selbst gesagt, er hätte es nicht geschafft.

»Du hast mir doch eine Nachricht geschickt, du hättest deinen Flug verpasst. Du hast mir selbst gesagt, du könntest nicht kommen.« Sie ballte die Fäuste und presste sie sich auf die Augäpfel.

»Das war eine Lüge. Ich habe mich so geschämt.« Fins trunkene Großmäuligkeit war schlagartig verschwunden, seine Stimme kaum mehr als ein Flüstern.

»Weswegen? Es war die Beerdigung meines Vaters. Ich habe dich gebraucht. Herrgott noch mal, Fin, wieso bist du nicht einfach zu mir gekommen, um mir alles zu erzählen?«

»Weil ich mich betrunken hatte. Nach allem, was Oliver mir an den Kopf geworfen hatte, bin ich in den nächsten

Pub gegangen und habe meinen Kummer ertränkt, keine Ahnung, wo. Ich erinnere mich nicht mal mehr, wie ich später zu meiner Mutter gekommen bin, aber irgendwann bin ich dort gelandet. Ich war eine Zumutung. Alles, was er über mich gesagt hatte, stimmte. Danach konnte ich dir nicht mehr unter die Augen treten. Mein Plan war gewesen, aus London wegzugehen und als besserer Mensch zurückkehren, nicht als schlechterer.«

»Glaubst du, das hat mich interessiert? Wie egoistisch kann man eigentlich sein?« Eleanor stand abrupt auf. Sie musste hier raus, weg von ihm, von seinen Lügen. »Ich muss gehen. Ich kann das alles nicht.«

»Bitte, Elles«, flehte er kläglich. »Es tut mir leid. Ich wollte doch nur ein besserer Mensch sein.«

»Und ich wollte nur meinen besten Freund an meiner Seite, als ich meinen Vater beerdigt habe.«

»Ich wollte für dich da sein, aber nicht so.«

»Tja, wir kriegen eben nicht immer, was wir uns wünschen, was?« Sie schob sich an ihm vorbei und stürmte aus der Wohnung, wobei sie die Tür krachend hinter sich zuschlug.

***

Sobald sie draußen stand, brach die Wut ungehindert aus ihr heraus. Sie stieg in ihrer Kehle auf und entlud sich aus ihrer Lunge in einem wilden Schrei. Passanten fuhren erschrocken herum und versuchten herauszufinden, wer solche Höllenqualen litt.

»Man starrt keine fremden Leute an«, schnauzte sie die Leute mit ihren verächtlichen Blicken und ihrem Getuschel an.

Sie zitterte am ganzen Leib, während ihre Haut vor Wut zu kribbeln schien, sodass sie sie sich am liebsten in Fetzen vom Körper gerissen hätte. Sie musste sich bewegen, musste ihren Tränen freien Lauf lassen. Sie musste zurück und Fin sagen, was sie von ihm hielt.

Nein.

Er verdient nicht noch mehr von deiner kostbaren Zeit.

Trotzdem blieb sie, stapfte aufgebracht vor dem Haus auf und ab, während sie sein Gesicht vor sich sah, seine Worte in ihrem Kopf widerhallten, deren Grausamkeit ihr den Atem verschlugen.

Weißt du, wieso ich abgehauen bin? Weil es zu beschissen demütigend war, in deiner Nähe zu sein.

»Nein. Er war betrunken, deshalb hat er es nicht so gemeint«, verkündete sie, an niemand Bestimmtes gerichtet.

Ich bin wegen dir zurückgekommen.

»Verdammt!« Sie raufte sich das Haar, als könnte sie dadurch seine Stimme aus ihren Gedanken verbannen.

»Entschuldigung? Geht's Ihnen gut?«, fragte jemand zaghaft.

Eleanor riss die Augen auf und sah ein etwa zwanzigjähriges Mädchen vor sich stehen, das sie mit einer Mischung aus Vorsicht und Besorgnis musterte.

Eleanor starrte sie nur an. Am liebsten hätte sie dieser aufdringlichen Fremden entgegengeschleudert, was noch von ihrer Wut übrig war, ihr an den Kopf geworfen, wo sie sich ihre Neugier und Hilfsbereitschaft hinschieben könne, doch sie war zu erschöpft. Sie hatte keine Kraft mehr, sich zu streiten.

»Es geht mir gut.« Sie seufzte und versuchte, ihren Tränen Einhalt zu gebieten, die ihr übers Gesicht liefen, während sie sich bemühte, so vernünftig und ruhig wie möglich zu wirken. »Es war nur ein langer Tag, das ist alles.«

Das Mädchen nickte. »Verstehe.«

Eleanor war bewusst, dass sie ihr kein Wort glaubte.

»Wollen Sie vielleicht jemanden anrufen? Ich kann gerne solange warten.« Das Mädchen lächelte freundlich.

»Nein.« Eleanor zog ihr Handy heraus. »Mein Freund hat mir ein Uber bestellt, das bald hier sein wird«, log sie. »Aber danke.«

»Klar.« Mit einem letzten besorgten Blick wandte sich das Mädchen ab und ging davon.

Du könntest Ben anrufen.

Und was tun? Ihm die Ohren vollheulen?

Nein danke.

Wenn sie eines in den letzten Monaten gelernt hatte, dann war es, wie sie es schaffte, sich ohne fremde Hilfe zu beruhigen. Ihren Schmerz alleine zu lindern, aus sich selbst Kraft zu ziehen. Vielleicht gelangte man an diesen Punkt, wenn einem das Herz gebrochen wurde, dachte sie, als sie sich umwandte und in die entgegengesetzte Richtung davonging … die Erfahrung machte es widerstandsfähiger, und man passte besser darauf auf.

***

Als sie am nächsten Morgen aufwachte, rechnete sie damit, eine ganze Flut an Entschuldigungsnachrichten und verpassten Anrufen von Fin auf ihrem Handy vorzufinden. Mit einem Anflug von Enttäuschung stellte sie fest, dass lediglich eine Nachricht von Ben eingegangen war.

Er ist stur. Du kennst ihn doch.

»Er ist ein Idiot«, murmelte sie, legte ihr Handy weg und schwang sich aus dem Bett. »Sonst gar nichts.«

Er war betrunken. Er hat es nicht so gemeint.

Eleanor schloss die Augen und ließ ihren Streit noch einmal Revue passieren, die boshaften Worte, das Schreien, das gemeine Lachen. Es war unerträglich. Betrunken oder nicht, Fin verdiente keine einzige kostbare Minute ihres Lebens mehr.

Am Montagnachmittag war das Schweigen zur Qual geworden. Inzwischen hatte sie in der vagen Hoffnung auf eine Nachricht so oft abrupt auf ihr Handy gestarrt, dass sie ein Schleudertrauma befürchten musste.

Und wenn ihm etwas zugestoßen ist?

Wenn er sich verletzt hat?

»Es ist nicht länger deine Aufgabe, dich um ihn zu kümmern«, presste sie zwischen zusammengebissenen Zähnen hervor und bemühte sich nach Kräften, ihre Aufmerksamkeit auf den Computerbildschirm zu richten, während Bilder aus der Vergangenheit ihre Gedanken fluteten … von jenem Tag, als sie ihn blutend und mit Prellungen übersät in seinem Zimmer vorgefunden hatte.

»Nein.« Sie schüttelte den Kopf. »Er ist erwachsen. Es geht ihm gut.«

»Alles in Ordnung da drüben, Eleanor?«, rief Doreen besorgt. »Sie wirken ein bisschen …« Sie legte den Kopf schief, wobei ihr bauschiger roter Haarschopf weiter an Ort und Stelle blieb. »Durcheinander.«

Eleanor rang sich ein Lächeln ab. »Ja, ja, mir geht's gut. Ich kämpfe nur mit den Formulierungen für die Präsentation, das ist alles«, plapperte sie.

»Verstehe«, erwiderte Doreen, keineswegs überzeugt.

Reiß dich zusammen. Wenn er mit dir reden will, wird er anrufen. Ansonsten lass es einfach gut sein.

Ein Anflug von Traurigkeit überkam sie. Konnte sie sich ernsthaft ein Leben ohne Fin vorstellen? Wäre es nach allem, was vorgefallen war, so leicht, ihn ein weiteres Mal gehen zu lassen?

Vielleicht bleibt dir gar nichts anderes übrig …

Am Dienstagmorgen sah die Sache anders aus: sechs verpasste Anrufe und drei Nachrichten auf der Mailbox, alle von Fin. Zu wissen, dass er lebte, war eine enorme Erleichterung, und sie verspürte den Drang, ihn sofort zurückzurufen, doch etwas hielt sie davon ab.

Lass ihn ein bisschen schmoren, sagte eine beharrliche Stimme in ihrem Kopf.

Soll er noch ein bisschen warten …

Den ganzen Tag war sie zappelig und angespannt, sodass sie Mühe hatte, sich auf ihre Arbeit zu konzentrieren, geschweige denn, sich auf irgendwelche Freizeitaktivitäten zu freuen. Am liebsten hätte sie ihren Kunstkurs sausen lassen, doch das war schlicht unmöglich. Ihre Seele schrie danach zu malen, etwas Kreatives zu erschaffen, all ihre Angst aus ihrem Herzen zu verbannen und in etwas anderes fließen zu lassen. Doch sie war nicht in Plauderlaune, und schon gar nicht in der Stimmung, sich Reggie und seinem Sarkasmus auszusetzen. Deshalb fand sie sich möglichst früh im Kursraum ein und suchte sich einen Platz auf der anderen Seite des Saals.

»Da macht sich wohl jemand rar, was?«, brummte eine raue Stimme dicht an ihrem Ohr.

Eleanor verfluchte sich innerlich, weil sie zusammengezuckt war, doch sie hatte so eindringlich auf ihre immer noch recht leere Leinwand gestarrt, dass sie nicht mitbekommen hatte, wie Reggie hinter sie getreten war und sie nun nachdenklich anschaute.

»Nein«, murmelte sie und spürte, wie sie rot wurde. »Das war der erste freie Platz beim Hereinkommen.«

»Tja«, bemerkte Reggie. »Heute ist ziemlich was los.«

Eleanors Röte vertiefte sich, als sie den Blick über die leeren Stühle schweifen ließ.

»Darf ich mich zu Ihnen auf diese Seite setzen?«, fragte er und nahm Platz, ohne ihre Antwort abzuwarten. »Ein anderer Blickwinkel könnte interessant sein.«

»Bitte.« Sie lächelte.

»Agatha!«, bellte er. »Würden Sie mir mein Kissen und meine Leinwand herüberbringen, ja? Eleanor und ich wechseln für heute die Perspektive.«

Eleanor biss die Zähne zusammen und bemühte sich, ruhig zu bleiben. Ihr war klar, dass er sie bloß provozieren wollte. Wenn es ihr gelänge, ihn auszublenden und sich auf ihr Bild zu konzentrieren, wäre alles bestens.

»Ohhh, das gefällt mir, mal alles auf den Kopf stellen!«, begeisterte sich Agatha. »Sie bleiben einfach sitzen, Reggie, ich bringe Ihre Sachen.«

»Perfekt.« Er verschränkte die Arme und lehnte sich auf seinem Stuhl zurück. »Ich nehme an, Sie sind zu schlecht gelaunt, um heute den Tee und die Kekse zu holen?«, bemerkte er.

»Ich bin nicht schlecht gelaunt.«

»Na gut, wenn Sie meinen.« Er stieß einen langen, tiefen Seufzer aus. »Wenn Sie so still und mürrisch sind, komme ich wenigstens mit meiner Arbeit voran.«

»Ich bin nicht mürrisch.« Sie schnitt eine Grimasse.

»Na gut. So ein Schokokeks wäre jetzt genau das Richtige.«

Eleanor fuhr zu ihm herum. »Wenn ich Ihnen einen hole, halten Sie dann den Mund?«

»Holen Sie mir fünf, dann überlege ich es mir.« Er grinste frech.

»O Mann«, stöhnte Eleanor, stand auf und stapfte zum Tisch mit den Erfrischungen. Bei ihrer Rückkehr ertappte sie Reggie, wie er auf ihre Leinwand spähte.

»Hier bitte.« Sie drückte ihm den Teller mit den Keksen in die Hand. »Also, dann?«

»Für jemanden, der von sich behauptet, er könne keine Porträts malen, haben Sie ein ziemlich gutes Auge«, bemerkte er.

»Ich habe nicht behauptet, ich könne keine Porträts malen, sondern nur, dass es nicht meine Stärke ist«, korrigierte sie pedantisch.

»Verstehe. Entschuldigung, da muss ich mich wohl verhört haben.« Vergnügt verputzte er einen Keks.

Sie erwiderte nichts darauf. Es war unfair, ihren Frust an Reggie auszulassen, aber wer konnte es ihr verdenken, wenn er so nervtötend war? Eleanor nahm ihren Pinsel zur Hand und blendete ihre Umgebung aus. Die nächsten zwanzig Minuten arbeitete sie ungestört, wobei ihre Hände instinktiv die richtigen Bewegungen vollführten und ihr Geist allmählich zur Ruhe kam.

»Was Süßes?« Eine Hand mit einem bröseligen Keks schwebte unmittelbar vor ihrer Nase.

»Nein danke.« Sie arbeitete weiter.

»Sicher? Das ist der letzte«, drängte Reggie.

Eleanor holte tief Luft. »Was wollen Sie, Reggie? Normalerweise verlangen Sie von mir, dass ich den Mund halte, und jetzt, wo ich es tue, können Sie mich nicht zufriedenlassen.«

Der alte Mann schob sich den Keks in den Mund und kaute nachdenklich. »Die Sache ist die«, murmelte er mit halb vollem Mund, »dass es so herum nicht funktioniert.«

Sie sah ihn verwirrt an. »Was funktioniert nicht?«

Er schluckte. »Das hier. Wir«, antwortete er und deutete zwischen ihnen hin und her. »Wir beide, das funktioniert so nicht. Ich bin der missmutige, wortkarge Alte, Sie die reizende, strahlende junge Frau. So läuft das.« Er zuckte die Achseln. »Also, wollen Sie mir endlich sagen, was los ist, damit ich wieder miese Laune haben kann?«

Eleanor musste grinsen. »Es ist nichts.« Sie lehnte sich auf ihrem Stuhl zurück.

»Macht aber nicht den Eindruck, als wäre es so.«

Eleanor hielt inne. »Ich habe Ihnen doch neulich von meinem besten Freund erzählt, richtig? Dem, der kürzlich wiederaufgetaucht ist.« Reggie nickte. »Nun ja, seine Mutter ist gestorben, und am Samstag fand ihre Beerdigung statt. Er hat sich ziemlich volllaufen lassen, und wir hatten einen heftigen Streit.«

»Und?« Erwartungsvoll hob der alte Mann die Brauen.

»Und was? Ich bin wütend darüber«, herrschte sie ihn an.

»Menschen streiten ständig. Du liebe Zeit, ich kann mich nicht erinnern, dass ich mich mal eine Woche lang nicht mit meiner Frau gestritten habe.«

»Das ist doch etwas anderes.«

»Inwiefern?«

Eleanor zuckte die Achseln. »Er war so wütend. So … gemein.« Bei der Erinnerung an Fins Worte durchzuckte sie ein scharfer Schmerz. »So hat er noch nie mit mir geredet. Nie.«

»Hm.« Reggie griff nach seinem Bleistift und fummelte damit herum. »Haben Sie seitdem mit ihm gesprochen?«

»Nein. Er hat ein paarmal angerufen, aber ich will nicht mit ihm reden.«

»Wieso nicht?«

»Weil ich es nicht will.« Sie fuhr ein wenig zu heftig mit ihrem Pinsel über die Leinwand, sodass ein dicker Farbklecks zurückblieb. »Mist, nun sehen Sie sich das an!«

»Hören Sie auf.« Er nahm ihr den Pinsel aus der Hand. »Machen Sie eine Minute Pause, ehe Sie das Bild noch vollends versauen, das eigentlich ganz nett aussah.« Er lächelte kurz. »Ich will ganz ehrlich mit Ihnen sein. Männer sind Idioten. Vertrauen Sie mir, ich weiß, wovon ich rede, weil ich selbst einer bin.« Er tätschelte ihr den Arm. »Und … Männer sind noch größere Idioten, wenn sie getrunken haben. Wahrscheinlich hat er die Hälfte von dem, was er gesagt hat, gar nicht so gemeint. Geben Sie ihm Gelegenheit, sich zu erklären, ohne eine halbe Flasche von dem giftigen Zeug intus zu haben.«

»Das waren wohl eher drei Liter«, brummte sie.

»Wow, kein Wunder, dass er sich wie der letzte Trottel benommen hat.« Reggie, der zu spüren schien, dass Eleanors Wut verrauchte, lachte. Vorsichtig wischte sie den Farbklecks von der Leinwand und setzte sich zurück, um den Schaden zu begutachten.

»Haben Sie sich je gestritten?«, fragte sie.

»Wer?«

»Sie und Ihr Freund«, antwortete Eleanor mit einem Nicken auf Reggies Porträt.

»Nur ein Mal.« Ein trauriges Lächeln erschien auf den Zügen des alten Mannes. »Allerdings war es ein sehr schlimmer Streit.«

»Wirklich?« Eleanors Neugier erwachte.

»Hmm.« Er seufzte tief.

»Und wie haben Sie sich wieder versöhnt?«

Reggie lehnte sich zurück und blickte verloren auf das Porträt. »Gar nicht.«

»Oh.« Eleanor wollte unbedingt mehr erfahren, wusste jedoch, dass Reggie kein Mann war, den man zum Reden drängen konnte, deshalb begann sie, ihre Pinsel zu säubern und frische Farben zu mischen.

»Wir haben über fünfzig Jahre kein Wort miteinander gesprochen«, sagte Reggie leise. »Und als ich den Kontakt wieder aufnehmen wollte, war er tot.«

Eleanor hielt inne und sah in die von tiefen Furchen umgebenen Augen des alten Mannes. »Das tut mir leid«, sagte sie sanft.

»Es ist okay.« Er winkte ab. »Es war meine eigene Schuld. Vielleicht ist es Ihnen noch nicht aufgefallen, aber ich kann ziemlich stur sein.« Reggie lächelte etwas gezwungen.

»Aber es ist nicht Ihre alleinige Schuld, sondern es gehören immer zwei Menschen zu einer Freundschaft.« Eleanor ertrug die Traurigkeit in seinen Augen nicht – es war zu viel für ihr ohnehin blutendes Herz.

»Nein, aber ich war derjenige, der damals gegangen ist.«

Eleanors Magen krampfte sich zusammen. Beim Gedanken an Fins Anrufe und Nachrichten auf ihrer Mailbox bekam sie ein schlechtes Gewissen.

Sie sah Reggie wieder an.

»Wieso haben Sie sich nicht bei ihm gemeldet? Was war passiert?«

Der alte Mann schloss die Augen und schüttelte den Kopf.

»Entschuldigung, ich wollte nicht neugierig sein«, sagte sie und hoffte inbrünstig, der brummige, lebhafte Reggie, den sie so gern mochte, nehme wieder den Platz des resignierten, niedergeschlagenen Mannes ein.

»Ich hatte zu große Angst«, flüsterte er. »Damals war alles anders als heute. Die Welt war eine gänzlich andere.«

Eleanor wagte es nicht zu atmen, stattdessen saß sie reglos da und sah ihren alten Freund an.

»Ich habe mir eingeredet, der Moment sei verstrichen«, fuhr er traurig fort. »Wir waren jung und dumm und wussten nichts über das Leben. Wir hatten beide unser Leben weitergelebt, und es erschien mir falsch, wieder Kontakt mit ihm aufzunehmen. Ich war verheiratet, hatte eine *Frau.*« Die Worte strömten nur so aus seinem Mund, als nehme ihm jedes einzelne davon eine schwere Last von den Schultern. »Ich habe jeden Tag an ihn gedacht, jeden einzelnen Tag, und trotzdem habe ich nichts getan, und dann war es zu spät.« Er schüttelte den Kopf und stieß ein leises, müdes Lachen aus.

Die Fragen wirbelten in Eleanors Kopf herum, prasselten auf sie ein, sodass sie sich nicht einmal lange genug auf eine konzentrieren konnte, um sie auszusprechen, ehe bereits die nächste kam.

»Reggie«, sagte sie schließlich leise. »Es tut mir so unendlich leid.«

Er sah sie an und lächelte. Seine Augen waren zwei winzige Knöpfe inmitten der zerfurchten, pergamentdünnen Haut. »Eleanor, das Einzige, was Ihnen leidtun sollte, wäre, denselben Fehler zu begehen wie dieser alte Narr hier.«

»Aber … haben Sie … hat Ihre Frau herausge…«

»Ich muss jetzt weitermachen.« Reggie richtete seine Aufmerksamkeit wieder auf die Leinwand und brachte so die Unterhaltung zu einem jähen Ende.

»Okay, ja, natürlich.« Eleanor wurde rot. Was für eine unsensible und unangemessene Frage. »Es tut mir leid, wenn ich eine Grenze übertreten habe.«

»Ich habe Ihnen das Einzige genannt, was Ihnen leidtun muss, Eleanor.« Der alte Mann lächelte, doch seine Stimme war fest und ernst. »Reden Sie mit Ihrem Freund. Bitte. Bevor es zu spät ist.«

***

Sobald Eleanor nach Hause kam, wählte sie seine Nummer.

Mailbox.

»Komm schon, Fin …« Sie versuchte es ein zweites Mal. »So können wir nicht ewig weitermachen.«

Vielleicht ist er in die Staaten zurückgekehrt.

Vielleicht hat er angerufen, um sich zu verabschieden.

»Heb schon ab!«, stöhnte sie, als neuerlich die Mailbox ansprang.

Sie legte auf und scrollte zu ihrer eigenen Mailbox und rief sie ab.

»›Sie haben drei neue Nachrichten. Erste Nachricht: Eingegangen am Dienstag, den 3. April um 02.45 Uhr von Finlay Taylor.‹«

Nervös ging sie auf und ab, erstarrte jedoch, als die Nachricht ertönte.

»Hallo?« Eine Frauenstimme war über Sirenengeheul hinweg zu hören. »Ich hoffe, Sie können mich hören.« Die Frau klang verängstigt. Wer war sie? Und wieso hatte sie Fins Handy? Alle möglichen Fragen schossen Eleanor durch den Kopf, trotzdem versuchte sie, sich zu konzentrieren.

»Mein Name ist Emma, und ich ... bin bei Ihrem Freund. Sie sind die Erste auf seiner Anrufliste. Bitte kommen Sie so schnell wie möglich ins St. Joseph's Hospital. Er hatte einen Unfall. Es gab einen Unfall.«

Eleanor spürte, wie die Welt aus den Angeln gehoben wurde.

»Zweite Nachricht, eingegangen am Dienstag, den 3. April um 03.00 Uhr.«

»Hallo.« Diesmal ertönte eine raue, tiefe Männerstimme. »Eleanor Levy? Ich heiße Mike Cardoza und arbeite als Rettungssanitäter. Ihr Freund Fin wurde bei einem Unfall verletzt. Bitte kommen Sie so schnell wie möglich ins St. Joseph's Hospital.«

Sie bekam keine Luft mehr.

Es ist zu spät.

O Gott ... ich habe zu lange gewartet.

Die dritte Nachricht hörte sie gar nicht mehr ab. Dafür war jetzt keine Zeit.

Fin

Schon seltsam, dachte er, während er auf der Straße lag und zusah, wie sich die roten Blutlachen rings um ihn herum ausbreiteten, *dass ich so sterben werde.*

Nach allem, was er durchgemacht hatte, würde er so abtreten, stocknüchtern, nach einer Kollision mit einem Ford Fiesta, mitten auf einer Londoner Straße. Er schloss die Augen, als Blaulichter und Sirenengeheul wie Glassplitter in sein Bewusstsein schnitten. Panische Stimmen, besorgtes Flüstern, Menschen, die ihn anstießen und bewegten, ganz vorsichtig, als zerbreche er unter der Berührung. Wussten sie, dass er längst viel zu kaputt dafür war?

»Sie müssen die Augen schön offen lassen, Fin, okay?« Jemand war dicht neben seinem Kopf, sprach ihm direkt ins Ohr. »Ich heiße Mike. Wir bringen Sie ins Krankenhaus.«

Es ist viel zu laut, viel zu hell.

Ich will nur schlafen.

»Können Sie mich hören, Fin?«, fragte die Stimme. »Sie müssen die Augen aufmachen. Wir haben Ihre Freundin Eleanor angerufen und gebeten, dass sie ins Krankenhaus kommt.«

Nein. Sie darf mich nicht so sehen.

Er wollte etwas sagen, diesem Mann erklären, dass Eleanor ihn unter keinen Umständen in diesem Zustand sehen durfte, doch sein Mund war voll Blut, seine Zunge fühlte sich zu dick und geschwollen an, um Worte bilden zu können.

»Nicht sprechen. Sie müssen ganz still bleiben.« Fin spürte, wie er hochgehoben wurde. »Es wird alles wieder gut. Bald geht es Ihnen wieder besser«, sagte der Mann.

Eleanor

»Der Nächste bitte!«

»Hi!« Eleanor stürzte sich förmlich auf den jungen Mann hinter dem Empfangsschalter im Krankenhaus. »Mein Freund wurde gestern früh hier eingeliefert. Ich weiß nicht, wo er ist, aber jemand hat mir auf die Mailbox gesprochen, ich solle herkommen«, sagte sie. »Ein Mann namens Mike ... er hat mir eine Nachricht hinterlassen, die ich aber erst gestern Abend abgehört habe, weil ich eine Vollidiotin bin. Ich bin so schnell wie möglich hergekommen, wurde aber abgewimmelt, weil die Besuchszeiten schon vorbei seien, aber jetzt bin ich wieder hier und würde ihn gern sehen.« Sie hatte kaum Atem geschöpft, und der junge Mann machte ein Gesicht, als sei gerade ein Hurrikan über ihn hinweggefegt.

»Name?«, fragte er langsam und immer noch leicht verdattert.

»Eleanor Levy.«

»Nein, der Name des Patienten.«

Eleanor wurde rot. »Oh ... Finley Taylor.«

»Einen Moment bitte.« Er tippte etwas in seinen Computer, wobei sein Blick wieder zu Eleanor schweifte, als hielte er es auch für denkbar, sie einzuweisen. Okay, sie hatte sich heute Morgen die Haare nicht gewaschen und sie noch nicht einmal anständig durchgebürstet, außerdem trug sie dieselben Sachen wie gestern, weil sie die halbe Nacht keinen Schlaf gefunden hatte und nicht fähig gewesen war, einen klaren Gedanken zu fassen.

»Er wurde von der Intensivstation in die Orthopädie verlegt. Sie müssen in den dritten Stock. Folgen Sie den Schildern und melden Sie sich bei der Stationsschwester.«

Intensivstation.

Die Worte sandten Schockwellen durch ihren Körper.

O Gott, Fin, was ist nur passiert?

»Danke«, murmelte Eleanor und sah sich suchend um.

»Die Treppe ist da drüben.« Der junge Mann, dem nicht entgangen zu sein schien, wie durcheinander sie war, zeigte nach links.

»Stimmt. Natürlich.« Sie hastete zwischen den Leuten, die überall im Foyer herumstanden, hindurch. Mussten die denn nicht irgendwo hin? Jemanden besuchen? Sie rannte die Treppe hinauf in den dritten Stock, durch die Tür und den Flur entlang. Es war ihr völlig egal, dass sie schwitzte und außer Atem war. Sie musste sich vergewissern, dass es ihm gut ging. Alles andere spielte jetzt keine Rolle.

»Hallo, alles in Ordnung mit Ihnen, Liebes?« Eine freundliche rothaarige Schwester blickte von ihrem Computer auf.

»Hi«, japste Eleanor. »Ich bin hier, um meinen Freund zu besuchen. Finley Taylor.«

»Oh! Sie müssen Eleanor sein.« Das Gesicht der Frau erhellte sich noch mehr.

»Äh, ja, die bin ich.« Ihre Verwirrung schlug in Gewissensbisse um. Ganz offensichtlich erwartete man sie bereits.

»Wunderbar. Ich sehe mal nach, ob er schon aus den OP raus ist.« Sie spähte über den Schalter. »Helen?«, rief sie. »Helen, Schatz?«

Eine dünne, müde, aber dennoch fröhlich wirkende Schwester spähte um die Ecke. »Ja?«

»Eleanor ist hier für Fin. Ist er schon aus dem OP zurück?«

»Nein, die haben ihn erst vor zwei Stunden geholt.« Sie wandte sich an Eleanor. »Ich kann Sie in den Wartebereich bringen, wenn Sie wollen. Allzu lange dürfte es nicht mehr dauern.«

»Ja. Bitte«, antwortete Eleanor und zwang sich, die Fragen, die ihr wie ein wilder Bienenschwarm im Kopf herumsurrten, zu verdrängen.

»Natürlich. Kommen Sie mit.« Helen verschwand hinter der Ecke, um die sie herumgespäht hatte.

Eleanor nickte der rothaarigen Schwester zu und folgte ihrer Kollegin eilig. Schweigend gingen sie den Korridor entlang, in dem es bis auf das leise Piepsen von Apparaten und Klappern medizinischer Gerätschaften still war. Überall schien es zu glänzen und zu quietschen, und der Geruch nach Desinfektionsmittel hing in der Luft.

»Hier sind wir. Das hinterste Bett ist seins.« Die Schwester zeigte auf einen großen Raum mit vier Betten auf jeder Seite, in denen Patienten mit allen möglichen Verletzungen und Brüchen lagen. Nur Fins Bett war leer.

»Ist er …« Sie konnte sich die Frage nicht länger ver-
kneifen. »Wird er wieder gesund? Der Mann am Empfang
meinte, er sei auf der Intensivstation gewesen.«

Die Schwester lächelte und berührte beruhigend Eleanors Arm. »Es war ein schwerer Unfall, aber das Schlimmste
ist überstanden. Er hat mehrere Knochenbrüche erlitten,
und es wird wohl einige Zeit dauern, bis er wieder auf den
Beinen ist, und auch nicht ganz einfach werden, aber er
wird wieder gesund.«

»Okay, gut.« Eleanor atmete erleichtert auf. »Danke.«

»Gern.« Die Schwester nickte und sah auf ihre Uhr. »Ich
muss gehen, komme aber später noch mal vorbei, sobald
ich genauer weiß, wann die Operation beendet sein wird.
Setzen Sie sich ruhig solange oder holen Sie sich einen Kaffee. Im vierten Stock gibt es einen Starbucks.«

»Klar.« Eleanor lächelte dankbar und trat zu Fins Bett
in der Ecke. Sie hatte heute Morgen so viel Kaffee getrunken, dass es für den Rest ihres Lebens reichen würde, und
war viel zu aufgeregt, um etwas zu essen, deshalb setzte sie
sich auf den Besucherstuhl neben dem leeren Bett und zog
ihr Handy heraus.

Von: Ben Ryans

Hey, wie geht's dir so? Hättest du vielleicht Lust, morgen Abend essen oder ins Kino zu gehen? Du fehlst
mir. X

Du fehlst mir.

Beim Anblick der Worte krampfte sich ihr Magen noch mehr zusammen. Noch hatte sie Ben nichts von Fins Unfall erzählt, weil sie sich zuerst ein Bild von der Lage hatte machen wollen, ehe sie andere unnötig verrückt machte. Eleanor sah sich durchaus in der Lage, die Dinge selbst in die Hand zu nehmen; das hatte sie schon viele Male getan.

Klingt wunderbar. Ich rufe dich heute Abend an, dann können wir alles besprechen, ja? xxx

Sie hielt inne, während ihr Finger über der Senden-Taste schwebte, dann fügte sie eilig ein »Du fehlst mir auch« hinzu und schickte die Nachricht ab. Das Problem war nicht, dass sie es nicht so meinen würde, denn das tat sie, ganz ehrlich, doch sie war nicht daran gewöhnt, dass jemand so liebevoll war und so offen seine Gefühle zeigte. Oliver war sachlich gewesen, logisch und pragmatisch, und Worte der Zuneigung hatte es lediglich zu besonderen Anlässen oder Feiertagen gegeben. Ben dagegen verhielt sich komplett anders, und das war etwas ganz Neues für sie.

»Eleanor?«, rief eine leise Stimme hinter ihr. Sie fuhr hoch, steckte ihr Handy in die Tasche und drehte sich um. Eine andere Schwester, kleiner und ein bisschen älter, jedoch mit denselben müden Augen wie Helen, stand da.

»Ja, das bin ich.« Eleanor stand auf.

»Helen meinte, ich soll vorbeikommen und Sie auf den neuesten Stand bringen. Fin ist aus dem OP und gerade auf der Aufwachstation. Es wird eine Weile dauern, bis er bei vollem Bewusstsein ist, aber es ist alles gut verlaufen.

Ich sage Ihnen dann Bescheid, wenn wir ihn hochbringen.«
Sie reichte Eleanor eine Tüte. »Das sind seine persönlichen
Sachen, die die Kollegen aus der Intensivstation gebracht
haben. Vielleicht wollen Sie sie ja für ihn aufbewahren.«

Eleanor nahm die Plastiktüte entgegen und presste sie
an ihre Brust. »Danke.«

»Gern geschehen.« Die Schwester wandte sich um und
ging davon.

Eleanor nahm wieder Platz und holte tief Luft. Schon
von außen sah sie die blutigen Kleider ganz unten in der
Tüte. Sie nahm Fins Armbanduhr heraus. Das Glas war
zertrümmert, die Zeiger waren erstarrt – ein grausamer
Beweis für den exakten Zeitpunkt des Aufpralls. Eleanor
legte die Uhr in ihren Schoß, zog seine Brieftasche und sein
ausgeschaltetes Telefon heraus, seine Jeans und schließlich
seine Jacke, die sie sich an die Nase hielt, um den Geruch
seiner Haut, seines Schweißes, seines Bluts einzuatmen.

Wie konnte das passieren?

Sie hielt die Jacke von sich und faltete sie sorgsam zusammen, als sie etwas in der Innentasche ertastete. Ein
Briefumschlag. Er war zerdrückt, aber unversehrt. Ihr Blick
fiel auf die Adresse:

Eleanor Levy
129 Ursuline Road
London
E18 1HP

Ihr Magen fiel ins Bodenlose, und ihre Hände begannen zu heftig zu zittern, dass ihr der Umschlag beinahe entglitt.

Du kannst ihn nicht aufmachen ...

Aber er ist doch an mich adressiert.

Nervös sah sie sich um, ob jemand sie beobachtete, ihr Tun mit missbilligenden Blicken verfolgte. Doch sie war allein mit ihrem Gewissen. Langsam öffnete sie den Umschlag und zog eine DIN-A4-Seite mit der vertrauten Kritzelschrift heraus. Obwohl die Buchstaben vor ihren Augen zu verschwimmen drohten, begann sie zu lesen.

Liebe Eleanor,

wenn Du diesen Brief liest, bin ich vermutlich bereits wieder in L.A. Ich wünschte, ich hätte den Mut, Dir all das von Angesicht zu Angesicht zu sagen, aber wir wissen ja beide, dass ich mit heiklen Gesprächen nicht gut umgehen kann, deshalb hoffe ich, dass dieser Brief die Aufgabe übernimmt.

Erstens will ich Dir sagen, wie leid mir alles tut. Nicht nur die unfassbar dummen Dinge, die ich Dir neulich im Streit an den Kopf geworfen habe, sondern auch all meine gebrochenen Versprechen unser ganzes Leben lang. Die vielen Male, die ich nicht als Dein Freund für Dich da sein konnte. Dass ich vor meinen Problemen weggelaufen bin und Dich dadurch gezwungen habe, mit den Deinen allein fertigzuwerden. Ich habe Dich als Freund unzählige Male im Stich gelassen, und es würde mich nicht wundern, wenn Du nie wieder mit mir reden wollen würdest. Aber bevor Du diese Entscheidung triffst, muss ich dir noch etwas sagen.

Die letzten Monate waren die schwersten meines ganzen Lebens. Ich hatte solche Angst davor, zurückzukommen und mich der Vergangenheit stellen zu müssen, doch trotz allen Schmerzes und Kummers gab es jemanden, der all das sehr viel erträglicher gemacht hat – Du, Eleanor. Dich wieder in meinem Leben zu haben, hätte ich mir nicht einmal im Traum vorgestellt. Ich bin noch nie jemandem wie Dir begegnet und werde es wohl auch niemals mehr tun. Dich wiederzusehen und mit Dir zusammen zu sein, hat mir gezeigt, wie viel ich verloren habe, als ich vor all den Jahren fortgegangen bin. Du warst immer meine andere Hälfte, und genau diese Hälfte fehlte mir seitdem.

Bevor meine Mutter gestorben ist, hat sie mir einen Stapel Briefe gegeben, die sie mir geschrieben, aber nie abgeschickt hat. Briefe zum Geburtstag oder zu Weihnachten, Briefe, wenn ihr langweilig war, sie sich einsam fühlte oder mich vermisste. Darin hat sie all die Dinge niedergeschrieben, die sie mir immer sagen wollte, aber nie konnte, weil sie nicht wusste, wie, oder weil sie Angst hatte.

Es tut mir leid, dass es so lange gedauert hat und ich zu feige bin, um es Dir persönlich zu sagen, aber, Eleanor, ich liebe Dich. Nicht nur als Schwester oder beste Freundin, sondern ich will Deine Hand halten, will morgens neben Dir aufwachen, Dich küssen und Dir

dann das Erbrochene abwaschen, wenn Du mich da-
nach vollkotzt. Ich liebe Dich, Elles, und obwohl ich es
erst jetzt sage, bin ich ziemlich sicher, dass es immer
schon so war. Ich weiß, wir haben uns im Lauf der
Jahre viele Versprechen gegeben und keines davon ge-
halten, aber eines kann ich Dir versichern: Bis zu dem
Tag, an dem ich sterbe, werde ich an Dich denken, und
ich wünsche Dir nur das Allerbeste, denn das verdienst
Du. Du verdienst es.

Für immer
Dein Fin

Eleanor hielt den Brief in der Hand. Sie konnte nicht denken, konnte noch nicht einmal richtig atmen. Sie stopfte
den Brief in ihre Tasche und rannte los – aus dem Zimmer, den Korridor entlang und vorbei an der Schwestern-
station, geradewegs in die Arme von Schwester Helen, die
sie nahezu von den Füßen riss.

»Holla, Eleanor, was ist denn passiert?«

»Es tut mir leid.« Sie schüttelte den Kopf, während ihr
die Tränen über die Wangen liefen. »Ich muss gehen. Ich
muss sofort weg.«

»Aber Fin wird auf die Station gebracht. Er ist schon
unterwegs. Es geht ihm gut. Die Operation ist ohne Kom-
plikationen verlaufen.« Die Schwester versuchte, Eleanor
zu beruhigen, doch es nützte nichts – sie verstand nicht,
würde niemals verstehen. Eleanor spürte, wie die Wände
immer näher kamen, wie ihre Lunge zusammengepresst

wurde und ihre Atemzüge so flach wurden, dass der Sauer-
stoff kaum noch in ihren Körper gelangte.

»Ich kann nicht«, schluchzte sie. »Sagen Sie ihm, dass
es mir leidtut. Bitte …« Sie schob sich an der Schwester
vorbei und stürzte den Korridor entlang. »Bitte sagen Sie
ihm, dass es mir leidtut.«

Fin

Fin bewegte sich, spürte, wie sein Bewusstsein vorsichtig ins Hier und Jetzt zurückkehrte, wo ihn eine Mischung aus Geräuschen und Gerüchen empfing. Einen köstlichen Moment lang vergaß er, wo er war … bis er die Augen aufschlug und die Realität knallhart zuschlug.

»Ah, Fin, da sind Sie ja.« Eine rothaarige Schwester, an deren Gesicht er sich vage erinnern konnte, stand neben ihm. »Wie fühlen Sie sich?«

Er nahm sich einen Moment, um in sich hineinzuspüren. Sein Gehirn arbeitete immer noch mit halber Geschwindigkeit.

»Müde«, murmelte er.

»Das liegt an der Narkose.« Sie lächelte. »Haben Sie Schmerzen?«

Fin schloss die Augen. Sein ganzer Körper tat weh, doch der Schmerz war nicht scharf oder brennend oder ging von einer bestimmten Stelle aus, sondern war eine Art dumpfes Pochen, das in ihm pulsierte.

»Irgendwie ja«, erwiderte er leise.

»Alles klar.« Sie tätschelte ihm den Arm. »Ich gebe Ihnen gleich noch eine Dosis Morphin. Mal sehen, wie Sie sich dann fühlen. Die Operation ist erfolgreich verlaufen, und …« Ihre kleinen, mandelförmigen Augen leuchteten. »Sie hatten Besuch.«

Fins Gehirn kam in die Gänge.

»Was?« Er versuchte, sich aufzusetzen, doch sein Körper fühlte sich wie Blei an.

»Ja, Ihre Freundin Eleanor war hier.«

Sein Herz hämmerte. Wo war sie? Wenn sie hergekommen war, um ihn zu besuchen, wieso war sie dann nicht hier?

»Wo ist sie?«, krächzte er und sah sich in der kleinen, von einem Vorhang abgeteilten Bettnische um.

»Äh, sie ist wieder gegangen ... hatte es ziemlich eilig.« Verwirrung spiegelte sich auf den Zügen der Schwester. »Ich glaube, es gab eine Art Notfall. Aber keine Angst, bestimmt ist sie bald wieder da.« Das freundliche Lächeln kehrte zurück.

Ein Notfall?

Fieberhaft überlegte er, was passiert sein könnte.

»Ach ja, bevor ich es vergesse.« Die Schwester zeigte auf seine Habseligkeiten auf dem Stuhl neben dem Bett. »Die Kollegen von der Intensivstation haben uns die Tüte hochgebracht, während Sie im OP waren. Ihre Freundin hat sie durchgesehen, bevor sie wegmusste. Soll ich sie für Sie in den Schrank legen?«

Fins Magen verkrampfte sich. Etwas versuchte, sich in sein Bewusstsein zu kämpfen, doch das wattige Gefühl der Narkose verhinderte es.

»Nein.« Er schüttelte leicht den Kopf. »Könnten Sie mir die Tüte bitte geben?« Er hoffte, dass sie das Zittern in seiner Stimme nicht wahrnahm und versuchte, seine Nervosität vor ihr zu verbergen.

»Klar.« Sie trat um sein Bett und reichte ihm die Sachen. »Ich bin gleich mit dem Morphin zurück. Sie bleiben in der Zwischenzeit schön liegen. Keine Ausflüge auf eigene Faust, verstanden?« Sie lachte laut über ihren eigenen Witz und tätschelte sein eingegipstes Bein.

Fin rang sich ein angedeutetes Lächeln ab und wartete, bis er endlich allein war. Da war seine Uhr mit dem zerbrochenen Glas. Sein totes Handy, zerschrammt und zerbeult. Fin drehte die Sachen hin und her, litt mit ihren Wunden ebenso sehr wie mit denen, die er selbst davongetragen hatte, doch seine Aufmerksamkeit galt etwas viel Wichtigerem. Er wühlte sich durch seine zerrissenen, blutverschmierten Sachen, bis er seine Jacke fand. Die Ärmel waren ebenfalls zerrissen und hingen schlaff herunter. Er tastete nach dem Brief, den er in die Innentasche gesteckt hatte, damit er sicher wäre, unsichtbar für den Rest der Welt und nahe bei seinem Herzen.

Wo zum Teufel war er?

Er drehte die Jacke hin und her, schüttelte sie. Er war da gewesen. Jemand musste ihn entdeckt und zu seinen Sachen gelegt haben. Panik gesellte sich zu seinen heftigen Kopfschmerzen, während er fieberhaft seine restlichen Sachen durchkämmte, doch der Brief war nicht dabei.

Sie musste ihn gefunden haben.

Und dann war sie gegangen.

Sie hatte seine Worte gelesen.

Und war gegangen.

Sie konnte sich noch nicht einmal zu einem Abschied durchringen.

***

Der Rest des Abends verging in einer Aneinanderreihung aus unangenehmen Träumen und qualvollen Stunden des Wachseins. Er fand keine Ruhe. Bilder von Eleanor, wie sie sein Eingeständnis las und die Flucht ergriff, quälten ihn, und die Schmerzen erschwerten es ihm noch zusätzlich, sich zu entspannen. Als der Morgen endlich kam, konnte er es kaum erwarten, sich etwas geben zu lassen, das seinem Bewusstsein die Schärfe nahm und ihm einen tiefen, traumlosen Schlaf schenkte.

»Guten Morgen.« Eine andere Schwester, die ihm trotzdem vage bekannt vorkam, streckte den Kopf in den Spalt zwischen den Vorhängen. Fin war hellwach und so erschöpft, dass sein Körper stocksteif war, während sein Verstand weiterhin auf Hochtouren arbeitete. »Wie haben Sie geschlafen?«, erkundigte sich die Schwester, der die Besorgnis anzusehen war, als sie ihn genauer musterte.

»Nicht besonders«, gestand er leise. Allein die Frage zu beantworten, erschöpfte ihn endlos.

»Das sehe ich. Sie sehen ziemlich mitgenommen aus. Lag es an den Schmerzen?« Sie nahm seine am Fußende befestigte Krankenakte zur Hand. »Hier steht, dass Sie die Maximaldosis Morphin hatten, was die Schmerzen eigentlich lindern sollte.«

»Schlechte Träume«, erwiderte Fin kleinlaut.

461

»Ah.« Die Schwester nickte. »Das klingt nachvollzieh-
bar.« Sie trat neben ihn und legte ihre Hand auf seine Schulter. »Ich bringe Ihnen erst einmal das Frühstück. Vielleicht
fühlen Sie sich ja danach etwas besser, und dann frage ich
den Arzt, was wir sonst noch für Sie tun können. Na, wie
klingt das?«

»Danke.« Seufzend schloss er die Augen und ließ sich
auf das kratzige Kopfkissen sinken.

»Versuchen Sie, sich ein bisschen auszuruhen. Ich bin
gleich mit dem Frühstück zurück.« Er hörte, wie sich der
Vorhang raschelnd schloss.

Und er bemühte sich redlich, ihrer Anweisung Folge zu
leisten. Den gesamten Morgen lag er mit geschlossenen
Augen da und versuchte, Schlaf zu finden, doch es wollte
nicht klappen. Allenfalls fiel er in einen seltsamen Däm-
merzustand, aus dem ihn Blaulicht und kreischende Auto-
reifen immer wieder herausrissen. An den Unfall selbst
hatte er keine klare Erinnerung, sondern lediglich Wahr-
nehmungsfragmente: der Geruch des Asphalts, als er mit
dem Gesicht in seinem eigenen Blut lag. Panik und Kreischen. Der brutale Aufprall in dem Moment, als der Wagen
ihn erfasste. Vielleicht war es ja besser so; nicht zu wissen,
was ihm seine eigene Blödheit eingebracht hatte.

Unwissenheit ist ein Segen.

Seufzend versuchte er, eine bequemere Position zu finden, was sich als äußerst schwierig entpuppte, da sein Be-
wegungsradius darauf beschränkt war, den Kopf zu wenden und seine Arme leicht auf dem Laken hin und her zu
schieben. Wie um alles in der Welt sollte er in diesem Zu-

stand nach L.A. zurückkehren? In den nächsten Wochen war an einen Flug nicht einmal zu denken. Kalte Furcht erfasste ihn, doch ehe er in seiner Angst versinken konnte, ertönten Stimmen.

»Kann sein, dass er schläft, deshalb sehe ich lieber mal nach. Er hat eine schlimme Nacht hinter sich, und falls er döst, würde ich ihn nur ungern aufwecken. Fin?«, sagte eine vorsichtige Stimme.

Die rothaarige Schwester spähte durch den blauen Vorhang. »Oh. Hallo. Hellwach, wie ich sehe.« Sie strahlte ihn an. »Hier ist jemand, der Sie besuchen will, wenn Sie sich bereit dafür fühlen?«

»Ja, klar.« Fin bemühte sich, ruhig zu klingen, obwohl sein Herz wie verrückt schlug. War sie zurückgekommen? Was um alles in der Welt sollte er ihr sagen? Vielleicht könnte er ja so tun, als wäre alles bloß ein Scherz gewesen. In diesem Moment wurde der Vorhang zurückgezogen.

»Freya?« Er konnte seine Verblüffung nicht verhehlen.

»Fin!«, rief sie und warf sich beinahe auf das Bett. »Was um Himmels willen ist passiert? Du siehst grauenhaft aus.«

Eine Woge der Zuneigung spülte seine Enttäuschung fort. »Herzlichen Dank auch.«

»Darf ich mich hinsetzen?« Sie nickte auf den Stuhl am Fenster.

»Natürlich.« Er versuchte, sich in eine etwas aufrechtere Position zu stemmen. »Was machst du denn hier?«

»Eleanor hat angerufen und erzählt, was passiert ist. Sie meinte, ich solle nach dir sehen.« Freya setzte sich und zog eine Plastiktüte heraus. »Ich habe dir ein paar Vorräte mitgebracht.«

Fin spähte in die Tüte, in der etwa zehn Schachteln Schokoladenkekse lagen, während ihm Freyas Worte noch im Kopf herumgingen.

Eleanor konnte die Vorstellung nicht ertragen, selbst herzukommen, deshalb hat sie ihre Schwester geschickt.

»Willst du mir erklären, was passiert ist? Die Schwester sagte etwas von einer Operation, und Eleanor meinte, du hättest einen Autounfall gehabt.«

»Ja.« Er zuckte die Achseln. »Ehrlich gesagt erinnere ich mich an nicht viel, aber wie es aussieht, bin ich vor ein Auto gelaufen und ziemlich zermatscht worden.«

Das freimütige Eingeständnis ließ Freya zusammenzucken. »Du bist direkt in das Auto reingelaufen?« Mit ihren weit aufgerissenen Augen erinnerte sie ihn sehr an das junge Mädchen von einst.

»Natürlich nicht mit Absicht!«, erklärte er. »Es war ein Unfall.«

»Klar.« Sie musterte ihn misstrauisch.

»War es. Ich schwöre.«

»Warst du betrunken? Eleanor sagte etwas, dass du wieder getrunken hättest.«

Fin wollte sich aufsetzen, doch die Schmerzen machten es unmöglich. »Nein.« Er schüttelte vehement den Kopf. »Am Abend der Beerdigung meiner Mutter habe ich mir ein paar Drinks genehmigt, aber seitdem nicht mehr.« Verzweiflung erfasste ihn. »Du musst mir glauben. Ihr beide. Ich war nüchtern.«

»Okay, ich glaube dir.« Beschwichtigend berührte sie seinen Arm.

Es dauerte einen Moment, bis er sich wieder beruhigt hatte. Schließlich zog er eine Keksschachtel aus der Tüte. »Willst du einen?«

»Gern.« Lächelnd machte sie es sich auf dem Stuhl bequem.

»Wie klang Eleanor denn?«, fragte er möglichst beiläufig.

»Gut.« Freya nahm ihm die Schachtel aus der Hand und riss sie an seiner Stelle auf. »Vielleicht ein bisschen gestresst.«

»Gestresst? Hat sie gesagt, warum?« Sein mangelndes Fingerspitzengefühl war peinlich, doch Freya schien es nicht zu bemerken.

»Nein. Wahrscheinlich wegen der Arbeit.« Seufzend nahm sie einen Keks heraus. »Die stresst sie grundsätzlich.«

»Seht ihr euch demnächst mal?«

Freya zog die Beine unter sich. »Eigentlich erst am Sonntag. Die Mittagessen mit unserer lieben Frau Mutter sind ja Pflichtprogramm.«

»Alles klar«, murmelte er niedergeschlagen.

»Aber bestimmt kommt sie dich bald besuchen«, plauderte Freya munter weiter. »Wie lange musst du hierbleiben?«

»Keine Ahnung. Später kommt der Arzt zur Visite, dann werde ich wohl mehr erfahren.«

»Gibst du mir Bescheid? Wir machen uns Sorgen um dich.«

»Wir?«, fragte er neugierig.

»Ja! Ich und Eleanor.« Sie grinste. »Mum habe ich noch nichts gesagt, denn dass sie um dich herumflattert, während du dich in Ruhe erholen willst, ist wohl so ziemlich das Letzte, was du jetzt brauchst.«

Die Vorstellung, wie Angela Levy in einer Wolke aus Chiffon in die Station gestürmt kam und melodramatisch seinen Namen rief, löste einen kurzen Heiterkeitsanfall in Fin aus.

»Unterhaltsam wäre es aber«, bemerkte er und stopfte sich noch einen Keks in den Mund. »Hauptsächlich für die anderen Patienten.«

»So sieht's aus. Ach ja, soll ich ein paar Sachen aus der Wohnung für dich holen? Eine Zahnbürste, ein Deo, Bücher?«, fragte Freya.

»Nur wenn es dir keine Umstände bereitet.« Sosehr Fin auf eine rasche Entlassung hoffte, seine Gipsverbände und sonstigen Pflaster und Bandagen ließen eher eine längere Genesungszeit ahnen.

»Natürlich nicht.« Sie zog Stift und Block aus ihrer Tasche. »Sag mir, was du brauchst, dann schaue ich später noch mal vorbei und bringe dir die Sachen.«

»Danke. Viel ist es nicht, versprochen.« Ein unangenehmer Gedanke kam ihm. »Und bitte entschuldige den Zustand der Wohnung …« Er blickte auf seine Hände und dachte an die leeren Flaschen im Müll. »Es herrscht ziemliches Chaos.«

»Kein Problem.« Freya schien sein Unbehagen gar nicht zu bemerken. »Ich weiß, du vergötterst Eleanor, aber als Mitbewohnerin kann sie fürchterlich schlampig sein.«

Fin rutschte das Herz in die Hose.

»Freya?«

»Ja?«

»Könntest du für mich nach Eleanor sehen?«

Sie sah ihn aus argwöhnisch zusammengekniffenen Augen an. »Wieso?« Sie beugte sich auf dem Stuhl vor. »Ist etwas passiert?«

»Nein«, log Fin und schüttelte vehement den Kopf. »Ich mache mir nur Sorgen um sie, das ist alles.«

»Du solltest jetzt lieber erst mal an dich denken. Wie viele Knochen hast du dir eigentlich gebrochen? Man sieht ja mehr Gips als Haut!« Spielerisch schnippte sie mit dem Finger gegen sein Bein. »Aber weil du's bist, sehe ich nach ihr.«

»Danke.«

»Also, die Liste … Ich habe Deo, Zahnbürste und Zahnpasta notiert. Unterwäsche?«

Eleanor

Eleanor lag gefühlt seit Stunden auf dem Fußboden. Sie wusste, dass sie eigentlich aufstehen sollte, doch es war angenehm, ausgestreckt auf dem Teppich liegen zu dürfen. Welche Alternativen hatte sie denn? Sie hatte alles ausprobiert – Alkohol hatte nicht geholfen, Essen hatte nicht geholfen, Weinen hatte nicht geholfen und Laufen ebenso wenig. Doch nun stellte sie fest, dass Nichtstun ebenfalls nichts brachte.

Ben oder Fin.

Fin oder Ben …

Sie ballte die Fäuste und hämmerte auf den Fußboden ein.

»Das ist doch nicht mal eine Frage!«, zischte sie mit zusammengebissenen Zähnen. »Das. Ist. Keine. Frage!« Aufgebracht drosch sie bei jedem einzelnen Wort mit den Fäusten auf den Boden, kniff die Augen zusammen und betete inbrünstig, ihr Verstand möge einen Moment lang Ruhe geben. Es gab nichts, worüber sie nachdenken musste. Ihr Leben durfte und würde so weitergehen wie bisher. Und das sollte es auch. Sie war glücklich. Sie fing gerade von vorn an. Sie war mit Ben zusammen.

»Ich bin mit Ben zusammen«, sagte sie laut und rief sich sein breites, freundliches Gesicht ins Gedächtnis.

Und deshalb reagierst du nicht auf seine Anrufe?

Ohne Vorwarnung verwandelte sich Bens blondes, kurz rasiertes Haar in einen flammend roten Schopf, und seine markanten Wangenknochen zierten unzählige Sommersprossen. Sein Gesicht wurde zu Fins.

Nein.

Hör auf, an ihn zu denken.

Er war betrunken. Die Worte haben nichts bedeutet.

Ein lautes Klopfen an der Tür riss sie aus ihren Überlegungen, doch sie blieb liegen. Wenn sie die Störung lange genug ignorierte, würde der- oder diejenige aufgeben und verschwinden, und sie konnte weiter der Stimme lauschen, die unablässig in ihrem Kopf winselte. Doch statt aufzuhören, wurde das Klopfen eindringlicher und lauter.

»Eleanor!« Freyas Stimme drang durch den Briefschlitz. »Ich weiß, dass du da bist. Mach die Tür auf!«

Eleanor blieb eisern liegen und zwang sich, so flach zu atmen, dass die Atemzüge kaum mehr zu hören waren. Sie musste verschwinden, irgendeine Möglichkeit finden, unsichtbar zu werden.

»Ich war gerade bei Fin, um ein paar Sachen zu holen, und da liegen überall leere Flaschen in der Wohnung. Was zum Teufel ist los, Eleanor?« Mit jedem Wort klang Freyas Stimme verdrossener.

»Eleanor!«

In diesem Moment erhellte sich das Display ihres Handys, und es begann zu summen.

»Ich sehe dein Handy leuchten und höre es sogar durchs Fenster«, rief Freya. »Ich bin nicht blöd. Lass mich sofort rein!«

»Ich bin krank«, stöhnte Eleanor dramatisch. »Ich will dich nicht anstecken.«

»Eleanor Ruth Levy! Zwing mich nicht, Mum anzurufen«, drohte Freya.

Das würde sie nicht wagen!

»Du hast zehn Sekunden, deinen Arsch hochzukriegen und diese Tür aufzumachen, sonst rufe ich sie an, ich schwöre bei Gott!«

Eleanor schnellte hoch. Trotz ihres Unmuts zwang sie sich, auf die Füße zu kommen und zur Tür zu gehen.

»Zehn … neun … acht … sieben …«, zählte Freya.

Eleanor presste ihre Wange gegen das kühle Holz und schloss die Augen.

Mach es kurz.

Zeig ihr, dass du noch lebst, und dann sieh zu, dass du sie so schnell wie möglich wieder loswirst.

Sie riss die Tür auf und setzte ihre beste »Mir geht's gut, und jetzt lass mich in Ruhe, es gibt nichts, worüber du dir Sorgen machen müsstest«-Miene auf.

»Du liebe Zeit, was ist denn mit dir passiert?« Freya musterte sie von oben bis unten.

»Ich habe doch gesagt, ich fühle mich nicht wohl.« Eleanor verschränkte die Arme trotzig vor der Brust, wohl wissend, dass sie immer noch ungeduscht und im Schlafanzug war.

»Das hat Sal auch gesagt. Sie meinte, du seist seit gestern nicht mehr bei der Arbeit gewesen.« Mit jedem Wort schob sich Freya weiter ins Haus. »Und trügen mich meine Augen? Sind das sechs leere Eiscremepackungen dort?«

Eleanor fuhr herum – die Beweise standen unübersehbar auf der Küchenarbeitsplatte.

Du Idiotin.

Du dämliche Idiotin.

»Sal war letzte Woche hier, und ich habe vergessen, sie zu entsorgen«, log sie.

»Schwachsinn.« Freya schob sich an ihr vorbei und stürmte ins Wohnzimmer. Eleanor blieb nichts anderes übrig, als ihr zu folgen und ihre Reaktion über sich ergehen zu lassen: Überall auf dem Boden lagen Blätter verstreut, daneben halb leere Teetassen, angebrochene Keksschachteln und Chipstüten, aus denen die Krümel auf den Teppich gerieselt waren.

Sprachlos stand Freya mitten im Zimmer.

»Ich habe keinen Besuch erwartet«, bemerkte Eleanor leise.

»Das sehe ich«, erwiderte Freya erschüttert und drehte sich zu ihr um. »Was ist hier los? Und lüg mich bloß nicht an. Das hier«, sagte sie und deutete um sich, »ist nicht *nichts*. Und was ich in Fins Wohnung gesehen habe, schon gar nicht.«

Eleanor setzte sich auf die Sofakante und schloss die Augen. Sie hatte sich verkrochen, in der Hoffnung, sich genau dem zu entziehen, womit sie jetzt konfrontiert war.

Du musst ihr gar nichts sagen.

Das macht es bloß noch schlimmer.

Lüg sie an, Eleanor. Herrgott noch mal, lass dir eine Lüge einfallen.

Sie spürte den bohrenden Blick ihrer Schwester.

»Am Tag von Eileens Beerdigung bin ich von Mum aus zu Fin gefahren. Er war betrunken, als ich kam.«

»Bei den vielen Flaschen im Müll wundert mich das nicht«, bemerkte Freya. »Und weiter?«

»Wir haben uns gestritten.« Eleanors Stimme zitterte, trotzdem gelang es ihr, ihre Fassung wiederzuerlangen. »Es war ein schlimmer Streit. Ein sehr schlimmer sogar.« Die Erinnerung ließ sie erschaudern.

»Und hast du ihn seitdem gesprochen?«

Eleanor schüttelte den Kopf, während sie spürte, wie die Last von Fins Worten zu schwer wog, um sie allein zu tragen.

»Wieso nicht? Bestimmt könnt ihr euch gegenseitig verzeihen, was ihr euch an den Kopf geworfen habt. Vor allem jetzt, wo er im Krankenhaus liegt, oder nicht?«, meinte Freya.

»Da drüben liegt ein Brief von ihm.« Eleanor deutete auf den Fußboden. »Ich habe ihn bei seinen Sachen gefunden, die man mir im Krankenhaus ausgehändigt hat. Lies ihn.«

Eleanor sah zu, wie Freya den Brief aufhob, und versuchte, eine Gefühlsregung auf ihrer Miene abzulesen, während sie ihn las. Schließlich setzte sie sich neben Eleanor.

»Wow«, flüsterte sie.

»Genau.« Eleanor seufzte.

»Und … was willst du jetzt tun?«

»Ich weiß es nicht«, antwortete Eleanor kleinlaut. »Nachdem ich ihn gelesen hatte, bin ich komplett ausgerastet und abgehauen.«

»Aber irgendetwas musst du unternehmen.« Freya wedelte mit dem Brief vor Eleanors Nase. »Du kannst nicht so tun, als existiere er nicht, und dich ewig hier verstecken.«

»Das ist mir auch klar«, blaffte Eleanor. »Glaubst du, ich wüsste das nicht?«

»Und du hast seitdem nicht mehr mit Fin geredet?«

»Nein.«

»Und hast du es Ben erzählt?«

»Nein!«, rief Eleanor.

»Hast du es vor?«

Freyas Fragerei ging Eleanor allmählich auf die Nerven. Genau deswegen hatte sie erst allein alles in Ruhe überdenken und zu einer Lösung gelangen wollen. Die Angelegenheit war schon kompliziert genug.

»Ich weiß es nicht!« Sie stand auf und tigerte im Raum auf und ab. »Es ist das reinste Chaos.«

»Dann vereinfachen wir die Situation eben«, erklärte Freya gut gelaunt, als wäre das Ganze nicht mehr als eine anspruchsvolle Hausaufgabe. »Was, wenn wir Ben für einen Moment ignorieren.«

»Wie soll das gehen? Er ist mein Freund.« Eleanor riss die Arme hoch. »Ich habe einen Freund, Freya.«

»Und magst du ihn?«

Eleanor starrte ihre Schwester verblüfft an. Wie dämlich war sie eigentlich? »Ja, ich mag ihn. Wie sollte ich ihn nicht mögen? Er ist nett und höflich und behandelt mich besser als jeder andere Mann bisher.«

Freya zuckte lässig die Achseln. »Nur weil jemand nett zu dir ist, heißt das noch lange nicht, dass du eine Beziehung mit ihm führen musst. Es gibt massenhaft nette Leute auf der Welt, Eleanor.«

»Das hilft mir auch nicht weiter«, brummte Eleanor. Inzwischen schwirrte ihr der Kopf noch mehr als vorher.

»Ich versuche nur herauszufinden, wie du dich tief im Innern fühlst, das ist alles. Würde dir Ben so viel bedeuten, hätte dich Fins Brief nicht so aus der Bahn geworfen, richtig? Hättest du keinerlei Gefühle für Fin, wäre alles sonnenklar.«

Eleanor platzte endgültig der Kragen. »Natürlich habe ich Gefühle für Fin. Er ist mein Freund. Er war mein bester Freund und derjenige, in den ich meine ganze Kindheit über verliebt war. Aber er ist weggegangen, Freya. Er ist abgehauen, und als er zurückgekommen ist … hat er es nicht mal geschafft, mir gegenüberzutreten.«

»Er ist zurückgekommen?«, fragte Freya.

»Zu Dads Begräbnis. Er hat es rechtzeitig geschafft, aber Oliver hat ihn abgefangen und ihm gesagt, er solle verschwinden. Er sei nicht erwünscht. Und statt für sich einzustehen, ist er wieder gegangen und hat sich in der nächsten Kneipe volllaufen lassen und sich dann zu sehr geschämt, um es mir zu sagen. Er ist wieder weggeflogen, ohne ein Wort zu sagen.« Eleanor sah, wie Freya die Kinnlade herunterfiel. »Und dann? Vierzehn Jahre später fällt ihm ein, nach Hause zu kommen und mir in einem im Suff verfassten Brief seine Liebe zu gestehen. Wer weiß, ob er es überhaupt so gemeint hat.« Mit jedem Satz war sie lauter geworden, als sich ihr angestauter Frust Bahn brach.

»Er war nicht betrunken«, erklärte Freya mit fester Stimme.

Eleanor fuhr herum.

»Was meinst du damit?«

»Ich habe ihn gefragt.« Freya zuckte die Achseln. »Er hat geschworen, dass er am Abend des Unfalls nicht betrunken war.«

»Und du glaubst ihm?«

»Absolut.«

Wieder geriet Eleanors Welt für einen Moment ins Wanken.

»Na gut, du empfindest also für beide etwas«, stellte Freya unverblümt fest. »Was willst du jetzt tun?«

»Das weiß ich nicht.«

»Doch, du weißt es. Was willst du?«, bohrte Freya.

»Hörst du mir nicht zu? Ich. Weiß. Es. Nicht.« In ihrer Verzweiflung raufte Eleanor sich das Haar und bohrte die Fingernägel in ihre Kopfhaut. »Ich habe sogar Pro- und Kontra-Listen erstellt. Endlose Listen, die mir helfen sollten herauszufinden, was ich will, aber ich weiß es trotzdem nicht.«

»Das hier kannst du nicht durch Nachdenken lösen, Eleanor.« Freya stand auf und legte ihr beide Hände auf die Schultern. »Was willst du?«

Eleanor musste sich bewegen. Sie musste ihren Frust abbauen, indem sie auf und ab ging, doch Freya hielt sie fest, zwang sie, sitzen zu bleiben. »Ich weiß es nicht.«

»Was willst du? *Wen* willst du, Eleanor?«

Bilder von Ben und Fin kamen ihr in den Sinn. »Ich weiß es nicht«, stöhnte sie.

»Frag dich selbst, was du willst«, drängte Freya unnachgiebig.

»Ich weiß es aber nicht«, schrie Eleanor.

»Doch, du weißt es«, schrie ihre Schwester zurück.

»Kein Grund, mich anzubrüllen.« Eleanor versuchte, sich ihr zu entwinden, doch Freya verstärkte ihren Griff sogar noch.

»Doch, muss ich, weil du verdammt noch mal nicht zuhören willst. Seit Jahren hörst du nicht zu. Das ist *dein* Leben, Eleanor. Deines. Hörst du mich? Es ist dein Leben!« Freya schüttelte sie bei jedem Wort. »Du hast dich von Oliver vollständig vereinnahmen lassen, du hast dir die Haare geglättet, weil er es wollte, du hast aufgehört zu malen, weil er es wollte. Herrgott noch mal, du machst diesen verdammten Job, den du nicht ausstehen kannst, nur weil du glaubst, du müsstest es tun. Du bist mit Ben ausgegangen, weil Sal es so wollte. Du fährst alle zwei Wochen sonntags zum Mittagessen zu Mom, weil sie es will.«

Freya lockerte ihren Griff ein klein wenig, was Eleanor Gelegenheit gab, sich zu befreien. Die Worte ihrer Schwester schwirrten in ihrem Kopf herum, bis sie zu nichts als weißem Rauschen verschmolzen. Sie wollte etwas sagen, doch kein Wort kam heraus.

»Du tust, was andere von dir wollen. Du bist immer nur für andere da.« Freyas Tonfall wurde eine Spur sanfter. »Deshalb frage ich dich noch einmal. Was willst *du*? Was will dein Herz, Eleanor?«

Eleanor schloss die Augen und zwang ihre Gedanken, für einen Moment zur Ruhe zu kommen.

Was willst du?

Sie holte tief Luft und lenkte ihre Aufmerksamkeit fort von ihren Gedanken und tiefer auf ihre Gefühle.

Was willst du, Eleanor?

Plötzlich wurde es still. Die Welt rings um sie herum schien zu verschwinden, sodass sie nichts hörte, nur den Rhythmus ihres Herzens in ihrer Brust und den Klang eines Namens zwischen den Schlägen spürte. Den Klang seines Namens. Nach allem, was passiert war … war es sein Name.

Fin

Fin erwachte langsam, auch wenn der Schlaf sich zu weigern schien, ihn vollends aus seinem Griff zu entlassen. Er registrierte das vertraute Treiben ringsum, die Schwestern, die kamen und wieder gingen, das Klappern und Rumpeln auf der Station, das ihn aus seinem Traum holte und in die Monotonie des Krankenhausalltags beförderte. Seit Freya gegangen war, fühlte es sich an, als krieche die Zeit wie zäher Gummi dahin, und er konnte lediglich zum Fenster hinaussehen oder schlafen, um sie totzuschlagen.

»Großer Gott!«, stieß er hervor und fuhr endgültig aus dem Schlaf hoch. Jemand saß auf dem Stuhl am Fenster und starrte ihn an – zwei große, durchdringende Augen. Er setzte sich auf und sah zu seiner Verblüffung, dass es sich um eine Zeichnung vom Gesicht seiner Mutter handelte.

»Tut mir leid, ich wollte dich nicht erschrecken.«

Fin wandte den Kopf, als er die Stimme hörte.

»Eleanor?«, flüsterte er und blinzelte, um sich zu vergewissern, dass er nicht träumte. Doch es bestand kein Zweifel: Sie war hier, stand am Fußende seines Bettes. Ihre Stimme war tonlos, ohne jede Gefühlsregung.

»Ich habe es für unser Projekt im Kunstkurs gemalt.« Sie zeigte auf das Bild. »Das Motto lautete ›Vergiss mein nicht‹. Eigentlich wollte ich meinen Vater malen, aber dann … ist das mit deiner Mum passiert, und ich fand, es sei ein schönes Geschenk für dich«, fuhr sie fort. Noch immer gelang es ihm nicht, ihre Miene zu deuten. »Eine Erinnerung an Eileen.« Auch jetzt sah sie ihn nicht an, sondern hielt den Blick weiter auf das Bild geheftet.

»Danke.« Er wollte die Leinwand heranziehen, doch sie befand sich außerhalb seiner Reichweite, deshalb ließ er schlaff den Arm sinken. »Es ist wunderschön.«

Sie nickte nur stumm.

»Ich wette, du hättest nicht gedacht, dass ich mich so ins Zeug lege, damit du noch mal mit mir redest, was?«, versuchte er zu witzeln. »Aber Extreme waren ja schon immer mein Ding.«

»Das wirst du nicht tun«, sagte sie.

»Was tun?« Er wollte sich aufsetzen, zuckte jedoch vor Schmerz zusammen. Eleanor stand weiterhin da. Ihre Miene war starr, verriet auch jetzt keinerlei Gefühlsregung.

»Du wirst darüber keine Witze machen.« Endlich hob sie den Blick und sah ihn an. »Du wirst den Unfall weder weglachen noch so tun, als wäre er nie passiert. Das hier ist passiert, Fin, und du musst die Konsequenzen tragen.«

»Es tut mir leid. Es war nicht meine Absicht …« Wieder schnitt sie ihm das Wort ab.

»Was war nicht deine Absicht? Wieder in mein Leben zu treten, nachdem du jahrelang verschwunden warst? Dich mit mir zu versöhnen und wieder mein Freund zu sein? Dich volllaufen zu lassen, von einem Wagen erfasst zu werden und beinahe zu sterben?«

»Als der Unfall passiert ist, war ich nicht betrunken.«
Er sah ihr in die Augen und betete innerlich, sie möge das
Gewicht seiner Worte begreifen.

»Was hattest du also um halb drei Uhr morgens auf der
Straße zu suchen?«, fragte sie vorwurfsvoll.

»Ich konnte nicht schlafen, also bin ich eine Weile spazieren gegangen«, erwiderte er.

Eleanor verschränkte die Arme, schwieg jedoch.

»Nach unserem Streit bin ich völlig betrunken eingeschlafen, und am nächsten Morgen habe ich mich gefühlt, als hätte mich ein Bus überfahren. Mir ist klar geworden …« Die Worte schmerzten, als er sie aussprach.
»Mir ist klar geworden, dass ich am Ende bin. Am nächsten Tag bin ich in ein Meeting der Anonymen Alkoholi-
ker gegangen und am Abend des Unfalls auch. Diese Treffen sind sehr intensiv … da kommt so einiges hoch, selbst
nach all den Jahren.« Fin spürte, wie sich das vertraute
Unbehagen in ihm einnistete. »Mir ging so vieles durch
den Kopf, und ich hatte diesen Brief an dich geschrieben
und eigentlich für den nächsten Tag einen Flug in die Staaten gebucht, deshalb dachte ich … scheiß drauf, ich stecke ihn jetzt einfach in den Briefkasten, gehe ein bisschen
spazieren, schnappe frische Luft.« Ihm war bewusst, dass
seine Geschichte nach lahmen Ausreden klang, trotzdem
hoffte er, dass Eleanor ihm glauben würde. »Ich habe einfach nicht auf die Straße gesehen, und dann …« Er hielt
achselzuckend inne. Den Rest würde sie sich zusammen-
reimen. »Ich wollte nicht, dass es so ausgeht«, fuhr er fort.
Inzwischen war seine Stimme laut genug geworden, dass

seine Mitpatienten sie hören konnten, doch das war ihm egal.

»Tja, ist es aber.«

»Ich weiß, und ich kann nur sagen, dass es mir leidtut. Könnte ich alles rückgängig machen, würde ich es tun.«

Eleanor verlagerte unbehaglich das Gewicht. »Selbst den Brief?«

Fin senkte den Blick. Bei der Erinnerung daran, was er geschrieben hatte, brannte sein Gesicht.

»Nein, natürlich nicht.«

»Sicher?« Ihr Tonfall war etwas sanfter geworden, trotzdem wagte er es nicht, sie anzusehen.

»Ja. Diesen Teil habe ich so gemeint. Und tue es immer noch.«

»Und was … Du wolltest also dein Liebesgeständnis in den Briefkasten werfen und dann in den nächsten Flieger nach Amerika steigen? Einfach ohne einen Blick zurück wieder abhauen und dein Leben in L.A. weiterleben? Aber so läuft das nicht, Fin. Nicht mehr. Du wirst dich nicht noch einmal einfach aus dem Staub machen.« Ihre Stimme brach. Erst jetzt sah Fin sie an. Ihre Augen waren glasig, ihre Wangen hochrot.

»Das weiß ich. Und ich weiß auch, dass ich mich wie ein Vollidiot benommen habe. Und das tut mir leid.« Er wünschte, er wäre nicht gezwungen, wie ein hilfloser Jammerlappen in diesem Bett zu liegen. »Bevor meine Mutter gestorben ist, habe ich mich mit ihr ausgesöhnt. Dass ich das mit meinem Vater niemals tun werde, ist mir klar, aber zum ersten Mal in meinem Leben macht es mir nichts aus.

481

Aber ich kann nicht von hier fortgehen, ohne dass zwischen uns alles im Reinen ist, Eleanor. Nicht noch einmal. Könnten wir also bitte vergessen, was vorgefallen ist, und einfach zu dem Zustand vor der Beerdigung meiner Mutter zurückkehren? Bevor ich wieder alles vermasselt habe?«

Sie starrte ihn mit glühenden Augen an. »Nein. Tut mir leid, aber das geht nicht.«

Fin stöhnte auf. »Warum nicht?«, flüsterte er, während ihm die Tränen über die Wangen liefen.

»Darum.« Sie trat näher. »So wie es früher war, hat es nicht funktioniert. Es war eine Lüge. Wir haben uns all die dummen Versprechen gegeben und dann nicht gehalten. Wir haben etwas zu sein vorgegeben, was wir nicht sind. Verstehst du nicht, dass das nicht gehen kann?« Ihre Wut schien fast gänzlich verraucht zu sein, doch die Traurigkeit an ihrer Stelle war noch schwerer zu ertragen.

»Das war's dann also?« Er wünschte, sie wäre gar nicht erst zurückgekommen. Sie zu sehen, auf diese Weise von ihr Abschied nehmen zu müssen, war zu schwer, zu schmerzlich. Sein ohnehin angeschlagener Körper hielt das nicht aus.

»Nein.« Sie berührte seinen Arm. »Nicht, wenn du es nicht willst.«

»Was meinst du damit?« Er sah sie an.

»Ich meine damit, dass es auf die bisherige Art und Weise nicht funktioniert hat und wir deshalb noch mal von vorn anfangen müssen.« Sie reichte ihm ein Blatt Papier. Fins Hand zitterte, als er es entgegennahm; seine Augen standen so voller Tränen, dass er eine geschlagene Minute brauchte, ehe er die Worte ausmachen konnte.

»Was ist das?«

»Lies.« Ihr Mundwinkel hob sich kaum merklich.

Wir, Finley James Taylor und Eleanor Ruth Levy, treffen
hiermit folgende Vereinbarung:

Ein Funke Hoffnung entzündete sich irgendwo in seinem
Innern. »Ist das …«

»Lies weiter.« Inzwischen strahlte sie. »Lies und sieh
selbst.«

1. Nicht länger Versprechungen zu machen, die wir
   nicht halten können.
2. Nicht länger wegzulaufen, wenn es schwierig, anstrengend oder schmerzhaft wird.
3. Reden. Was auch immer passiert, wir werden niemals
   aufhören, miteinander zu reden.

Mit der Unterzeichnung dieser Vereinbarung werden
alle bisherigen Versprechungen und Vereinbarungen
nichtig.

Fins Herz wurde leicht und schwer zugleich. Dass sie immer noch Teil seines Lebens sein wollte, war eine Erleichterung. Sie wollte seine Freundin bleiben. Nach allem, was
vorgefallen war, wollte sie ihn als Freund bezeichnen. Das
linderte jedoch nicht den Schmerz darüber, dass sie seine
Gefühle nicht erwiderte.

»Hast du einen Stift?«, fragte er.

»Hast du auch alles gründlich gelesen?« Ein Anflug von Verschmitztheit schwang in ihrem Tonfall mit.

»Ich denke schon, schließlich scheint die Vereinbarung ziemlich selbsterklärend zu sein.« Trotzdem überflog er die Punkte noch einmal, nur zur Sicherheit.

»Na gut.« Sie reichte ihm einen Kugelschreiber.

Fin nahm ihn entgegen und setzte hastig seinen Namen unten auf die Seite. »Willst du das Blatt zurückhaben, oder hast du eine eigene Kopie?«

»Nein, die ist für dich. Du darfst sie behalten.«

Fin verstand immer noch nicht, wieso sie ihn so seltsam ansah. Als hätte er einen Scherz verpasst oder als sei ihm ein Geheimnis vorenthalten worden.

»Gut, dann gehe ich jetzt besser. Ich sehe zu, dass entweder Freya oder ich morgen wieder reinschauen.« Eleanor nahm ihre Tasche und hängte sie sich über die Schulter. »Brauchst du noch etwas?«

»Nein, ich habe alles, danke.« Fin faltete das Blatt Papier auf die Hälfte und wollte es auf den Nachttisch legen. »Dann sehe ich dich …« Er hielt inne, als sein Blick auf die Passage auf der Rückseite fiel.

»Was ist das?« Er zog die Hand zurück und las, was handschriftlich auf dem Blatt notiert war, wobei ihm beinahe das Herz stehen blieb.

4. Sollten beide Unterzeichnenden im Alter von fünfunddreißig Jahren single sein, werden sie nicht in den Stand der Ehe treten, sondern … erst einmal miteinander ausgehen.

Es dauerte einen Moment, bis der Groschen fiel.

»Aber … aber ich …«, stammelte er.

»Was?«

»Ich verstehe nicht ganz. Bist du es denn?«

»Bin ich was?«

»Single?«

»Ach das.« Sie winkte lässig ab.

»Eleanor?« Das Herz schlug ihm bis zum Hals vor Anspannung.

»Eigentlich sollte das keine Rolle spielen …« Sie lachte. »Weil ich streng genommen erst in ein paar Monaten fünfunddreißig werde.« Sie tippte energisch auf das Blatt. »Das hier sind die Regeln, auf die es ankommt.«

»Aber wann haben wir uns je an die Regeln gehalten?« Er war nicht sicher, was mehr auf Hochtouren arbeitete, sein Herz oder sein Verstand. Er spürte, wie das Adrenalin durch seinen Körper schoss.

»Ich muss jetzt los, sonst komme ich zu spät.« Sie grinste.

»Eleanor!«, rief er. »Komm zurück!«

»Das werde ich.« Sie blickte über die Schulter, während ihre Beine sie immer weiter von ihm forttrugen.

»Versprichst du's?«

»Ich verspreche es.« Eleanor blieb stehen und presste sich die Hand aufs Herz. »Zu dir komme ich immer wieder zurück, Fin.«

Danach: 37 Jahre alt

Eleanor

»Sind alle bereit?«, fragte der etwas gehetzt wirkende Fotograf halblaut.

Eleanor ließ den Blick über das Grüppchen schweifen, das sich vor dem Kirchenportal drängte – leider regnete es ausgerechnet heute.

Schon gut. Es wird trotzdem alles ganz toll.

Sie strich ihr Kleid glatt und holte tief Luft. »Ich bin bereit«, bestätigte sie, als wie auf ein Stichwort die Musik einsetzte und das Lied zum Einzug der Braut ertönte.

»Nicht vergessen, meine Damen: schön langsam gehen, immer lächeln und nicht direkt in die Kamera sehen«, befahl der Fotograf, während die hohen Holzportale knarrend aufgingen. »Sie sehen alle wunderhübsch aus«, fügte er hinzu.

Eleanor trat einen Schritt vor und spürte, wie ihr Magen sich beim Anblick der versammelten Gäste verkrampfte, die ihnen gespannt entgegensahen, in der Hoffnung, einen ersten Blick auf die Braut zu erhaschen. Sie entspannte ihre Gesichtszüge und setzte sich in Bewegung, den Blick auf den steinernen Boden vor sich geheftet. Alle hatten gesagt, sie dürfe maximal halb so schnell gehen wie sonst – der

Einzug der Braut sei ein zentraler Moment, und die Gäste bräuchten Zeit, um sich daran zu erfreuen –, doch es war schwer, sich nicht wie die letzte Idiotin vorzukommen, als sie im Schneckentempo den Gang entlangschritt. Hier und da war das übliche Schniefen und das Rascheln von Taschentüchern zu hören, und sie hatte Mühe, die Tränen zurückzuhalten. Ihr Blick glitt über das Meer aus Gesichtern. Da standen Laura, ihr nicht mehr ganz so frisch angetrauter Ehemann und ihre beiden Kinder, da drüben Ben mit seiner Verlobten Millie, der wie gewohnt freundlich lächelte, als sie an ihnen vorbeiging. Und Fin, dessen grüne Augen und rotes Haar im Schein der Kirchenlichter noch intensiver leuchteten als sonst.

Nein.

Nicht.

Du ruinierst dir nur das Make-up, wenn du jetzt heulst.

Sie zwang sich, den Blick von ihm zu lösen, und schluckte die Tränen hinunter, während sie ihr Augenmerk auf die anderen strahlenden Gesichter richtete. Nach einer gefühlten Ewigkeit erreichte sie endlich den Altar, wo ein sehr nervös wirkender Paul bereits seine Braut erwartete. Eleanor schenkte ihm das aufmunterndste Lächeln, das sie zustande bekam, ehe sie sich umwandte, um den Einzug ihrer Freundin zu beobachten. Die Gäste schnappten kollektiv nach Luft, als Sal durch die Türen trat, so wunderschön und atemberaubend, dass Eleanor einen Moment lang ihren Vorsatz vergaß und die Tränen laufen ließ.

Sie hatte doch strikte Anweisungen erhalten, bloß nicht zu weinen. Sal hatte eine klare Ansage gemacht. Heute war kein Tag der Tränen, sondern des Feierns und Lachens und Trinkens. Keine Gefühlsduseleien, das war nicht Sals Ding, nicht einmal an ihrem Hochzeitstag.

***

»Da bist du ja!« Fin ergriff Eleanors Hand und zog sie an sich. »Habe ich schon erwähnt, wie unfassbar schön du aussiehst, obwohl du dir fast die gesamte Zeremonie hindurch die Augen aus dem Kopf geheult hast?« Er drückte ihr einen hauchzarten Kuss auf die Wange.

»Nicht.« Sie warf ihm einen warnenden Blick zu. »Sals Visagistin musste schon zweimal nacharbeiten.« Eleanor nahm einen großen Schluck aus ihrem Champagnerglas und ließ den Blick umherschweifen, um sich zu vergewissern, dass alles glatt lief. Brautjungfer zu sein, war an sich schon eine wichtige Aufgabe, bei Sals Hochzeit jedoch ein Fulltime-Job.

»Entspann dich, alle amüsieren sich prächtig.« Fin drückte ihre Hand, was sie augenblicklich beruhigte. »Ich habe auch den Fotografen ständig im Auge. Er macht seine Sache toll. Meinst du, er könnte dafür zu gewinnen sein, uns zu helfen?«

Eleanor leerte ihr Champagnerglas und nahm sich ein zweites vom Tablett eines vorbeikommenden Kellners. »Er hat zu tun. Lass ihn bloß in Ruhe. Wenn Sal mitbekommt, dass du ihn ablenkst, kriegst du Riesenärger.«

»Ich? Jemanden ablenken?« Er grinste frech. »Wie kannst du es wagen, mir so etwas zu unterstellen?«

Sie kniff missbilligend die Augen zusammen.

»Ich fange ihn in seiner Pause ab«, fuhr Fin fort. »Es dauert nicht mal fünf Minuten, versprochen. Du weißt doch, dass wir Freiwillige brauchen. Komm schon, Elles, wir müssen jede Gelegenheit nutzen, die sich uns bietet.«

Ein flehender Ausdruck lag in Fins weit aufgerissenen Augen. Das Benefizprojekt stand noch ganz am Anfang, deshalb konnten sie jede Hilfe gut gebrauchen. Fin hatte beschlossen, ins Pflegeheim zurückzukehren und zu Ende zu bringen, was er während des Aufenthalts seiner Mutter begonnen hatte. Rasch hatte es sich herumgesprochen, und mit einem Mal hatte er gleich drei Pflegeheime und Hospize an der Hand, in denen er seine Dienste anbot. Es war Eleanors Idee gewesen, ein offizielles Benefizprojekt daraus zu machen, und inzwischen war das Ganze so groß geworden, dass sie dringend Unterstützung brauchten.

»Na gut«, sagte Eleanor, »aber mach schnell.« Sie fing Sals Blick auf, die am anderen Ende des Saals stand. »Ich muss gehen … ich glaube, sie will den Brautstrauß werfen.«

»Dann mache ich mich lieber schon mal warm, ja?«, neckte er.

»Ja, ich will, dass du schön strammstehst.« Sie zwinkerte ihm zu und schob sich durch die Menge.

»Da bist du ja!«, rief Sal, als Eleanor zu ihr trat. »Tut mir leid, aber auf mich warten dringende Brautpflichten«, sagte sie zu dem Pärchen, mit dem sie sich unterhalten hatte. »Ihr wisst ja, wie das ist.« Ohne deren Erwiderung abzuwarten, nickte sie ihnen zu, packte Eleanor am Arm und zog sie mit sich durch den Saal.

»Tut mir leid.« Sie entließ Eleanor aus ihrem Griff. »Das war eine Cousine meiner Mutter mit ihrem Mann. Die beiden sind sterbenslangweilig, man darf sich eigentlich gar nicht auf ein Gespräch mit ihnen einlassen, deshalb musstest du mich dringend retten.«

»Das ist ja meine Aufgabe heute.« Eleanor salutierte.

»Und du machst deine Sache ganz hervorragend.« Sal lächelte. »Ich fasse es nicht, dass ich tatsächlich unter der Haube bin.« Sie wedelte mit ihrer Linken vor Eleanors Nase herum.

»Ich weiß. Es ist verrückt! Aber auf eine schöne Art … auf die schönste, die man sich vorstellen kann.«

Sal zog sie in eine feste Umarmung. »Du bist auch bald an der Reihe.«

»Ich bitte dich«, stöhnte Eleanor. »Ich stecke mitten in der Ausbildung zur Kunstlehrerin. Gerade haben wir definitiv nicht das Geld für eine Hochzeit. Außerdem ist Fin mit seinem Benefizprojekt und seiner Arbeit beschäftigt, deshalb haben wir auch gar nicht die Zeit dafür.«

»Wie auch immer.« Sal musterte ihre Freundin. »Aber lass dir nicht zu lange Zeit. Ich will umwerfend gut und jung auf den Fotos deiner Hochzeit aussehen, verstanden?«

»Na gut. Aber jetzt genug von meiner fiktiven und deiner sehr realen Hochzeit. Laut deinem sorgfältig und akribisch organisierten Ablaufplan solltest du allmählich den Brautstrauß werfen.«

Sal blickte auf ihre Uhr. »Okay. Du gehst los und trommelst die Mädels zusammen, während ich mich in diesem Riesenbaiser von Kleid die Treppe hinaufschwinge!«

»Aber sei vorsichtig!«, rief Eleanor ihr hinterher. »Nicht, dass am Ende noch ein Unfall passiert.«

Wenige Minuten später drängte sich eine ganze Gruppe reichlich angeheiterter junger Frauen unter Gekicher und Gelächter durch die Menge nach vorn und machte sich bereit, den Brautstrauß zu ergattern. Eleanor sah Fin irgendwo hinten im Saal herumstehen.

»Dahinten wirst du ihn wohl nicht schnappen«, flüsterte sie ihm ins Ohr.

»Irrtum, Eleanor. Glaubst du ernsthaft, Sal ist eine Frau, die einen Strauß nur mit halber Kraft in die Menge wirft?« Er deutete auf die Braut, die sich oben auf der Treppe bereit machte. »Du wirst sehen, das Ding segelt quer durch den Saal, direkt hierher, wo ich stehe und es fangen werde.«

»Nenn mich nicht Eleanor, das klingt echt schräg.« Sie zog ein finsteres Gesicht.

»Schau nicht so finster, sonst sage ich Sals Puder-Fee, du bräuchtest noch eine frische Schicht.«

»Touché.« Behutsam lehnte sie sich gegen seine Schulter. Fast drei Jahre waren seit ihrem ersten Date vergangen, und selbst jetzt musste Eleanor sich manchmal kneifen, um sich zu überzeugen, dass Eleanor Levy und Finley Taylor ein Paar waren, nach allem, was vorgefallen war.

»Also, sind wir so weit?«, rief Sal laut. »Drei … zwei … eins …«

Ein lautes Raunen ging durch die Menge, als der Blumenstrauß quer durch den Raum segelte. Eleanor sah ihn angeflogen kommen, näher und näher, wie im Film … geradewegs auf ihren Kopf zu.

»Schnapp ihn dir!«, ertönte eine laute Stimme aus der Gästeschar.

Eleanor löste sich aus ihrer Erstarrung, riss die Hand hoch und schnappte sich den Strauß mitten aus der Luft. Begeisterter Applaus brandete auf, und sie spürte, wie sie rot wurde.

»Glückwunsch.« Fin stieß sie an. »Sieht so aus, als wärst du die Nächste, die vor den Altar tritt.«

»Tatsächlich?« Den ramponierten Strauß vor ihrer Brust, wandte sie sich ihm zu.

»Na ja …« Er legte seine Hand um ihren Hinterkopf und streichelte liebevoll die weichen, gezähmten Locken. »Wie wär's damit? Wenn wir immer noch zusammen sind, wenn wir achtunddreißig werden … heirate ich dich.« Er grinste.

Eine herrliche Wärme durchströmte Eleanor, und ihr Herz tanzte in ihrer Brust. »Ist das ein Versprechen?« Sie hob fragend eine Braue.

Fin beugte sich herunter, so dicht, dass sein Gesicht nur wenige Zentimeter vor ihr schwebte – das Gesicht, das sie seit ihrer Kindheit kannte, in das sie sich verliebt hatte und das sie für den Rest ihres Lebens lieben würde. »Ja, ich verspreche es dir.«

Danksagung

Alle haben mich gewarnt, das zweite Buch sei das schwierigste, und bei Gott … das ist so wahr! Ohne folgende Personen hätte ich es niemals geschafft:

Meine Familie. Ihr habt mich immer unterstützt und feuert mich unermüdlich an. Mein besonderer Dank gilt meiner Schwester, die in der Zeit, als wir zusammengewohnt haben, die vielen Schreibblockaden miterleben und all die Diskussionen darüber, wie der Roman enden soll, aushalten musste. Danke, dass du der tollste Mensch bist, den ich kenne. Ich werde immer zu dir aufsehen.

Meine Freunde. Ihr alle, aus den unterschiedlichen Kapiteln meines Lebens. Ohne euch wäre meine Welt so viel weniger wunderbar, vor allem aber muss ich den unfassbar tapferen, rasend komischen und unbeschreiblich talentierten Frauen in meinem Leben ein Lob aussprechen. Ich schätze mich glücklich, euch zu kennen und eure Gesellschaft genießen zu dürfen.

Der echten Eleanor Ruth. Danke, dass ich deinen Namen verwenden durfte und du die Frau mit den meisten Ecken und Kanten bist, die ich kenne.

Meine »Girls der ersten Stunde«: Amy, Rosie und Naomi. Für immer und ewig.

Karis, mit der ich in meinem echten Job eine Büroehe führe. Danke für die endlosen Gespräche bei Starbucks, die zahllosen WhatsApp-Ermunterungen und dafür, dass du der Hauptgrund bist, morgens aus dem Bett aufzustehen und zur Arbeit zu kommen. Ich freue mich, dass unsere Zuneigung auch außerhalb des Büros weiterexistiert – bis dass der Tod uns scheidet.

Meinem unfassbar tollen Team, das auch dieses Buch zu etwas gemacht hat, worauf ich extrem stolz bin:

Sara. Ich verdanke dir so viel. Danke für alles, was du tust. Du bist absolut bemerkenswert, eine wahre Wonderwoman.

Sally. Es ist dein Verdienst, dass dieses Buch heute das ist, was es ist. Ich schätze mich glücklich, in den Genuss deiner Freundlichkeit, Geduld und brillanten Hingabe gekommen zu sein. Dafür bin ich dir für immer dankbar.

Hayley, Hana, Ruth, Holly, Lara, Becki, Viv, Claire: Ich danke euch für eure Unterstützung und Liebe zu diesem Buch. Ohne euch wäre die Geschichte von Eleanor und Fin ins Leere gelaufen. Es ist mir eine Ehre, mit euch zusammenarbeiten zu dürfen.

Und last but not least: Meinen Leserinnen und Lesern. Ich kann immer noch kaum glauben, dass Menschen die Bücher kaufen, die ich geschrieben habe. Es bedeutet mir mehr, als ich ausdrücken kann, und jeder Kommentar, jede Rezension, jede Nachricht ist mir eine Freude. Ich bin euch allen so dankbar. Danke, danke, danke.

X